時代小説　ザ・ベスト2022

日本文藝家協会 編

集英社文庫

目次

本文デザイン／桐野太志（Balcony）

時代小説
ザ・ベスト
2022

日本文藝家協会 編

編纂委員

川村　湊
雨宮由希夫
伊藤氏貴
伊東　潤
木内　昇
末國善己

一角の涙

千葉ともこ

【作者のことば】

「一角の涙」は、私にとって松本清張賞の受賞後、第一作目の短編となります。同じく中国の神獣をモチーフにした短編「三翼の娘」も続けて発表いたしました。数字に関連した神獣を扱い、三、四、五話まで仕込んでいるところです。まずは一話目となる本作を、お楽しみいただけましたら幸いです。

千葉ともこ（ちば・ともこ）　昭和五十四年　茨城県生
『震雷の人』にて第二十七回松本清張賞受賞
近著——『戴天』（文藝春秋）

一

廂《ひさし》から落ちる水越しに、庭の緑葉が歪《ゆが》んで見えた。

唐《とう》の都・長安《ちょうあん》の平康坊《へいこうぼう》。出仕する皇城や大明宮《たいめいきゅう》が近く、官人の屋敷が建ち並ぶ区画である。この平康坊の北西隅にわたる川を引き込んだ邸内に、贅《ぜい》を凝らした特別な堂があった。

ふたつの段で川の流れの高さを変え、それぞれの段に水車が設置されている。これらで汲《く》み上げられた水が、すぐ後ろにある堂の廂に流れ込み、堂の庭に接した面に落ちて涼やかな壁を成している。室内外の石畳に水煙が上がっていた。

この堂を人は『自雨堂《じうどう》』と呼ぶ。この邸宅の、ふたつ前の所有者が作ったものだと聞く。夏に人を招いて涼を取りながら宴《うたげ》を張り、その主人として客人をもてなしておのれの地位や権を誇示するのだ。

孟琢《もうたく》は、絹張りの椅子に深く身を沈める。恰幅《かっぷく》のよい身体《からだ》を支えるためにたっぷりと綿を詰めた特別な椅子だ。

水車の回る音や水の流れる音に交じって、凜《りん》とした声が孟琢の耳に届いた。

「ずいぶんと冷えてまいりましたね。これだけの氷があれば然《さ》もありなんですが」

室内には、花々を封じた氷柱や、麒麟《きりん》などの空想の生き物を象《かたど》った氷像が鎮座している。どれも三日に一度、官人らが運んでくる貢物だ。晩夏にあっても、ひねもす溶けることがない。

その中央に、一際《ひときわ》大きな氷像――獬豸《かいち》がいた。額の一角《いっかく》に、鋭い無色の光を戴《いただ》いている。その透明な眩《まばゆ》さから目を下ろすと、童僕の均《きん》が、折り目ただしく形のよい瞳をこちらに向けていた。

孟琢は齢《よわい》四十、これまで地方の役職に甘んじていたが、やっと才を見出《みいだ》されて半年前に官人の非違を検《あらた》める御史《ぎょし》の役目を拝命した。堂に飾られている獬豸は、厳格な御史の象徴として崇《あが》められている神獣だった。

孟琢は頬の吹き出物をいじりながら、鼻を鳴らした。

「そのような軟弱な身体では、御史は務まらぬ。女でもあるまいし」

孟琢の頭に、朝晩になると冷えるといって重ね着をする妻や娘の姿が浮かぶ。

「しかし、一番下のお嬢さまは、この自雨堂に一度入ってみたいとおっしゃっていたようです」

三女は今年で十《とお》になる。同じ年頃だと聞いている均と比べると、だいぶ落ち着きがない。都に住むようになって浮かれているのだ。このところ、わがままな振舞いが目に余る。

「だから、何だ」

孟琢にじろりと睨《にら》まれた均は、少し困ったような顔を見せた。

「本心を申し上げてもよろしいでしょうか」

顎で先を促すと、声に不満の色をにじませた。

「なぜ、女人を自雨堂に入れねばならぬのでしょう。旦那さまに養われている力なき立場ではありませぬか。この堂は旦那さまが難しい政事について考えを深められる場所でもあります。女人が入って邪魔をするなどあってはなりませぬ」

「そのとおりだ。それが、なぜかあの女どもには分からぬのだ」

御史は冷静で間違いのない判断が求められ、ひとつ間違えれば、おのれの首が飛ぶ。

妻は代々高官を出す名家の出であり、それを鼻にかけて孟琢を下に見ている節がある。これまで、孟琢も妻とその実家には多少の遠慮をしていた。

孟家には長男がおり、あとは女児ばかり三人生まれた。孟琢みずから手を掛けて育てた長男は家を出奔しており、屋敷には女の家族しかいない。女のみで寄っては、家長である孟琢を軽く扱う。

だが、中央の朝廷に舞い戻って御史となった今、家で卑屈になる必要もない。

――女どもと違い、均は話が分かる。

元は罪を得た官人の子息だったという。家族は縁座《えんざ》により流罪となったが、息子の均はまだ十六歳になっていないため定めにより流罪を免れ、官人の邸宅で童僕として仕えるようになったと聞く。

御史はたいていふたりで公務に当たり、均は孟琢が最初に組んでいた御史の邸宅で仕えていた。その相手の御史が病を理由に地方に転任することになったので、もらい受けたのだった。

打たれ強く、折檻《せっかん》しても泣き騒いだりしない。物おじをせず、何より素直だ。

——しかし、この場におらぬとはいえ、儂《わし》の娘に遠慮がないな。

家族で唯一、孟琢を敬っていた長男にどことなく似ている。その根がまっすぐなところが気に入り、今では均ばかり側《そば》に置くようになっていた。

均は首を傾《かし》げ、澄んだ目を孟琢に向けた。

「厄介な問題を抱えていらっしゃるのですね」

「ひとりの女がな、李相公《りしょうこう》に会わせろと訴えておる」

「李相公とおっしゃいますと」

「むろん、『口に蜜あり、腹に剣あり』の宰相の李様だ」

今、この唐国で最も権威を振るっているのは、宰相の李林甫《りりんぽ》だ。皇帝（玄宗《げんそう》）の信も厚く、出仕せずに自宅で政務を執り、その邸宅の前には決裁を仰ぐ官人の列ができるほどの権勢を誇っている。

「李相公とは、深謀に長《た》けたお方だと聞きました」

あらゆる手管《てくだ》で優秀な官人を蹴落としてきたと噂《うわさ》され、李猫《りびょう》などと呼ばれている。

御史に抜擢《ばってき》されて以降、孟琢はまだ李林甫に目を付けられるような失態は演じていない。

しかし今、孟琢のもとに李林甫絡みの問題が持ち込まれていた。

「その女は、一体どのような者で、何を求めているのです」

孟琢は、深く息を吐いた。

「夫が死んでな、李相公にその責があると言って、詫《わ》びを求めている」

もともと家柄の釣り合わぬところ、女が男の才気に惚《ほ》れ込んで成った婚姻だと聞く。だが、官人である夫は、李林甫に才覚を妬まれて閑職に追いやられた。赴任先でも、李林甫の息のかかった者により、成績が上がらないように無理難題を押し付けられ、その過労で命を落とす羽目になったのである。これだけなら、李林甫の関与は傍目《はため》には分からないはずだが、関係した者が李林甫の指示だと漏らし、長安の人々の口に上った。

その夫は人望のあった男で、民の同情を買ったらしい。いくら李猫でも、市井の人々の噂は止められない。

噂話のみであれば捨て置くこともできたかもしれないが、問題はその妻がここ数年で台頭してきた楊《よう》家の縁者だったことだ。

皇帝は寵愛《ちょうあい》していた武恵妃《ぶけいひ》を失い、その哀《かな》しみから全国に美女を求め、結果、息子の妃《きさき》を取り上げて楊貴妃《きひ》とした。その寵眷《ちょうけん》を背景に、楊一族が力を持ち始めている。まだ李林甫の権勢には及ばぬとはいえ、ぞんざいにも扱えない。

女の訴えをどう処理するか。かれこれ四刻（約一時間）も唸《うな》ったものの、良い案がまだ浮かばない。

「取り調べをしたことにして、李相公は係わりがなかったと偽りを言うか」

しかし、これで女が引き下がるだろうか。

「では、このような手はいかがでしょう」

均は顔を寄せて耳打ちをした。

髭《ひげ》を撫《な》でながら、孟琢は頭の中で筋書きを組み立てていく。

──やはり、考えをまとめるのに、この堂はよい。

晩夏の暑さからも、家族の喧騒《けんそう》からも隔離されたこの小さな空間が、孟琢によい閃《ひらめ》きをもたらす。李林甫も、いかにおのれがのし上がるかを、自宅の庭にある堂に籠って考えるのだと聞く。

やっと得た御史の地位だ。ここからおのれも李林甫のように賢く官界を渡り、手を尽くして朝廷の中枢を担う地位まで上りつめてみせる。

均は再び獬豸の像の側で、目を伏せて控えていた。白肌にすっきりとした鼻梁《びりょう》、佇《たたず》まいも整然として、まるで氷像のひとつのように周囲となじんでいる。

生まれは悪くないせいか、従僕が着る青衣すら小綺麗《こぎれい》に見える。稀《まれ》な美形といってよい。

李林甫には童子を愛《め》でる癖があると聞く。機会さえあれば均を献上して覚えをめでたくするという手もある。

流水越しに、暑さの残る庭を眺め「悪くないぞ、均」と上機嫌で呟《つぶや》いた。

二

雲ひとつない、からりと晴れた空に、男児の泣く声が響く。

代り映えのしない堂の一室に御簾《みす》を半分下ろし、その陰に置かれた椅子に孟琢はふくよかな身体を押し込めた。

庭を見やると、おのれより頭ふたつは高いであろう偉丈夫《いじょうぶ》の官人が、数人の捕縛吏《ほばくり》によって後ろ手に縄を掛けられている。

妻や幼い息子ら、家人が次々と家屋から連れ出されていた。母親の元へ駆け寄ろうとして捕縛吏に羽交い絞めにされた十にもならない男児が、先ほどから、割れんばかりの大声で泣きわめいている。

地に頭を押さえつけられ、偉丈夫は血走った目を孟琢に向けた。

「孟琢め、儂を謀《たばか》ったな」

組んだ腕を腹の上に乗せふんぞり返ると、椅子から足が浮いた。椅子ごと転倒しそうになり、前屈《かが》みになって堪《こら》える。地にへいつくばっている偉丈夫の姿を、顎を撫でながら見下ろした。

「何を謀ろうものか。李相公が才ある官人を死に追いやったなどと妖言を広めて、市井の者らを惑わせた。官人にあるまじき行いをしておきながら、しらを切るか」

唇を震わせ上気させた顔を、無言で眺める。再び、偉丈夫が恨み言を吐いた。

「儂のみならず、なぜ家族まで捕らえる」

ゆったりとした動きで手巾を広げ、孟琢は顔から噴き出す汗をぬぐった。もう終盤とはいえ、長安の夏はひどく蒸す。手巾をしまった手で、側の机に置かれた陶器の瓶を指さす。

「妖言だけであれば杖《じょう》の罰で済んだやもしれぬが。念のため、屋敷を検めてみれば……まさか蠱毒《こどく》を作っておったとは。一体だれを殺そうとしていたのか聞かせてもらうぞ」

瓶に毒虫を何匹か入れ、生き残った強い虫で作った毒を蠱毒という。蠱毒所持の罪は重く、官人であっても流罪は免れず、累は家族にも及ぶ。

偉丈夫の充血した目が大きく開いた。

「そのような瓶は、家になかったと言うておろう！」

自雨堂で均が耳打ちしてきたのは、このような手筈《てはず》だった。

（喪中の女を訪ね、まずはお悔やみを伝える。それから、取り調べをしたところ、李相公は全くの無関係で、あのお方をよく思わない者たちが罪をでっちあげた事実が分かったと話すのです。そして、実際に話を漏らした者らを罰する）

李林甫の行いについて噂する者のうち、孟琢は、この偉丈夫に目を付けた。自分と歳《とし》が近く、このところ良い働きをすると評判の官人だ。なによりその恵まれた体格が目障りだった。官人の評定は、風貌に重きを置く。比べられれば短身の孟琢は不利であり、おのれの栄達を妨げる芽を潰すべく、余罪を検めたところだった。

「いいや、確かに蔵にあったのだ。瓶の中に、蜘蛛《くも》や百足《むかで》など虫が蠢《うごめ》いているのを確かに見た。これで人を殺そうとしていたとは、おぞましいことよの」

「蠱毒など知らぬ。そもそも、妖言など、口にしておらぬ！」

叫ぶ男を無視して、均を側に呼んだ。

「道士を呼べ。蟲《むし》を封じてもらわねばならぬ」

「既に使いを出しております」

目を細めて答える均に、孟琢は笑みを返した。

「夫人の屋敷を訪ねる伺いを立てておけ。御夫君の死に李相公は無関係であって、偽りを広めた者を捕らえたと報《しら》せなければならぬからな」

加えて均は（念のため、その男は李相公の政敵と繋《つな》がりがあったらしいと、噂を流しておけばよろしいのです）と、諳《そら》んじるように献言してきた。さすれば、仕立てた筋書きに信憑性《しんぴょうせい》が増す。面倒事をおさめた手腕を、李林甫も評価してくれるだろう。

耳をつんざくような男児の泣き声に、「許せぬ」と孟琢をののしる偉丈夫の声が重なる。

孟琢は顔を大きくしかめた。

「親子で喚《わめ》きおって。家人も蠱毒があるのを知っておれば同罪だ。よく取り調べよ」

頭を押さえ付けられながら、偉丈夫はおもむろに白い歯を見せて笑い出した。

「突如荒々しく連れ出されれば、情のある人の子が泣くのは当たり前だ。お前が頭に戴いている豸冠《たいくわん》は、獬豸の一角を模している。仁《じん》なきお前のことだ。いずれ、その豚のように肥えた身体を角で貫かれよう」

仁とはやさしさであり、官人の栄達のためには何の役にも立たぬものと、孟琢は身をもって知っている。小さく息を吐いてから、説くように語りかけた。

「うまく立ち回れぬ者に限って、おのれの不甲斐《ふがい》なさを仁などと装飾する。第一、獬豸の一角が刺すのは、お前らのような小悪党どもだ。獬豸は争う者がいれば、両者の言い分を聞き、道理の通らぬほうを刺すのだからな。よいか、情では不正は糾《ただ》せぬ。ゆえに獬豸は涙を流さぬと言われておるのだ」

孟琢の言葉を聞く偉丈夫の目に、嘲りの色がにじむ。

「獬豸が泣かぬのは非情ゆえではなく、その目で真偽をよく見極めるためだ。不正を捏造《ねつぞう》して官人を陥れるお前には分からぬだろうが。高官におもねり、おのれの地位を守ることに精を出す愚か者め。悪官をのさばらせれば、苦しむのは民ぞ」

負け犬の喚き声を聞くのは検分の楽しみでもある。これまで地方で充分な経験を積んだ孟琢だからこそ、おのれを非難する言葉も味わうことができる。下腹を叩《たた》きながら、声に余裕をにじませて言い返した。

「なんとでもいえばよい。儂がお前のような佞臣《ねいしん》を捕らえることができるのは、御史の地位あってのことだ。権がなければ、正しき義も通せぬ」

怨念のこもった目が、孟琢に向いた。

「ここ歴任の御史は、皆、心を病んで職を辞している。首を吊《つ》った者もいるというではないか。お前が組んでいた御史も確か心の病を患った。お前も同じ末路を辿《たど》ろう。小太りのあばた顔め、ろくな死に方はすまい」

呪詛《じゅそ》めいた言葉を投げつけられ、頭に血が上る。立ち上がった勢いで椅子が倒れた。

「こやつをとことん締め上げて、余罪を吐かせよ！」

叫びとともに、顎から床に汗が迸《ほとばし》った。するとすぐに、頬に冷たい感触がある。均が濡《ぬ》れた手巾を当てていた。

「激昂《げきこう》されてはお身体に障りましょう。ゆるりとお座りになって、白状するのを眺めておられればよいのです」

屋敷に蠱毒を仕込んだ張本人でありながら、偉丈夫が締め上げられている様を平然とした顔で見やる。その透けるような白皙《はくせき》は、孟琢《むち》を涼やかな気分にさせた。

男児は泣き止《や》まず、庭の喧騒に偉丈夫を笞打つ音が重なった。孟琢は肩を怒らせたまま、言い放つ。

「儂は今までの御史とは違うぞ」

「そうでございましょう。旦那さまはお強く、賢い」

均が元に戻した椅子に、再び身を押し込む。左手で吹き出物をいじり、右手の指先でひじ掛けをなんども叩いた。

「均よ、道士が着いたらな……」

すべてを承知した顔で、均が頷《うなず》く。

「お祓《はら》いでございますね。念のため邪気を取り除いていただきましょう」

そう言い終わると、明るい庭にきらめく粒が見えた。みるみるうちにその粒が増えていき、その眩さが孟琢の目を刺した。

すたすたと庭前に出た均が、廂の上を見て首を傾げる。

「雨晴《あまば》れは天が泣くゆえと申しますが。雲ひとつないのにおかしなことがございますね」

振り向いた均の頰が、雨粒で濡れていた。そのさまに、僅かに違和を覚えたが、偉丈夫が痛めつけられる音が耳に心地よく、すぐに忘れた。

三

「李相公の暗殺だと」

立ち上がった勢いで、寝室に灯《とも》った二本の蠟《ろう》の炎が揺れた。

「お声が大きゅうございます」

周りをはばかって身を縮めている老人は、孟琢の父の代から孟家に仕えている老僕の毛《もう》だ。若い頃から白髪《しらが》が多く、白毛《はくもう》と呼ばれている。

その白毛の被《かぶ》っていた幞頭《ぼくとう》は不格好にずれて、額の右側が赤く腫れている。まさに眠らんとしたところを邪魔したので、殴りつけてやったからだ。

しかし、話を聞いて一気に眠気が飛んだ。気を静めようと室内を歩き出したが、焦りは増すばかりだ。

「あの馬鹿息子が――。して今、不欺《ふぎ》はどこにおるのだ」

「既に西市《せいし》の馬具行《ばぐこう》からは姿を消したと」

「それでは行方《ゆくえ》が分からぬ。不欺め、儂の栄達への道をぶち壊す気か」

息子の不欺が、李林甫の殺害を企てているという。事が明るみになれば、栄達が叶《かな》わぬどころか命が危ない。怒りで頭に血が上り、視界が二、三度真っ白になった。

「お坊ちゃまは剛の者で鳴らしておりますし、長安の街を熟知しておられますから、見つけ出すのは難しいものがございまして」

剛の者――幼い頃は今とは正反対の細身な子だった。孟家の跡継ぎとして大切に育てられ、何かにつけて熱を出していた。

子はおのれを産んだ母になつくのが常であるのに、母よりも父の孟琢に甘える変わった子だった。まだ三つか四つの頃、真冬の夜に、さむいさむいと孟琢の布団に潜り込んできて、その冷たく頼りなげな身体を抱きしめて温めてやったことも一度や二度ではない。よその父親以上に手を掛け、手ずから勉学も教えてやった。

「剣の師を付けたのが良くなかったのか。それとも、長安にやったのが良くなかったのか」

病がちな身体を鍛えさせようと、大枚をはたいて剣の師を付けた。思いもよらぬことに、不欺は武術の楽しみに目覚め、寝食を忘れて鍛錬に没頭した。孟琢に似た丸みのある身体つきに成長したものの、武芸は人並み以上にまで上達した。

孟琢が長安に赴任する二年前には、官人の登用試験である貢挙《こうきょ》を受験させるために長安へ送りだした。だが、その後家に帰ってきたのは従僕ひとりだけで、不欺は試験も受けずに、市で腕を鳴らす剣俠《けんきょう》と交わった。馬具を商う行（ギルド）を根城にしているらしく、今や便りのひとつもよこさず、孟琢らが長安に移り住んでも姿すら見せない。

「不法者にするために育てたわけではない。俠士などともてはやされて、おのれが見えておらぬのだ」

白毛が頬の汗をふきながら、肯《うなず》いた。

「座り込みの話も人口《じんこう》に上っておりますからな」

富貴を嫌い、俠士を気取る不欺は、規定の倍の税を取り立てた吏員に抗議するために、その吏員の家の前で座り込みをした。共鳴したごろつきどもが「我も」と不欺に続いたという。幾人もの強面《こわもて》に家の周りを囲まれて、とうとう吏員は頭を下げたのだった。

美談として語られているが、相手が腰抜けの吏員だから死なずに済んだのだ。

「その吏員が儂のように肝が据わった者であれば、相手が飲まず食わずで飢えに苦しむさまを見て楽しむだろうに。税を多めに取った程度の相手に、命を懸けて抗《あらが》うとは狂気の沙汰だ」

夜闇を炙《あぶ》るかのごとく、じりじりと蠟の炎が音を立てた。

「徒党を組んで、李相公を襲うつもりだろうか」

「お坊ちゃまの性格からいって、おひとりで試みるおつもりでしょう。座り込みの一件があって、仲間を巻き添えにするのを嫌うようですから」

目の前で、太い蠟がとろりと溶けて容《かたち》を変えていく。

二度深く息を吐き、心を落ち着かせた。まずは、現状を正しく把握せねばならない。

呼吸を整えて白毛と向き合う。

「そもそも、お前はどこでその話を知った」

「懇意にしている靴屋の店主の麻《ま》が知らせてくれたのです。お坊ちゃまが平康坊の坊門を管理する坊正《ほうせい》に明かしているのを、立ち聞きしたのだと」

「平康坊とは、まさにこの坊内ではないか。李相公のお屋敷もお近くにあるのだぞ」

李林甫の屋敷は、ちょうど孟家の邸宅とは対角、平康坊の東南隅にある。苛立《いらだ》ちを堪えきれず、また部屋の中を歩き始める。戸口で立ち止まり、廊に向けて声を掛けた。

「均よ。お前はどう考える」

控えていた均がすっと現れる。さすがの均も顔を青くしており、闇から霊魂が浮き出たかのように見えた。

「まずは、御子息を一刻も早く探し出すべきかと存じます。それから、御子息の企《たくら》みを知る者は、所在の分かる者から消していくしかありますまい」

知った口をきく均を孟琢が咎《とが》めぬ姿を見て、白毛が真顔になった。

「まさか坊正らを殺すのでございますか」

「死人が出れば、不欺も少しは頭が冷えよう。坊正ならば、殺しても騒ぎにはなるまい。靴屋も、酔っ払いの諍《いさか》いに巻き込まれたようにでも見せかければよい」

暗がりのなか、白毛は下唇を噛《か》んでうつむく。ゆっくりと顔を上げた。

「旦那さま、あるいは逆に考えてはいかがでしょうか。今、李相公を恨む者は多い。そして、陛下の楊貴妃への寵愛を頼みに、楊家が力をつけてきている。楊家と協力して、李相公を倒すことも……」

言い終わらぬうちに、拳骨で白毛の頭を殴りつけた。被っていた幞頭が床に転がる。

「李相公に歯向かうとはすなわち、国に仇《あだ》なすことだ。李相公は、ただの宰相ではない。唐王朝李家の血を引く宗室の人ぞ。第一、あの李猫だ。我らの動きを見落とすわけがなかろう。そもそも御史たる者、世を乱す悪事に手を染めるわけにはいかぬ」

髻《もとどり》を撫でる白毛に、均が幞頭を手渡して訊《き》いた。

「非力な私には荒事はまだ難しく。どなたか下手人《げしゅにん》に適当な者はおりますか」

有無を言わせぬ口調で、白毛に迫る。床の一点を見つめていた白毛は、瞬《まばた》きを繰り返してもそりと告げた。

「最近家に入った従僕に、喬《きょう》という寡黙で力自慢の男がいる。母が病に罹《かか》っているゆえ、治療を約すれば動くはずだ」

長安に来てから抱えた従僕の顔を覚えきれていない。そのうちのひとりだろう。

「では、その者へすぐに命じるのだ。坊正と靴屋を一日も早く始末せよ」

腹を決めたのか、目の縁を赤くして白毛は孟琢を睨んだ。

「お坊ちゃまの探索は、お任せしましたぞ」

音を立てずに、寝室から抜け出していった。

白毛の気配が無くなると、孟琢はどっかと椅子に腰を落とした。すっと細い腕が伸びて、孟琢の首まわりを手巾でぬぐう。

「ひどい汗をかかれて」と、団扇《うちわ》で孟琢の顔をあおぎ始めた。

「愚息のせいで、身体中の汗が噴き出したわ。均、あらゆる手を使って、不欺を見つけ出すのだ」

「御子息が抵抗をしましたら、いかがしましょうか」

唇を嚙み、深く鼻から息を吐いた。李林甫を狙うとは、官人である父がどうなっても構わぬ心づもりなのだ。あれほど手を掛けて育ててやった父に対する叛逆《はんぎやく》以外の何ものでもない。

考えるほど腹の底から怒りがこみ上げてきて、口いっぱいに苦々しいものが広がる。気づけば握りしめた拳から、血が滴っていた。

「殺してかまわぬ。孟家は跡継ぎを失うが、娘らに婿を取らせればよい」

掌《てのひら》の傷を止血しながら、均は思いついたように告げた。

「下手人も始末しなければなりませんね」

「白毛にやらせるか。あれに首尾良くできるのか不安だが」

「では褒美だと偽り、秘密裡《り》に自雨堂に従僕を呼びたてて、酒に毒を盛ってはいかがでしょう」

「妙案だ。ここをなんとか乗り切るぞ、均」

さきほどふき取ったばかりの汗が、再びどっと噴き出した。

四

肩を揺らす者があり、顔を上げる。

いつのまにか、机に伏して眠っていたらしい。

御史の官衙《かんが》である御史台の一室――。日射《ひざ》しは淡いが風が入らず、湿気で蒸している。顔や首まわりにかいた寝汗を袖でぬぐった。

窓から差し込む光は短く、既に昼は過ぎているようだった。

「だいぶ寝入ってしまった。今日は退庁する」

官人は、早朝の日が上がる前に参内し、昼には官署を退出する。身体を起こすと、痩身短軀《たんく》、目の下が幾重にも弛《たる》んだ吏員が、食い入るように孟琢を見つめていた。

「なんだ、無礼だぞ」

咎められても、目を落とそうともせず、吏員はからくりのように口を動かした。

「この執務室を使った前の御史も、日中意識を落とされることがあったのを思い出したのです。抱えてらっしゃる案件が多いのでしたら、ほかの御史にもご相談されてはいかがでしょうか。お身体が第一ですぞ」

「ただの寝不足だ。昨夜は遅くまで書物を読んでいたゆえな」

立ち上がり、吏員を押しのけて窓際に掛けておいた手巾を取った。顔を乱暴にふいたが、皮膚の脂で手巾は滑るだけだ。吏員は、変わらず孟琢を凝視している。

「人を裁くとは、心魂を削りますからな」

「お前の知ったことではないわ。もう退庁する」

吏員を追い払い、ぬぐい切れないと分かっているのに、両の手で手巾を顔に当てた。さほど暑いわけでもないが、嫌な汗をかく。

――自宅に戻り、少し横になるか。自雨堂に寝台を運ばせよう。

白毛が下手人を命じた従僕を連れて家を出てから、五日が経《た》っていた。未《いま》だに報《しら》せはなく、気が揉《も》めて夜も眠れない。

鬱々として自宅に戻ると、思いがけず白毛が孟琢の帰りを待っていた。

顔色が悪く、表情もやつれている。周囲に家人がいないのを確認してから、自雨堂に引き入れた。

「報せが遅いぞ、何日経っていると思っている」

まくし立てる孟琢を、白毛は掌を向けて抑えた。

「昨夕、従僕が坊正を殺しましたぞ」

「それはでかした。坊正が死んだか」

朗報に、小躍りしそうになる。もしや白毛は怖気《おじけ》づいたのかと思っていたが、役目をしかと果たしたらしい。安堵《あんど》で肩の力が抜けたが、坊正ひとりだけでは足りない。顔を引き締め、さらに迫った。

「して、靴屋の首尾は」

青白い顔が、弱々しく横に動いた。孟琢と同じように眠れていないのか、目の下が窪《くぼ》んでいた。

「そう簡単にはゆきませぬ。坊正は、便所に立ってひとりになったところを、従僕が後ろから頭を殴りつけて殺し、誰にも見られずに済みました。ですが、麻の旦那はなかなかひとりになる隙がない。必ず、小間使いや家人が近くにいるのです」

「だが、生かしておくわけにはいくまい」

孟琢は腕を組み、水音の響く白雨堂の中をぐるぐると歩きだす。

——なにも、殴る斬るに拘《こだわ》らずともよいのではないか。

白毛の周りを一周すると、閃きが下りてきた。均が以前話していた案がある。

「頭を使うのだ、白毛。良い手を思いついたぞ。その麻とやらと従僕を、慰労の名目で白雨堂に招く。誰にも知られぬように連れ出してくれるか」

孟琢の言葉に、白毛の表情が明るくなった。

「接待して口止めをするのですね。確かにこの見事な堂で酒肴《しゅこう》を受ければ、満足するでしょう。さらにたんまりと金品をくれてやれば口も固くなる」

「だろう？　そして、ふたりの酒には毒が混ざっているという算段だ」

我ながら良い案で、腕っぷしがなくともふたり一緒に始末できる。しかし、白毛は面食らった様子で、身体を強張《こわば》らせている。予想外の反応に、苛立ちを覚えた。

「儂の案に、何か遺漏でもあるか」

眉を寄せ、白毛は訴えた。

「下手人の従僕まで殺すとおっしゃるのですか。麻の旦那と従僕、このふたりは殺さずとも良いのでは。よろしいですか。殺せば殺すほど、ぼろが出やすくなるのです」

「だが、不欺の企みを知っている者を野放しにしておくのは危険だ。たかが靴屋と従僕ぞ。護衛を何人も引き連れている重鎮ではない」

孟琢の説得にもかかわらず白毛は黙り込む。上目遣いをして、ぼそりと零《こぼ》した。

「お坊ちゃまの消息はまだ摑《つか》めぬのですか」

「均に探させておるが、まだ見つかっておらぬ」

急に息子を探し出すのも具合が悪く、母親が病だと偽って従僕らに不欺を探させている。もともと妻は不欺に会いたがっていたゆえにすぐ賛同したが、なぜ今急にと疑念を抱いたようだった。しかし、家の女どもなら、どうとでも言いくるめられる。

「ですが自雨堂で殺せば、奥方さまやお嬢さま方に知れましょう」

白毛はどうにも乗り気ではないらしい。何たる弱気か、と孟琢は心中で罵った。

「女どもは実家に出し、家には均のみを置く。お前は、ただふたりを連れてきて、共に飲み食いでもしていればよいのだ。あとは均がうまく毒を仕込む」

手なずけるように声を和らげたものの、白毛は顔《あや》をくしゃりとゆがめた。

「旦那さま、私たちはなぜ、坊正ひとりを殺め、またふたりの男を殺そうとしているのでしょうか」

孟琢は組んだ腕を、前に出ている腹の上に乗せた。

「なぜこんな事態になったのかは、儂も考えていた。御史ともなれば、敵も少なくない。儂を陥れようとする者が、不欺を唆《そそのか》したのかもしれぬ」

珍しく、白毛は苛立ち混じりの言葉を吐いた。

「私は、なぜあのふたりが死ななければならぬのかと訊いておるのです」

「何を言うておるか。すべては憂いを断つために決まっておろう」

「人の口に蓋をすることはできませぬ。民衆を思うようにできるなどと考えるのは……いや、もう済んだことは申しますまい」

疲れたような表情で、目をしょぼつかせた。

「よいか、秘密裡に誘うのだぞ。この屋敷に来る際は、誰にも姿を見られてはならぬと言い含めよ」

「この老僕めがお役に立てるのはここまでかもしれません。自雨堂に招き入れたのちは、しばらくお暇《いとま》をいただきたい」

言い捨てて、部屋を去って行った。

五

刻々と色を変えていく夕空に、暮鼓《ぼこ》が響く。

唐の各城では、完全に日が暮れるまで数刻をかけて太鼓が打ち鳴らされる。この暮鼓が鳴り終わると各坊の門が閉じ、以降は坊内なら出歩けるが、街路は外出が禁じられる。

暮鼓が鳴り終わった頃合いに、客人が訪ねてくる手筈になっていた。

自雨堂の廂から落ちる水流が、西から差し込む夕陽《ゆうひ》でつやめいた紅色を成している。

孟琢は、絹張りの椅子に浅く座って拳を握りしめる。どうにも落ち着かず、先ほどから何度も立ったり座ったりを繰り返していた。

堂内の飾りの施された燭台《しょくだい》に、均がひとつひとつ火を灯していく。全て点《つ》け終わると、円卓に並べた数々の餐《さん》を指さしながら確認を始めた。

「皮の薄い猪《いのしし》を焼いたもの。柔らかい鶏《とり》の蒸し物、ほどよく脂の入った豚の三枚肉を煮たもの、香菜のとろみ餡《あん》をかけた白身魚。それから牡蠣《かき》の醤油《しょうゆ》漬けに胡麻《ごま》と胡桃《くるみ》をたっぷりまぶした餅。なまこの羹《あつもの》は厨《くりや》で温めてから出しましょう。しかし、おふたりはこの御《ご》馳走《ちそう》をどれだけ召し上がれましょうか」

顔をわずかに上気させ、声も心なしか弾んでいる。行楽に出かける前の日に、気を昂《たか》ぶらせている幼子のようだ。

「これから人を殺す算段だというに、楽しそうだな」

それでこそ、これから官界をのし上がっていく孟琢の童僕に相応《ふさわ》しい。両手を胸の前で揃《そろ》えて、均は顔を横に振った。

「間違いなくお役目を果たすために、念入りに確かめているのです。庭に、充分深い穴を掘っておきましたので、亡骸《なきがら》の始末もご安心ください」

家の女どもを送り出してから、均は同じく前の御史から譲り受けた庖人《ほうじん》とともに炊事に取り掛かった。それから、その庖人も金を持たせて街に送り出し、殺したふたりを埋める穴を庭にひとりで掘ったのだ。死体の上に梅でも植えてしまえば掘り起こされることもないと、苗木の手配も済ませていた。

孟家でもらい受けるまで、均は童僕として官人の家を渡り、相当な苦労をしたと聞く。苦労のせいか肝の据わった子だと思っていたが、十歳の童子とはこれほどまでに働くものだろうか。何か見過ごしているものがある気がする。靄《もや》が掛かってたどり着けない場所が頭の中にあるようで、もどかしかった。

――頭が働かぬのは、馬鹿息子のせいで心魂を削られておるせいだ。

いまだに不欺は見つからない。人に聞かれるような場所で、李林甫殺害について話し込むなど脇が甘いにもほどがある。孟琢が見つけ出す前に、また誰かに企みを聞かれたり、愚挙に及んだりしたらと思うと、気が気ではなかった。

食器を整えている均を眺めながら、孟琢はこぼした。

「この企みがうまくいけば、均を養子にするのもよいかもしれぬな。身分など、金でどうとでもなるゆえな」

むろん本心ではない。均もわきまえた様子で受け流す。

「これは、青衣の童僕に過分なお申し出。私の父が、旦那さまのように聡明《そうめい》であったなら私も落ちぶれずに済んだのにとも思いますが、親は天帝が定めるもの。致し方ありませぬ」

「父を恨んでおらぬのか」

少し間があってから、整った笑みを返す。

「考えてもやむなきことでございます。さて、私はそろそろ門で待機を。旦那さまは御酒でも召し上がってお待ちくださいませ」

と小さな杯に葡萄酒《ぶどうしゅ》を注《つ》いで、自雨堂を後にしていく。

廂から降りる水の紅色は、いつしか黒々とした幕と化して堂を包むように流れていた。日がまもなく完全に落ちる。堂内を見渡すと、正面向かいの壁側で、獬豸の氷像がいくつもの蠟の火に照らされており、赤々と燃えているように見えた。

日々涼しくなるにつれ、贈り物は氷像から酒や陶器などに変わってきたが、獬豸だけは今も変わらず三日に一度新しい物が贈られてくる。赤い像に見下ろされているうち、強い悪寒が走った。

「獬豸の像も、違うものに変えてもらうか」

落ち着かず、出入口である流水の切れ目を通り、堂の前の流れに渡した石造りの橋に足を掛け外に出る。

外気が暖かく心地よい。しかし、外に出たら出たで、西空の茜《あかね》が闇に呑《の》まれていくさまが不安を誘う。暮鼓の響きと水車の回る水音に混じって、異質な音が孟琢の耳を掠《かす》めた。

両隣の水車を見上げるが、暗くてよく分からない。

目を凝らして確かめようとしたところで、ちょうど暮鼓が鳴り終わった。

六

庭先に、小さな炎が揺らめいた。

均が手燭《てしょく》で足元を照らして、先導している。続いて、白毛がふたりの男——商人然とした小柄な男とのっそりとした足取りの巨漢を連れて現れた。

しくじるまいぞとおのれを奮い立たせ、孟琢は客人を出迎える。

「これはこれは、皆よく来てくれた」

大きく両腕を広げた孟琢の前に、白毛とふたりの男が跪《ひざまず》く。小柄なほうが先に名乗った。

「孟御史、麻と申します。今宵《こよい》はお招きいただき幸甚の至りです」

「堅苦しい挨拶は抜きだ。家にはここにいる五人しかおらぬ。くつろいでおればよい」

麻を立ち上がらせると、巨漢も倣って立ち上がる。無言で両手を揃えて、孟琢に拱手《きょうしゅ》の礼を取った。思い詰めた顔で白毛が説明する。

「これが従僕の喬です。無口ですが、気のいい男です」

――そのように構えていては、怪しまれる。

目で咎めるが、白毛は周囲が目に入っていない様子だ。

「ささ、皆さま、孟家自慢の自雨堂へご案内いたしましょう。旦那さまが美酒をご用意しておりますゆえ」

均が客人を堂へ促す。孟琢の背後にある自雨堂を見やった麻が、感嘆の声を漏らした。

「これが噂の――左右の水車ふたつで、流れを屋根に上げているのですな」

「中にも素晴らしい氷像がございます。それから、皆さまのために贅を尽くした餐も」

麻も喬も、自雨堂の造りをきょろきょろと眺めながら、水のとばりの中へ足を運ぶ。

堂内の円卓に並ぶ美食を前にして、麻が顔をほころばせた。

「これは素晴らしい。さすが孟御史のおもてなしとなると王侯貴族の酒宴のようですな」

「今日は存分に楽しんでいってくれ」

給仕を担う均が笑顔で椅子を引き、麻と喬、白毛の三人を卓に着かせる。

孟琢は席に揃った一同を、ゆっくりと見回す。緊張しているのか言葉に詰まった。指先で机を小さく叩いてごまかす。つい声が大きくなった。

「乾杯の前に、念のため確かめたい。麻の旦那よ、誰にも見られずにここまで来ただろうな」

唐突な問いに、麻はわずかに鼻白んだ顔を見せた。肝心なことゆえ酒が入る前にと思って訊いたが、卓上が静まり返ってしまった。

「抜かりございませんよ。麻さまは、街中の何か所かを経由して足取りをくらましてくださっています。さすが御商売でもやり手で知られるお方です」

邪気のない声で均がおだてて、場を和らげた。「さあ、乾杯だ」と孟琢がすかさず声をかけると、均は皆の前で食前酒の酒瓶を披露する。皆の手元に置かれた青い硝子《ガラス》の杯に、少しずつ均等に葡萄酒が注がれていく。

「では、今日の佳《よ》き日に」

孟琢の声に四人は杯を掲げ、同時に飲み干す。唸るように、麻が息を吐いた。

「五臓六腑《ろっぷ》に染み渡るようだ。この西方の酒は上物ですな」

毒酒を飲ませるのは、少し酔わせてから、それでいて意識が落ちるほど深酒をする前に、と取り決めてある。麻も喬もこれが生きて口にする最後の食事になるのだから、少しくらい旨《うま》いものを楽しませてやればいい。

「これは醬油に漬けこんだ牡蠣で、御酒と一緒に口に含むと芳醇《ほうじゅん》な味が広がるといったものです。貝がお嫌いでなければぜひお楽しみください」

ひと品ひと品を、均が説明していく。客をもてなす主人役とはいえ、孟琢も少しは口にしないと怪しまれる。しかし、濃厚な牡蠣を嚙みしめても全く味がしない。箸を置いて、満面の笑みを作り麻に話しかける。

「麻の旦那は、機転が利く。よくぞ知らせてくれた。商売柄、注意深く周りを見ているのだろうな」

麻と喬の顔をさりげなく窺《うかが》う。ふたりが同じ頃合いに、ほどよく酔うように整える必要がある。

麻は既に耳まで赤くなっており、ほろ酔いで手をゆらゆら横に振っている。

「たまたまその場に居合わせただけでございますよ。ご令息はまだ見つからぬのですか」

「慰労の酒席でそのお話は……」

やんわりと咎める白毛を、孟琢はなだめた。

「構わぬ。あの馬鹿息子はまだ見つからぬ。だが、何としても見つけ出してみせる」

「父親としては、気が揉めましょうな」

よほど、酒が気に入ったのか、麻は舐《な》めるように杯に残った酒を飲み干した。

均が、その杯に酒をちびちびと注ぐ。量を抑えているらしい。

「ゆえに、今日は儂も美酒でいっとき憂さを晴らしたいのだ。喬とやらも、母の病が案じられるだろうが、今は酒を楽しもうぞ。よくぞ坊正を仕留めてくれた。褒美の良薬も取り寄せてあるからな」

この巨漢を適度に酔わせるのが、難問だった。白毛からは酒には強いほうだと聞かされている。均もそれはわきまえていて、あれこれと言葉を尽くして喬に酒を勧めていた。

「饅頭《まんとう》も、おひとついかがですか」

皿に盛った饅頭を差しだされて、喬は両手で饅頭を摑む。ふくふくとした顔をしていて、饅頭が饅頭を食っているように見える。三つ目に手を伸ばしたとき、摑み損ねて饅頭を落とした。顔には出ないが、そこそこ酔っているらしい。内心、ほくそ笑んだ。

二刻（約三十分）ほどして、均が目くばせをしてきた。毒酒を出す合図だった。

「さて、特別な美酒を旦那さまがご用意くださいました。皆さまに味わっていただきましょう」

麻があからさまに目元を緩める。よほど酒が好きなのだろう。

「今、ご用意しますので、お待ちください」

均は部屋の隅に向かい、配膳のために設置した机で杯の用意をし始める。

「ところで、ふたりとも甘味は好きか。李《すもも》の砂糖漬けがあるのだが」

当たり障りのない話で、ふたりの意識を均から逸《そ》らす。李の菓子鉢を皆に回しているうち、均が盆に乗せて四つの杯を運んできた。

飲んですぐには分からないが、徐々に効いてくる毒だと聞いた。皆の席にひとつずつ杯を置いていくさまを見て、孟琢は不安を覚えた。

——目印もなく、均はどれが毒杯か分かるのだろうか。

「大丈夫でございますよ」

心を読んだように、均がおどけた調子で孟琢を見た。

「心配なさらずとも、まだたんとございますから」

そのなだめるような物言いに、わずかに嘲りの色を感じた。

「そのようなけちなことは考えておらぬわ。存分に振舞ってくれ」

たかが童僕に、毒を恐れていると思われたのが癪《しゃく》で、「乾杯だ」と誰よりも先に杯をあおった。飲むのをためらっている白毛に、臆病者めと豪快に笑って見せる。麻と喬も、孟琢に続いて杯を空《から》にする。

「これは美味《おい》しゅうございますな」

毒の味を紛らわせるために刺激の強い酒を選んだと均からは聞いている。もとは上物ではないが、麻はありがたそうに「もう一杯」と所望した。

「このぱりぱりとした猪の皮と一緒に召し上がってくださいませ。鼻から春の薫りが抜けるようですよ。そろそろ箸休めに、なまこの羹もお持ちいたしましょう」

均が自雨堂から厨に出ると、白毛が黙り込んでしまい、やむなく孟琢が会話をつないだ。

しかし、ふたりになかなか変化は訪れない。

――まだ、均は戻らぬのか。

話題も尽き、不安と苛立ちで足を揺する。本当に毒は入っていたのかと、ちらりと疑惑が頭を過《よ》ぎった。一度疑い始めると、なかなか頭から離れない。しびれを切らして、均を問いただしに厨へ向かおうとしたときだった。

麻が前屈みになって、呻《うめ》きを漏らした。

「麻の旦那、どうした。飲みすぎたか」

孟琢の案ずる声もむなしく、麻は目を白黒させたまま、椅子から転げ落ちる。駆け寄ると、大きく白目を剝《む》いていた。すぐ続いて、鈍い音が堂内に響く。振り向くと、喬も後ろにひっくり返って口から白い泡を吹いていた。

「せっかく羹をお持ちしたのに、無駄になりましたか」

いつのまにか均が、羹の鍋を抱えて出入口に立っていた。

張り詰めていた気が緩み、腹の底から笑いがこみあげてくる。ひとしきり笑ってから、おのれの顔が汗まみれであることに気づいた。脚を開いて椅子に座り、均の差し出した手巾で顔をぬぐった。

「なんとか、目的は達した。白毛も均もご苦労だったな」

唇まで真《ま》っ青《さお》にして、白毛は小声でまくし立てた。

「申し上げていたとおり、私はしばらくお暇をいただきたく思います」

「しばらく不自由せぬように金は用意した。均から受け取ってくれ」

おのれはこれで無関係とでもいわんばかりに、孟琢に背を向けて堂を去ろうとする。

「足元に、お気をつけくださいませ。この暗がりで手燭もなしに危のうございますよ」

見送りのためか、均が白毛の元に駆けていった。孟琢は、床の上でひっくり返っている遺体を見下ろす。

これで胸のつかえがひとつは取れた。やはり人を殺すには、気力も労力もいる。

「今後は、おのれはかかわらずに手下にやらせるのが吉か」

このような苦労をせねばならぬのも、すべて不欺の愚挙のせいかと思うと、ふつふつと怒りが沸いてきた。「あの馬鹿息子め」と苛立ちまぎれに杯を床に叩きつけたとき、同時に外で何かが水に落ちる音がした。続けて、白毛の叫び声が聞こえる。

「何ごとか」

出入口を飛び出して、自雨堂の前の流れに目を落とす。白毛が足を滑らせたのかと思ったが、黒い流れがあるだけだ。すぐ左を見上げると、水車に人が吊り上げられている。

「白毛！　今、助けてやる」

首に紐《ひも》が巻き付けられているのか、両手で首元を押さえてもがいている。孟琢は流れに踏み込んで、身体を下ろしてやろうとするが、水に足を取られて力が入らない。白毛の重みの分、ゆっくりと水車が回り、首が絞めつけられていく。ごっ、と頸《くび》の骨の折れる音が聞こえた。手足がだらりと垂れ、白毛はそのまま水車の動きに沿って、孟琢の視界から消えた。

ぎこちない音を立てて、水車が動かなくなる。白毛の身体が水車の羽根と水底の間に挟まったのだろう。突如目の前で起こった事態が、飲み込めない。

辺りを見回すと、自雨堂の灯《あか》りでぼんやりと照らされた庭に、均の白い顔が浮かんで見えた。口から悲鳴混じりの声が漏れる。

「均よ、これは、一体どういうことだ。何が起きたのだ！」

問いただす声が、裏返っている。

「水車に巻き付けた紐を首に掛けたのです。息は絶えていると思いますが、念のため確認いたしましょう」

近づいてくる童子の顔は、確かにいつもの均のそれだ。だが、得体の知れぬ者に見えて足がすくんだ。上流に向かおうとする均の腕を、やっとの思いでつかむ。背後で、もうひとつの水車が回る音がしている。

「まさか、お前が殺したのか。なぜだ、なにゆえ白毛を死なせたのだ」

歯の根が揺れるのを、ごまかした。

「白毛殿は警戒して毒酒を飲まなかったものですから、別の手を考えておいたのです」

「何をいうか。白毛は殺す手筈にはなっていなかったではないか」

「まさかこの好機を逃すとおっしゃるのですか。白毛殿は、終始怯《おび》えていらっしゃって、暇を出せばこれまでの経緯を人に漏らすこともあり得ました。後でまた殺すとなると厄介です」

まるで幼い妹か弟でもなだめるような口調で説く。

均の話にも一理ある。だが、白毛は先代から孟家に仕える従僕で、孟琢は赤子の頃から世話をしてもらっている。殺さずとも、口止めしておけば充分だったはずだ。

しかし既に殺した今となっては、是非を言い合っても仕方がない。

呆然《ぼうぜん》としている孟琢を横目に、均はてきぱきと動き出す。

「さて、三体を埋めてしまわねば。あとは私が始末いたしますので、旦那さまはよろしければ堂で料理をお楽しみくださいさい。先ほどはゆっくり召し上がることもできませんでしたでしょう。誤って飲まぬよう毒酒だけは先に捨てて参ります」

一台水車が動かなくなったせいで、廂から落ちる水が途切れ途切れになっている。その合間に青衣がするりと入っていく。

蠟の炎が蠢く中で、獬豸の清冽《せいれつ》な光を放つ目が孟琢に向いていた。

目の前を落ちる水の色がやけに濃い。それが白毛の血だと気付いたとき、孟琢の口から小さな悲鳴が漏れた。

七

華奢《きゃしゃ》な身体が飛び、水流にたたきつけられる。

服を水浸しにして泣きわめく三女を、妻や侍女が抱き起こす。

「ご自分の娘を殴り飛ばすとは、なんという仕打ちをなさるのです」

目を吊り上げる妻に、孟琢も肩をいからせた。

「言いつけを破るほうが悪い。自雨堂には近づくなときつく言っておいたはずだ」

家の者には、殺害のあった自雨堂と遺体を埋めた庭には近づかぬようにと命じておいた。

にもかかわらず、頭痛に悩まされて早く退庁したところ、母親に甘やかされている末っ子の三女と自雨堂の前で鉢合わせる羽目になった。頭に血がのぼり、数回殴ってしまった。

すっと立ち上がった妻は、侍女らに三女の着替えを命じる。再び孟琢を正視した。

「長安に来てから、あなたは様子がおかしい。以前より横柄になって、何かに怯えたように私たちに乱暴をなさる。一体だれのおかげで、御史になれたとお思いです」

「自分のおかげだとでもいいたいのか。お前にそれほどの力があるとは驚きだ」

いつものように名家の出を鼻にかける妻の態度が腹に据えかね、たっぷりと嫌味を含ませた。

妻は心を落ち着かせるかのように目を閉じ、ゆっくりと瞼《まぶた》を上げた。

「耐えるのも、もはやここまで。御史になれたのは、いつまでも地方でうだつの上がらないあなたに焦《じ》れて、この私が吏部に顔のきく父に何度も頼んだからです。ご自分の実力だと思っていらっしゃるなら、ずいぶんとおめでたいこと」

「女ひとりが頼み込んだくらいで、任官が決まるなどありえぬわ。これ以上、侮辱すると頭を下げても許さぬぞ」

すぐに言い返してくるかと思いきや、妻は孟琢の顔をまっすぐに見つめている。

「昇任を頼んだこと、悔いております。お若い頃は、貢挙の成績もよろしく期待されておりましたのに。生まれた息子に『欺かず』と名付け、熱心に論語も教えていらっしゃった」

目端に悲しい色を浮かべ、ゆっくりと孟琢に背を向ける。普段と違う様子に、面食らった。本当に出ていくつもりらしい。

数歩進んで、顔だけこちらに向けた。

「ご縁が切れたところで、もうひとつ余計を言いましょう。あなたは長安に居を構えれば、不欺がご自分の前に現れると期待されていた。ですが今のままでは、あの子は一生あなたの前には姿を見せない。おのれをよく省みられたほうがよろしいでしょう」

憐《あわ》れみを滲《にじ》ませた言いぶりに、カッと顔が熱くなった。腕を摑もうとしたが、ずきりとした痛みが頭を貫く。頭を抱えてうずくまっても、妻は意に介さずに去って行った。

「女に何が分かる。均はどうした！」

頭を押さえながら叫ぶと、均が深刻な表情で自雨堂から姿を現した。

「なんだ、いたのか」

「先ほどから控えておりました」

表に出ずに黙って見ていたのかと思うと、癪に障った。

「早く不欺を見つけ出さねば、儂の身が持たぬ。三日以内に不欺を見つけ出さねば、お前もただでは済まさぬぞ」

孟琢の恫喝《どうかつ》に、均の顔がさらに曇った。

「仰せのとおり、早く御子息を見つけ出さねばなりません。大変申し上げにくいのですが、御子息が李相公のお命を狙っているとの噂が市中に広まっているようなのです」

瞬時に頭が真っ白になり、総毛立った。

「どこの誰が噂をしている！　その者の口も封じねばならぬ」

いったい幾人が知っているのか。あと、何人殺せばよいのだろうか。ところが、均は眉根を寄せて首を横に振った。

「そういった数ではないようです。どうやら御子息は、自ら言いふらしているふしがございます」

──不欺は本気か。

御史となり、栄達の道を歩み出した父に反発しているのに違いなかった。であれば、孟琢にも考えがある。

「均よ、不欺を殺さねばならぬ。よい手はないか」

躊躇《ためら》った様子を見せつつも、口を開く。

「危うい手ではありますが、旦那さまも李相公を憎んでいると噂を流してはいかがでしょう。さすれば、旦那さまと結託すべく姿を現すかもしれません」

「李相公が噂を真に受けられたら、儂は終わりだぞ」

「密《ひそ》やかに文《ふみ》を送って、李相公には事情をご説明になればよろしいのです。不肖の息子をおびき出すためと。既に今、御子息の件は噂になっているのですから、李相公がこれを知らぬわけがありませぬ」

人の口に蓋はできぬ、と言った白毛の顔が頭に浮かぶ。

不欺が囚《とら》われ、おのれも道連れになる。頭に浮かんだ最悪の事態を払拭するかのように、大きくかぶりを振った。

八

まばゆい光が、遠く近く瞬《またた》いている。

鋭利なきらめきが目前に迫り、孟琢は飛び起きた。庭に面した廂から流れる水の音が、変わらず堂内に響いている。手探りで手巾を探して寝汗をぬぐう。さほど暑くもないのに汗が止まらぬので、均に命じて寝台を自雨堂に運ばせたのだ。

外は満月、流水越しに月明かりを透《とお》している。瞬く光の正体は寝台の側にある獬豸だった。夕刻に運び込まれた氷像が、揺れる月光のなかで水を滴らせている。頭上の一角が、天を衝《つ》くように鋭く尖《とが》っていた。

氷像は無用と話したにもかかわらず、まだ贈ってくるものがいるらしい。孟琢が汗をかくので、均が気を使って自雨堂に入れたのかもしれない。

寝返りを打とうとして異変に気付く。水の壁の向こうに、人がいる。

「均か、いかがした」

均よりも上背がある。枕頭《ちんとう》の刀を取りながら、目を凝らす。己に似た恰幅の良い身体つきの影が、水幕の合間から現れた。

「均とは、あの童僕のことですか」

久方ぶりの息子の声に、孟琢は寝台から転げ落ちそうになった。

暗がりの中でも分かる。流水の切れ目から姿を現した佩刀《はいとう》の男は、不欺だ。ほかには誰も連れていない。逆光でその顔は見えなかった。

震える足を二度叩き、やっと立ち上がる。すぐにでも斬り掛かりたい衝動を耐え、不欺に近づいた。

「不欺よ、久しいな。儂の前に現れるとは、李相公の件か」

目が闇に慣れ、朴訥《ぼくとつ》な顔立ちが少しずつ露《あら》わになる。黒く潤みのある目が、孟琢に向いていた。

「父上の志を聞き、駆け付けました」

軽く息が弾んでいる。根が単純な性格は変わっていないらしい。こうも容易《たやす》くこちらの手に引っ掛かるとは思わず、拍子抜けした。

自雨堂の中に均がいないということは、外に控えているはずだ。不欺が現れたときには、白毛を殺したあの水車のからくりで、また不欺の命を奪う手筈になっている。何も知らぬ不欺は、孟琢の手を取って跪いた。

「長く不忠をいたしまして、申し訳ありませぬ。父上に顔向けできるような偉業が成せたら、帰郷するつもりでした。私は李林甫が許せませぬ。幾人も、無実の者を陥れてきた。父上とその大業を成せること、心から喜んでおります」

その企みのせいで、孟琢は心身を極限まで削られている。憎しみを腹の奥に抑え込む。

「この堂で話し込むのも何だ。邸宅のほうへ移ろう」

堂を出るように誘導する。不欺は頷いて水幕に向かって歩き出す。その背を眺め、均が動くのを待つ。

しかし、不欺が堂の前の橋を渡っても、何も起こらない。

「待て、不欺」

孟琢の呼び止める声に、不欺が振り向く。潤んだ黒い目に直視されて戸惑った。

「足元に気を付けよ。暗いうえに橋は滑るからな」

再び前を向いた不欺は大きく空を仰ぐ。

「今日は月明かりが強い。いつもよりは歩きやすいですよ」

折り悪く、均は母屋に戻っているのだろうか。このままでは不欺を殺せない。堂の外に出ると、足元に紐が用意してあるのが見えた。端を水車の羽根に掛け、もう片方の端を不欺の首に掛ける――。孟琢に向けて背を見せた今がそのときと、自ら手を掛けようとしたときだった。

「しかし、李林甫の件は、おのれひとりではどうしたらよいのか分かりませんでした。そこへ、父上が使いの童僕を寄こしてくださった。感謝いたします」

熱を帯びた不欺の言葉に、孟琢の手が止まる。

「童僕とは、均がお前の元に現れたというか」

紐を手にしていることも忘れ、声を上げていた。均が不欺の居場所を摑んでいたとは初耳だ。太い首がくいと孟琢のほうに向いた。

「李林甫には童子を愛でる趣味があると聞きます。あの従僕はたしかに美童。あれを献上品として、李林甫に近づき殺す。李林甫に恨みのある童子を使うとは、さすが父上だと思いました」

「――均がそのような話をお前にしたのか」

不欺は大きく頷いた。

「母上や妹たち、なにより父上のことがあって、ずっと踏み切れずにおりましたが、父上がお覚悟を決めた以上、私も恐れませぬ」

思いもよらぬ言葉に、脈が速まる。不欺は父を慮《おもんぱか》ってくれていた。動揺を隠せず、声が上ずった。

「儂こそ、お前の心意気に背を押されたに過ぎぬ。お前が李林甫の命を狙っておるのは、街でも話題になっていたからな」

紐を持つ手が汗ばんでいる。さりげなく橋の下の流れに紐を落とす。少し間があってから、朴直《ぼくちょく》な声が届く。

「噂……でございますか。私は誰にも打ち明けていないゆえ、話題にはなりようがないと思いますが」

そんなはずがないと、喉まで言葉が出かかった。暗殺の話を知るゆえに、坊正や従僕、そして白毛まで殺したのだ。不欺が自ら言いふらしているふしがあると、均も話していた。思い出したかのように、不欺は続けた。

「ひとりだけ、友人の坊正には話をしましたが、その坊正も暴漢に殴り殺されたので、ほかに知る者はおりませぬ。ですから、父上からの使いから話を聞いたときに、同じ志を持っていたと知って心が躍りました。――父上、いかがしましたか」

話がおかしい。それに、普段は声を掛ければすぐに現れる場所に控えている均が、なかなか姿を見せない。

肉付きのよい体格が、孟琢とまっすぐに向き合っている。その背の先に、人の集まる気配がある。

「何だ、あの者らは」

月明かりの下に続々と姿を現したのは、見慣れた捕縛吏らだった。そこに同輩の御史の姿を見つけた。なぜ、御史が捕縛吏を率いて、自雨堂の前に現れるのか。問いばかりが頭に浮かぶ。御史の声が庭に響いた。

「孟琢、孟不欺、両人は直ちに姿を現せ！　抗えば命はないぞ」

丸みのある腕が、孟琢を自雨堂の中に押し込める。ふたりで流水の陰に座り込んだ。

「企みがばれたのでしょうか。どこかへ隠れてくださいませ」

促されても、すぐに動くことができない。不欺は後を付けられていたのか。刀を抜いた不欺の姿を見て、やっと口から言葉が出た。

「抵抗するな。抗えば、罪を認めたことになる」

「話が漏れたものと思います。もはや言い逃れはできますまい。私が引きつけますので、父上はお逃げください」

「ここは相手に合わせるのだ。勘違いかもしれぬ」

李林甫には既に文を出してある。孟琢の潔白はそれで明らかにできるはずであり、うまく立ち回れれば、不欺も助けられるかもしれない。

「正しき義のためであれば、潔く死にましょう。私は愚鈍ではありますが、曲がったことはしたくありません。私に『欺かず』と名付けたのは父上ですから」

庭に捕縛吏らがなだれ込む物音がする。流水の向こうに松明《たいまつ》の炎が揺らめいて見える。不欺が自雨堂から飛び出さんとしたとき、流水の向こうから矢が何本も飛んできた。庇《かば》うように、不欺は孟琢に覆いかぶさる。「おのれ」と不欺は振り向きざま、刀を抜く。自雨堂に踏み込んだ捕縛吏と斬りあいになる。矢の刺さった背に、かつての小さな背が重なった。気づいたときには、叫んでいた。

「止めろ！　それは儂の息子ぞ」

数名の捕縛吏に取り囲まれても、不欺は孟琢を守りながら立ち回る。腕を斬られて刀を落とした。三人の刀が不欺に迫る。続けて腹を刺されて不欺は吐血した。

もつれる足で、倒れた不欺の側に駆け付ける。身体を抱き上げると、腹から臓物がどっとあふれ出た。熱くぬめる腸《はらわた》をもとに戻そうとするが、手が滑ってやればやるほど不欺の腹は乱れる。

「お前たち早く手伝ってくれ。腹をもとに戻すのだ！」

しかし周囲は誰も動かない。不欺は既に事切れていた。孟琢は大きく肩で息をする。口から嗚咽《おえつ》が漏れ、天に向けて咆《ほ》えた。

外から近づいてくる灯りが目に入る。手燭を持って足元を照らす童子――均が堂内に現れた。均の案内で姿を見せた御史が、孟琢を捕らえるようにと捕縛吏らに命じる。

「近寄るな。儂の無実は李相公が御存知だ。無礼ぞ」

捕縛吏らの手を躱《かわ》して、均に飛びつく。勢いで均の手にしていた手燭が石畳に転がり落ちた。

「均、何をしておる。これはいったいどういうことだ！」

松明を持った捕縛吏らが続いて堂内に入り、その炎が胸倉をつかまれた均の顔を照らした。眉根がわずかに寄る。

「これから家を検められれば、庭の遺体も分かりましょう。旦那さまも御覚悟を」

「儂を謀ったのか。あれほど目を掛けてやったというに。いったい誰と通じている。ほかの御史か――まさか李相公か」

李林甫はおのれに歯向かう者やその疑いのある者を一族ごと滅ぼす。無言の均の襟をさらに強く締め上げる。血まみれのおのれの手が熱い。

「言え。いつから李林甫と繋がっていた」

均はゆっくりと孟琢の腕を握ると、ぐいと引き離す。反動で孟琢はよろめく。均にこれほどの力があるとは知らなかった。

「繋がっていたなどと、人聞きの悪い。私はただの童僕。主《あるじ》の間を渡り歩くだけの奴《やっこ》でございます。たしかに次の主人は李相公でございますが」

「お前が裏切ったせいで、儂の息子が死んだではないか」

月光を透かした流水がさわさわと音を立てるなか、均は小さく首を傾げて笑んだ。その頬に血の筋がついていた。

「もともと旦那さまが殺すおつもりだったのでは」

「不欺を殺さねばならぬように、お前が仕向けたのだろう。なぜ、儂を苦しめる。儂が御史だからか」

均が前に仕えた御史も、心を病んで職を辞している。

「父を捕らえた御史を恨んでいるのであろう。お前の父は悪事に手を染めたのだから、処罰は仕方があるまい」

「父に罪はありませんでした。今さら言っても詮なきことですが」

表情を変えぬ均を見て、孟琢はずっと感じていた違和の正体に気づく。

孟琢に仕えるようになってから一度も、均の涙を見ていない。十の童《わらわ》であれば、何かにつけて泣く。いつぞや捕まえた官人の息子も、孟琢の三女も庭に響くほどの大声で泣いた。

「お前はいったい何者か。獬豸の化身か。ゆえに涙を流さぬのか」

青い闇のなかで、月明かりと松明の炎が、目鼻立ちのくっきりとした均の顔をゆらりと照らしている。頰の血と唇の色が鮮やかだ。その唇がすっと孟琢の耳元に近づく。

「旦那さまとともに人を殺めた私が、獬豸であるわけがないではありませぬか。私は父母を喪《うしな》ったときに、一生分の涙を流しました。ゆえに涙が出ぬのです。無実の罪を着せられた数多《あまた》の『罪人』の子のうちのひとりに過ぎませぬ」

言い切った冷たい表情が何かに似ている。孟琢はすでに溶け始めた一角獣の氷像を見上げた。整った双眸《そうぼう》が孟琢を正視している。涙を流さず官人を追い詰める――やはりこの童子は獬豸の化身だ。

ゆっくりと均は後ずさり、孟琢から離れていく。背後で捕縛吏たちのにじり寄る気配がある。

目を落とすと、己の手も寝衣も鮮烈な赤にまみれていた。青白く冷たい水煙が、足元にまとわりつくように漂っている。流れる水の音がやけに大きく聴こえた。

（「オール讀物」二〇二一年三・四月号）

絶滅の誕生

東山彰良

【作者のことば】

プリミティブな物語を書いてみようと思いました。ここで言うプリミティブとは「人間と世界が未分化な」というほどの意味です。そこでは死も愛も裏切りも人が生きていくうえで等しく大切な（もしくは無価値な）ものです。太古のドラムのビートのほかはなにも聴こえてこないような小説を、まあ、ようするに荒唐無稽で無責任な神話を書いてみたかったわけです。

うまくいったらおなぐさみ、楽しんでいただけたらうれしいです。

東山彰良（ひがしやま・あきら）　昭和四十三年　台湾生

『逃亡作法 TURD ON THE RUN』にて第一回『このミステリーがすごい！』大賞銀賞・読者賞受賞

『路傍』にて第十一回大藪春彦賞受賞

『流』にて第百五十三回直木賞受賞

『罪の終わり』にて第十一回中央公論文芸賞受賞

『僕が殺した人と僕を殺した人』にて第三十四回織田作之助賞、第六十九回読売文学賞、第三回渡辺淳一文学賞受賞

近著――『怪物』（新潮社）

世界の誕生

混沌《こんとん》すら存在していなかった太古の昔、ただ瘴気《しょうき》の風がびゅうびゅうと吹き渡り、陰のものとも陽のものともつかぬ煙がもうもうと満ちていたころ、突然バリバリと雷が世界を引き裂いて天と地に分けた。

天から七百万年雨が降りつづいたあと、地は水浸しになり、水のなかより蒙猫《もうびょう》という尾が二本ある妖猫が現れた。

その双眸《そうぼう》は黄金色の光を放ち、その巨軀《きょく》は子牛ほどもあり、地の水をがぶがぶ飲んではしょっぱい小便を地に撒《ま》き散らしたので、それが海となった。

のみならず、蒙猫の糞《ふん》も地にこんもりと積もって、それが陸となった。

しかしある時から、蒙猫は水を飲むことをぱたりとやめてしまった。胸の裡《うち》にもやもやしたものを抱え、来る日も来る日もふさぎ込んでいたところ、天から声がして、そのもやもやの正体は「孤独」であると教えられた。

「どうすればこの孤独から逃れられるんじゃ」

蒙猫が天に向かって吼《ほ》えると、雲間から一条の清らかな光が射《さ》し、柔らかな声が地に降り注いだ。

「蒙猫よ、世のためにおのれを滅するのです」

そのころ世界はいまだ無明だったので、蒙猫はおのれの左目をえぐり出し、空に向けて放り投げた。

蒙猫の左目はそのまま天空にとどまり、月となって地を照らした。

が、胸のもやもやはいっかな晴れなかった。そこでつぎは右目をえぐり出し、もっと高く放り上げた。

蒙猫の右目は今度も天空にとどまり、のみならず、月となった左目よりもいっそう強い光を放って太陽となった。

新しい世界は、このようにして昼と夜を得た。

蒙猫はふたつの目を失ったが、元来が猫で暗闇に慣れていたので、あまり不自由することもなかった。

それどころか心がすっきりし、また気力も食欲も盛り返してきたので、さらに水を飲み、小便を撒き散らし、口笛を吹くことを習い覚え、糞の山をいくつも築き上げた。

しかし三百万年ほど経《た》つと、また鬱々としたものが心にわだかまりはじめた。するとまたしても天から声がし、その鬱々の正体は「不安」だと教えられた。

「天よ、神よ」と蒙猫は天に向かって叫んだ。「どうすればこの不安から逃れられるんじゃや」

「蒙猫よ」と天から声がした。「不安の正体を見極め、それを受け入れるのです」

蒙猫は自分の体をあらためたが、あらためるまでもなかった。百万年ほどまえから、股間の肉棒が硬くそそり立ったままで、歩くことにも苦労をしていたからである。

蒙猫はふたつの金玉ごと、その肉棒を引っこ抜いて、海に投げた。

肉の棒はぽんっとはじけて、海を無数の命で満たした。最初は目に見えないほどの小さな虫けらだったが、やがてもっと大きな虫けらがあらわれ、たがいに食ったり食われたりして二百万年も経つころには、さまざまな魚と化した。

右の金玉が落ちた海で生まれた魚は雄となり、左の金玉が落ちた海で生まれた魚は雌となり、やがて雄と雌は混ざり合い、勝手に増えていった。

このようにして、新しい世界は雄と雌を得た。

それからまた三百万年があっという間に過ぎていった。そのあいだ、蒙猫は魚をたらふく食べることができたので、体がもとの二倍ほどになった。

孤独と不安を体から追い出した蒙猫ではあったが、やがて魚だけでは物足りなくなってイライラしてきた。天の声がまたそのイライラの正体を教えてくれた。それは「欲」だった。

「天よ、神よ、どうすれば欲を失《な》くすことができるんじゃ」

「蒙猫よ、かわいそうですが、欲はなくなりません」

「くそったれ、じゃったらわしはどうすればいいんじゃ？　まるで耳のなかのノミみたいに、このくそったれの欲はわしを嬲《なぶ》りよる」

「蒙猫よ、口を慎みなさい」

「口を慎めだあ？　ケッ、このくそったれめ！」

「必要以上は求めず、何事にも感謝するのです」

蒙猫は、欲が生まれたのは魚を食ったせいだと考え、口のなかの牙を全部抜いて、あちこちに捨ててしまった。

その犬歯のひとつから、ゼツが生まれ、もうひとつからメツが生まれた。

このようにして、ゼツとメツが誕生した。しかし、このときはまだゼツはゼツであり、メツはメツにすぎなかった。

ところで、牙を失くした蒙猫はものが食えず、天を呪い、地を罵りながら、餓《う》えて死んでしまった。

すると、その体がいろんなものに化した。

体をびっしりとおおっていた強《こわ》い毛は、稲や麦やコーリャンやトウモロコシや芋になった。

吐息は空にのぼって雲となり、雨をいたるところへ運んだ。

骨は土に還《かえ》って、ありとあらゆる鉱物となった。

鋭い爪は石となり、樹《き》となり、火となり、植物の種となった。

蒙猫の体をめぐっていた熱い血潮は夢となり、脳みそは智慧《ちえ》となって、見る目のある者には見つけられるところを永遠に漂うことになった。

この夢と智慧のおかげで、魚たちのなかで勇気あるものが陸《おか》へ上がることができた。そのものたちは鼻で呼吸することを覚え、だんだんと海から遠ざかり、食ったり食われたり、交わったり滅ぼされたりした。ウロコが抜け落ち、体に毛が生え、やがて野を駆ける無数の獣となった。

陰謀の誕生

兄のゼッと弟のメッツは仲のよい兄弟で、大きくてひんやりとした洞窟に暮らしていた。そして狩りの獲物も、畑の作物も、ふたりで仲良く分け合った。

兄ゼッツは辛抱強く、物事をよく学び、何事にもあわてるということがなかったので、ゼッツの畑からは穀物がよく穫《と》れた。

弟のメッツは力が強く、何物も恐れない勇気を持ち、そして一度決めたことはけっして曲げなかったので、森の動物たちはメッツに見つかったが最後、自分からごろんとひっくりかえって腹を見せる始末だった。

ある日、ふたりが夕食のあとに散歩をしていると、川で水浴びをしている美しい女を見かけた。

水に濡《ぬ》れた女の体は夕陽《ゆうひ》を受けて赤く輝き、地にまでとどく長い髪には、真珠のような水滴がついていた。その両の瞳は湖のような緑色で、ふっくらした胸は水蜜桃のようにみずみずしく、尻は千里を駆ける馬のようにしなやかであった。

それまで女というものを見たことがなかった兄弟は、頭がくらくらして、なにがなんだかわからなくなってしまった。

「兄者、あれはなんというものじゃ？」とメッがようやく口を開いた。

「おれにもわからんよ」とゼッが言った。「しかし、見たところ、あれにはあるべきものが欠けておるようだ」

メッは女の股座《またぐら》をじっと見つめた。たしかに兄の言うように、あるべきものがそこにはなかった。すっかりたまげたメッは、腰にぶら下げた箙《えびら》から矢を抜き取り、弓につがえて女に向けた。

「なにをする、メッ！」

「災いの元じゃ。あのようなものは殺してしまうにかぎる」

ゼッは、たしかにそれも一理あると思ったが、得体の知れない衝動に駆られて弟を制した。

「いかん」そう叫んで、弓矢を構えた弟の手を押さえた。「どんなものでも、この世におるからには、なにか理由があるんじゃ。災いの元じゃというて、迂闊《うかつ》なまねをしたらいかんぞ。蛇を退治したときのことを忘れたか」

メッは憶《おぼ》えていた。兄弟ふたりしてあの嫌らしい蛇どもを千匹も殺したら、今度は増えすぎたネズミに畑をさんざん食い荒らされたのだった。

「ではどうする、兄者?」弓矢を下ろしながら、メッが訊《き》いた。「見なかったことにして、帰るか?」

「それがよかろう」

そのように一決して、兄弟は沐浴《もくよく》をしている女に気づかれぬよう、静かに回れ右をしてその場を立ち去った。

その夜、兄弟は同じ夢を見た。

夢に出てきたのは尾が二本ある化け猫で、蒙猫と名乗った。化け猫は川で水浴びをしていたものの正体を教えてくれた。

「あれは女じゃ」と蒙猫は言った。「どうじゃ?　あの女に会《お》うてから、腹が立つようで哀れでもあり、心ざわめくのと同時に、心安らぐような気もしとるのではないか」

兄弟はうなずいた。

「それは欲じゃ」

「欲?」兄のゼツがそう言うと、弟のメッもたまらずに口を出した。「それがこのもやもやの正体なんじゃな?」

「そうじゃ」と蒙猫。

「わしらはどうすりゃいいんじゃ?」ゼツが尋ねた。「女の姿が目に焼き付いて離れんのじゃ」

「わしも辛抱たまらんのじゃ」メッは哀れっぽい声を出した。「このままじゃと、森の動物どもを一匹残らず殺してしまいそうじゃ」

「欲はなくならん」

蒙猫がきっぱりそう言うと、兄弟はいっぺんに絶望の呻《うめ》き声をあげた。

「まあ、待て待て」化け猫が取り繕うように言った。「なくならんが、鎮めることはできるぞ」

「どうすればいいんじゃ？」ゼツが勢い込んで尋ねると、メッはそれ以上に声を張った。

「わしらはどんなことでもするぞ。山を動かし、川の水を全部飲んでみせるぞ」

「おまえたちにあって、女にないものがあろう？」蒙猫は声を落として、秘密めかして言った。「そのふたつを合わせることができたら、欲は鎮まるんじゃ」

「まことか？」ゼツがそう言うと、メッも念を押した。「それでこのもやもやを消せるんじゃな？」

「消せる」と蒙猫は請け合った。それから、こう言った。「ただし、女はおまえたち兄弟を受け入れはせんじゃろう」

兄弟には知る由もなかったが、じつのところ、蒙猫は欲によって殺されたも同然だったのだ。そのことで蒙猫は天を恨み、地を呪い、死してのちは地獄へ堕《お》ち、悪魔と化して現世《うつしよ》へ舞い戻ってきたのである。

このようにして、世界に謀《はかりごと》の種が蒔《ま》かれた。

愛の誕生

女の名は、アモといった。

そして蒙猫の予言に反して、アモはゼッとメッをどちらともその身の内に受け入れたのだった。

ゼッが野良に出ているときは、メッがアモを抱いた。日が暮れてからゼッが洞窟へ帰ってくると、アモは彼のことも受け入れた。そんなときメッは、獣のようにまぐわうふたりを後目《しりめ》に、口笛を吹きながら火を熾《おこ》し、肉を焼いた。

メッが何日も狩りから戻らないときは、ゼッがアモを抱いた。長雨がつづき、畑へ出られないときは、森のなかで獲物を探している弟の無事を祈りながら、アモのあたたかな体に触れた。ようやくメッが獲物をどっさり持ち帰ってくると、ゼッは弟の無事を心からよろこびながら、みんなのために米と肉を竹筒に入れて炊いた。言うまでもなく、かたわらではメッとアモが折り重なっているのだった。

「わしらにはもう欠けたところはないな」と兄のゼッが言った。「穀物と肉と女があるのじゃからな」

「そのとおりじゃ」と弟のメッがうなずいた。「じゃがな、兄者、わしがなにをいちばんありがたがっとるかわかるか？」

「なんじゃ？」
「わしと兄者がこうして、ずっといっしょにおることじゃ」
ゼツは感極まって、そのとおりじゃ、そのとおりじゃ、と言いながら、溢《あふ》れて止まらぬ涙を腕でごしごしこすった。それから兄弟は肩を組んで、歌を歌った。そんなとき、アモはいつも目を細め、やさしく微笑しているのだった。
浮き世にしがらみは多かれど
兄弟そろえば、恐るるものもなし
ゼツとメツ、ここにあり

そうこうしているうちに、アモの腹が大きくなってきた。

兄弟はいったいなにが起こっているのかと怯《おび》え、木の牢屋《ろうや》をこしらえてアモを閉じ込めてしまった。

「どうしてこんなことをするのじゃ？」泣きの涙にくれながら、アモはふたりの情に訴えた。「うちの体が綺麗《きれい》じゃなくなったから、もういらんというわけ？　いったいどんな了見なんじゃ？　若木がごつごつした大木になったら、それはええことじゃないの？　小魚が沼の主になるのは、智慧がついた証拠じゃないの？」

「やかましい！」腕っぷしの強いメッは棒切れでアモを突き倒した。「生かされとるだけ、ましじゃと思え！」

「アモよ」ゼツがやさしく語りかけた。「おまえの体のなかに、なにかがおるんじゃ。それはおまえ自身がいちばんよく知っとるじゃろ？　いったいそのボテ腹のなかに、なにを隠しとるんじゃ？」

「うちにもわからん！」アモは長い髪をふり乱して叫んだ。「じゃがな、うちの腹からなにが出てこようが、そいつはおまえたち兄弟をぜったいに許さんぞ！」

兄弟は震えあがった。どちらも、アモの腹からなにやら恐ろしげな化け物が出てきて、ひと口で自分たちを食い殺すところを想像した。

ゼツが想像したのは、蛇のような化け物だった。瑠璃《るり》色の体と金色の目を持ち、口からは黒い舌がちょろちょろ覗《のぞ》いている。蛇は出会うものをみんな呑《の》んでしまい、どんどん大きくなり、やがて大きな川になって、なにもかもを押し流してしまうのだった。

メッが思い描いたのは、いつか山のなかで仕留め損ねた大鹿のような化け物だった。頭には刃物のような角が生え、その角には人の骸《むくろ》が鈴なりだった。四本の脚はどれも炎を踏んでおり、ひと足歩くごとに、畑の作物が焼けて黒焦げになった。

「兄者」怖気《おぞけ》をふるって、メッが言った。「ひと思いに、この女を突き殺してしまうのはどうじゃ？」

ゼツもそれはいい考えだと思った。しかし、そう思ったつぎの瞬間、アモの腹が風にたわむ麦のように波打つのが目に入った。

んかが動いとる。たとえいま殺しても、腹んなかの魔物が出てくるだけじゃ」

「見ろ、メッツ」ゼッツは後退《あとずさ》りしながら、牢屋のほうを指さした。「アモの腹んなかで、なんかが動いとる。たとえいま殺しても、腹んなかの魔物が出てくるだけじゃ」

「魔物ごと腹を串刺しにしたらええ」

「よし、そんならおまえがやれ」とゼッツは言った。「そのかわり、わしはちいと出かけてくるぞ」

そう言われては、メッツも迂闊なことはできなかった。アモの腹のなかの化け物は、よもや最初に目にしたものに食らいつくのではあるまいか？　もしそうなら、アモを手にかけた者が割りを食うことになる。

どうすればよいのかわからず、兄弟は日一日と大きくなっていくアモの腹を、ただ指をくわえて見ていることしかできなかった。

アモはもう牢屋から出してくれとは、言わなくなった。そのかわり、牢屋の隅で大きな腹を撫《な》でながら、始終ぶつぶつと話しかけていた。にやにや笑っていることもあった。その声を聞きたくないがために、ゼッツは朝から晩まで野良仕事に精を出し、メッツは山に入って何日も帰ってこなかった。

陽をたっぷり浴びた畑の麦がすくすく育ち、やがてたわわに実るころ、払暁のしじまを破ってアモの悲鳴が響き渡った。

眠りを破られたゼッツとメッツは、びっくり仰天して跳び起きた。

それは山でいちばん恐ろしい熊の咆哮《ほうこう》と、夏の雷と、雛鳥《ひなどり》を鷹《たか》から守ろうとする親鳥の声をぜんぶ混ぜ合わせたような悲鳴だった。

そのあまりの恐ろしさに、兄弟は抱き合ってぶるぶる震えた。

どれほどの時が経ったのか、気がつけばまた静けさが戻ってきていた。ゼツとメツは恐る恐る洞窟の奥にこしらえた牢屋に近づいてみた。

アモが冷たい地面に、仰向《あおむ》けに倒れていた。頭の上には長い髪が一面に広がり、股のあいだは血の海だった。たとえ目の見えない者でも、アモがすでに亡骸《なきがら》と化しているのは、一目瞭然《いちもくりょうぜん》であった。

兄弟が茫然《ぼうぜん》と立ち尽くしていると、アモの着物の裾がもぞもぞと動き、ぬるぬるした生き物が這《は》い出てきた。

生き物はうずくまり、体を小刻みに震わせていた。黒い血にまみれた長い頭髪が顔をおおっていたが、兄弟を睨《ね》め上げる双眸は禍々《まがまが》しい光を放っていた。それを見て、ゼツはやはり蛇を想像し、メツは死力をふりしぼって逆襲に転じる手負いの獣を連想した。

生き物はふらつきながら立ち上がろうとしたが、血溜《ちだ》まりに足を滑らせてころんでしまった。だから、蛇のようにずるずると這っていって、牢屋の格子をすり抜けて出てきた。

ゼツとメツは後退った。

「わしはシットじゃ」とその生き物が言った。「腹んなかにおるときに、お母《かあ》がそう言うた」

兄弟は顔を見合わせた。お母？　なんじゃ、それは？　どうしたらいいのかわからずに立ち尽くしていると、いつの間に出てきたのか、洞窟の天井に例の化け猫が張り付いていた。

「とうとう嫉妬が生まれたのう」そう言って、蒙猫がケケケと笑った。「ゼツとメツよ、シット坊やを甘《あも》う見んことじゃ。いまはまだ細《こま》いが、いずれこやつは世界を丸呑みにしよるぞ」

「なんの！」呪縛を解いて腰から刀を抜いたのは、弟のメツのほうだった。「じゃったら、いますぐまっぷたつにしてくれるわ！」

そう吼えてシットに斬りかかっていったが、蒙猫は二本ある尻尾《しっぽ》のうちの一本をひとふりして、メツの手から刀を叩《たた》き落としてしまった。兄のゼツはおろおろと右往左往するばかりであった。

「お母の腹んなかでな」よろよろと立ち上がりながらシットが言った。「わしは夢を見とった」

また蒙猫が笑った。

「わしはこれからこの世にわしの胤《たね》をばらまく」シットが言った。「それがわしが生まれてきた理由じゃと、その夢が教えてくれたんじゃ」

蒙猫は二本の尻尾でシットを大事そうに巻き取り、おのれの背中に乗せてやった。そして疾風《はやて》のように立ち去るまえに、ゼツとメツにこう言い残したのだった。

「万物にはそれぞれ生まれてきた理由ちゅうもんがある。おまえたち兄弟も然《しか》りじゃ。それはのう、このシット坊やを世に送り出すことだったんじゃ」

それからというもの、ゼッとメッは長いあいだ腑抜《ふぬ》けのようになっていた。胸の真ん中にぽっかりと洞《うろ》が開き、春夏秋冬の風が音を立てて吹き抜けていった。風が吹くたびにゼッは田を耕す手を休め、メッは獲物に狙いをつけた弓矢を力なく下ろした。そして美しかったアモのことを思い出しては溜息《ためいき》をついたり、森の動物たちに情けをかけてやったりするのだった。

まるで一炊の夢のように、兄弟は淡々と日々をやり過ごした。耕し、狩り、食らい、憩い、ときには焚火《たきび》を囲んで夜更けまでアモの思い出を語らった。そうこうしているうちに、とうとう年を取って死んでしまった。

主《あるじ》を失った洞窟には、やがていろんな動物が棲《す》みついた。奥の牢屋はとうに朽ち果て、かつて兄弟が愛とは知らずに愛した女が横たわっていた場所には、美しい石英の墓標が立っている。朝陽が洞窟に射しこむと、思い出す者とてないその墓石が、きらきらと光り輝くのだった。

このようにして、大きな代償と引き換えに、愛がひっそりと生まれた。アモとは人の愛のことなので、嫉妬は愛の腹から生まれたということになる。

嘘の誕生

そのようなわけで、シットは蒙猫とともに、西方浄土の手前にそびえる崑崙山《こんろんざん》で暮らすこととなった。

　そこにはアモの息子のシットのほかに、もうひとりのシットがいた。こちらのシットは体が大きかったので「大シット」と呼ばれ、アモの息子のほうは「小シット」と呼ばれた。

「大シットと小シットよ」と蒙猫が言った。「おまえたちは、これから大きくなって、この世に災いをもたらすのじゃ」

　ふたりは目に決意の光をたたえて、力強くうなずいた。

「そもそも嫉妬とはなんじゃ？　大シットよ、答えてみい」

「おれはホコリを父に、ネタミを母に生まれた」と大シットが答えた。「つまり嫉妬とは、誇りと妬みの子だ」

　ふむ、と蒙猫がうなずいた。「して、おのれは如何《いか》にしてこの世に災いをもたらす？」

「おれは誰の言いなりにもならず、誇り高き者の志をくじき、堕落させ、その心に妬みをコーリャンみたいに植え付けてやるんだ」

「よう言うた！」蒙猫は快哉《かいさい》を叫んだ。「おのれのお母は、お父《とう》を殺しよった。それもお父が村の娘をちょいとばかり長く見つめたという理由でな。それほどまでに、人の妬みは深いんじゃ。おのれはそこからなにかをちゃんと学んどるようじゃな」

　大シットがふんと鼻を鳴らした。おまえなんぞにおれのなにがわかる、というそのふてぶてしい態度に、蒙猫は満足げに目を細めた。

「つぎは小シットじゃ。答えてみい」

「わしはゼツメツとアモの子じゃ。つまり嫉妬とは、絶滅と愛の落とし胤じゃ」

ふむふむ、と蒙猫がうなずいた。「して、おのれは如何にしてこの世に災いをもたらすつもりじゃ？」

「わしは人の愛に付け込んで、そいつを狂わせて、破滅させてやるんじゃ」

「ととのったのう！」蒙猫がぴしゃりと膝を打った。「愛を知るもんは、強くも弱くもなる。小シットよ、おのれは権謀術数のかぎりをつくして、人からその愛を奪ってやるんじゃ」

小シットはうなずいた。

「おのれらに重々申し付けておく」と蒙猫が言った。「あそこに桃の木が見えるか？　あの木には年中桃がなっとるが、けっして食ろうてはならんぞ。あれはかの孫悟空《そんごくう》も食ろうた不老長寿の仙桃じゃ。しかし霊力の弱いもんが食ろうたら、たちまち精気を吸い取られて死んでしまうのじゃ。わかったか？　ぜったいに近づいてはならんぞ」

大シットと小シットは、仲のよい兄弟のようにして、崑崙山ですくすく育った。美しい大自然のなかで――それはすべて蒙猫の体が化したものである――ありとあらゆるものを破滅に追い込んでやった。

大シットは山の主と呼ばれている大イノシシを矢で射殺《いころ》し、小シットは山鳥の雛をひねりつぶした。

なにかが冷たい骸となるたびに、その死を悼《いた》むすすり泣きが、まるで竹林に吹く風のように、ざわざわと森いっぱいに広がった。

賢いこのふたりはすぐに、自分たちの目的を達成するためには、けっして真実を口にせず、それとは正反対のことを言いふらしたほうが得策だということに気がついた。

山の麓の村に身持ちの堅い乙女《おとめ》がいると聞けば、あらぬ噂《うわさ》を垂れ流した。娘はそれを苦にして首をくくった。

孤独な炭焼きがいると聞けば、そいつの炭焼き小屋にほうぼうから盗んできた宝物を隠したうえで、こいつは赤子まで手にかける悪逆非道な盗賊だと言いふらした。哀れな炭焼きは、腹を立てた村人に犬のように叩き殺されてしまった。

このようにして、嘘《うそ》が生まれた。

これでこのふたりはもう大丈夫だと思ったのか、いつしか蒙猫は姿を見せなくなっていた。

「おれたちは五分と五分の兄弟だ」大シットが言った。「この世のあらゆる誇りと愛をぜんぶ我が物とし、かわりに妬みと絶滅を食らわせてやる」

「そのとおりじゃ！」小シットは諸手《もろて》を挙げて賛意を示した。「わしらは、この世にふたりきりの兄弟じゃ」

「それなら、兄弟よ、なにかおれたちだけのしるしがあったほうがいいな」

「じゃったら、兄弟よ、顔に一生消えんしるしをつけるのはどうじゃ？」

それはいい考えだということで、ふたりは試行錯誤したあげく、顔に傷をつけて煤《すす》をすりこめば、洗っても落ちないことを突き止めた。

大小のシットはかわりばんこに小刀でおたがいの顔を刻み、煤をなすりつけた。ふたりはゲラゲラ笑い、顔の血と煤を沢の水でごしごし洗い流した。すると風や、雷や、炎や、大波を想起させる模様だけが残った。

このようにして、刺青《いれずみ》が生まれた。

嘘と刺青がほぼ同じ時期に生まれたのは、驚くにはあたらない。なぜなら刺青というのも、考えようによっては嘘の一部なのだから。

後悔の誕生

大シットの頭がへんになったのは、大シットが十一歳、小シットが九歳になったばかりの、夏のことだった。

桃の木には、みずみずしい実がついていた。風のなかに、これから先もずっと変わらないさわやかなにおいが満ちていた。

ある日、大小シットが森の沼でフナを釣っていると、木立ちのあいだから村の娘がふらふらと出てきた。

ひと目見て、ふたりともこれは尋常ではないと悟った。

娘は長い髪をふり乱し、着物の裾がはだけ、おまけに裸足《はだし》だった。そのほっそりとした白い足は泥で汚れていた。

「おい、小シット」と大シットがささやいた。「あの娘っ子をどういたぶる？」

「そうじゃなあ」と小シット。「大きな石にくくりつけて、この沼に沈めてしまうのはどうじゃ？」

が、ふたりが手をくだすまでもなかった。

娘はなにかに憑《つ》かれているかのように、よろよろと自分から沼に入っていったのである。足でも洗うのかと思ったが、そうではなかった。娘はどんどん深みへと進み、とうとう頭まで水に沈んですっかり見えなくなってしまった。

大シットと小シットは顔を見合わせ、それから釣竿《つりざお》を投げ捨てて、頭から水のなかへどぼんと飛び込んだ。

沼の底に沈んだ娘を引き上げたのは、大シットのほうだった。小シットは娘を陸へひっぱり上げ、馬乗りになって胸を押した。はじめのうちは粘土でもこねているみたいだったが、ぐったりしていた娘は体を仰《の》け反《ぞ》らせたかと思うと、口からどっと水を吐き出し、激しく咳《せ》き込んだ。沼から上がってきた大シットが、その背中を撫でてやった。

「どうしたんだ？」大シットが言った。「なんでこんなことをする？」

すると、娘はさめざめと泣きながら、好いた男が死んでしまったと打ち明けたのである。

「正直な炭焼きでした」そう言って、娘ははらはらと涙を落とした。「盗賊と間違われて、殺されてしまったんです。あの人がいなくなって、うちはもう生きている甲斐《かい》がなくなりました」

大シットと小シットは顔を見交わした。

この日から、大シットはふつうではなくなった。ぼんやりしていることが多くなり、時折思い出し笑いをしたり、目に涙を浮かべて遠くの山々を眺めていることもあった。いつも上《うわ》の空で、小シットが誰かを破滅させてやろうぜと誘っても、曖昧な返事ばかりして、ちっとも乗ってこない。そして気がつけば、いずこへともなくいなくなっているのだった。

ある夜更けに、小シットがこっそりあとを尾《つ》けてみたところ、大シットは森で採ってきた果物《くだもの》や木の実、川で獲《と》った魚などを竹籠にどっさり入れて、足音を忍ばせて山を下りていった。岩を飛び越え、沢を渡り、畑の畦道《あぜみち》を踏んで大シットが向かったのは、村はずれにある炭焼き小屋だった。

竹籠を炭焼き小屋のまえにそっと置くと、大シットはまたとぼとぼと来た道を引き返していった。

草叢《くさむら》に身を潜めていた小シットは、大シットの姿がすっかり夜と見分けがつかなくなってから、抜き足差し足で小屋へ近づいてみた。開け放った窓からなかを覗くと、あの女が板の間で眠っていた。

死んだ炭焼きの後を追おうとした、あの愚かな娘が。

なにかが胸のなかで蠢《うごめ》くのを、小シットは感じた。痛いような、息苦しいような、氷のように冷たいような、炎のように身を焦がすような、乾いていて、それでいてぬるりとした塊に胸をふさがれた。

なんじゃ、これは？　小シットは着物の胸を掻《か》きむしった。その手がぶるぶると震えていた。なんぞ悪いもんでも食うたんじゃろうか？　そして、おのれが大シットに対して、激しく腹を立てていることに気づいた。でも、いったいなんでじゃ？　わしはなんでこんなに腹を立てとるんじゃ？

小シットはもう一度、格子窓から眠っている女を覗き見た。理由がさっぱりわからない。大シットがこの女に食い物を持ってきてやったからといって、わしが腹を立てる道理がどこにあるんじゃ？

しかし小シットは、深く物事を掘り下げて考えることに慣れていなかった。いつも心の赴くままに生きてきた。欲しければ奪い、気に入らねば殺す。そのようにして、おのれのなかの嫉妬や妬みに餌をあたえつづけてきたのだ。

このときも、考えるより先に体が動いていた。腰帯から小刀を抜き出すと、猫のように小屋に忍びこんだ。眠っている女を冷たく見下ろし、鋭い刃をその喉元にあてがう。まさにそのとき、なにかが天啓のように小シットを打った。その残忍な考えに、小シットは全身が打ち震えるほどの喜びを覚えた。だから、女を殺すのはやめにして、そのかわり乱暴に着物をむしり取った。

目を覚ました女が恐怖に目玉を飛び出させ、わななき声をあげたが、小シットはそれを殴って黙らせた。女を手籠《てご》めにしているとき、小シットにはひとつの声が聞こえていた。

まだ母親の腹のなかにいるとき、ずっと聞こえていた声だった。あんたのお父はふたりおるのよ、ゼツとメツ、どっちもあんたのお父じゃよ、いいかい、シットや、愛《アモ》を殺したのはこのふたりなんじゃよ……お母を殺したのは、ゼツひとりでも、メツひとりでもないんじゃ。小シットは思った。ふたりで寄ってたかって、お母を殺しくさったんじゃ。

「おい」事が終わると、小シットはぐったりしている女に尋ねた。「おまえ、名はなんと言う？」

女が答えないので、小シットは小刀で女の首っ玉を掻き切る真似《まね》をした。それでも相手がうんともすんとも言わないので、小シットは小刀を収めてこう言った。

「なにも言わんのなら、おまえは空っぽの無じゃ」

女の白い背がぴくりと動いた。

「生まれてくる子の名はゼツメツじゃ」小屋を出ていくまえに、小シットは冷たく言い渡した。「このシット様の胤じゃ。おまえの空っぽの腹で、わしらの子を大事に育てるんじゃぞ」

山に帰り着くころには、頂から曙光《しょこう》が射しはじめていた。新しい一日を迎えるために鳥たちは歌い、土はにおい立ち、魚は跳ね、風は樹冠をさわさわと揺らしていた。小シットは禁じられている桃の木へまっすぐ行き、枝からほどよく熟した実をふたつもぎ取った。それを持って洞窟へ戻ると、大シットが起きて待っていた。

「どこに行っとった？」

「あの女を傷物にしてやったわ」小シットは吐き捨てるように言った。「おのれが何者か忘れくさりよって……おまえなんぞ、もう兄弟じゃないわ」

大シットは恥じ入って、顔を伏せた。

「食え」小シットは桃を差し出した。「おまえとわし、もし霊力が充分じゃったら死ぬことはない。そうじゃなかったら、もう生きとっても仕方がなかろう」

「おれは知りたかったんだ」大シットがつぶやいた。「おれたちの生き方とはちがう生き方を」

「手遅れじゃ」

そう言うと、小シットは大シットを睨《にら》みつけながら、不老長寿の仙桃をがぶりとひと口かじった。

たちまち毒が全身にまわって、小シットはその場で死んでしまった。ばたりと倒れ伏したその手から、桃がころころと逃げ出した。

大シットは骸と化した小シットを見下ろし、桃を口に持っていった。大きく口を開けたが、すんでのところで思いとどまって、桃を遠くへ投げ捨てた。それから霊峰崑崙山を捨てて、姿をくらましてしまった。

山を下りていく大シットを、霊魂となった小シットは、蒙猫とともに天空から眺め下ろしていた。

「わしも学ぶところがあったぞ」と蒙猫は言った。「死ぬ覚悟を持った嫉妬は、もはや嫉妬たりえんのじゃな。まあ、嫉妬は嫉妬でも悲しい嫉妬じゃ」

　小シットはうなずいた。大シットに対してすまない気持ちでいっぱいだった。死ぬ覚悟を持ち得なかった大シットは、これからどこへ行こうとも、嫉妬の炎に焼かれて生きていくことになる。そして、女に対しても詫《わ》びたかった。だが、すべては遅きに失していた。物事が取り返しがつかなくなってはじめて、人はようやく我と我が身をふり返ることができるのだ。

　このようにして、後悔が生まれた。その十月《とつき》十日後に生まれたのが嫉妬と無の子、すなわち絶滅である。


（「小説宝石」二〇二一年三月号）

紅牡丹

澤田瞳子

【作者のことば】

個人的な話であるが、最近、天皇陵への関心が増している。平安期の史書に盗掘記録が残る推古《すいこ》天皇陵、鎌倉時代の盗掘事件によって、陵墓内はおろか遺骨の有様までが記録されるに至った天武《てんむ》・持統《じとう》天皇陵など、歴史に名を刻んだ天皇たちは時に死後もなお事件の主役となる。本作はある書籍に記されていた聖武《しょうむ》天皇・光明《こうみょう》皇后陵と松永久秀《まつながひさひで》という組み合わせから着想を得た。時代を超え、意外な人物たちが思いがけぬところで出会うのもまた、歴史の面白さである。

澤田瞳子（さわだ・とうこ）　昭和五十二年　京都府生
『孤鷹《こよう》の天』にて第十七回中山義秀文学賞受賞
『満つる月の如し　仏師・定朝』にて第二回本屋が選ぶ時代小説大賞、第三十二回新田次郎文学賞受賞
『若冲』にて第九回親鸞賞受賞
『駆け入りの寺』にて第十四回舟橋聖一文学賞受賞
『星落ちて、なお』にて第百六十五回直木賞受賞
近著――『漆花《しっか》ひとつ』（講談社）

春日山《かすがやま》の麓にそびえる東大寺《とうだいじ》大仏殿の瓦が、冬日に鈍く光っている。強い北風が雲を吹き散らした空は白々と高く、その高みで弧を描く鳶《とび》までが、吹き荒《すさ》ぶ風に翼を休めそこなっているかのようだ。

「お苗《なえ》さま、見えて参りました。あれが今日からお住まいになる、多聞山《たもんやま》城でございます」

板輿《いたごし》の揺れに身を任せて空を眺めていた苗は、輿の外からの乳母の根津《ねづ》の低い呼びかけに身を起こした。だが簾《すだれ》をかき上げて板輿の行く手に目を凝らしても、南都《なんと》の町並みの向こうにそびえるのは土の色を剝《む》き出しにした小山ばかり。城と言えば必ず巡らされているはずの土塀も甍《いらか》を光らせる曲輪《くるわ》も、皆目見えはしない。

「城なんてないじゃない。あれは禿山《はげやま》だわ」

輿の窓から顔を突き出し、九歳の幼さをにじませて頰を膨らませた苗に、根津は首を横に振った。普段、優し気な笑みを絶やさぬその顔は強張《こわば》り、寒風のせいではないと分かるほど血の気がなかった。

「あの山こそが松永霜台《まつながそうだい》（弾正《だんじょう》）どのの城。禿山と映るのは、まだ作事が半ばのせいでございます。根津は半月前、お苗さまの今後のお暮らしについて計らうため、あそこを訪れましたので間違いありません」

多聞山城です、と繰り返す根津の眼《め》に機嫌をうかがう色がよぎったのは、生まれて初めて父母の元を離れた苗が、荒けない山城の生活に駄々をこねるのではと考えたためだろう。いや、根津だけではない。輿を担ぐ下男やその背後に従う守役《もりやく》の田代喜兵衛《たしろきへえ》も、苗の一挙手一投足に固唾《かたず》を呑《の》んでいる。

違うと繰り返したい気持ちを、苗は無理やり飲み込んだ。それと入れ替わりに胸にこみ上げてきたのは、生まれ育った十市《とおち》平城の賑《にぎ》わいであり、自分を瞬《まばた》きもせずに見据える父・十市遠勝《とおかつ》の痩せこけた顔であった。

繁華な町筋が館の四方を囲繞《いにょう》し、東に三輪山《みわやま》、西に生駒《いこま》の山並みを望む十市平城が、三好長慶《みよしながよし》の重臣・松永弾正久秀《ひさひで》率いる軍勢に取り囲まれたのは半年前、永禄《えいろく》四年の夏であった。

十市氏は筒井《つつい》氏、越智《おち》氏と肩を並べる古くからの大和国国人《やまとのくにこくじん》だが、筒井氏の領する国中城を始めとする一帯の諸城を破竹の勢いで攻め落とし、瞬《また》く間に大和一国を掌中にした久秀の勢いの前にはなす術《すべ》もない。一度は多武峯《とうのみね》に立てこもって反撃の機会をうかがったものの抗しきれず、一人娘の苗を人質として差し出すことを条件に、久秀と和睦を結んだのであった。

「霜台どのはこの春から、南都の北に新たな城を築き始めていらしてな。そこにはおぬしぐらいの年頃の子どもが、幾人も暮らしておるそうだ。それゆえ、苗も決して寂しくはなかろうて」

大和国は守護職の任に当たる南都の大寺・興福寺《こうふくじ》のもと、筒井、越智、箸尾《はしお》、布施《ふせ》、十市といった国人衆が長年、離合集散を繰り返してきた地である。畿内《きない》の統治者たる三好氏の権力が背景にあるとはいえ、乱立する国人衆を圧倒的な兵力を用いて制圧した松永久秀がどれほど恐ろしい男であるかは、苗の如《ごと》き女児にもよく分かる。

弱き者が虐げられ、強き者がはびこるのは世の習い。十市氏に先駆けて久秀に屈した大和国人衆も、子女を人質として多聞山城に送ることで、束《つか》の間《ま》の平穏を保っているのだろう。

ここで自分が否を言えば、身体《からだ》が弱く、気性もおとなしい父の立つ瀬は失《う》せる。そう気づいてしまうと、苗は声を詰まらせる父に、ただうなずくしかなかった。十市城に戻ることを許された父母とともに、慣れ親しんだ館に別れを告げ、今朝《けさ》早く、十市を発《た》ったのであった。

大小の商家が立ち並ぶ奈良の町を抜け、佐保川《さほがわ》のほとりに至れば、行く手にそびえ立つ多聞山城の異様さはますます際立った。なにせ山裾に濠《ほり》が穿《うが》たれ、頂上近くに二、三棟の小屋こそ見えるものの、山の木々は大半が伐採され、剝き出しの山肌に無数の人足《にんそく》が取り付いている。

いや、山肌ばかりではない。山裾にはいたるところに資材が積み上げられ、裸木を積み上げた木橇《きぞり》や畚《もっこ》を担った男たちが忙《せわ》しく行き交っている。立ち退《の》きを命じられた寺であろうか、二層造りの山門の屋根に人足たちがよじ登り、軒から外した瓦を地上の仲間に投げ渡している。その奥に建つ伽藍《がらん》はすでに屋根の垂木《たるき》が露《あら》わとなり、人足が大槌《おおづち》で土壁を崩し、剥き出しの柱に縄をかけて引き倒そうとしていた。

冷たいばかりだった風に土の臭いが混じり、輿の中まで砂が舞い込んでくる。「窓を閉ざされませ」という根津の勧めが、人足衆の喚《わめ》き声と作事の喧騒《けんそう》でほとんど聞こえない。苗は震える手を、膝の上で握りしめた。

多聞山城はまだ作事半ばと聞いていたが、山を削り、近隣の寺を今まさに破却しているところを見ると、完成までは相当の歳月がかかるのだろう。人質といっても、根津と田代喜兵衛の供も許され、衣食に困らぬ生活が安堵《あんど》されるはずだが、こんなけたたましい作事場のどこに自分の住処《すみか》があるのだろう。

庭の築地《ついじ》の向こうから商家の賑やかな売り声が響く十市平城が、急に懐かしくなってくる。

（だいたい、こんなところじゃ――）

心細さを堪《こら》えながら、苗は窓を細く開けた。根津が背負っている菰荷《こもに》に、潤みかけた目を凝らした。

身の廻《まわ》りの品々は、すべて唐櫃《からびつ》に納めて運搬している中、たった一つ、乳母である根津が直々に運んでいるそれは、十市城の庭から根扱《ねこ》ぎで運ばせてきた緋牡丹《ひぼたん》の株であった。

苗の城入りが決まった際、母のお駒《こま》が是非にと持たせたあの牡丹も、こんな荒々しい城では満足に花をつけないかもしれない。そう思うと胸が塞ぎ、佇立《ちょりつ》する小山がますます恐ろしくなってくる。

「おおい、どけ。御城に入られるお輿だぞ」

佐保川にかかる板橋を渡ると、輿を取り巻く喧騒はいっそう激しくなった。田代喜兵衛が走り出て輿の先払いを始めたが、立ち働く人足たちの耳にはその触れ声もろくに届いていないらしい。

うわんと鳴る鐘の中に放り込まれたが如く耳が塞がり、砂が口の中まで飛び込んでくる。さしたる高さもないはずの目の前の小山が、苗を一口に飲み込もうとする巨大な悪鬼羅刹《らせつ》のごとく見えてきた。

「根津、お根津」

恐怖にたまりかねて乳母を呼んだその時、「やめてくれえッ」との絶叫が辺りにこだました。一行の行く手に小柄な老僧がもんどりうって転がり出、つんのめるように輿が止まった。

泥にまみれながら跳ね立つ僧侶を、真っ黒に日焼けした人足たちが取り囲む。この野郎、と喚きながら、細い老僧の体を数人がかりで突き飛ばした。

「また邪魔をしやがってッ。いったいどこから入って来やがるんだ」

ぬかるんだ地面に這《は》いつくばり、僧侶は血走った目で喚き散らす人足たちを見据えた。

「頼む。どうかやめてくれッ。この眉間寺《みけんじ》は聖武《しょうむ》感応天皇さまと光明《こうみょう》皇后さまの御霊《みたま》をお慰めする陵前寺。おぬしらはお二方の御陵《みささぎ》を取り崩すだけで飽き足らず、かような古刹の伽藍まで破却するのか」

「うるさいなあ。弾正さまはその代わり、聖武天皇さまのご陵内に新しい寺をお建てくださっただろう。その上、なにを文句を言うことがある」

人足頭《がしら》と思《おぼ》しき半白の男が、筒袖の肘をがしがしと掻《か》きながら顔をしかめる。今しも取り崩されようとしている背後の伽藍を一瞥《いちべつ》し、「こんな古めかしい寺と新たな堂宇が引き換えになるのだ。むしろ、喜ぶべきだろう」と吐き捨てた。

「馬鹿ぬかせッ。ご本尊のみ、筵《むしろ》にくるんで運び出させたものの、七仏薬師を鋳奉った光背も須弥壇《しゅみだん》も持ち出させなかったのは、どこのどいつだッ。金銅の盤に錦の華鬘《けまん》、極楽の様を描いた三面の壁画……飾り金具や瓦以外にもあの伽藍には山と重宝があるのに、それを伽藍ごと壊させようとは」

「やめろ、勝源《しょうげん》。逆らうではないッ」

人足に摑《つか》みかかろうとする老僧に、どこからともなく駆けてきた数名の僧が組み付いた。なおも暴れる老僧を地面に引き倒して取り押さえ、人足頭に卑屈な態度で頭を下げた。

「いやはや、申し訳ありませぬ。三綱《さんごう》合議の上、眉間寺はすべて霜台さまのお下知に従うと決めましたのに、こ奴《やつ》ばかりが歯向かいまして。――おい、勝源。いい加減、得心しろ」

「いいえ、できませぬ。なぜ皆さま、こんな奴に頭を下げられますのじゃ。見てくだされ、これをッ。あの美々しき本堂を、こ奴らはかように無残に砕いておるのですぞ。それでもなお、下知に従うと仰せですかッ」

勝源と呼ばれた老僧が、何かを握りしめた片手を高く掲げる。土臭い作事場には不釣り合いなほど鮮やかな朱色が、苗の目を一瞬かすめた。

「うるさいなあ、さっさと連れてゆけ」

ふくよかな頬を苦々しげに歪《ゆが》めて、僧侶の一人が片手を振る。同輩たちが力ずくで勝源を連れ去るのを見送ってから、再度、人足頭に小腰を屈《かが》めた。

「眉間寺は寺を挙げて、霜台さまのお下知に従います。作事奉行さまにも何卒《なにとぞ》よろしくお伝えくだされ」

「当たり前だ。それにしてもあの勝源には困ったものだ。毎日押しかけて来て騒がれては、こっちも腕を頼みに追い払うしかないぞ」

「我らもお建てくださった仮金堂《こんどう》の掃除やら、持ち出した経典の整理やらを申し付け、なるべくあ奴を寺外にやらぬようにしておるのです。されどいつの間にかこっそり抜け出し、あの始末。今後は決して目を離さぬように致しますので、どうかご容赦くださいませ」

ゆるゆると動き出した輿の中からうかがえば、人足頭たちの背後の伽藍は早くも二方の壁が取り崩され、もとは本尊が置かれていたのであろう須弥壇を中心に瓦礫《がれき》の山が築かれているのが見える。男たちが大槌を揮《ふる》うごとに残る壁に穴が空き、すでに瓦の取り外された屋根から木っ端が雨あられと降り注ぐ。吊《つ》るされたままの幡《ばん》がその礫《つぶて》を受け、身をよじるように揺れていた。

「根津、あの御寺は」

窓に貼りついて小声で問うた苗に、根津は素早く四囲をうかがった。辺りの人足たちがそれぞれの仕事に忙しく、作事場を過ぎる一行など気にも留めていないと確かめてから、

「眉間寺と申す古刹でございますよ」と小声で応じた。

「もともとこの御山は、左が東大寺をご建立なさった聖武天皇さま、右がそのお妃《きさき》でいらした光明皇后さまの陵《みささぎ》だったのです。ですがご覧の通り、この地は南に佐保川、東に木津《きづ》や京に続く奈良坂を擁し、近くは南都の寺々、遠くは筒井や郡山《こおりやま》までを一望できる勝地。それゆえ霜台どのは新たなる城を建てるため、光明皇后さまのご陵墓とその東の小山を切り崩されたのです」

「ご陵墓をですって」

大和一帯には歴代天皇の陵墓が数多く残されており、十市平城の近辺だけでも神武《じんむ》天皇陵、綏靖《すいぜい》天皇陵といった古陵が緑の色濃き木々をこんもりと茂らせている。

古《いにしえ》の帝《みかど》の眠る奥津城《おくつき》とあれば、取り立てて祭祀《さいし》までは行わないとしても、常に敬愛の念を以《もっ》て接するべき。そう信じ切ってきた苗にとって、陵墓の破壊は神仏の罰をも恐れぬ行為と聞こえた。

根津によれば、聖武天皇陵である佐保南陵は塚を覆う木々を伐採され、頂に物見櫓《やぐら》を建てられるだけで済んだが、光明皇后の眠る佐保東陵は頂上を切り崩され、東隣の山と一

つなぎとされてしまった。併せて、天皇・皇后の菩提《ぼだい》を弔うべく陵前に建てられていた眉間寺までもが南陵の中腹に強引に移動させられ、小山のぐるりは現在、多聞山城を支える臣下の屋敷町を作るべく、作事が進められているという。

「さすがの霜台さまも、ご自身の無理はよくご存じなのでしょう。眉間寺の三綱に金二十貫を与え、今後、城の仏事すべてはかの寺に委ねると仰せられたそうです」

非難と恐怖がないまぜになった口調で根津が語る間にも、輿は小山の裾に巡らされた濠にかかる板橋を渡り始めている。雑兵が槍《やり》を手に目を光らせる大手門で来意を告げ、いざ多聞山城内に踏み入れれば、急峻《きゅうしゅん》な斜面にはろくな石段とてない。おかげで苗は輿舁《か》きが足をすべらせる都度、板壁に頭を打ち付ける羽目となったが、やがてたどり着いた山頂は平らに切り開かれ、意外にも木の香も清々《すがすが》しい平屋や瓦屋根の置かれた二層櫓が軒を連ねている。

それらが山裾から見えなかったのは、建物を覆い隠す勢いで走る人足衆と、あちこちで上がる土埃《つちぼこり》のせいらしい。導かれた曲輪の一角には庭が作られ、形の悪い築山《つきやま》やひょろりと痩せた松まで植えられていることに、苗はわずかな安堵を覚えた。

「さあ、どうぞこちらへ。皆さま、お待ちでございます」

案内の侍に促されて輿を降り、広縁に面して無数の板間が連なる長局《ながつぼね》へ踏み込む。根津たちと引き離されて導かれた先は、日当たりのよさげな南の一間であった。

「さあさあ、皆さま。十市のお子がお越しですぞ。仲良く暮らされませよ」

大声とともに侍が襖《ふすま》を開け放った先では、三人の少年がそれぞれ漆塗りの見台《けんだい》を前に膝を連ねている。床の間を背に座っていた小直衣《このうし》姿の男が、「ほう、また新たな姫御前でございますか」と笑って、円座《わろうだ》から滑り降りた。

「さよう。十市郷を領しておられる十市遠勝どのの娘御でござる。お苗どの、こちらはわが家の祐筆《ゆうひつ》の楠《くすのき》長諳《ちょうおん》どの。ここにおいでのお子がた同様、そなたさまに学問をお授けくださる師でございます」

「なあに、勤めの合間に皆さまのお相手を務めているだけのこと。師とお呼びいただくほどの学はありませぬ。それにしても新たなお子がおいでとなれば、みな、気もそぞろになりましょう。よし、今日はここまでにいたしますかな」

両膝をどんと突いて、長諳が立ち上がる。そのひょろりとした影が侍ともども広間を去るのを待たず、少年たちが苗をわっと取り囲んだ。

いずれも質素ではあるが、熨斗目《のしめ》のよく当たった衣に身を包んでいる。十二、三歳と思しき少年が戸惑う苗に向かい、「わたしは中坊藤松《なかぼうふじまつ》と申す」と真っ先に名乗りを上げた。

「こちらは布施井久太《いくた》どのに箸尾小五郎《こごろう》どの。ともにお苗どのには、ご同輩だな」

布施と箸尾は十市同様、大和古来の国人。井久太と小五郎は苗とおっつかっつの年頃と見えるが、学問よりも武張ったことの方が得意と見えて、冬にもかかわらず、ともに前後が判じがたいほどに日焼けしている。

「十市遠勝が娘、苗と申します。皆さま、どうぞよろしくお願いいたします」

「ちぇっ、女なんてつまらねえなあ」

舌打ちをした井久太の頭を、藤松がすぐさま、「なにを言うか」と拳で打った。

「だって、男なら相撲《すもう》や弓の仲間になれるのに、女じゃなにもできねえじゃないか」

「男だろうが女だろうが、この多聞山城にいる限りは等しく人質仲間だ。意地悪を言うな」

中坊氏は興福寺衆徒の家柄で、代々、興福寺領の奉行や関係社寺の検断に当たっている。有無を言わせぬ藤松の口調に、井久太はむっつりと唇を引き結んだ。

「この山里曲輪は丸々、我らの住まいになっている。困ったことがあれば私なり、長諳さまに言うといい。大抵のことはお許しいただけるはずだ」

にっこり笑う藤松は二年前から、また他の二人はこの春から久秀の人質になっているという。作事場のけたたましさが嘘《うそ》のような曲輪の静けさに、苗は強張っていた肩の力を抜いたが、いざ多聞山城での起き居が始まると、その日々は予想を裏切ってひどく平穏であった。

長諳は三日に一度の割合でやってきて、和漢の書物の講義を行ってくれる。四人が暮らす曲輪の入り口には見張りが置かれているが、前もって許しを得ておけば、作事場の見物に行くことすらできた。

多聞山城の主《あるじ》である松永久秀とは、三月《みつき》、半年と日が過ぎても、一度も顔を合わせる機会がない。なにせ久秀はいまだに、大和国人きっての勢力を有する筒井氏と小競り合いを繰り返しており、席の暖まる暇とてないのだろう。実際、苗が多聞山城に入った直後には、総勢二百あまりの筒井軍が佐保川の南に押し寄せ、総門から打って出た松永勢と戦《いくさ》になりもした。

ただ、さすがは大和一国を掌中にした戦上手《じょうず》だけに、久秀は相次ぐ小競り合いにも一向に屈せず、さりとて城の作事を止めもしない。それだけに苗は日が経《た》つにつれ、日夜鳴り響く槌音にも、突如、城内に轟《とどろ》く具足の音にも慣れていった。

長局の広縁から見おろせば、山裾には大小の大路が走り、眉間寺の伽藍はもはやどこにあったかすら判然としない。整然と縄張りが巡らされた地所の中で、大小の家屋敷が春の筍《たけのこ》のように見る見る建ってゆく様は壮観で、時には藤松がかたわらから、「あの池が目立つ家は、霜台さまの股肱《ここう》の臣である海老名石見守《えびないわみのかみ》さまのお屋敷。その隣は岡周防《おかすおう》どののお屋敷だ」と教えてくれるのも楽しかった。

曲輪の庭から東に目を転じると、一度だけ、父母に伴われて参詣した東大寺の大伽藍が驚くほど間近に見える。甍を陽射《ひざ》しに光らせる大仏殿を眺めているだけで、頭を痛いほどに反らして仰いだ毘盧舎那《びるしやな》大仏の威容が思い出された。

「来月にはお城の櫓が棟上げされ、奈良の町衆たちを祝いのために招くらしい。その夜は能や茶湯、神楽《かぐら》も催されると聞くから、お苗どのも楽しむといい」

布施や箸尾とは異なり、中坊家の主は興福寺。かねて南都の諸寺とは円満な関係を保っている久秀だけに、そんな中坊家には人一倍の配慮があるのだろう。藤松は人質であるとともに、久秀の小姓として奥向きの用を務めてもおり、多聞山城のあれこれにも詳しい。新入りの苗を気遣い、不都合はないかと頻繁に問うてくれるのも藤松であった。

「それは賑やかになりますすね」

井久太と小五郎は学問が苦手らしく、暇さえあれば二頭の子犬のように庭を走り回っている。ことに腕白な井久太には手ずから植えつけた牡丹を踏みつけられそうになったこともあるだけに、藤松の穏やかさはなおさら際立って感じられた。

「山上の作事も残りわずかだからな。山裾の屋敷は、まだ日数がかかるだろうが」

暦はすでに盛夏を迎え、忙しく立ち働く人足たちの濃い影が、くっきりと目立つ。今後は城濠を更に深くして、西の聖武天皇御陵の中腹には櫓を、また平坦《へいたん》に削った光明皇后御陵の西には虎口《こぐち》を――と眼下を指しながら語る藤松に、苗はふと「そういえば眉間寺は」と呟《つぶや》いた。

「ああ、あの御寺ならすでに本堂に多宝塔、回廊と伽藍のすべてが整い、二か月ほど前に落慶法要が営まれたはずだ。お苗どのが眉間寺をご存じなら、長諳さまにお願いして、供養の席にお連れすればよかったな」

苗たちの曲輪は城の中でも東端に位置するため、ここからでは新しい眉間寺の様子は分からない。いいえ、と首を振ってから、苗は庭でもっとも日当たりのいい一角で葉を茂らせる牡丹に目をやった。

水や肥の量も申し分ないはずなのに、十市の城から無理やり植え替えたのが悪かったのか、牡丹はこの夏、一つも花を咲かせなかった。疎ましいほどに葉を広げている点から推すに、城の土が合わぬわけではないのだろう。懐かしい十市城で目に痛いほど鮮やかに開いていた紅《くれない》の花の記憶が、老僧が握りしめていた緋色《ひいろ》の破片を思い出させた。

「そういえばこの御城に来た日、御坊が一人、作事の衆に食ってかかっているところを見かけました」

「ああ、勝源か」

苗の案じていた僧の名を、藤松はあっさり口にした。驚き顔になった苗に、「あの御坊には、霜台さまも長諳さまも手を焼いておられたのだ」と苦笑した。

「元はこの辺りをうろついていた乞食坊主だったのを、先代の眉間寺のご住持が哀れと思し召し、寺に入れてやったらしい。ただ、そのせいかいささか忠義が過ぎ、眉間寺の破却が決まった時には、城の総門の前に座り込み、突いても脅しても立ち去らなかったとか」

普段は寺の掃除に庭掃き、はては池の泥さらいなど、骨身を惜しまず働く実直な老僧なのだがな、と藤松は続けた。

「旧《きゆう》の伽藍が残らず破却された後は、さすがに諦めもついたのだろう。最近は御陵の隅に畑を作り、新造成った本堂に供える花を自ら育てているとやら。もともと旧の眉間寺でも境内の隅に花畑を作り、訪れる者たちの目を楽しませていたらしい」

花をつけぬままの牡丹の株を、苗は再度見つめた。小袖の端を強く握りしめ、あの、と藤松に歩み寄った。

「実はわたくし、花守が欲しいと思っていたのです。それであれば、あの御坊に山里曲輪の庭の手入れを任せられぬでしょうか」

「あ奴にか」

藤松は鰓《えら》の張った顎に、ううむと片手を当てた。まだ前髪立ちとは思えぬほど、ひどく老成した仕草であった。

「あそこに植えております牡丹は、十市城の母が持たせてくれた大切な品なのです。花が咲かぬだけであればまだしも、万一、枯れでもすれば、わたくし、どうすればいいのか分かりません」

困らせるつもりはなかったにもかかわらず、おのずと声が潤む。藤松はしばらくの間、細い目を宙に据えていたが、やがて、よし、と一つ首肯した。

「勝源が大それた真似《まね》を致すとは、城の者とて考えておるまい。長諳さまもお口添えくださろうし、早々に霜台さまにお願いしてやろう」

とはいえ城がいよいよ完成に近づきつつあることに加え、このところ筒井氏との戦がまたも激しさを増しているため、結局、山里曲輪に勝源が連れて来られたのは、その年の暮れ。ことごとく葉を落とした牡丹の株を、苗が根津とともに見様見真似で菰で覆ってやった直後となった。

山の頂に位置するだけに、多聞山城は秋から冬にかけてがもっとも風が強い。足軽《あしがる》に左右を挟まれ、布目が分かるほどに擦り切れた法衣の裾をなびかせた勝源の姿は、いつかの荒々しさが嘘のように貧弱であった。

「なんだい、こいつは。薄汚い奴だなあ」

寒空にもかかわらず下帯一つになって小五郎と相撲を取っていた井久太が、見慣れぬ僧形に素っ頓狂な声を上げる。勝源の白い眉が不機嫌にしかめられたのを見て取り、苗は思わず広縁から階《きざはし》を駆け下りた。

「わたくしが牡丹の花を咲かせるために、招いた御坊です。失礼を言わないでください」

「いつだったか、おいらが踏みつぶしかけたあれかい。ちぇ、形ばかり大きくて邪魔っけなあんなものの、いったいどこがいいんだい」

よせよ、と背後から腕を引く小五郎を振り払い、井久太が舌打ちをする。くりくりと丸いその目を、苗は負けじと睨《にら》みつけた。

「本当はあの枝には、あでやかな紅の花が咲くのです。あれほど美しい花を知らないなんて、井久太どのはお気の毒な御仁《ごじん》ですね」

「お苗さま、お慎みなされ」

一昨日から風邪《かぜ》を引いて臥《ふ》せっている根津に代わって、田代喜兵衛が広縁から諫止《かんし》する。なんだよ、と毒づく井久太に背を向け、苗は勝源に小腰を屈めた。

「お運びくださり、ありがとうございます。早速でございますが、牡丹をご覧ください」

無言で一つうなずくと、勝源は藁《わら》囲いを施された牡丹に歩み寄った。地面に膝をついて葉を落とした株を覗《のぞ》き込み、「これは見事な。さぞ大輪の花をつけるのでございましょう」と唇をあまり動かさずに言った。うっそりと暗く、どこか牛を思わせる物言いであった。

「ええ、本当はそのはずなのです。でも今年はたった一つとて、蕾《つぼみ》をつけなかったのです」

うな垂れた苗に、「一つも」と勝源は怪訝《けげん》そうに繰り返した。

「はて、根はよう張っておりますし、枝とて勢いよく茂っているかに見えますが。そうですか、一つも」

「わたくしと乳母の二人で丹精しておりますが、足りぬところがあるのかもしれません。時々、見に来てやってもらえませぬか」

承知いたしました、と額《ぬか》ずいた勝源は、その日から十日に一度の割合で曲輪を訪れ、牡丹の藁囲いの修繕や寒肥はもちろん、ようやく枝を茂らせ始めた松の木の手入れや、軒下に生えた草引きなど、細々とした庭仕事に勤《いそ》しむようになった。

その働きぶりは甲斐甲斐《かいがい》しく、当初は疑わし気な顔を隠さなかった見張りの足軽までもが、すぐに勝源がどこにいても意に介さぬようになった。一方で乳母の根津は、「どこの馬の骨とも知れぬ者をお招きになるなぞ」と不平顔を隠さなかったが、少なくとも牡丹の株に注がれる勝源の気遣いは、苗の目には何一つ嘘偽りがないと見えた。

勝源は万事そっけない気質らしく、苗が襷《たすき》を掛けて手伝いを申し出ても、恐縮する様子すら見せない。そのかたわらで井久太たちが賑やかに相撲を取っているだけに、彼の態度はかえって居心地よく、ほんの二月《ふたつき》も経たぬうちに、苗は勝源がやってくると、朝から晩まで庭仕事に勤しむようになった。

「勝源さま、次の夏には牡丹は咲きましょうか」

「さて。花の考えることは人ごときには分かりませぬ。もっとも次の夏に咲かずば、その次の夏。それでも咲かずば、更に次の夏を待てばよろしかろう」

「そんなにかかるやもしれませぬか」

「どうなるかは、拙僧には何とも申し上げられませぬ。ただ花は待ってやりさえすれば、いずれ必ず咲きまする。昔と変わらぬ姿を見せてくれるありがたさを思えば、どれだけの歳月が過ぎようとも、さして苦になりますまい」

変わらぬ姿、との言葉が不思議なほど強く苗の胸を打った。

苗が人質となったにもかかわらず、十市平城は結局松永軍に奪い取られ、父母を始めとする一族は現在、今井《いまい》に難を避けていると聞く。一方で多聞山城の裾野はすでに一面の町筋と変じ、最近では謡《うたい》や笛鼓の音が山上まで漏れ聞こえてくる折も珍しくなかった。

松永家を取り巻く詳細な情勢は山里曲輪までは聞こえて来ぬが、何百という雑兵足軽が総門を打って出ることにも、野面《のづら》の果てに黒煙が上がり、傷を負った軍勢がほうほうの体《てい》で戻って来ることにももはや慣れた。何もかもが日ごとに変わっていく。世間から隔絶された曲輪からも、それが嫌ほど分かるだけに、この牡丹がいつか十市平城にあった時と同じ姿を見せてくれるのではと思うだけで、泣きたいほど嬉《うれ》しかった。

「もっとも、変わらぬはずのものがたやすく失われてしまう折も、世の中には多うございますがな」

「それは、眉間寺の旧の伽藍のことですか」

知っているのか、とばかり、勝源が片眉を撥《は》ね上げる。少し考えるようにうつむいてから、懐から薄汚れた麻布包みを取り出し、掌《てのひら》の上で布の結び目を解《ほど》いた。

三寸四方ほどの白土の塊の一部に、緋色の花弁らしきものが描かれている。黒く揺るぎのない描線がそれを縁取り、土の白さとの対比が目に鮮やかだ。

これは、と目顔で問うた苗に、「壊された御堂の壁には、それはそれは美しい極楽図が描かれておりましてなあ」と勝源は嘆息した。

「左の壁には、飛び交う迦陵頻伽《かりょうびんが》と咲き乱れる草花。右の壁には鉢を捧《ささ》げ、楽を奏でる飛天。ご本尊の背後には緑の色濃き野山が、はるばると描かれておりました。寺伝によれば、今から七百年も昔、清和《せいわ》天皇さまのご勅命で本堂が建て直された折、巨勢金岡《こせのかなおか》なる画人が一夜にして壁に描いた絵らしゅうございます」

巨勢金岡の名は、苗とて絵草紙《えぞうし》でしばしば目にしている。彼が御所の襖に描いた馬がいなくなることが立て続いたため、勅命により、画中の馬に手綱とそれを結わえた木を描き加えさせたとの伝承を持つ、日ノ本屈指の画人である。

寺院の壁画となれば、破片の花弁は蓮花《れんか》だろうか。その深い朱の色に、苗は思わずため息をついた。

「それは、わたくしも拝見しとうございました」

「さようでございましょう。初めて御堂に入った折、拙僧はこれほど美々しきものが世の中にあるのかと思いましたわい。されどそれらはことごとく松永の人足どもに破却され、残っておるのは奴らから叩《たた》きのめされながら拾い上げた、ただこれだけ。人の世とは、とかくままならぬものでございます」

勝源の口調はひどく沈み、寺の破却そのものではなく、かような非道がまかり通る人の世に倦《う》み果てているように聞こえる。どう相槌《あいづち》を打てばいいのか分からず、苗は眼を泳がせた。まだ芽吹かぬ牡丹の株にすがる目を向け、「それでも勝源さま、きっと牡丹は咲きます」と声を上ずらせた。

「ああ、確かにお苗さまの仰せの通りでございますな。だからこそ拙僧も人の世の浮沈にかかわらず、毎年けなげに咲く草花を愛《め》でたいと思うておりますよ。いまだに眉間寺に留《とど》まっておりますのは、ひとえにそれゆえと申せましょう」

己に言い聞かせるように呟いて、勝源が牡丹の枝をひと撫《な》でする。

わずかにぬるみ始めた北風が、黴《かび》の生え始めた藁囲いの端をしきりに揺らしていた。

苗が多聞山城に入って二年、三年と年月が流れても、緋牡丹は花をつけなかった。その癖、樹勢はまったく衰えず、春がくれば大きな葉を茂らせる。その有様にかえって落胆する苗に、乳母の根津は「きっとこの地が合わぬのです」と慰めの言葉を連ねた。

「今井の母君さまにお願いして、新たな牡丹を送っていただきましょう。下手《へた》に他の土地に根付かせたりせず、この庭に植えるために育てた苗であれば、きっと見事に花をつけましょうほどに」

しかしそんな矢先、思いがけぬ事件が城を襲った。二年前に家督を継ぎ、久通《ひさみち》と名乗っていた久秀の長男が、主家である三好家と密議の上、京都・二条御所におわす将軍・足利《あしかが》義輝《よしてる》を殺害したのである。

かつての権勢を失っているとはいえ、征夷《せいい》大将軍たる足利家は本来、三好家の主。それだけに息子の思いがけぬ行動に久秀は狼狽《ろうばい》し、すぐさま義輝の弟である一乗院覚慶《いちじょういんかくけい》の身柄を保護し、三好家と袂《たもと》を分かとうとした。さりながら覚慶からすれば、長年、三好家に忠義を尽くしてきた久秀を信頼する気には、到底なれなかったのだろう。還俗《げんぞく》して名を義《よし》昭《あき》と改めるや、単身、近江国《おうみのくに》に逃亡し、甲斐の武田《たけだ》や尾張《おわり》の織田《おだ》といった大名衆に保護を求めた。

世の道義に諮れば久秀の行動は理に適《かな》っているが、三好家にとっては立派な裏切り。このため久秀は主家から追われ、あっという間に戦を仕掛けられる立場に陥った。

久秀を重用していた三好長慶はすでに亡く、現在の三好氏はまだ弱年の跡取り・義継《よしつぐ》を補佐する重臣たちによって動かされている。それだけに久秀の凋落《ちょうらく》が、あまりに強大すぎる勢力を有するに至った彼への嫉妬によることは、誰の目にも明らかであった。

長年、久秀と敵対し続けていた筒井氏はこれを好機とばかりに兵を挙げ、河内《かわち》や京でも三好氏の家臣が久秀軍を相手取って交戦……やがて筒井氏と三好氏が盟約を結ぶに至っては、多聞山城内には血の臭いが絶えず漂い、東奔西走する久秀に従い、藤松までもが幾日も山里曲輪を空けるようになった。

とはいえ十市氏を筆頭とする大和国人にとっては、筒井氏は長年の仇敵《きゅうてき》。それだけに城内のざわめきとは裏腹に、山里曲輪ではこれまでとさして変わらぬ日々が続いていたが、温暖な大和にしては珍しく小雪が舞った霜月晦《みそか》日の払暁、突如、地を揺るがすけたたましい足音が小さな曲輪を押し包んだ。

「何事ですか」

時ならぬ物音に苗が床《とこ》から起き直ったのと、「苗さまッ」と叫びながら根津が飛び込んできたのは、ほぼ同時。わななく指で表を指したものの、血の気の失せた唇を震わせるばかりで、二の句が継げない。あり合う打掛を羽織り、苗は局を飛び出した。

いったい何が、と左右を見回す暇《いとま》もあればこそ、具足陣羽織に身を固めた侍が七、八人、一団となって板張りの廊下を押し進んでくる。その腰にそろって佩《は》かれた蛭巻太刀《ひるまきだち》の鞘《さや》が、まだ明けきらぬ薄闇の中で光っていた。

無言で近づいてきた男たちは、恐怖に立ちすくむ苗を突き飛ばした。よろめいて壁際に尻餅をついた苗にはお構いなしに、二間隣の襖を開け放つ。

「布施井久太どの、出ませせい」

腹の底に響く声は静かで、その癖、鋼の如く腹に響く。四つん這いで部屋から出てきた根津が、震え出した苗の体をひしと抱きしめた。

「手荒は致しとうはない。おとなしく出て来れば、要らぬ痛みは与えぬ」

「井久太ッ」

絶叫とともに苗のかたわらを旋風が巻いたのは、髪を振り乱した小五郎が駆け過ぎたためだ。褌《ふんどし》が覗くほどに裾を乱した彼に、手前の局から飛び出してきた藤松が追いすがる。廊下の真ん中で、その小柄な体を無理やり押さえ込んだ。

「駄目だ、小五郎。堪えろ」

「は、放せッ。放せよおッ。い、井久太ッ」

両手足をもがかせる小五郎に、藤松が唇を噛《か》みしめる。それとともに廊下の果てに人影が差し、前後を侍に囲まれた井久太が姿を見せた。この半年ほどで急に手足が伸び、男臭くなったその顔は、今や紙を思わせるほどに白く、薄い鬚《ひげ》の生えた顎がわなわなと震えている。

井久太の名を叫ぶ付き人たちを、背後の武士が押し留める。藤松は小五郎の襟髪を摑んで、廊下の隅に身を寄せた。

雲を踏むに似た足取りでその前を通り過ぎながら、井久太が強張った顔を小五郎に向ける。その丸い目が見る見る潤み、光るものが頬を一筋、二筋と伝ったが、それでも井久太は歩みを止めず、ゆっくりと——だがまっすぐに廊下を歩み過ぎた。

ようやく昇り始めた陽が、夜着のままの彼の足元に長い影を曳《ひ》いていた。

井久太がなぜ連れ去られねばならなかったのか、その理由は翌日の朝、曲輪にやってきた長諳によって明らかになった。

「井久太の父御である布施左京進《さきょうのしん》さまが、久秀さまの軍勢に追われていらした筒井勢を、ご自身の城に迎え入れられたのです。そうでなくとも筒井の藤政《ふじまさ》（順慶《じゅんけい》）さまは、久秀さまには長年の宿敵。もう少しで捕らえられたところに左京進さまに寝返られては、そりゃ久秀さまもお怒りになられましょうて」

小五郎は昨日から自室に閉じこもって出て来ず、藤松は表《おもて》書院に呼ばれて留守。「それで井久太は」と唇を震わせた苗に、長諳は小さく首を横に振った。

「せめて念仏を唱え、菩提を弔《とむろ》うてやりなされ。苗さまたちとここで過ごした年月は、あのお子には幸せなものだったでございましょう」

そうだろうか、と苗はしんと冷えた胸の底で考えた。確かにこの四年間、苗はもちろん、山里曲輪の子どもたちは食い物にも着るものにも困りはしなかった。だがそれは鶏が餌を与えられながら食われる日を待つが如く、足元に常にぽっかりと口を開けた深い穴を囲んで、日々を過ごす行為。人質として多聞山城に差し出されたりしなければ、自分たちはそれぞれの故郷で異なった平穏を手に入れ、当然、井久太とて命を奪われずに済んだはずだ。

見張りの足軽のやりとりに聞き耳を立てれば、井久太は城の総門前に立てられた杭《くい》に、生きながら串刺しにされたという。意地っ張りで、いつも藤松にたしなめられていたあの井久太と、あまりに残虐な処断がどうしても結びつかない。

　曲輪の土塀から恐る恐る身を乗り出せば、総門の付近に十重《とえ》二十重《はたえ》の人垣ができている。だが肝心の門前はこの数年で茂った木立に遮られ、うかがうことができなかった。

「なにをしておられます」

　低い呼びかけに振り返れば、法衣の袖を背中で結わえた勝源が落ち葉の満ちた籠を背にたたずんでいる。苗の隣から山の裾を見下ろし、ああ、と吐息をついた。

「布施の若君は気の毒でいらっしゃいましたな。拙僧は処刑の場を見ておりませぬが、立派なご最期だったとやら」

　立派、と口の中で呟けば、その言葉は氷の粒そっくりに冷たい。

　苗とて武士の娘だ。人質となったその日から、自らの命が野の花の如く、いつぽっきりと摘み取られるやもしれぬとは承知している。だが己ではどうしようもない命運に従っているからといって、命を奪われる恐れのない者に他者の悲運を宜《うべな》われ、納得できはしない。

　昨年もその前の年も、牡丹は花をつけなかった。今井から新たに届いた牡丹が花を咲かせ、古い株がなおも花を咲かさなかったなら、自分はどうすればいいのだろう。古い株は刈り取り、新たな株だけを愛でればいいのか。ならば花を見せぬまま命を絶たれた株は、何のために寒空のもと、はるばる多聞山城まで揺られてきたのか。

「牡丹を……わたくしの牡丹をせめて、井久太どのに見せて差し上げとうございました」

　声を潤ませた苗に、勝源は雲のない空を仰いだ。薄い肩を喘《あえ》がせるように上下させてから、「もしかしたら――」とぽつりと声を落とした。

「お苗さまの牡丹は花をつけぬのではなく、つけられぬやもしれません」

「それはどういう意味でございますか」

問い返した苗に、勝源は無言であった。見えぬ雲を追うかのようにもともと細い目を眇《すが》めてから、「いえ」とうつむいた。

「拙僧の考えすぎやもしれませぬ。お忘れくだされ」

「ですが」

「次の夏を待って、それでもなお花が咲かなければ、お話しいたします。四年もの間、お待ちになられたのじゃ。もう半年が過ぎたとて、差し支えありますまい」

「わたくしは霜台どのの人質です。ともすれば、次の夏は永劫《えいごう》訪れぬやもしれませぬ」

食い下がった苗に、勝源は無言で背を向けた。築山の陰へと歩み去るその痩せた背は、いつぞや目にした壁画の花弁の描線そっくりに細く――それでいてひどく強靭《きょうじん》であった。


年が明けても、多聞山城を取り巻く情勢は一向に落ち着かなかった。むしろ春が闌《た》け、夏が訪れる頃には、久秀は皆目城に戻らなくなり、小姓である藤松もそれに伴って、曲輪を空ける折が増えた。

「藤松さまは先だって、堺《さかい》の陣で初陣《ういじん》を果されたそうでございます。戦そのものはさんざんな負け戦だったとやら仄聞《そくぶん》しますが、藤松さまは退却なさる霜台さまの後詰《ごづめ》を仰せつかり、ずいぶんなお働きだったとやら」

早耳の田代喜兵衛の噂《うわさ》話を裏付けるかのように、ごく稀《まれ》に長局で行き合う藤松は別人のように背丈が伸び、肉が落ちた頬にはどこか暗い影が宿っている。

井久太の処刑を命じたのは、他ならぬ久秀だ。同じ人質でありながら、そんな彼を主として仰ぐ藤松が、苗には急に遠い存在になったかの如く思われたが、降り注ぐ陽射しがいよいよ厳しくなった夏の日、今年もまた花をつけぬ牡丹を眺めていた苗に、「少しよろしいか」と藤松が声をかけてきた。

「三日後、小五郎がこの城を去ると決まった。昨年の末、父君の箸尾少輔《しょうふ》さまが久秀さまの窮地をお救いになったため、その褒美として人質を戻してやれとの仰せだそうだ」

「では、この曲輪も寂しくなりますね」

言葉少なに応じた苗に、藤松は小さく首を横に振った。

「その代わりというわけではないが、今度は松蔵《まつくら》氏のご子息と井戸若狭守《いどわかさのかみ》どののご息女が城にお入りになる。まだ頑是ないお子がたと聞くゆえ、すまぬがお苗どの、それとなく気にかけてやってくれ」

松蔵氏と井戸氏はともに、筒井氏の家臣。いずれも昨年から続く筒井氏との戦の中で主家を裏切り、久秀に忠義を誓った家である。

小五郎は井久太が死んで以来、ほとんど自室から出て来ない。時に、他の局まで響くほどの激しい歔欷《きょき》を漏らす彼が郷里に帰るのは幸いだが、代わってまた新たな人質が来るかと思うと胸が痛む。

井久太は死に、小五郎は生きてこの城を出て行く。何もかもが転変する日々の中で、真に変わらぬものとは何なのだ。いやそもそも、変わらぬものを追い求め、その果てにいったい何が残るのだろう。

半年後、多聞山城にやってきた二人の人質たちは、共に五歳。親同士が旧知の仲とあって、幼い頃から実の兄妹同様に親しみ合って育ってきた仲というが、一つ輿に共乗りし、怯《おび》え切った顔で身を寄せ合う二人が、苗には痛ましくてならなかった。

「困ったことがあれば、いつでも仰《おっしゃ》ってください。よほどの無理でない限り、お叶《かな》えくださるはずです」

彼らの乳母にそう話しかけ、苗は己の言葉がかつて自分がこの城に入った折の藤松にそっくりだと気づいた。

(――ああ、そうか)

その命を差し出すためにやってきた人質に接すれば、苗とてただ生きる術を教えるしかできない。つまり、藤松は決して心の底から久秀に服従しているわけではない。彼はただ生きるために、彼に仕えているのだ。

苗は女だ。藤松の如く戦場で手柄を立てることも、学問によって立身出世することも叶わない。だがそんな苗でも、命奪われることは恐ろしいし、真実、世に変わらぬものがあるとすれば、それを追い求めたいと思う。そうだ、仮に庭の牡丹が咲かぬのであれば、母から送られてくる新たな株を待つのではなく、自分で牡丹の花咲き乱れる庭へと歩み出たいのだ。

多聞山城に入ってすでに丸五年、苗は十四歳になった。父母の元にいればそろそろ縁組の一つや二つが持ち込まれる年にもかかわらず、人質の境遇ではそれとて叶わない。

自分はこの先もここに留められ、次々とやってくる人質の面倒を見ねばならぬのか。藤松の如く、ただ生きるために久秀の下知に従い、場合によっては一つ屋根の下で過ごした仲間の死を見送らねばならぬのか。

牡丹の花そっくりに赤いものが胸の底で荒れ狂い、出口を求めてのたうち回っている。久秀と三好・筒井との合戦はいよいよ激しさを増し、遂《つい》には東大寺に陣を敷いた一万あまりの敵が多聞山城を取り囲み、その行く手を塞がんとした松永軍が放った火が、南都のそこここで燃え盛る日もあった。しかし今の苗には、それすらも遠いもののように感じられた。

久秀が誰と手を組もうが、どちらの軍が勝とうが、曲輪から出られぬ身には、実のところ関係がない。苗たちはただ強きものの力になびき、彼らの去就次第で摘み取られるしかないのだ。

「今日はまた、戦火が近《ちこ》うございますなあ。火の粉が城に降りかからねばよろしいが」

東にそびえる春日山を眺めながら、田代喜兵衛がぼそりと呟いたのは、井久太の死から一年近くが経った初冬。半年前から南都に攻め込んでいる筒井・三好軍に対し、松永軍二千余りが城から打って出た日の夕刻であった。

「大丈夫でしょう。いくら戦に我を失っていらしたとて、焼けるのは所詮、奈良の町筋。ならばどれだけ火が近くとも、ここまで火は及びますまい」

広縁に座る根津が、おっとりと笑う。確かに、とうなずいて、喜兵衛は半白のこめかみを掻いた。

「とはいえ、すでに両軍は戦の混乱の中で、般若寺《はんにゃじ》を始めとする南都の諸寺を幾つも焼き払っておいでですからなあ。たとえば東大寺は堂宇も多うございますゆえ、雑兵どもの松明《たいまつ》が誤っていずれかの御堂にかかるやもしれませぬ。古き寺ほどよく燃えるものはありませぬゆえ、さような仕儀となればこの城とて無事では済みませぬぞ」

そんな喜兵衛の言葉に従うかのように東大寺で火の手が上がったのは、その日の深更。多少の戦火には慣れているとはいえ、突如、東大寺の中央から吹き上がった空を焦がさんばかりの劫火に、多聞山城は蜂の巣を突《つつ》くに似た大騒動となった。

「あ――あれは、大仏殿だッ。大仏さまが燃えているッ」

聖武天皇の発願《ほつがん》によって建立された東大寺毘盧舎那仏は、丈五丈（約十五メートル）の銅仏。約四百年前の治承《じしよう》の兵乱によって焼失するも、畿内の衆諸の寄進によって再建された日ノ本最大の仏像である。

苗が裸足《はだし》のまま庭に走り出れば、城の東は炎の柱が佇立したかの如く朱色に染まり、頬の毛が焼けるかと思わせるほどの熱風が顔を叩く。

火の粉を浴びてはなるまいと、水に濡《ぬ》らした筵を手に、ほうぼうの屋根によじ登る小者、東大寺の様子を見るべく駆け出す雑兵……まるで昼かと疑うほどの明るさの中、誰もが意味をなさぬ怒号を上げながら、城内を走り回っている。

息が塞がるほどの黒煙が城を押し包み、煤《すす》の臭いが垂れ込める。苗は小袖の袂で口を覆った。

「あああッ、御堂がッ」

ひときわ高い絶叫がそこここから上がるのと、かろうじて堂宇の形を保っていた大仏殿が崩れ落ちるのはほぼ同時。金砂と見まごうばかりの輝きが空を染め上げ、春日山の稜《りょう》線《せん》をくっきりと際立たせる。大伽藍の中にあるはずの巨仏が見えず、焔《ほのお》の中ががらんどうと映るのは、激しい火勢によって銅製の大仏までもが湯の如く溶け果ててしまったためか。

久秀は熱心な法華《ほっけ》の信者。いくら敵を討ち取るためとはいえ、この国一の大仏にあえて火を掛けるはずがない。おおかた喜兵衛が漏らした通り、足軽雑兵どもの失火によるのだろうが、だからといって御仏《みほとけ》を兵火にさらした事実が消え去るわけがない。

あまりに眩《まばゆ》すぎる焔のせいで、かえって東大寺の境内の様子はよく分からない。だがきっとあの大火の下では今まさに、無数の兵士が打ち物を手に死闘を繰り広げているに違いない。轟々《ごうごう》と逆巻く風の音はきっとその中に、男たちの無数の怒号を押し包んでいるはずだ。

何もかもが変わっていく。しんと静まり返った御堂におわした巨仏も、この山城に身を置くしかないひ弱な自分たちも。冷たい銅で鋳られ、万人の力を以てしても動かぬと見えた大仏までが湯水と変わるこの世にあっては、真実、変わらぬものなぞどこにもないのではあるまいか。

「お苗さまッ」

周囲の喧騒を縫って響いた声に振り返れば、法衣の裾を尻《しり》っ端折《ばしょ》りした勝源が荒い息をついている。驚きに目を瞠《みは》るお苗を押しのけるようにして庭に駆け込むと、ありあう筵を引っ摑み、下人たちが運ぶ水桶《みずおけ》に叩き込む。十分に濡らしたそれを牡丹のぐるりに立てかけ、早くも枝に降り積もり始めた煤を掌で素早く拭い去った。

「火の粉で枝が傷めつけられれば、次の春は葉が出ず、このまま立ち枯れてしまうやもしれませぬ。あの火事が収まるまで、拙僧が見張りを致しましょう」

「もう、いいのです、勝源さま。わたくしの牡丹なぞ、どうせもう花は咲かぬに決まっております」

勝源は混乱する城下を抜け、ただ牡丹を守るために曲輪に駆け付けてきたのだろう。それをありがたいと思うよりも先に、長年胸の中に押し込めていた慟哭《どうこく》が堰《せき》を切った。

「どのみちわたくしは今後も、咲かぬ牡丹とともにここで暮らすしかないのですッ。勝源さまとてご存じでございましょう。かような浮き世にあって変わらぬものなぞ、ついぞありはしないのですからッ」

「それは――それは違いますぞ、お苗さまッ」

　勝源はがばと苗の両肩を摑んだ。同時に、「火がかかったぞおッ。多聞櫓だッ」との叫喚が轟き、辺りの雑兵がどっと走り出す。一瞬遅れて、西の方角で上がった火の手を振り返りもせず、勝源は激しく首を横に振った。

「お苗さまの牡丹は、必ずや咲きまする。なぜなら花が咲かぬのはあの牡丹の咎《とが》ではなく、何者かが枝に付いた蕾を片端から摘み取っているためでございます」

　咄嗟《とっさ》にその意味が分からず絶句した苗に、「間違いありませぬ」と勝源は続けた。

「あれほど勢いよく育っている牡丹が、皆目、花を付けぬ道理はありませぬ。拙僧が見る限り、その者はわずかについた蕾を見逃さずことごとく摘み取り、花を咲かせぬよう、慎重に目配りをしているのです」

「そんな。いったい誰が」

　山里曲輪に立ち入れる者は限られている。そしてこの曲輪で寝起きする者の中に、苗がどれだけあの牡丹を大切にしているか知らぬ者はいないはずだ。

　四囲の喧騒が水をくぐったかのように遠のき、煤の臭いまでが搔き消える。教えてください、と苗は詰め寄った。

「勝源さまは、その奴に心当たりがおありなのでしょう。いえ、そもそも勝源さまはなぜそれを、今日まで秘めていらしたのです」

　勝源は苗の肩から、静かに手を離した。風向きが変わったのだろう。牡丹の枝に立て続けに降りかかる火の粉を片手で払い、「牡丹皮《び》と申す薬を、お苗さまはご存じありませぬか」と静かな声を落とした。

「名の通り、牡丹の根皮を干して作る薬でございましてな。女子《おなご》の冷えや産に効能があるのですが、それを作るためには牡丹の蕾をことごとく摘み、六、七年かけて根を肥やさねばなりませぬ」

苗はこの五年で、腰ほどの高さにまで大きくなった牡丹の株を凝視した。まさか、という呟きが、おのずと唇をついた。

「この牡丹は、お苗さまの母君さまがぜひにとお持たせになられたものとやら。その理由は果たして、お苗さまのつれづれを慰めるためでいらしたのでしょうか」

違う。それであれば持たせるべきは、牡丹以上に根付きやすい桜や梅の苗でもよかったはずだ。それをなぜわざわざ植え替えが難しい牡丹を選び、乳母に背負わせて運ばせてきたのか。

（根津――）

苗同様、頻繁に庭に出入りしていた乳母の顔が、脳裏に明滅する。まさか、と呻《うめ》いた苗に、「母君さまはおそらく」と勝源は続けた。

「人質となられるお苗さまが大人となられた後、女子ならではの血の道の病に苦しめられはせぬかと案じていらしたのではないでしょうか。お側《そば》にいれば、娘御の些細《ささい》な変化にも気づけましょうが、今井と佐保に分かれていらしてはそれもままなりますまい。そのためいつか、つつがなくお育ち遊ばされたお苗さまの役に立たせようと、牡丹皮を作るにふさわしい株を乳母どのに託されたのでは」

だがそれは、苗が多聞山城で育ち、生き延びると信じていればこその行い。牡丹の根が肥え、薬を服するにふさわしい年まで娘が生き続けるはずだと、母は初めから信じていたというのか。

熱いものが喉を塞ぎ、言葉にならぬ呻きがこみ上げてくる。古から数え切れぬほどの人々によって守られてきた御陵《みささぎ》が崩され、見上げるほどの巨仏が失われるこの世。曲輪に押し込められ、明日をも知れぬ命であろうとも、自分たちは確実に日一日と育ってゆく。それはもしかしたら、何もかもが変わり続ける世の中にあって、たった一つ、何物も妨げ得ぬ真実なのではあるまいか。

「ならば……ならばわたくしがこの城を去れば、牡丹はいずれ咲くのですか」

苗の真意を探るように、勝源は唇を引き結んだ。

「勝源さまが寺の絵をいまだ大切に胸に秘めておられる如く、わたくしもどんな時も変わらず咲く花が見とうございます。そして同時にわたくし自身も己の牡丹の如く、誰にも摘み取られぬ花の如く生きとうございます」

勝源の肩が、苦いものを飲み込んだように小さく震える。おそらく、という声が、血の気の失せたその唇から漏れた。

「そうなればすぐに牡丹は花をつけましょう。いえ、かような折は、拙僧が間違いなくお苗さまの代わりに、花を咲かせてみせまする。お苗さまにはお目にかけられずとも、かつて拙僧が日ごと目にした御堂の絵にも負けぬほどの美しき花を」

　苗は両の手を胸の前で握りしめた。

　大仏殿を押し包んだ炎は一向に衰えず、むしろ風にあおられ、勢いを増しているかに映る。多聞櫓にかかった火はすでに消し止められたようだが、天を焼くほどの火柱が風を呼ぶのか、渦巻く風は日頃とは比べものにならぬほど強い。普段は曲輪の奥深くまでは立ち入らぬはずの下人までが土足で広縁を走り、降りかかる火の粉を片端から踏み消して回っていた。

「本当に。間違いありませんか」

「はい。ご本堂に描かれた絵を守れなかった拙僧が申しても、お信じくださらぬかもしれませぬが」

　唇におのずと薄い笑みが浮かぶ。そんな苗の手に、勝源は己の懐から取り出した布包みを押し込んだ。

「お約束申し上げます。拙僧は御堂に描かれていた花と肩を連ねるほどに艶《あで》やかで、繚《りよう》乱《らん》と咲き誇る牡丹をこの庭に咲かせましょう。せめてお苗さまはこの極楽図の欠片《かけら》を、いずれ咲く牡丹の縁とお信じください」

　掌に載るほど小さな欠片を、苗は強く握りしめた。

　庭仕事のかたわら、幾度となく勝源に聞かされてきたせいだろうか。見たことのないはずの極楽図の様が、ありありと脳裏に思い浮かぶ。左の壁には、飛び交う迦陵頻伽と咲き乱れる四季の花々。右の壁には種々の楽器を奏で、御仏を荘厳《しょうごん》する飛天。この山城に根を張った牡丹の花は、もはや失われた絵の命を吸い取ったが如く、さぞ絢爛《けんらん》と開くであろう。

永遠に変わらぬものなぞ、この世にはない。だからこそ、自分たちは生きねばならぬのだ。

苗は勝源に深々と一礼し、踵《きびす》を返した。草履《ぞうり》を突っかけたまま、すでに泥にまみれた廊下を駆ける。

「喜兵衛、喜兵衛はおりませんか」

と叫び、局から飛び出して来た守役の腕をひしと摑んだ。

「わたくしはこれより城を出ます。父君と母君の元に帰ろうではありませんか」

「なにを仰せられます、お苗さま」

喜兵衛の白い眉が、半寸近くも跳ね上がる。実の祖父ほどに年の離れた守役に、「これは冗談ではありません」と苗は畳みかけた。

「今のお城内は、上を下への大騒ぎ。霜台さまはおいでにならず、曲輪の虎口とて開け放たれたままです。城を抜け出すのに、これ以上の好機はありますまい」

「ですが、お苗さまがさような真似をなされれば、父君さまと霜台さまの和平は破られます。十市のお家とて、どんな目に遭わされるか分かりませぬぞ。――い、いいや、しばしお待ちくだされ」

喜兵衛は突如、目尻の垂れ下がった目を宙に据えた。

「そもそもこたび、東大寺に陣を敷いていたのは筒井衆。だとすればまことの仔細《しさい》は分からねど、世人は松永霜台の軍勢が敵を襲おうとして、大仏殿に火を放ったと考えましょう。さすれば大和の国人衆も霜台どのの非道を口を極めて謗《そし》りましょうし、我らが遠勝さまとてご心中では――」

「そう、そうです、喜兵衛。もともと霜台は佐保の御陵を壊し、この城を築かせたお方。ならば世人はきっと、大仏さまを火にかけ奉ってもおかしくないと考えましょう。そして大和の衆はかような霜台に従うことを是とせず、三好や筒井方に走り始めるのではありませんか」

つまりここで苗が多聞山城を去れば、父は何も気に病むことなく、他の大和国人に同心できる。それに、と苗は喜兵衛の顔を正面から見つめた。

「そなたのことです。父君が霜台に背き、わたくしが殺されるやもしれぬ折に備え、この城から逃げ遂《おお》せる手筈《てはず》の一つや二つ、かねて用意しているのではありませんか。ならば今、それを使わずしてどうするのです」

「お苗さま、なぜそれを」

目を丸くした喜兵衛に、苗はにっこりと微笑《ほほえ》んだ。多聞山城に入って以来、胸のもっとも深い所からこみ上げてきた笑みであった。

「さあ、根津を探しましょう。城内の者が大仏殿に気を取られている間に、南都の町まで紛れ込まねば」

「——承知つかまつりました。しばしお待ちくだされ」

己の局に駆け込んだ喜兵衛は、再び苗のもとに戻ってきた時、古びた大刀を腰に佩《お》びていた。脇にかい込んでいた素襖《すおう》と袴《はかま》を苗に着せ、埃臭い舟形烏帽子《えぼし》に長い髪を押し込む。根津を捕まえて事情を告げると、その手に懐剣を握らせて長局を飛び出した。

ちょうど一年前、侍たちが井久太を捕えに来た際、この喜兵衛は自室から姿を見せなかった。だがこの慎重な守役が、時ならぬ曲輪の異変に知らぬ顔を決め込むはずがない。

山里曲輪の者は人質も従者もともに武具を奪われ、何者にも手向かいできぬようにされている。しかしあの時、喜兵衛が姿を見せなかったことで、苗はこの守役が城の者たちに歯向かう用意を整えていると感じた。喜兵衛があの場に現れなかったのは、曲輪に押し寄せた侍の目的が苗ではないかと疑い、彼らに抵抗する隙をうかがっていたのだ。

山里曲輪の門は大きく開かれ、普段であれば人の出入りに目を光らせている足軽の姿もない。喜兵衛は腰の大刀を抜き放つと、苗と根津を後ろ手に庇《かば》いながら、高く巡らされた土塁に沿って山を下った。途中、人影を見かけては物陰に身を隠し、櫓や出丸《でまる》から見えづらい場所を選んで歩を急がせたが、城内の者たちはいまだ火勢衰えぬ火事に完全に浮足立ち、人質のことなぞ考えてもおらぬらしい。

「これはうまく行くやもしれませぬぞ。ご覧くだされ、総門に見張りこそおりますが、ご門前はひどい雑踏でございます」

喜兵衛が顎で指し示した通り、総門の前は近隣の家屋敷から飛び出してきた人々であふれかえり、立錐《りっすい》の余地もない有様である。誰もが落ち着かぬ様子で東大寺の方角をうかがい、しきりに足踏みをしている。中にはわざわざ遠方から駆けつけてきたのか、草鞋《わらじ》履きに笠《かさ》をかぶった者までいた。

「ここは三方に分かれて城下を走り抜け、町外れで落ち合いましょう。よろしいですか、お苗さま。あの道をただひたすらまっすぐに進めば、いずれ興福寺の寺域に行き当たります。誰に引き留められても振り払い、寺の築地の陰でお待ちくだされ」

人はよほどの確証がない限り、誰かを無理やり引き留める真似はしない。長い髪さえ見《み》咎《とが》められなければ大丈夫だ、と噛んで含める口調にうなずき、苗は袴の股立《ももだ》ちを取った。勢いをつけて坂を下り、そのまま総門を飛び出した。

「お待ちくだされ、どなたさまでございます」

はっとこちらを顧みた雑兵の横をすり抜け、雑踏の中に飛び込む。喜兵衛の言葉通り追ってくる者はいないが、一方で根津たちの姿は左右になく、はぐれたのかどうかも分からない。

それでも人波をかき分け、ただまっすぐに道を急いだのは、初めてこの地を訪れた五年前、幼い苗を一口に飲み込むかに見えた城の姿が脳裏に明滅したからだ。今ここで誰かに見咎められれば、待っているのは明白な死のみ。その恐怖が幼い日の記憶とないまぜになって、苗の背中を押した。

とはいえ道を進めば進むほど、往来にはますます人が増え、まっすぐ駆けることすら難しい。慣れぬ烏帽子が傾き、ずり落ちてきた袴が爪先にまとわりつく。すでに城を離れた今、下手な男装なぞしている方が、かえって人目につくやもしれぬと考え、苗は烏帽子を叩き落とした。袴を振り払うように脱ぎ捨て、再度駆け出そうとしたその時である。

「松永さまの兵が戻ってきたぞッ。道を空けろッ」

野太い叫びが交錯し、目の前の人波が二つに割れた。これまで以上に強い煤の臭いが顔を叩き、息が詰まる。あわてて周囲の雑踏に身を隠す暇もあらばこそ、ざんばらに乱れた髪を鉢巻きで押さえ、鬣《たてがみ》の焦げた馬にまたがった三十騎ほどが目の前を走り過ぎた。

その殿《しんがり》を駆ける馬にまたがった人影が、苗の面上に大きく見開いた目を据えた。藤松であった。

あッという叫びは藤松の口から出たものか、それとも苗の唇をついたものかは分からない。騎馬武者たちが驚いたように手綱を引きそばめ、半町ほど先で馬を留めた。

「いかがいたした、藤松」

先頭を駆けていたひどく小柄な老人が、塩辛声で問いただす。なおも燃え盛る大仏殿の照り返しを受け、皺《しわ》の目立つ顔の側面が血を浴びたように赤かった。

「い、いいえ。何でもありません。先ほど、中門堂で敵を斬り伏せた際に負った手傷が、急に痛み始めただけでございます」

「ふむ。戦に気が高ぶっておる間は、相当な傷を負うたとて、痛みを覚えぬものじゃ。そうなるとおぬし、かなりの手傷を受けておるぞ。城に戻り次第、早々に手当てをいたせ」

ひと息に言い捨てるなり、老人は馬の尻を鞭《むち》打った。再び一団となって駆ける軍勢に従いながら、藤松が再度、こちらを顧みる。

だがその時にはすでに苗は人垣のただなかに身をひそめ、野次馬の肩越しに目だけを光らせていた。戸惑いを浮かべて辺りをもう一度見回し、藤松が馬腹を蹴る。見る見る遠ざかるその姿に背を向けて、苗は再び走り出した。

藤松がこの先もずっと同じ男を主とし続けるのか、苗には分からない。しかしたとえ取る道は苗と異なるとしても、それは藤松にとって生きるために選んだ手立てなのだ。

ひと足駆けるごとに胸が軽くなり、湯に浸《つ》かったかの如く手足が熱くなる。

降り注ぐ火の粉が次第に人の減り始めた往来を照らし、行く先をぼうと照らし出す。苗の目にそれは己の行く先を寿《ことほ》いでいるのではなく、懐に納めたもはや亡き絵の形見を——いつか咲く牡丹を輝かせるための、ひと足早い散華《さんげ》と映った。

(「小説野性時代」二〇二一年四月号)

脆き者、汝の名は

篠田真由美

【作者のことば】

出来るだけ先入観抜きで読んでいただきたいので、作品に対する書き手のあれやこれやは申しません。

人類の半分が肝を冷やし、もう半分が溜飲《りゅういん》を下げるようなものを書きたい、というのがただひとつの望みでした。

それが達成されたか否かは、読者からの反応をお待ちいたします。

篠田真由美（しのだ・まゆみ）　昭和二十八年　東京都生
近著――『レディ・ヴィクトリア　ローズの秘密のノートから』（講談社）

その午後、私は自邸の書斎で、愛妻ベッラに寄せる十四作目のソネットを書き綴《つづ》っていた。

私は詩人、とはいえ自称詩人といってしまう方が正しい、一介のアマチュアに過ぎない。北インドはアッサムでの紅茶園経営と、紅茶製造販売事業で一家が繁栄しているおかげで、末息子の私は労働とは無縁の気ままな生活を送っていられるのだ。私は無論のこと、父もまた爵位は持たないが、曽祖父が三代前のスワッファム伯爵で、私の妻は当代の伯爵の三女、という縁故のおかげで、上流階級の知人にも事欠かない。

結婚してすでに十年が過ぎたが、私はベッラ・アーバスノットを初めて見た日のままの強さで熱愛している。彼女も変わらない。十六歳の乙女は二十六歳の人妻となっても、ヴェニスの硝子《ガラス》細工を思わせる繊細な美貌は毫《ごう》も損なわれてはいない。あどけなさを失わぬ灰青色の眸《ひとみ》、無垢《むく》なる天使の微笑《ほほえ》みを絶やさぬ口元、おっとりと柔らかな歌うような声、解《ほど》けば波打って背に余るダーク・ブロンドの髪、その魂は善良にして従順、私を神のように崇《あが》めてくれ、世間の荒波に疲れた心を慰め癒やしてくれる家庭の聖女だ。

世の人は彼女が子を孕《はら》まぬことを責めるかも知れない。だが、妊娠出産とは女性にとって、イヴの原罪が負わせた大きな重荷であり責め苦だ。その結果女性たちはしばしば命を落とし、死を免れても消耗し尽くして早々と老け衰えていく。貴族の当主のように跡継ぎを必要としない私は、妻がいつまでも若々しく、美しくあってくれる方が遥《はる》かに望ましい。そういう意味でも彼女に満足している。

もちろん、まったく不満がないわけではないが、いや、それをことばにするのは止《や》めておこう――

frailty, thy name is woman.

脆《もろ》き者よ汝《なんじ》の名は女、とは寡婦となった後、日ならずして再婚した母の心弱さを非難するハムレットのセリフだが、その種の弱さがベッラにあるとは思えない。私が明日不慮の死を遂げたとしても、彼女は死んだ私に貞淑であり続けるだろう。しかし彼女を硝子細工に例えたように、脆さ、儚《はかな》さ、壊れやすさは女性の生来の美質であり、決して短所ではない。いつ失われるとも知れないからこそ、いまここにある美は輝かしいのだ。さあ、これを詩のことばにしなくては。

そのとき、ドアをノックする遠慮がちの音が聞こえた。その音だけでドアの外に立っているのはベッラだと、彼女の私を気遣う表情さえ見えてくる。だから私が書斎に籠もっているときは、決してそれを妨げることはせぬようにという、ささやかな願いが棄却されたことに、敢《あ》えて苦情はいうまい。

「ごめんなさいね、アーサー。本当に」

おずおずと、遠慮がちな表情で私を見た彼女は、外出から帰ったまま着替えもしていないようだった。それで腑《ふ》に落ちた。妻は今日、母親のスワッファム伯爵夫人のもとを訪問していたのだが、なにか私に急いで相談せざるを得ない問題を、そこから持ち帰ったのだろう。しかしレディ・スワッファムはいたって温和な初老の夫人で、目下《めした》の私に対しても権高に出たことは一度としてない。ならば問題の在処《ありか》は聞かずともわかったようなものだ。

「母から聞きましたの。お父様のことなんです」

「伯爵閣下《ヒズ・ロードシップ》が、なにか？」

「ええ、それが、あの」

ベッラが言い淀《よど》む。恥じらうようにうつむいて、両手を揉《も》む。淑女が口にするのをためらう種類の話題といえば、
私が助け船を出してやると、ベッラは頬をうすくれないに染めながら、小さくうなずいた。案の定だ。

「女性のこと？」

我が岳父スワッファム伯爵、ジョン・ヘンリィ・アーバスノットは今年六十二になるが、身内のことで率直にいってしまえば、その年齢には似つかわしくないほど貪欲な漁色家であった。しかも人目を恐れて大陸に渡り、偽名を使ってパリの娼館《しょうかん》に遊ぶような姑息《こそく》な真似《まね》はせず、女王陛下のお膝元、このロンドンで堂々とおのれの好色漢振りを晒《さら》して、まったく頓着しないのだ。

ただ彼の場合、上流《アッパー》や中流《ミドル》の普通の淑女たちは一切相手にしない。遊ぶのはもっぱら売

色をたつきの道とする娼婦や酒場女、女優といった階層の者たちだったから、上品なふるまいとはいえぬものの醜聞とまでは見なされない。派手々々しく着飾らせた厚化粧の女たちを五人も六人も周囲に侍《はべ》らせて、ミラベルやカニンガムといった高級料理店で豪遊したり、ロイヤル・オペラのボックス席で騒いでいても誰も驚かず、あの方はそういう人間だから、と世間に認知されてしまっている。金払いのいい色好みの伯爵に、「あれが貴族らしい貴族ってものさ」と喝采を送る者さえあるらしいのだ。

そんな夫の行状を、無論レディ・スワッファムが喜ぶはずはないが、仕方ないことと受け入れておられるのだろう。いまさら末娘を呼び寄せるほどのことではあるまいと思ったのだが、ベッラは私の不審げな表情に眉を寄せてかぶりを振る。

「それが近頃お父様が連れ歩いている女性のことを、わざわざ母の耳に入れに来た方がいて、その女性は褐色の肌のインド人だというんですの。ランベスとかそういう場末の小屋で、あられもない姿で、踊りを踊っていたひとだとか」

さすがに私も驚いた。伯爵が目をかける女性はこれまではいつも、夫人の若い頃を思わせる金髪蒼眼《そうがん》の北方美人だったからだ。有色の女性を連れて、いつものようにウェストエンドの盛り場を闊歩《かっぽ》していたとなると、それは確かにさぞや人目を惹《ひ》いたことだろう。

「あなたもご存じなかったんですのね？」

「ここしばらく義父上《ちちうえ》とはお目にかかっていなかった。リンカンシァの領地に戻っておられただろう？」

「母はあちらにいましたけれど、お父様はひとりでたびたびロンドンに戻っていて、その間のことだったようですわ」

「聞いていなかったよ」

「わたしも少しも知らなくて」

「義母上《ははうえ》はよほど心を痛めておられるんだね？」

「ええ、それであなた、お願いですから、お父様と話してみてくださいません？　兄たちとはご存じの通り不仲ですけれど、あなたとはいつも機嫌良く口を利くようですもの」

伯爵が息子たちと折り合いが悪いのは事実で、特に領地の経営をすでに引き継いでいる長男のロード・ベレンソンは、顔かたちや身体《からだ》つきは父親そっくりなのに、性格はおよそ正反対の堅実な経営者だったから、伯爵はそんな我が子を「金儲《もう》けの大好きな成り上がりのようなやつだ」と忌み嫌っていた。

伯爵の定義によれば、貴族は決して実業に就くべきではない。金は稼ぐのではなく使うもの、いかに見事に目覚ましく浪費し、蕩尽《とうじん》するかが器量の見せどころだというのだ。爵位もない傍系親族の私に目をかけてくれるのも、詩人という仕事が、実業家や領地経営者よりはよほど貴族的と認められているからだろう。

そして私もまた、義父を敬愛していた。彼のその堂々たる体軀《たいく》を、鷲《わし》のように鋭い鼻筋と炯々《けいけい》たる光を宿す灰色の瞳を、薄い酷薄な唇から吐き出される皮肉の刃《やいば》を。彼は私にとっては妻の父というより、伝説の霧の中から現代に立ち現れた中世の騎士であった。あらゆるものが浪漫《ロマン》の輝きを失い、小市民的な美徳にまみれ、こぢんまりと陳腐に、世俗的なものに堕していく現代、我々が生きる十九世紀にあっては、彼の性的逸脱も、悪徳めいた羽目の外し方も、尊い英雄の証《あかし》のように私には思われた。

「しかし、義父上に向かって私が説教できるとも思えない。そこはわかってくれなくては」

「もちろんですわ、あなた。ただ、母のところに来たお友達は、お父様がそのインドの女性を屋敷に連れてきて挨拶させるといっていたというので、母は心底怯《おび》えてしまっているんです。そんな恥ずかしい目に遭うくらいなら、テムズ河に身を投げると」

「わかったよ。義父上が本気でそんなことを考えておられるのか、お気持ちを確かめるくらいならできるだろう。その上で、有り難くない訪問を避ける方策を講ずることだ。いっそ君も付き添って、旅行に出かけたらどうだい。南フランスか地中海地方か、母娘で羽を伸ばしてくればいい」

「でもそうしてお父様をひとりにしておいたら、もっと困ったことになるのではないかって、それはそれで心配ですもの」

「義父上にしたって血気盛りの若者でもなし、やって許されることと許されないことの別はわきまえておいでさ。義母上がお心を痛めておいでなのはお気の毒だが、君がそう可愛《かわい》い頭を悩ませて、あれこれ取り越し苦労をすることはない」

「ええ……」

私は少し面倒になってきたので、机の前から立っていって妻の身体に腕を回し、抱き寄せた。

「さあベッラ、美しいベッラ、そんなしかめ顔をしていたら、すべらかな額に悪い癖がついてしまう。眉間の皺《しわ》を消して、薔薇《ばら》のような唇に、いつもの慎《つつ》ましやかな微笑みを浮かべておくれ。私は君のその小さな笑みが大好きなんだ」

ベッラの容貌に不満はないけれど、強いて難点を探すなら口が目鼻と較《くら》べてやや大きく、下唇がいくらか厚すぎた。そのせいで、微笑みを越えるほどの笑顔になると、親しみやすいというよりは、いささか下品に見えてしまうことがあった。彼女は私の忠告を聞き入れ、表情に気を遣ってくれたから、これは睦言《むつごと》の一種に過ぎなかったが。

口づけを受けて、ベッラは私の胸に顔を埋《うず》めて「はい、あなた」とささやき返したが、私は彼女の髪を指で梳《す》きながら、同時に心の内では伯爵の新しい愛人を見るのが楽しみにもなっていた。インド人の踊り子とは、いやはや、義父もなかなかにやってくれるではないか。どんな娘なのだろう。肌の色はよほど黒くとも、義父の目に叶《かな》ったのならそれなりに美しくはあるはずだ。

インドというのは私にもまったく無縁の土地ではない。我が家に生まれた男子は誰も、若いうちにインドに行かされ、一年か二年、アッサムの紅茶園で家業について学ぶことを強いられた。私がその責め苦を逃れられたのは、幼時から虚弱で長い船旅にも彼《か》の地の気候にも耐えられないと見なされたからだ。しかし実家が所有するカントリーハウスには祖父や父、伯父《おじ》たちが持ち帰ったインドの美術品、工芸品を集めた蒐集室《しゅうしゅうしつ》が幾部屋もあった。子供たちがそこに立ち入ることは許されていなかったが、特に幼年の子供にとって、禁じられれば禁じられるほど魅惑的に思われるのは当然だろう。まだ五歳か六歳の頃のある日、私は乳母《うば》が目を離した隙に子供部屋を抜け出し、そこに忍びこんだのだ。

部屋の中はかの国の産物で埋め尽くされていた。極彩色の壁掛けや彎刀《わんとう》、奇妙な形の鎧《よろい》と兜《かぶと》と盾、黄金色に輝くキャビネット、ガラスケースの中の宝石類、頭をつけたままの虎の毛皮。そんなものを眺めながら奥へ奥へと入りこんだ私は、行く手の壁際に黒々と立つ女の姿に気づいて息を呑《の》んだ。それは巨大な乳房と尻を持つ裸の女で、片脚を高々と上げ、腰をくねらせ、唇をめくり上げて、にんまりと淫らな笑みを浮かべていた。

石像だったことは間違いない。だが幼い私の目には生きた人間に見えた。大きさは等身大というところだったろうが、そのときの私には見上げるほどに高く、大きく思われた。女は細めたまぶたの間から、女の石の眸が私を見下ろし、そして動き出した。女には奇怪にも腕が四本あり、その腕を揺らめかせて私を差し招きながら、胸と尻を震わせ、ゆるやかに近づいてきた。

私は恐怖のあまりその場に凍りつき、呼吸を忘れた。顔から、額から、脇から、流れるほどの汗を吹き、ついに屋敷中に響き渡るような悲鳴を上げて昏倒《こんとう》したらしいのだが、そのあたりのことはほとんど覚えていない。気がついたときは子供部屋の寝台の上に寝かされていて、乳母たちに囲まれていた。

無論私は白昼夢を見たわけだが、それ以来その部屋にはただの一度も足を踏み入れてはいない。しかし四本腕の石の踊り子の姿は、いまも脳裏にあざやかに焼き付いている。

「あなた、アーサー、どうかなさって？」

そうささやくベッラの声にようやく我に返って、これからすぐにも義父に手紙を書いて、明日の訪問の約束を取り付けることにするよと、少しあわてて気味にことばを重ねた。なにも恥じることなどないはずなのに、一瞬過去からよみがえった記憶が、自分でも滑稽に思えるほど妻に対する後ろめたさを掻《か》き立てたのだ。

それは一種の予感であったのかも知れない。この先に私たちを待ち受けていた恐るべき出来事の前知らせ。水平線上に浮かんだ黒雲のようなもの。もしもそれに気づくことができていたら、すべては変わっていたかも知れないのに。

だが、取り返しはつかない。せめて私は認めるべきだろうか。踊り子の石像に震え上がり、怯えきって失神した幼い私を捕らえていたのは、決して恐怖ばかりではなかったということを。

スワッファム伯爵、ジョン・ヘンリィ・アーバスノットの機嫌を知ることはしごく容易《たやす》い。彼はおのれの感情を他人に隠すことを、一切考えぬ人間だからだ。現代イギリス貴族の自制心や気取りは、彼には無縁のものだ。遥か遠き十二世紀、ノルマンディ公ウィリアムに率いられて来襲しブリテン島を征服した、ノルマン貴族の豪放磊落《らいらく》の血が彼には明らかに流れている。私がこの義父に惹かれ、崇敬の思いを抱くのもその故なのだ。

この日の彼は大いに上機嫌で、酒の匂いもしないのに鼻歌を歌っているほどだった。昨夜クラブの談話室で、以前から気に入らなかった相手を言い負かして、さんざん恥を掻かせてやった、それがすこぶる愉快だったというので、私にその話をして聞かせるのが楽しみでならぬらしかった。こういうときは無論、こちらにどんな用事があったとしても、まず彼に気の済むだけしゃべらせるしかない。

「いったいなにが論争の主題だったのですか、義父上？」

「進化論だ、アーサー。極めて科学的な議論だ。最新の学説に基づいて、男女は平等であるべきだなどと抜かすやつを木っ端微塵《こばみじん》に論破してやったのだ。なに、造作もないことさ。その男は女権拡張論の支持者、男性化しかけた奇形女の足元に嬉々《きき》として身を投げ、踏みにじられたいと願う変態に違いないのだからな。

よいか。生命は単純なるものから複雑なものへと進化する。原始生命は性別を持たぬ単性生殖の生きものであり、そこから雌雄の性が分化した。その結果現在の動物がある。そしてあらゆる生物の中でも、人類はもっとも雌雄の個体の差異が大きく、そのことによって進化の頂点にあることが知れる。

また有色人種より白色人種の方が、雌雄の差異は際立っている。さらに子供のときはさほど目立たぬ男女差が、成年に達して初めて明確になる。個体発生は系統発生を繰り返すのだからな。女が体格も男より小さい、精神的にもか弱い、つまり子供に近いのは、それだけ進化が遅れている証だ。つまり、進化の方向はより男女差が大きくなる方向に向かっている。従って男女は決して平等になどならん。未来に向けて男はより男らしく、女は女らしく変化していくだろう。男女平等など進化の逆進、すなわち退化の道だ！」

「お見事です、義父上」

私は真面目《まじめ》な顔でうなずいたが、たったいま義父がまくしたてた議論はすべて、私がつい最近口移しで伝授した論だったということは、おくびにも出さずにおいた。義父と親しく付き合うには、常に賞賛のことばを先に立て、こちらの胸の内は悟られぬよう心がけなくてはならない。

だが伯爵がその上機嫌な顔のまま、

「今日おまえさんがわざわざやってきたのは、なんでかということくらい、わしにはわかっとるぞ」

そういわれたときは、ぎくりとしてしまった。

「ジェインがイザベラを呼びつけて、泣き言をいったのだろう。わしの新しい愛人がどうしたこうしたとな。馬鹿な女だ。聞きたいことがあれば直《じか》に聞けばいいものを、何年わしの妻をやっているのだ。まったく女というやつは始末が悪い」

ジェインとはレディ・スワッファムのことであり、イザベラは妻の名だが、邪神崇拝を古代イスラエルの宮廷に持ちこんだ悪王妃イゼベルを思い出させるのが嫌で、イタリア語の美女 bella に近づけて、私はもっぱらベッラと呼んでいる。

「おまえさんも甘い顔ばかりしていると、あれを図に乗らせてしまうぞ。子供と女は殴って躾《しつ》けるものだ。そして女というやつは、強い男に殴られるのが好きなのだ。ベッドに行きたがらないなら、力尽くでいうことを聞かせれば良かろうが。遠慮などしてはならん」

それが義父の持論であることは承知していたが、さすがに同意する気にはなれない。なによりもか弱い女性の身に暴力を振るうことには、生理的嫌悪感がある。

女性が我々成人男子から見れば、いくつになっても感情的で子供っぽい精神を持ち続け、男に庇護《ひご》され導かれてこそ幸せになれる存在だということは認めるけれど、まさか殴られるのが好きだということはあるまい。その上力尽くで妻を犯すなど、考えただけでぞっとする。進化論を持ち出してみたのも、そんな義父の考え方を少しでも修正できればと思ったからだったが、あまり効果はなかったようだ。私はことばを濁したが、義父はそもそも私の受け答えなぞ、最初から気にも留めない。

「では、さっそく出かけるとするか」

「どこへです、義父上？」

「遠くはないさ。セント・ジョンズウッドだ。見たいのだろうが、わしの新しい女を」

「会わせて、いただけるのですか」

「なにをいっている、アーサー。わしがこれまでおまえさんに、物惜しみをしたことがあるか？」

これまでも義父が愛妾《あいしょう》にしている女と同席したことは、数え切れないほどあって、彼の方では一向にこだわらなかったが、私が気兼ねせずにはいられなかった。いかに気の置けない付き合い方をしてもらっているとはいえ、アーバスノット一族の家長であり妻の父だ。万が一その女性に目を奪われることにでもなったら、いや、そのような誤解を受けることになったら、と思わずにはいられなかったのだ。

「いいえ、義父上」

私はかぶりを振った。

「義父上は、物惜しみなど決してなさらぬ方です。私ほどそれをよく承知している者はおりますまい」

「そうだとも、アーサー。わしは寛大で鷹揚《おうよう》な人間だ。人から求められれば、なにひとつ惜しみはせん。それがたとえおのが目に叶った愛妾だったとしてもな。なぜかだと？　考えてもみるがいい。人にやるのが惜しくて執着するとは、逆にそのものに支配されているということだ。わしはなににも支配されん。肝心なのはそこなのだぞ」

彼はその年齢にしては丈夫すぎる歯を剝《む》いて、ニヤリと狼《おおかみ》のように笑ってみせた。

そうして義父と私が訪ねていったのは、リージェンツ・パークの西側の閑静な住宅街に建つこぢんまりとした田舎屋風《コテージ》の一軒家で、ただ邸宅の規模の割には庭が広かった。敷地を囲む塀は腰ほどの高さしかなかったが、その内側に生えている樹木がみっしりと濃く、

街路から前庭越しに家の様子を窺《うかが》うことができない。義父がここを訪れるとき、人目を憚《はばか》るからだろうと私は思ったが、

「また樹《き》が増えた。鬱陶しい」

彼がムッとしたように眉を寄せてそうつぶやいたので、その望んだことではないらしいと気がついた。考えてみれば、愛妾を住まわせた家に来るときも平然と紋章つきの馬車を走らせる義父だ。人の目を気にかけることなど最初からあるまい。

私は、この家のたたずまいを誉《ほ》めるべきか、口をつぐんでいるべきか迷ったが、結局彼の機嫌を損ねる可能性を考えてなにもいわぬことにした。そして、その選択は正しかったのだろう。だが私は間もなく、そのことは忘れてしまった。私たちの前に現れた、この館の住人に注意を奪われていたからだ。

呼び鈴を鳴らすまでもなく年老いた家政婦が玄関扉を開け、無言のまま深々と頭《こうべ》を垂れて我々を客間へ案内した。そこには私が内心ひそかに恐れていたようなインド風の調度も装飾もなく、緞子《どんす》のカーテンをかけた窓に化粧煉瓦《れんが》の暖炉というありふれた中流家庭じみたしつらえの一室だったが、

「伯爵様！」

という声とともに駆けこんできたのは、濃い琥珀《こはく》色の肌をした小さな妖精のような娘だった。身につけているのもインド風の衣裳《いしよう》ではなく、慎ましやかに襟元の詰まった純白のモスリン地のデイドレスだ。細かく縮れた黒髪は結わず、肩から背へと膨らみ広がってい

る。目元も切れ長で眠たげな石像のそれとは違い、つぶらな丸い瞳はガス灯の光を映してきらきらと輝き、いたずらな仔猫《こねこ》のような子供っぽい容貌には似合っている。

「伯爵様、やっと来てくださっタ。らくしみ、さびしかったヨ！」

歓声を上げながら飛びつこうとするのに、

「止まれ、馬鹿者！」

義父の叱責が飛ぶ。手にしたステッキの石突きで床を一打ちすると、さらに厳しい声で怒鳴りつける。

「見ればわかろう。今日はわしはひとりではない。まず客には礼だ。何度教えれば覚えるのだ、野蛮人め！」

少女はたちまち哀れにうなだれ、泣きそうな顔になりながら、それでも両手でスカートを摘《つ》まみ膝を折る、宮廷風の礼をしてみせた。その動きは、なるほどこれが踊り子の身のこなしかと思わせるだけの、優雅でなめらかなものだった。

「どうだ、アーサー。おまえさんの目にこのインド娘、どう見える」

身体を起こして立った少女に近づき、その横に立ちながら義父は尋ねる。質問の意図がわからなかったので、私は正直に答えるしかなかった。

「まだ子供のようですね。私の娘だといっても不思議はなさそうな年頃に見えます」

「背は低いがそれほど若くはない。北インド人は肌の色以外白人種に近い身体的特徴を持つが、南インド人は背丈がより小さく肌色は濃い。この娘も南部の出で歳《とし》は十六だ。とっくに女になっている。この通り、乳も尻もよく育っているぞ。美味《うま》そうだとは思わんか。味を見たくはないか?」

そういいながら義父はステッキの先で、ドレスの上から少女の胸と腰をなぞり、つついてみせる。まるで奴隷市場で女を売ろうとする商人のように、と私は思う。無論実際に見たことはないし、現代にそんな商売が生き残っているとも思わないが、画題としてならありふれている。

「義父上、私はあなたの娘である妻に充分満足しています」

私は礼儀正しく、そして軽い非難を語尾に滲《にじ》ませてこれに答えたが、義父はその程度の反駁《はんばく》で引き下がる人間ではなかった。

「嘘《うそ》はいかんな、アーサー。さっきもいったはずだぞ。イザベラがおまえさんを満足させていないことくらい、わしはちゃんと承知している。おまえさんたち夫婦が子供を持つ気がないというなら、それについてどうこういうつもりはない。だが、男の性欲は活力の源だ。おまえさんがわしの娘である妻に貞節を誓って、満たされぬ欲求を抱えたまま悶々《もんもん》とした夜を過ごすなら、それは少しも誉められたことではないし、イザベラも歓《よろこ》びはせんだろう。その結果おまえさんの健康は損なわれ、精神は疲弊し、結局のところ娘も不幸になる」

この後の押し問答は再現するまでもない。義父の思いこみを訂正しようと、努力するだけ無駄だった。彼はインド人の愛妾に「この男を楽しませてやれ」と命じ、「娘には、おまえさんはわしの用で数日留守にすると伝えさせるからな。その間この家から出てはならんぞ」と申し渡して帰って行ってしまったのだ。

　私は困惑し、この際義父の機嫌を損ねても仕方ないと覚悟を決めて辞去しようとしたが、少女に泣きながら懇願された。伯爵様はきびしいお方、命令に従わず、あなたを帰らせてしまったら、どんな折檻《せっかん》に遭わされるかわからない。後生だからここにいてください。いてくださるだけでいいんです。舌足らずの片言で、涙ながらにそう掻き口説かれると、それを振り切ってまで逃げ出すわけにもいかなかった。

　では、妻を裏切るつもりはないが、しばらくここに留《とど》まろうと答えると、彼女は幼児が菓子をもらったような、いとも無邪気な満面の笑みになって、うやうやしい礼のことばを繰り返した。最後には床にひざまずいて私の足を押し頂こうとするので、あわてて止めなくてはならなかった。

「ホントにありがとうございマス、旦那様。せめてここにおられる間、心地良く過ごしてくださいマセ。ドウゾ、こちらへ」

　そうして彼女が私を導いていったのは一階の一番奥、後庭に向かって張り出した豪華なガラス張りの温室だった。床は白と灰色の大理石で、ガラスの壁に沿って私には名前もわからない大小の鉢植えが並び、奥には給水のためか小さな屋内噴水まで設けられている。

「この温室は元からあったもの？」

「ハイ、旦那様。でも鉢植えは、らくしみ買いましタ」

「ラクシミというのが君の名前なんだね？　確か、インドの女神の名じゃなかったか」

「旦那様、よくご存じ。らくしみ様、幸運の女神。持ち物は赤い睡蓮《すいれん》の花ヨ。ほら、これデス。もうすぐ咲きマス」

彼女が指さしたのは、屋内噴水の側《そば》に置かれた水の入った大きな鉢で、黒く艶《つや》やかな小皿のような葉が水面に浮かび、指先ほどの大きさのつぼみがそのあいだから伸びてきている。いまはまだ冬の内だったが、

「こんな季節でも睡蓮が咲くのかい？」

「ハイ、もうじきデス。ロンドン寒いけド、ここは暖かだからラ。そしてらくしみ、花育てる上手《じょうず》ヨ。らくしみがさわると、樹も花も喜んでよく育つのヨ」

では外の庭に生えた樹々が周囲より際立って密に繁《しげ》っているのも、彼女がここに暮らしているからだろうかと私は思い、即座にその不合理な空想を否定した。それは我が家のカントリーハウスで、石像が踊り出したのと同じくらいあり得ない話だった。しかし少女はつぶらな瞳を輝かせ、両手を宙に舞わせながら、夢見るようにつぶやき続けるのだ。

「らくしみ、踊り子ネ。でもホントは、庭師になりたかったヨ。踊ること、好きだけど、種を蒔《ま》く、苗を植える、樹を育てる、そして花を咲かせるの、もっと好き。花たちもらくしみの踊りが好き。らくしみが踊る、芽が出る。育つ、花咲くヨ」

そういいながら彼女は、すいい、と背筋を伸ばし宙を仰いだ。子供っぽい丸顔に、俄《にわか》に厳粛な表情を浮かべると、足を覆っていたシルクのスリッパを蹴り捨てる。両腕を身体の左

右に一杯に広げ、さらに手の指を開く。その両の手のひらに円く、赤く、描かれているインドの文字。装飾というよりは、野蛮なまじないの呪符のようだ。

十本の指先が、風を受けた樹々の小枝のように揺らめき出す。腕はゆっくりと頭上へ上がっていく。交差する。ひるがえる。濃い琥珀の手の上で、赤い呪符が睡蓮の花弁のように舞う。大理石の床の上で、小さな褐色の爪先がすばやい拍子を刻み出す。足の敏捷《びんしょう》さに較べては、上体はほとんど動かない。差し上げられた腕だけが、ゆるゆると宙を掻き、なにかを暗示するようにそよぎうごめく。ふたつの目は真《ま》っ直《す》ぐに私を見つめ、唇がささやく。「見テ、旦那様」と。

ざわ、と私の肌に粟粒《あわつぶ》が生じた。止《や》めろ、と命じたつもりだった。だが気がつくと耳の中には、聞き覚えのない楽の音《ね》が充満している。高々と掲げた腕の間で、がくり、とラクシミの頭が肩へ垂れかかった。同時に頭の芯でジァンッ、と銅鑼《どら》が鳴った。少女はその動きを速めるや、床を蹴って跳躍し、旋回し始めた。

細かく縮れた黒髪が乱れ、大きく波打ちながら広がり、旺盛な蔓草《つるくさ》の茂りのように空間を埋め尽くしていく。音源の見えない楽の音よりもさらに強く、あたりに充満するのはむせ返るばかりの花の香、熟れた果実の香だ。赤い睡蓮の咲く黒髪の繁みの中、褐色の薔薇、ラクシミの顔が咲き誇っている。

それはもはやつぶらな瞳に丸い鼻の、無邪気な仔猫ではない。まぶたを半ば閉ざし、唇の端をねじるようにめくり上げて薄笑う、私の記憶に灼《や》きついて消えないあの淫蕩《いんとう》な石の踊り子の顔だ。そうだ。インド神話のラクシミ女神は四本の腕を持っているのではなかったか。あの石像の手は、指に開いた睡蓮の花を持っていたのではなかったか。ではあれこそラクシミ女神の像だったのか。私は子供時代の悪夢から逃れたつもりで、同じ罠《わな》の中に落ちようとしているのか。

「止めろ——止めてくれ——」

私はようやく叫んだ。

「気分が、悪い——水を、水をくれ——」

すると私の顔に、さっとばかり驟雨《しゆうう》が降りかかった。雨ではない。奥の壁際の屋内噴水が、水柱を伸ばして飛来し、私の顔を濡《ぬ》らしたのだ。驚きにあっと口を開けば、水は舌の上に流れこむ。私はそれを、喉を鳴らして飲み下さずにはいられない。

「水ヨ、旦那様。きれいな水！　美味《おい》しイ？」

「あ、ああ……」

「呑ンデ、旦那様。もっと呑ンデ！」

見ればラクシミも、踊りながら全身にその水を浴びている。黒髪は濡れそぼって葡萄《ぶどう》の蔓のような太々しい髪の房となり、大蛇のように波打ち、薄いモスリンのドレスは肌に貼りついて、その下にある肉体を裸身よりなおあからさまに見せている。熟れた果実のようなふたつの乳房、くびれた腰に続く大きく張り出した尻、太腿《ふともも》の間の翳《かげ》り。

「旦那様、見テル？　らくしみ、きれイ？」

頭が熱い。手足が燃えるようだ。降りかかった水は、かえって油のように私を燃やしていた。私はよろめきながら大きく手を振り回し、倒れかけながら逃れようとし、だが蛇のような冷たく湿ったものに絡みつかれ、抱きしめられ、床に倒れこんだ。

そこにあるのは水浸しの冷たい大理石で、それに触れればさしもの熱した身体も冷えるはず。そんな期待はしかし、たちまちに裏切られた。いや、その間になにがあり、どれだけの時間が流れたか、私にはわからない。ただ気がついたときには、大理石の床は絹のシーツに変じ、私は身を守る衣服も奪われて寝台の上に身を横たえ、柔らかな粘液の塊にも似た、のたうつものに組み敷かれていた。

「旦那様、楽しんでくれる。らくしみも楽しイ。だから、これはいいことヨ……」

認めよう。私は妻を裏切ってしまった。ラクシミに抱かれ、その蛇のような抱擁を受け、おぞましい口づけに酔い、私自身をその裂けた肉体に埋《う》め、快楽に我を忘れた。それはいままで私の知らぬたぐいの、阿片《アヘン》吸引者の見る悪夢にも似た熱い泥濘《でいねい》の沼であった。私はそのどす黒い波濤《はとう》をむさぼり、もはや拒むことなど思いもせず、繰り返し行為を続けて日が暮れるのも夜が明けるのも意識しなかった。時折短い正気が私を訪れ、そのときは自己嫌悪に身を震わせ、妻への懺悔《ざんげ》のことばをつぶやいたが、それも束《つか》の間《ま》、私は再び罪を重ね、浅ましい汚辱の床の奴隷に身を落としたのだ。

だが、ふと気がつくと私は寝台の上にひとり横たわっていた。倦怠《けんたい》が重く四肢を摑《つか》み、頭は古綿を詰めたようにぼやけている。なにかひどく長い、混乱した悪夢を見続けていたようだ。すべては熱病に冒された私が見た、ただの夢だったのだ、きっと。そう思いかけて、しかし愕然《がくぜん》と目を見開く。本当にそうか？　夢にしてはあまりにも生々しく、私はそのことを記憶しているのではないか？　それは私の皮膚に、手足や器官に、赤紫の消せない染みとなって残されているのではないか？　この肌に記された痣《あざ》は、毒蛇の口づけの痕ではないのか？

そうだ。あれは決して夢などではなかった。いまにして思えば客間で出された異国風の香りの茶の中に、媚薬《びやく》か幻覚を見せる麻薬のたぐいが仕込まれていたに違いない。義父も無論承知していたろう。だから彼は茶碗《ちゃわん》を手に取る振りすら見せず、私は魔女の奸計《かんけい》に堕《お》とされたのだ。義父の的外れで迷惑極まる好意によって。ラクシミは男の精を吸い尽くす女怪ラミアであり、蛇身の魔リリトであり、人を獣に退化せしめる魔女キルケだった。

そのような存在に囚《とら》われ、妻を裏切ったのは私の意志ではなかった。だから私に罪はない。ベッラは私を赦《ゆる》さなくてはならない。とはいえ彼女に知られずに済むものなら、それに越したことはなかった。こんな場合、女性のか弱い理性は起きてしまったことに衝撃を受けて、正当な結論を受け入れられぬものだからだ。事実を知れば彼女は苦しむだろう。夫と父親というふたりのもっとも身近な男性を、責めずにはいられないことに、我と我が心を苛《さいな》まれるだろう。

私は彼女を守らなくてはならない。すべてを秘密として封じ、決して白日の下に晒さないことで。決意は明確で揺るぎないものだったが、私の身体は依然衰弱の中にあり、寝台から立ち上がることさえ叶わなかった。しかしそのときドアが開いて、室内に急ぎ足で入ってきたのは我が妻、ベッラではないか。

彼女は外出着ではなく、自宅で寛《くつろ》いでいるときのいくらかゆったりしたティーガウンを着ていた。そしていまさら気づいてみれば、私が横になっているのは紛れもない私自身の家の寝室で、身につけているのは着慣れた寝間着だった。汗ばんだ私の額を濡れた布で拭ってくれながら、聞かせてくれた妻のことばによれば、私は出先で急病を発して倒れて、人事不省のままここまで連れ帰られたのだという。

「私は、なんの病気なんだ。毒を飲まされたのか。そうなんだな？……」

「いいえ、そんな。ただお医者様の見立てでは、熱帯の毒虫か毒蛇に噛《か》まれるか、それとも間違って毒のある植物を摂取したのではないか、ということなんです。インドやアフリカからの帰国者が、似た症状を示すことがあるというのですけれど、そんな記憶はおあり？」

「わからない——」

そう答えるしかなかった。確かに使われたのは媚薬というより虫か蛇、あるいは植物の毒だったかも知れない。あのインド娘がそうした悪魔的薬物を隠し持っていて、義父の与《あずか》り知らぬ間に私に使ったとは考えられる。

ただベッラはいまのところ、あの家が義父の愛妾の住まいだとは気づいていないらしい。ならば不幸中の幸いだ。ただ早急に義父に警告する必要がある。ところが、飲み物の水差しを持って枕元に戻ってきたベッラに義父のことを尋ねると、彼女は眉を寄せて小さく顔を左右に振る。

「お父様は自邸で倒れましたの。それも母しかいないときでしたから、私のところへ知らせが来てあわてて駆けつけました。でも、あなたがどこに行かれたかわからない。お父様は承知しておられたはずですけれど、意識が戻らなくて尋ねることもできず、まさかあなたも病気になっておられたなんて想像もつかなくて、お帰りを待つしかなかったんですの。それで、家にお連れするまで三日もかかってしまいました」

「三日——では、私が義父上を訪ねた日から、今日は何日目になる……」

「一週間です。でもお父様はそれからまだ、一度も目を覚ましてくれませんの。脳の血管が切れてしまったらしくて、意識も戻らないまま、いまはまだ生きておられますけど、たとえ持ち直しても立つことも話すこともできないだろう、と」

私はもはや目を開いていられなかった。身体に震えが走り、悪寒と暑さが同時に攻め寄せてきた。吐き気がする。頭が割れそうに痛む。眩暈《めまい》がする。義父と私が同時に病に倒れるなど、そんな偶然があるはずがない。あの娘は義父にも毒を与えたのか。だが主《あるじ》を失えば、愛人はなんの権利もなくその居場所を追われるだけではないのか？——

それから一月《ひとつき》を経ても、私はまだ元の健康を取り戻すことができなかった。ベッドから上体を起こすだけで息が切れ、自分のものでないような足を動かして、室内便器のところまで動くにもベッラの手を借りねばならなかった。そして病状は、義父の方が遥かに重いらしい。辛うじて意識は戻ったが、やはり半身が麻痺《まひ》して満足に口も利けないのだという。

ベッラの兄たち姉たちは皆遠方にいて、こんなときの助けにはならない。無論ナースメイドは幾人も雇い入れたが、赤の他人が枕元で世話を焼くことを義父は忌み嫌い、回らぬ舌でわめき散らすのだそうだ。私にしても他のことはともかくとして、排泄《はいせつ》の手助けを男であれ女であれ、赤の他人に委ねるのは耐えがたい。結局は妻の世話になるしかなかった。

私と義父、ふたりの病人を抱えた妻の心痛は痛ましいばかりで、だが彼女より前に義母、レディ・スワッファムが倒れた。そのため私は住み慣れた自邸を離れ、スワッファム伯爵家の豪壮なタウンハウスに越さざるを得なくなった。住まいがひとつになれば、ベッラひとりが担う看護の労苦もいくらか軽減されるからだ。

他に選択の余地がなかったことは無論理解していたが、私の意志を確認することなく決められた転居は、私を苛立《いらだ》たせ怒りっぽくした。病状が好転せぬこともそれに拍車をかけ、ベッラのつまらぬ失敗や物忘れを大声でなじり、責め立て、ついには手を挙げてその頬を打ちさえした。ベッラは顔を覆ってすすり泣き、赦しを請うた。そして私はその一瞬、紛れもない痺《しび》れるような快感を胸に覚えていた。

風雨に打たれた百合《ゆり》の花のように、うなだれて歔欷《きよき》を洩《も》らすベッラは美しかった。そのか細い泣き声には、どこか甘美な陶酔めいた響きが混じっていた。女は強い男に打たれるのが好きだといった、義父のことばは真実だったということか。ならば私は病で身体の弱ったいまこそ、せめて心は強く、男として夫として、妻に対する支配権を主張する必要があるのかも知れない。そうされることを、ベッラ自身も望んでいるのではないか。だがその翌日私を襲ったのは、まったく予想もしなかった驚きだった。

朝食後はメイドが寝具を交換に来るので、これまでなら書斎として整えた隣室に移動するのだが、机に向かってみても詩のことばなどひとつも出てこない。それなら弱った足が少しでも回復するよう、歩けるだけ廊下を歩いてみようと思った。だが、ベッラにいえば絶対に反対される。屈強な従僕を呼びつけて付き添いをさせるだろう。だが、気の利かない若い使用人など腹立たしいだけだ。足は重いがステッキがあるのだ、転びはしない。

目の前の廊下は義父の寝室まで通じているはずだった。彼が意識を取り戻したとは聞いたが、まだ会わせてもらっていない。話ができる状態ではないから、といわれている。しかし私はとっくに痺れを切らしていた。病状が重いならなおのこと、会わずに済ますわけにはいかない。会ってなんとしてでも意思の疎通を図り、義父の病が本当に不慮の疾患なのか、インド娘がなにかした可能性はないか、確かめなくてはならない。もしも毒を使われたなら、あの女はもはや疑問の余地ない犯罪者だ。そのままにはしておけない。

無論後ろめたいことがあるなら、あの妾宅にいまも留まってはいないだろう。しかしロンドンにまだいるなら、警察の手を借りても探し出してその罪状を明らかにしなくてはならない。義父の証言が得られれば、私がスコットランド・ヤードに手紙を書く。

右手にステッキを突き、左手を壁につけて、人気《ひとけ》のない廊下を私はのろのろと歩き出した。使用人の姿がほとんどないのは、こんなときには幸いだった。自分が八十の老翁のように、無様に背中をかがめ足を引きずっていることを、意識しないではいられなかったからだ。

と、行く手のドアが軋《きし》みながら開いた。そこは私が目指していた、義父の病室のはずだった。出てきたのはナースメイドだ。お仕着せの紺色のワンピースに身を包み、同じ色の布で尼僧のようにきっちりと髪を包んでいる。だが目に映ったその横顔に、私は愕然として目を見開いた。忘れるはずもない。それはラクシミの琥珀色の顔だった。

私は驚きのあまり大声を上げていた。

「なぜおまえがここにいる。義父の病室でなにをしている。また毒を使う気か。いったいなんのためにそんなことを」

口にしたことばはこの通りではなかったかも知れない。だが当然ではないか。冷静にしておれるはずがなかった。怒りと恐怖、熱と寒さ、相反するものが私の中を駆け巡り、五体がバラバラに裂けそうにさえ感じた。しかし私を見たラクシミの顔はそれこそ石像のように平静で、髪一筋ほどの驚きも浮かばない。その唇が開くと、

「わたくしは伯爵様を看病しております。もちろん奥様もお嬢様もご存じでいらっしゃいます」

自分の耳がおかしくなったのかと思った。それは私が記憶しているこの娘の、舌足らず

で小鳥のさえずるような片言の英語とは似ても似つかない、上流階級の人間が口にするにふさわしい整然としたクイーンズ・イングリッシュだったからだ。私は混乱し、惑乱した。いつの間にか男の使用人たちが私を取り囲み、私の手からステッキを奪い、手足を取って元の病室に引きずりこんだ。気がつくとベッラが顔を強張《こわば》らせ目を見開いて、ベッドの上に押さえつけられた私を見下ろしていた。

「いったいどうなさったの、あなた?」

私はあの娘に向かって、大声でわめき散らしながらいきなりステッキを上げて打ちかかったというのだ。そんなことをしたろうか。したかも知れぬ。だがどうして私が非難されるのか。もののわからぬ子供のように言い訳をさせられる腹立たしさに歯噛みしながら、それでも努めて理性的に、

「あのインド女は義父上の妾《めかけ》だったのだぞ」

といったが、ベッラは驚きもしない。

「もちろんわかっていましたわ、それは」

「なんだって?……」

「お父様は、侍医の先生が寄越《よこ》してくれたナースにも、うちのメイドにも、従僕たちにも一切身体に触れることを許しませんの。けれどわたしひとりではとても手が回りませんし、お父様のように身体の大きな殿方を、着替えさせることもできませんわ。

でもあのひとは本当にまめまめしく、下《しも》のことまで嫌がらずにしてくれますし、お父様

もそれを許しているので、わたしも母も心から感謝しておりますのよ。それに、倒れたあなたを看病してくれたのもあのひとでしょう？　それをどうしてそんな、有色人種に触れたら汚《けが》れるとでもいうようなことをおっしゃるの？　あなたらしくありませんわ」

「そうじゃない。そうじゃないんだ、ベッラ。おまえたちは欺《だま》されている。あれは恐ろしい化けものだ。魔女なんだ」

私は必死に言い募ったが、妻は「はいはい、それは怖いわね」と、むずかる幼児をなだめあやすように笑うばかりだ。なんという愚かな女か。すっかり丸めこまれているのだ。

「ご安心なさって。それほどお嫌でしたら、あなたには近づけませんから」

私だけではないだろう、義父上の身になにかあったらどうする気だ、と声を荒らげて止まぬ私に、ようやく妻は根負けしたというように、

「では、お父様にお会いになります？」

という。会えるならなぜこれまで会わせてくれなかったのかと聞き返すと、私が衝撃を受けるだろうと思ったからだという。なんということだ。私は現在健康体とはいえないが、頭は確かだ。子供ではない。そんな気遣いは屈辱以外のなにものでもない。だがそうして訪ねた病室の義父に、私は絶望的な思いを覚えずにはいられなかった。寝台に横たわったスワッファム伯爵は、目こそ開いてはいたが無力な人形と変わるところなかったからだ。

開いたままの口からは満足にことばも出ず、鈍い呻《うめ》き声とよだれを垂らしているばかり。

ベッドの左右には面やつれしたレディ・スワッファムと、ナース姿のインド娘が付き添い、病人の口元を拭ったり、水を入れたガラスの吸い口をくわえさせたり、まめまめしく世話を焼いている。

「義父上」

私は声をかけたが、それが彼の耳に届いたかどうかはわからない。ぼんやりと見開いた目に光はなく、そこにはなんの表情も浮かばなかった。仕方なく私はインド娘の方へ一瞥《いちべつ》を投げたが、厚顔にも魔女は無言のまま、慎ましげに目を伏せてこちらを見ようともしない。腹立たしさに顔が引き攣《つ》り、歯ぎしりさえしてしまったが、妻と義母が同席する前で、「見忘れたか」となじることもできかねた。

だがそのとき気がついたのだ、義父の視線がこちらに向いていることに。彼は明らかに、私になにかを伝えようとしていた。口は満足に動かないかも知れないが、意識はあるのだ。私は決心した。なんとしても邪魔な女たちのいないときに、義父と会わなくてはならない。彼と意思の疎通を図り、インド娘の犯罪の証拠を摑んで告発するのだ。

その晩早々と寝台に入って明かりを消させた私は、屋敷のうちがすっかり寝静まるのを待って起き上がった。ひとつ心配なのは、いま歩行になくてはならないステッキで、カーペットの敷かれていない床に突くと、硬い音が響いてしまう。だが、いざというときの武器にもなるものだから、置いていくわけにはいかない。

先々代の伯爵が建てたタウンハウスは、沈黙に満たされて廃墟《はいきょ》のように横たわっていた。

廊下の壁にはガス灯がついていたが、点灯されているものはごく稀《まれ》だったので、あたりはほとんど闇といってよかった。だが義父の病室のドアは、換気のため薄く開けてあるはずだ。それなら手探りでも間違える気遣いはない。問題は寝台の近くに不寝番の付き添いがいた場合だが、真夜中過ぎのこの時刻、その女も眠っているのではないか。

私が足を止めたのは、病室と思われる部屋の内から廊下へ、いやに毒々しい赤みを帯びた光が洩れ出ているのに気づいたからだった。扉の中から声が聞こえる。女の声だ。ひとりふたりではない。忍び笑いとささやき。決して大きくはない。だが押し殺しても押し切れない、楽しくてたまらないという声だ。なにをいっているのかはわからない。異国のことばかも知れない。

ということは、これもインド娘の新たな奸計か。義父の病室で真夜中なにをしているのだ。それも自分の同胞の女たちを勝手に連れこんで？　だとしたら現場を押さえられれば、もはや言い逃れは叶わない。あれを告発し、絞首台に吊《つる》すことはできなくとも、必ず牢獄《ろうごく》へ送ってやる。妻も私のことばに耳を貸すだろう。

ドアの隙間は私の顔半分ほどだ。ステッキで身体を支えながら、そろそろと覗《のぞ》きこんだ。予想に反して室内はひどく暗かった。だが夜の野外で焚《た》き火《び》をしているように、低いところに赤く輝く光源がある。それがはっきりと見定められないのは、輪になって取り囲む背があるからだ。闇の中におぼろに浮かび上がる、尼僧のような被《かぶ》りもので頭を包んだナースメイドの服装。

七、八人の看護女が揃《そろ》って絨毯《じゅうたん》の上に座りこみ、交霊会でもするように手を繋《つな》ぎ、小鳥のさえずりとも忍び笑いともつかぬささやきを交わし合っている。繋いだ手の間から赤い光が洩れ出て、女たちの顔を下から照らし出す。私はその中にラクシミの褐色の顔を認めた。阿片に酔ったように目を半眼にし、唇の端をめくり上げて薄笑うおぞましい顔を。

私は扉を押し開き、ステッキを振るって魔女どもの頭上に鉄槌《てっつい》を加えようとした。だがそのとき、ラクシミの隣にいる女の顔を目にして、上げようとした正義の声は喉に詰まった。義母、レディ・スワッファムだ。伯爵の女遊びを常に気高い忍耐と寛容を持って許し、品位ある立ち居振る舞いを崩すことなかった銀髪の聖女が、両手を左右の女に託したまま身体を揺すって笑っている。

忍び笑いは次第に大きく、全身を震わせる痙攣《けいれん》に遷移し、ついに彼女は口を大きく開いて喉を反らせながら哄笑《こうしょう》した。同時に車座になった女たちが一斉に唇を裂いて、雌狼の群れが遠吠《とおぼ》えするようにけたたましい獣じみた高笑いを放ち出した。床の上でてんでに身を揉《も》み、くねらせる女たちの群れは、あたかも海中に住む捕食性の腔腸《こうちょう》動物のようだ。手が離れるとそこから赤い光が溢《あふ》れ出る。ラクシミの手にあった赤い呪符が、女たち全員の手のひらに描かれている。

私は恐怖に囚われて後ずさり、摑んでいたステッキを倒した。それが石の床に当たって、カンッと高い音を立てた。女たちはまた一斉に笑いを止め、身体の動きを止めた。そしてドアの隙間に立ちすくんでいる、私の方を見た。

「ご覧になりましたね、旦那様」

そういったのがラクシミであったか、他の女だったかはわからない。私は身をひるがえし、廊下を駆け出していた。この先の大階段を下れば玄関ホール。外は夜間でも人通りの絶えぬ繁華な広場だ。私ひとりではなにもできない。逃げなくては。伯爵家のタウンハウスは魔女どもに支配されている。義父を助けるためにも、だれか人を——

廊下の行く手に明かりが浮かぶ。火の点《つ》いた燭台《しょくだい》を手に、立っていたのは私のベッラ。その笑みのなんと清楚《せいそ》で慈愛に満ちていることか。私はその胸に倒れこみ、すがりついた。

「ああ、ベッラ。恐ろしいことが起きているんだ。義母上も魔女の仲間になってしまった……」

「まあ、可哀想《かわいそう》に。また恐ろしい夢を見たのね、アーサー」

「違うんだ。夢じゃない」

「夢ですわよ。あなたは怖い夢を見たの、アーサー」

ベッラの唇が赤い。熱帯に咲く肉厚の花の花弁のように。

「違う。頼むから聞いてくれ、ベッラ。私のいうことを」

「ずっと聞いてきましたわ、あなた。口答えひとつせずに、理想の妻らしく。でも、それもおしまい」

そういってベッラは左手を挙げ、私の胸を突いた。

ふたたび目が開くと、視野のただ中でベッラの唇が動いている。宙を飛んで大階段からホールの床に激突し、死んだと思った、あれも夢だったのか。

「そうよ。あなたは長い夢を見ていたの。あなただけではない、人類の半分が同じような、奇妙で馬鹿馬鹿しい笑うしかない夢を見てきた。男は女より優れている。生まれながらに女を支配する権利を持っている。女は進化に取り残された獣に近い生きものだ。ああ、なんておかしいの。どうして一瞬でもそんなことを信じられたの。馬鹿馬鹿しいこと。女がいなければ、あなたがた男もこの世に生まれてはこれなかったのに。

でもいいわ、赦してあげる。可哀想な頭でっかちの坊やたち。あなたがたは女が怖かった。馬鹿げた理論を紡いで女を貶《おとし》めずにはいられなかった。だからわたしたちはほんの少しの間、あなたたちが夢見るままにしてあげた。けれどそろそろ目を覚ます時、悪戯《いたずら》小僧がお尻に鞭《むち》をもらう時だわ。

心配しないで、愛《いと》しいあなた。これからも大切にお世話してあげてよ。額には口づけ、耳に子守歌、ヴェニスの硝子細工みたいに粉々に砕けてしまった、手足の骨が痛んでも大丈夫、阿片チンキを垂らした温かいミルクがあるわ。

そうそう。あなたの最後の詩はわたしが書き上げます。でも引用の部分は少し変えましょうか。『脆き者よ、汝の名は男』って。それから覚えておいてね。わたしの名前はイザベラ。ベッラではなくイザベラなの」

手が私の頬を撫《な》でる。手のひらの赤い呪符が皮膚を灼く。私の舌は動かない。私は石になってしまった。彼女の唇が額に触れると、砕けた全身の骨が肉の中で甲高い悲鳴を上げた。しかしそれは私の耳にしか聞こえなかった。

（「ナイトランド・クォータリー」ｖｏｌ．24）

役者女房の紅

蝉谷めぐ実

【作者のことば】

江戸の役者が好きです。調べれば調べるほど豪胆で無邪気なエピソードがわんさと出てきます。それらを読んでうふふと口端を緩めつつ、ふとそのエピソードを裏側から覗《のぞ》き込んでみると、現れるのは倫理観もなにもないとんでもない人間だったりします。そんな江戸役者の光と影を、傍《そば》にいた女房はどのような眼差《まなざ》しで見つめていたのだろうと、そう考えたのがこのお話を書いたきっかけです。

蝉谷めぐ実（せみたに・めぐみ）　平成四年　大阪府生
『化け者心中』にて第十一回小説野性時代新人賞、第二十七回中山義秀文学賞、第十回日本歴史時代作家協会賞新人賞受賞
近著──『おんなの女房』（KADOKAWA）

干した鶯《うぐいす》の糞《ふん》は三つまみ、生姜《しょうが》の絞ったのは上汁を二しずく。蛤《はまぐり》の殻は細かく砕いて粉にして、舐《な》めた親指を押し付け指の腹にくっついた分を使うぐらいが丁度いい。それらに鶏卵の白みを溶き合わせ、出来た薄濁りのとろとろを角盥《つのだらい》から両手で掬《すく》い上げたその瞬間、お春《はる》の頭にはぴんときた。

ここに美艶天女香《びえんてんにょこう》を足してみるのはどうかしらん。

一旦、盥横の手拭いで両手をなする。鏡台の抽斗《ひきだし》の取手に小指を引っ掛け、つと引けば、見えてくるのは紅猪口《べにちょこ》、紅皿、紅板の紅化粧に使う品々で、そのどれもが金箔《きんぱく》散らし。扇が四つ、向かい合った文様は京一の細工師をこの江戸までわざわざ呼び寄せ彫らせたものだが、今は残念、お呼びでない。伏せてある猪口をそうっと持ち上げると、ほらね、このお人のご登場。畳紙《たとうし》包みの表に描かれた、鶴と戯れる小野小町《おののこまち》を眺めながら、お春はにんまり口端を上げた。

お隣浅草橋場町《あさくさはしばちょう》の香具見世《みせ》、和泉屋《いずみや》の腰高障子に「美艶天女香あり升《ます》。但し一人につき三包みまで」との貼り紙がされた。その話を耳にした、母親お千代《ちよ》の尻はまるで兎《うさぎ》のように畳から跳ね上がったと聞いている。勢いのまま、寝所を出ると家中の女中を掻《か》き集め、和泉屋へと向かったらしい。道中見つけた人懐こい犬の首に縄をかけ、この子も家の内だから、とごねにごね、堆《うずたか》く積まれた白粉《おしろい》包みの天辺《てっぺん》にまた三つ包みを積み上げたとの話は、さすが、母親と仲の良いお春であっても小《こ》っ恥《ぱ》ずかしく、丸二日お千代と口を利かなかった。お千代の天女贔屓《びいき》は皆が知るところではあったものの、この仕業は身内ながら情け有馬《ありま》の水天宮《すいてんぐう》。ちょっとしたお灸《きゆう》を据えようと、お春はこっそりお千代の部屋へ忍び込み、簞笥《たんす》の中から一つ白粉包みをご拝借、そのまま自分の部屋に隠していたというわけだ。

長方形に折り込まれた畳紙をゆっくり開いていくと、均《なら》された新雪のような生白粉が現れる。これを混ぜ合わせてできた薬は、小野小町と鶴が束になってもかなわぬ肌の白さをお春に与えてくれるはずだ。とろとろの入った角盥を手元に引き寄せ、親指と人指し指をちゅぽりと浸した。その指で畳紙の上の白粉をそうっと摘《つま》み上げたところで、

「春様、行灯《あんどん》の火を入れにまいりました」

いきなり開けられた襖《ふすま》に、お春は「ひゃあ」と素っ頓狂な声を上げた。飛び上がった拍子に白粉はぶわりと舞ってしまったが、お春の右手はすぐさま傍らの手拭いを摑《つか》み上げ、女中が伏せていた顔を上げる頃には、すでに小野小町と鶴は手拭いの下だ。

「ちょっと郁《いく》。部屋に入るんなら声ぐらいかけなさいよ」

行灯の火皿に替えの油を注ぐ背中にそう嚙《か》み付くと、

「応えを口にするのが面倒だから、次からは勝手に入ってくるよう仰《おつしや》ったのは、春様じゃあありませんか」

背中にしゃっきり返される。

「だってあの時は夏芝居の役者絵がやっとこさ手に入ったところだったんだもの。それを郁が邪魔するから」

言い訳で頰が膨らむが、どうやら美艶天女香の存在はうまく隠せたようでほっとした。郁の手で点《つ》けられていくぼんやりとした行灯の灯《あか》りにお春は外の暗さを知る。いつの間にやら随分と時がたっていたらしい。気付いて、やだやだ待って、お春は沈みそうになっている赤紫色のお日様を、引っ張り上げたくって堪《たま》らなくなった。だってお春は明日の着物の帯色を鴇《とき》色にするか薄柳《うすやなぎ》にするかを決めていないし、簪《かんざし》をぎやまんにするか珊瑚《さんご》にするかも選んでいない。その前に、お春はまだ薬を完成させていないのだ！

「元々お肌の白い春様には必要ないと思いますけど」

驚いて振り返ると、行灯を背に郁の体が真《ま》っ直《す》ぐこちらを向いている。

「鶯の糞は三つまみ、絞った生姜の汁を二しずく。蛤の粉に、白粉を入れて混ぜ合わせ、顔から顎下《あごした》にかけて擦り込んでから糠《ぬか》で洗い流せば、楊貴妃《ようきひ》も羨む白い肌が手に入る。その白粉に天女香を使うのは妙案ではありますが、お内儀《かみ》さんのものを使うのはお薦め致しません」

こうまで当てられてしまっては、はてさてなんのことやらと惚《とぼ》けてみせても仕様がない。

「なんであたしが肌を白くする薬を作ってるって分かったのよ」唇を尖《とが》らせると、郁は爪紅を塗った手を口にあて、ふふと笑う。

「『都風俗化粧伝《みやこふうぞくけわいでん》』を持っていない女子《おなご》なんて、この江戸にはおりませんよ」

そう言って、郁がこれみよがしに角盥の横に置かれた本にちらと目をやるものだから、お春の口はますます尖る。だが、つい三日前、二冊目となるこの本を購《あがな》ったお春には言い返す言葉なんてあるはずがない。

『都風俗化粧伝』とは巷《ちまた》で流行《はや》っている女の装いの指南書だ。この本通りに顔を作れば「百媚百《ひゃくびひゃっきょう》嬌をそなふ美人となさしむること何のうたがふ処《ところ》かあらん」ということで、江戸中の女子たちはこぞってこの本を鏡台の横に置き、鼻息荒く顔を作っている。化粧水の作り方から白玉の如《ごと》く輝かせる肌の洗い方、加えて白粉や紅の塗り方だってここには書いてあって、お春の目尻の下がった大きい二皮目《ふたかわめ》も、少しばかり低い鼻も、厚めのふっくらした唇も美人に仕立て上げてくれる。お春はもう文字が瞼《まぶた》にこびり付くほどこの本を読み込んでいて、紅やら白粉やらを触ったべたべたの手で頁《ページ》を捲《めく》るから二冊目を購う羽目になったというわけだ。

郁の狐《きつね》顔もこの本のおかげで随分とまろやかになったものだが、

「ほら、天女香をお出しください」

手を差し出す郁の目尻は指で釣り上げているかのように鋭くって、お春は渋々手拭いの下から天女香を取り出した。

「お内儀さんが気付かぬ内に戻しておきますね」

そうやって郁が神妙にする意味はお春にだって分かっている。

お千代は先日の和泉屋騒動が語るが如し、このところぐんぐん名を揚げている若女方《おやま》、田川天女《たがわてんにょ》のことになると普段のおっとり者の皮が一気に剝がれる。天女香が失《な》くなったことに気づけば、何をしでかすか想像がつかない。分かっている。分かってはいたけれど、お春はどうしても顔を白くしたかったのだ。だって、明日はお春が一ト月《ひ》前から指折り待っていた森田座《もりたざ》での芝居見物、嗚呼《ああ》、扇《せん》様の若旦那！

「さて、明日のお着物はどういたしますか」

郁の言葉にお春の背筋はぴんと伸びるが、口元の方はちょっぴり緩む。何よ、郁だって明日のために気合いが入ってんじゃない。お着物談義は大好きよ、と身を乗り出すと、郁は廊下に用意していたらしい着物をお春の膝の前に置いた。

「旦那様からこいつはどうかとお渡しされておりますが」

ふうん、とお春は小袖に手を伸ばす。江戸紫の鹿子紋《かのこしぼり》はお春の胸にもきゅんときたが、袂《たもと》を裏返した瞬間、お春はかっと目を開く。

「これ、三升紋《みますもん》じゃない」

郁に口を開かせる間も与えず、立ち上がると、

「駄目よ、駄目ったら駄目、てんで駄目！」

おとっつぁんたら、てんで駄目！

「團十郎《だんじゆうろう》の家紋ですよ」と郁が宥《なだ》めるように言ってくるのも癇《かん》に障って、

「そんなの知ってるわよ」とお春は歯を剝《む》き出した。

「扇様贔屓のあたしに團十郎の役者紋を着せようだなんて、おとっつぁんたら一体どうい

う料簡《りょうけん》なのよ」

「旦那様はご自分と同じく、お春様にも團十郎を贔屓してもらいたいんですよ」

郁はくすくす笑っているが、お春にとっちゃあ冗談じゃない。お春は近頃の江戸の芝居好きたちの目の付け所には、一言物申したくてたまらないのだ。

今の江戸で役者といえばと声を掛ければ、そこらから成田屋《なりたや》ぁとの声が返ってくるが、お春に言わせりゃ團十郎なんぞ、目がぐりぐり大きいだけの団栗眼《どんぐりまなこ》のちんちくりん。それに引き換え、今村扇五郎《いまむらせんごろう》といったら、細筆ですうーっとなぞったような華奢《きやしゃ》なお顔作りに、唯一ご立派な鷲鼻《わしばな》は品があって上上吉。舞台の上の柔《やわ》い仕草からは優しさが滲《にじ》み出ていて、観客はほろほろっとくるわけだ。そうかと思えば、此度《こたび》の芝居の大詰では、父親に刃を立てての殺し場で、血塗《ちまみ》れの見得《みえ》はとんでもなく凄味《すごみ》があるらしい。今は團十郎贔屓が大きな顔をしているが、今に見ていろ、御覧《ごろう》じろ。扇様の時代が来ることは間違いないのだ。

「だから、着物のお紋は四つ扇じゃあなきゃいけないし、お色は紅藤色って決まってるの！」

衣装行李《こうり》の上に畳んでいた着物を両手で広げて見せれば、郁は寺子屋の手習帳に載っているかのような笑みを顔に乗せる。

「あら可愛《かわい》らしいお色味で」

「何よ、子供っぽいって言ってるの」

「そういうわけではありませんよ、春様。ただ、勝之丞《かつのじょう》の着物の方が少々乙粋《おついき》であったかなと」

お春はふん、と鼻を鳴らした。ほらきた、郁の勝之丞贔屓、いつもは何事も軽くいなして捌《さば》く女中であるが、芝居を語る時だけはこうやって、ちょいと爪を立ててくる。郁は下野《しもつけ》の生まれだが、こういうところは江戸っ子だ。江戸では皆に贔屓の役者が一人いて、着物や小物にその役者の紋を入れる。色も舞台上で役者の演じる登場人物と同じものに染め抜いて、己の贔屓こそが上だ、いや下だ、と日々競い合っているのだ。お春だってこんなところで、郁に負けちゃあいられない。

「郁はあたしの女中でしょ。なら、扇様こそが上上吉って三回唱えて」

「はいはい、唱えますよ」

またしても子供に言い聞かせるようにあしらわれ、それなら、とお春はもう一丁上乗せをする。

「じゃあ、明日はそれを芝居小屋の木戸口の前で言うのよ」

それには流石《さすが》の郁もぎょっとした表情で、

「春様、そんなの團十郎贔屓に聞かれちゃ袋叩《だた》きにあいますよ」と言うからお春の胸はすいいと空《す》く。

「大丈夫よ、私は天満屋《てんまや》の女中ですよって言ってやればいいんだから」

「それは確かにそうですけれど」と郁もこの言葉には口答えをしない。

江戸住まいの人間であれば、天満屋と聞けばようよう手を出してきはしまい。なにせ天満屋は江戸の中でも五本の指に入る名の知れた大店《おおだな》だ。そんでもって一同揃《そろ》っての芝居好き。だからこそ、明日の芝居見物のため、仕事なんてほっぽり出して、皆が己の用意で慌ただしい。

お春だって、顔を白くしたあとは簪選びが待っている。着物については、舞台の上にいる扇様のお目目に止まるかもしれないとくれば、ああ、もう、郁相手に贔屓勝負をかけている場合じゃないじゃない。

「お郁、この手拭いに丁子《ちょうじ》を焚《た》いといてね。ちゃんと裏まで香りをつけてくれなきゃ駄目なんだからね」

言伝《ことづて》を貼り付け郁を部屋から追い出すと、お春は薬の仕上げに取り掛かる。出来上がったとろとろを顔に刷り込み、糠で洗い流す。すると、白さが一層増した気がして、お春はふんすと鼻を鳴らした。色が白いのは美人の第一の条件で、白は七難を隠すのだ。この白く輝く顔は、あのお人の女房に相応《ふさわ》しい。袖を摑んで口に当て、女形がやるように、鏡の前でうふふと笑ってみせた。

芝居小屋は人心を惑わす悪所と呼ばれ、お上《かみ》は三つの小屋にしか本櫓《ほんやぐら》を出すことを許していない。加えて臭いものは一つにまとめておけと言わんばかりに、その三つともが猿《さる》若町《わかちょう》に置かれている。御しやすいようにとのお上の意向だろうが、お春は、このお沙汰をてんで悪手だと思っている。なぜって三つの櫓太鼓が朝一番に鳴る様は圧巻で、芝居見物を明日に控え、夜も眠れずにいた芝居好きたちを心の底から震わせることになるのだから。

かくいうお春も二番太鼓が鳴る頃には、すでに首筋まで白粉を塗り終わっている。島田髷《まげ》から一寸型を外したこまん島田にびんびら飾りを挿して、鏡台でちょっとばかし眉を抜けば一丁上がりで、廊下に出る。ときは暁七つ、朝日もまだ昇っていない刻限だが、店中は其処彼処《そこかしこ》から音が聞こえて慌ただしい。己に合う羽織の色を周りに聞いて回っているのは父親の権之助《ごんのすけ》で、いつもは口を挟む隙のない差配で大店を切り盛りしている大黒柱も形なしだ。芝居に連れて行ってもらえる女中や手代たちも皆が一張羅に身を包み、留守番を申し付けられた女中につねられた爪の跡を嬉《うれ》しそうに見せびらかし合っていたりする。

三番太鼓が鳴っても準備が整わない家の者らに苛々《いらいら》と歯噛みしながら店の裏手に回れば、すでに屋根船《やねぶね》が三艘《そう》ついていて、お春は、んもうと地団駄を踏む。

「おとっつぁん、もう屋根がきてるよ！」

娘の金切声にようやく権之助は奥から姿を現すが、その手にはまだ二枚の羽織。

「お春、こいつとこいつならどちらがいいかねぇ」

どちらも三升紋なのだから、扇様贔屓のお春にゃ知ったこっちゃない。

「おっかさんに聞けばいいじゃない」

「聞いたともさ。聞いたけどもね、團十郎贔屓とは口も利きたくないと言うんだよ」

父親の眉毛が八の字に下がるのを目にして、お春はこれみよがしにため息をついた。芝居事が絡むとお千代は権之助に意地悪になるが、こいつは天満屋総出の芝居見物のお定まり事で、数刻もすれば、隅田川《すみだがわ》をくだる船の中、二人並んで、役者番付を眺めていたりする。

今戸橋《いまどばし》あたりまで来ると、猪牙舟《ちょきぶね》や屋形船がそこら中に浮かび、船着場は人でごった返している。芝居小屋の前ともなると人が押し合いへし合いで、ここを通って木戸口をくぐるのは至難の業だが、お春たちの芝居見物はいつもと同じく此度も芝居茶屋の差配に任せている。船を下りると茶屋の者が店の紋入り提灯《ちょうちん》を持ってお出迎え、用意された駕籠《かご》に乗り込み茶屋につけば、これまた店の紋入り下駄《げた》に履き替えて、二階の座敷へご案内にて煙管《きせる》を一服、高脚御膳に舌鼓。目当ての幕が開く頃合いには、茶屋の裏口を通って小屋の桟敷《さじき》席にてごゆるりと芝居をお楽しみというわけだ。

通された奥座敷で、お春は窓辺に腰を落ち着けた。葦簀《よしず》を手繰《たぐ》りあげて窓枠から外を眺めてみれば、ここは一本道を挟んだ芝居小屋の真正面で、森田座の様子がよく見える。木戸口に群がっている人々は、身に付けている色鮮やかな着物が相まって、まるで餌を投げ入れたばかりの水面に集まる金魚のようだ。それに引き換え、こちらは水菓子をゆっくり口に運び、熱い茶で喉を湿らせている。小屋の中での席だってあちらは土に半畳を敷いただけの平土間で、こちらは床に座布団の桟敷席ってえのは、やっぱり気分がいいよねえ。お春は上がる口端を役者団扇《うちわ》でそっと隠す。それに、桟敷の方が役者と目の合う回数も多いのだ。うふふと声が漏れたところで、ふと目の端に美人が木戸口を横切るのが映って、お春は思わず身を起こした。

「ねえ、おとっつぁん、今日も芝居が終《は》ねたら扇様を呼んでくれるんだよね」

役者との縁の糸を太くするには、直接会うのが一番だ。芝居終わりに贔屓が役者を茶屋に呼びつけるのはよくあることで、お春が己の抽斗に大切に仕舞っている扇五郎の使った湯飲みは、もう十を越している。今宵《こよい》も扇五郎に会えるものだと決めてかかってそう尋ねたが、権之助は体を縮こめながら横鬢《びん》を掻いた。

「すまないねえ、お春。今宵は天女に声をかけているんだよ」

「どうして！」

「なんでも扇五郎は芝居のための用向きがあるらしくってね、お座敷には出られないのだと」

確か犬が待っているとかなんとか、と口の中でぷちぷちと言葉を食《は》みながら、権之助はお春の好きな鹿子餅をお春の膳に乗せてくるが、こんなもので許せるはずもない。

「もう！　おとっつぁんなんて大嫌い」

「ああ、お春や、そんなこと言わないでおくれな」

そう言ってお春の手を撫《な》でる権之助は、これを扇五郎狂いのただの癇癪《かんしゃく》だと思っているのだろうが、お春にとっては早起きして何度も塗り重ねた唇の笹色紅《ささいろ》を噛み締めてしまうほどの一大事。なにせお春は、誰にも告げたことはないけれど、今村扇五郎の女房になると心に決めている。舞台で初めて扇五郎の姿を見たとき、お春は己の肌の下を稲光が走ったのが分かった。嗚呼、わたしはこのお人の女房になる定めなんだわ。それは観音様のお告げのようで、お春はその日からお稽古事にも力を入れて、化粧の腕も磨いたというのに。

ぶすくれる娘の機嫌をどうにか取ろうとする権之助をよそに、お千代はというと二人のやり取りには目もくれず、涼しい顔で膝にのせた本を読んでいた。

「役者の女房ってのは夫の身上でしゃらしゃら暮らしているのだと思っておりましたが、案外大変なんですねぇ。見ず知らずのお人らにこうまで好き勝手書かれてしまうんですもの」

お春は思わず胸をどきりとさせたが、どうもお千代は、こちらの目論見《もくろみ》に気付いてちくりとやったわけではないらしく、本から一向に視線を上げない。父親と二人してお千代の手元を覗《のぞ》き込むと、権之助が「ああ」と声を上げた。

「『役者女房評判記《やくしやにようぼうひようばんき》』だね。数年前に巷で人気だったのは記憶にあるが、そうかい、続きが出ていたのかい」

遊女に役者、戯作者《げさくしや》に医者、果ては虫に魚に鳥にと江戸者はなんでも番付にしたがるが、これは役者の女房を評したもので、刷られた当時は相当に出回って事あるごとに皆の口端にのぼったと聞いている。

「ほら、見てくださいな。女形のこの女房。〝性格はいいが惜しいことには顔が大あばた。

生壁をそろばんで押さえたような顔〟なんて散々な書きっぷりじゃあございませんか」

文字を指で辿《たど》るお千代の眉間には、見慣れない皺《しわ》が寄っている。どうやら己を役者の女房に置き換えて、腹をぐつぐつと煮立たせているらしい。たしかに、誰かも知らぬ人間に、お前はお顔が上上吉、お前は性格がちと残念と一方的に評されるのだから、女房たちからすれば厠《かわや》で尻を拭く落とし紙にでもしたいところだろう。

「まあ、でも役者の女房てえのは表に出てこねぇ。亭主の役者も贔屓に悪いってんでその存在をひた隠すのが常だ。だからこそ、こうやって評されたものが世に出ると中身の真偽は別として、皆こぞって購うものなのさ」

「そんなのおとろしいですよ。私ならなんて書かれるんでしょう」

「そりゃお前、極上上吉に決まっているじゃないか」

「あら嬉し。そんなら、おまえさんには至極上上吉をお送りしないと」

鴛鴦《おしどり》が互いの羽毛をついばむようなやりとりからお春は早々に目を外し、お千代の膝上の本へと手を伸ばした。その重さには馴染《なじ》みがあって、指をついっと本の間に入れてみれば、丁度目当ての三十丁。毎晩本を読み返しているかいあって、このくらいの芸当はお茶の子さいさいで、お春は何十回と開けてきた紙面に目を滑らせた。

お春にとって、三十丁に載っている一人の女房の名前が何よりも大切だ。

扇五郎の女房になると心に決めたお春だったが、調べて歯軋《はぎし》り、その枠にはすでに一人の女が居座っていた。名前はお栄《えい》。顔は残念、身形《みなり》は貧相、性格は分からずの加点はなしで、位は文字を黒く塗るに至らない白抜き文字の中の上。ああ、なんてこととお春は憤慨したものだ。扇様の女房ならば、扇様と同じ、極上上吉でなければいけないのに。だからこそ、お春はお栄にとって代わらねばならない。

見てなさい、とお栄の名前にお春は小指の爪を立てる。あと一年もすれば、そこに私の名前が載っている。

色も白くて、気立もよくて、心の優しい、扇五郎の女房、お春は紛れもなく極上上吉だ、と。

店の者に声をかけられ、お春たちは茶屋の裏手に設けられた専用口から森田座へと向かう。贔屓役者の提灯を片手に桟敷口をくぐった瞬間から、小屋の中に満ち満ちていた熱気がお春の肌をぴしぴしと弾《はじ》いてくる。いつもならすぐさま手拭いで鼻を覆いたくなるような人熱《ひといきれ》の臭いも鼻で吸って口から吐いて、やだもう、たまんない。お春は頰を上気させながら、父親たちと一緒に桟敷席までたどり着く。

握り締めていた扇五郎の札はお春の手汗でびしょびしょだったが、なんとか伸《の》して、目の前に渡されている横木に貼り付けた。扇五郎の提灯も飾って一息つけば、やはり下を覗き込んでしまうのは贔屓の性《さが》か。どの役者の紋入り着物が多いのか気になってしまう。左の平土間から團十郎の三升に三升に、扇五郎の四つ扇。誰の紋やら知らぬ花菱《はなびし》がきたと思ったら、またもや三升が三連続きで、お春は思いっきり横木を叩《はた》く。そうやって四つ扇を数えている内に、チョンチョンチョンと拍子木が鳴らされ、お春は慌てて客席から舞台へと目を移した。とざいとーざいの掛け声で幕がするすると開いていく。大向こうがかかる中、花道から姿を現すのは、待ってましたの扇五郎。横木に手をかけぐっと身を乗り出すと、間仕切りを挟んで隣、お春と時を同じくして、ぐっと身を乗り出す客がいる。あら、こんな近くに扇様贔屓がいただなんて。お春は横目で左を見やって、そして、はちきれんばかりに目を大きくした。

鳥の嘴《くちばし》でつまみ上げたかのような上向きの鼻に、眼《め》は細すぎて岩にできたひび割れのように見えてくる。ひょろひょろとした体つきは変に上背があるせいで、まるで枯れた蓮《はす》の茎。まるきり評判記の評と一致している。この左隣にいる客は扇五郎の女房、お栄で間違いない。お春は漏れ出そうになった歓声に慌てて両手で口を塞ぐ。役者の女房はみだりに芝居小屋へ顔を出してはいけないのが皆が口に出さないまでも芝居の世界で定められている不文律だというのに、目当ての女房がここにこうしてお春の隣にいるだなんて。

神様ったらやっぱり素敵。私の普段の行いがいいってんで、こんな機会を与えてくださるんだわ。

なれば時節を逃してはなるまいと芝居が終ねるなり、お春は席を立つ。人目を避けるためだろう、お栄がそそくさと帰り支度をするのはお春が睨《にら》んでいた通りで、お春は父親たちに先に茶屋へ戻るよう言い置いてから、薄っぺらい背中を追いかける。桟敷口を潜《くぐ》って大通りに出たが、人が駆け寄ってくる様子はない。女中も茶屋の案内も付けず、一人寂しく芝居見物とはこれまた好都合。人の数が少なくなったあたりでお春はお栄との距離を詰め、勢いよくお栄の目の前に体を差し込んだ。

さあ、ここからはあたしこそが千両役者。まずは振り向かぬまま、ちゃりちゃりと煙草《たばこ》入れを鳴らしてみせる。人にぶつかったかのようにくるりと振り返って見せれば、お春の帯に入った四つ扇が目についたはずだ。仕上げに、今気づきましたと言わんばかりの顔つきを浮かべながらのこの台詞《せりふ》。

「あら、あなたも扇様贔屓？　目の付け所が良くていらっしゃるのね」

笑いかけ、細めた目の隙間から、お春は女をじっとりねめ回す。着物は四つ扇が大きく染め抜かれてはいるものの、その色は藍墨茶《あいすみちゃ》でしみったれているったらありゃしない。渋色は江戸の流行りではあるが、此度の舞台で扇五郎が身につけている着物は紅藤色で、それに合わせてくるのが贔屓というもの。夫婦《めおと》になって三年が経《た》つらしいが、そんな常識が頭に入っていないとは、役者の女房としての貫禄《ひれ》が全く感じられない。

「あの……何か」

おずおずとした口をきくその口の横に刻まれている皺に、お春はちょっぴり眉を上げた。評判記では二十三と書かれていたが、それより年がいっているように見えるのは、不審げなその表情のせいだろうか。

「帯に挟んでいるその子犬の根付け、一目見たとき心にきゅんと来たんです。よろしければ、ちょいと触らせてもらっても？」

お春の頼みに、おずおずと帯で揺れる根付けを外し、差し出す指先は荒れている。爪の間には赤い染料のようなものが詰まっていて、お春は心の裡《うら》で鼻を鳴らすが、笑みは決して崩さない。

「近くで見ると彫りが細かいんですねえ。そういえば、あたしも彫り師に扇様の紋を彫らせた根付けを持っているんです。どうです、見たくはありませんか」

「はあ」と返すお栄の声は、小さく低く嗄《か》れている。一声二振三男《いちこえにふりさんおとこ》と声がいっち大切とされる役者の女房の声とは到底思えず、お春は哀れにさえ思えてくる。

「それなら、帯はいかがかしら。四つ扇のお紋は金刺繍《ししゅう》で入れていて、お日様に当たるとんでもなく綺麗《きれい》なんですよ。見たいでしょう、ねぇ、そうでしょう」

「ええまぁ」

　またしても気の無さそうなお栄の返答に、お春はいい加減むっとする。これだけ扇五郎の、お栄にとって己の旦那の話をしているというのに、ちっとも食いついてきやしない。お春は反応を見せないお栄に苛々としてきた。ああ、もう！　回りくどいのは大嫌い！

「あたしのお友達になってほしいの！」

　気づいた時には言葉が喉から飛び出ていて、お春は己でも仰天した。もちろんお栄の岩のひび割れのような目だって今はぱっくり開いていて、釣られて口もゆっくり開く。

「……お友達ですか？」

「あ、その、あたしには贔屓の友達がいなくって、だから、ほら、手に入れた品の見せ合いっことかしたいじゃない？」

　言い訳を並べながら、お春は己の頭をぽかりと叩きたくなった。友達になれだなんてこんな突拍子もないお願いは、怪訝《けげん》に思われたに違いない。駄目よ、駄目ったら駄目。てんで駄目。なにもかもがおじゃんだと鼻をぐずりとやった瞬間、

「構いませんよ。私でよければ」

　お栄が笑みを浮かべてこちらを見ている。お春の口の端からは、えっ、と素っ頓狂な声がこぼれ落ちていた。


　お栄の心をがっしと摑み、お栄のお家《うち》へとお招かれ。そこでお春は扇五郎に贔屓と役者としてではなく、女と男として出会うのだ。扇様のお目目はお春の顔を入れた寸の間にぴかりと光る。扇様はきっと言うはずだ。ああ、あなたは天満屋の。可愛らしいお人だとずうっと思うておりました。まあ、そううまくはいかなくとも、必ずやお春と扇様の仲は深くなる。すぐさまお栄は三行半《みくだりはん》を叩きつけられるだろうが、お春はそこまで鬼ではない。妾《めかけ》にすればいいのではとの助け舟は、お春が出してやることにしよう。お春はめでたく扇様とご祝言。飯は鯛《たい》の尾頭付きで。

　そういう筋書でいくことを、お春は口の端からこぼれた声が地面に落ちる間に決めた。

　そうなれば善は急げで、その場でお春はお栄の両手をぎゅうと握りしめた。扇五郎の贔屓同士、まずは一緒にお出かけでもと誘ってみれば、お栄の顎はこくんと一つ。そこでお

栄が己が扇五郎の女房であることを名乗ったので、お春は大袈裟《おおげさ》に驚いてみせた。それでも友達になりたい心は変わらぬからと二日後に約束を取り付け、お栄の萎《しな》びた後ろ姿を見送りながら、お春は己の手際の良さに惚《ほ》れ惚《ぼ》れとした。あれはどうみても鈍そうであるし、お春の魂胆には気付くまい。

じわりと笑みが滲みっぱなしの二日が経っての朝五つ、お栄が自ら待ち合わせ場所に指定したのは、猿若町近くの合力稲荷《ごうりきいなり》神社だ。路地が入り組んでおりまして、とお栄は申し訳なさそうにしていたが、お春にとっては平気の平左。なにせその神社の近くには扇五郎の家屋が建っていて、ぱったり会えやしないかとお春は境内に何度も訪れていた。

今日もすいすいと路地を抜け、境内に足を踏み入れる。入ってすぐの鳥居の陰の中、お栄は、まるで数年前から地面に生えていたかのようにつう、とそこに立っていた。着物は二日前と同じく苦味のある色目で、顔には白粉さえ塗っていない。お春の肌の白さが際立っていいが、お春には寸分不安な心も湧いてくる。もしや扇様は地味な女子がお好きだとか。附子《ぶす》好みならあたしの出る幕なんてないじゃない。それでも、お春は気を取り直し、さあ、どこに行こうかしらとお栄の袂をちょいちょいと引いた。

「着物屋なら丹後屋《たんごや》ね。あすこは染め抜きの仕事が丁寧よ。それともお栄さんは根付けがお好き？　そんなら千鳥屋《ちどりや》がいいわ。仕入れてる根付けの数が尋常じゃないもの。甘味がいいってんなら、佐野屋《さのや》なんてどうかしら。鹿子餅が絶品で頬っぺたが落ちちゃうの」

お栄の前に並べてやった店名は、そこいらの女子が聞けば目を輝かせるものばかりだったが、お栄は首を横に振り、「実は草履《ぞうり》屋にて用向きがありまして」とおずおず、こちらに切り出した。

「できれば、ついてきてくだされば嬉しいのですが」

やった、これは儲《もう》けた！　飛び上がりそうになった体を抑え込み、お春はにっこり笑顔を作る。

「ええ、もちろんよ」

いくら『役者女房評判記』を読み込んでいるからといっても、所詮、あれは好き者が勝手に己の評を書き連ねただけのもので、女房の心意気やら立ち振る舞い方やらが載っているわけではない。その好き者がどこぞの役者の女房であれば話は違ってくるが、どうにも噂《うわさ》では戯作者の作とのことらしい。

お春がお栄にくっつくことを決めたのは、勿論《もちろん》、お栄に取り入って扇五郎との糸を繋《つな》ぐのを目論んでのことだが、お栄の立ち振る舞いを盗んでやろうとの魂胆もあった。だからこそ、このお栄の申し出はお春にとっては儲けもの。お栄について回ることで、お栄直々に女房指南がしてもらえるというわけだ。

お春が喋《しゃべ》り、お栄は頷《うなず》きで三町ほど歩けば、目当ての店へと辿り着く。玉木屋《たまきや》の名前は耳にしたことはないが、長い年月をかけてこの地に根を深くしていったような店構えだ。しかしお店は間口が二間《けん》、随分と小体《こてい》で、お春たちが近づいても中から手代が飛び出してくる様子もない。いつもなら、天満屋のお嬢様がおいでくだすったとひっきりなしにお店《たな》者《もの》が現れ、揃ってお春に腰を折る。月代《さかやき》頭が何個も横に並んでいる景色《けしき》のほうが見慣れているお春にとっては戸惑う事態で、暖簾《のれん》を分けて入っていくお栄にお春は素直に従った。

埃《ほこり》っぽい店の中、上り框《かまち》に腰掛け煙管をふかすお爺《じい》さんが、お栄の顔を見てからは話が早かった。煙管を片手に奥に引っ込むなり、風呂敷包を小脇に抱えて戻ってくる。包みを差し出す草履屋とそれを受け取るお栄の間には「阿《あ》」も「吽《うん》」も必要ないようで、どうやら何度も繰り返してきたやり取りらしい。

お栄が風呂敷包を開くのを、お春は横から覗き込む。その品物を目に入れて、お春はふん、と鼻を鳴らした。評判記の中の上の位付けは、顔形だけでの評じゃあなかったわけね。これなら、ああもこっ酷《ぴど》く書かれてしまうのも頷ける。

「ちょっと小さすぎるんじゃないかしら」

狛犬《こまいぬ》たちの間にずいと割り込み声高にそう告げる。草履屋の眉間に皺が寄ったが、お春は口を止めたりしない。

「それって扇様の草履でしょう?」

一寸黙ってから「ええ」と頷くお栄に、お春は「まあ」と大きな声を出してみせる。おまけに右手を頬に添え、首をちょっとばかし傾《かし》げれば、これで完璧。

「扇様のおみ足はそんなに小さくないはずだけど」

芝居終わりに座敷へと呼びつける扇五郎の全てに、お春は目を光らせている。着物の柄に、煙草の種類、扇五郎の履いている下駄だって、扇五郎が席を外した隙に己の袂で長さを測ったりして、つい先日同じ大きさのものを作らせたことがあったのだ。それと比べて、この草履は二回りほど小さく見える。もっとよくよく確かめようと目の前の風呂敷包に手を伸ばせば、お栄はすっと身を捩《よじ》らせた。「たしかに」と草履の代わりに言葉を寄越《よこ》す。

「たしかに扇五郎さんが履くのには小さすぎますね」

あら、その分かっております顔は、あたしの舌に油を乗せる。

「扇様のおみ足はとっても大事よ。三ト月前の『義経千本桜《よしつねせんぼんざくら》』の欄干渡りだって扇様の足の動きが美しいってんで大入りになったこと、忘れたわけじゃあないでしょう。そのおみ足に履かせる草履の寸法が違うとは、あの人の女房失格なんじゃあないかしら」

痛いところをずんと突いたつもりだが、

「ええ、本当におっしゃる通り」

応えた様子のないお栄にお春はぐっと喉を詰まらせる。お春の鋭い指摘に自信を無くし、己で女房の座を降りてくれれば万々歳。途中からそういう意図も忍ばせていたが、お栄にはなんの意味もなかったようで、お春はぶすくれる。

「じゃあなんで、そんなもの作らせてるのよ」

そこでお栄は薄い笑みを口元に乗せた。

「扇五郎さんは舞台で使う草履を所望されておりましたから」

お春の眉間に寄った皺を見つめながら、お栄は続ける。

「舞台で履く草履は、本当のものより小さくなくてはいけないんです」

「どういうこと」

思わず前のめりになって聞けば、お栄は笑みを深くした。

「扇五郎さんのこれまでの当たり役はすべて、つっころばしです。ちょいと横から肩を押せば、転んでしまいそうなほど弱くって、あまりの頼りのなさに笑えてくるのがこの役どころですが、扇五郎さんのつっころばしはちと違う」

一旦お栄は言葉を切って、「あの人は色気の出し入れがお上手《じょうず》なんです」己の唇をぺろりと舌で湿らせた。

「甘やかされて育った若旦那が周りに煽《おだ》てられて図に乗って、己の着ている羽織を簡単に人に渡してしまう。そんな笑いどころでも、羽織を摑む指先に、草履から抜いた足裏に上品な艶がある。若旦那の色気にぽうとなったお客さんが、ふと若旦那が舞台に残していった草履を見てみれば、おや、おいらが使っている草履と同じ大きさだ。へえ、扇五郎もおいらと同じ普通の男なんだねえ。そんな考えがぽんと頭に浮かんでしまったが最後、お客さんはもう芝居の中にはおりません。お客さんは現《うつつ》に帰ってきてしまっていて、現の物差しで全てを見ている。それじゃあいけない、と扇五郎さんはおっしゃいます。いけないよ、お栄。芝居は現を忘れさせるものじゃなくっちゃねと」

お栄が捲《まく》し立てる様子は、まるで萎びた蓮の茎が一気に水を吸い上げたかのようで、お春は口を挟むこともできず、ただただ、お栄の口の端に出来た唾液の泡が動くのを見る。

「だからこそ舞台で使う草履は、なよなよしい若旦那の像を壊さぬように、扇五郎さんが使っているものよりあえて小さいものを作らせるんです」

そこでお栄ははっとしたように手のひらを口に当てた。唾液の泡が音もなく押し潰される。すみません、とお栄は消え入るような声で謝ってくるが、お春は声を嚙み殺すのに必死でそれどころではない。扇様のつっころばしはあたしも大好き！　若旦那が羽織を渡したその指でそっと己の首筋を撫でるところなんかもいいよねえ。喉から飛び出そうになったそんな言葉はすんでのところで飲み込んだ。

駄目よ、駄目ったら駄目、てんで駄目。お春は、お栄について店を出ながら心の内で首を振る。いきなりの扇五郎話はお春の贔屓心をくすぐって、お春はお栄の胸に飛び込みたくなったが、このお人は己の敵役《かたき》。こんなことで絆《ほだ》されていてはいけないのだ。

そう心に言い聞かせた明くる日の行き先は春米屋《しょうまい》だった。こちらは昨日の草履屋と打って代わって大店で、小僧が三人がかりで表の掃き掃除に励んでいるほどの間口の広さ。お春にとっても父親に連れられよく訪れている馴染みの店とあって気安く暖簾をくぐったが、応対に出てきた奉公人たちはこちらの顔を目に入れるなり、こぞって苦虫を嚙み潰したような表情を浮かべる。勿論そこは老舗《しにせ》上総屋《かずさや》のお店者で、口の中の虫は一寸の内に飲み下し、人好きのする笑顔で腰を折るが、お春はどうにも合点がいかない。おとっつぁんと何かあったのかしら。それであたしと会うのが気疎《けうと》いだとか。首を傾げたままで廊下を渡り、奥座敷に通されたが、お春はそこでお店者たちの口の中に苦虫が巣食っている理由《わけ》を知る。

お栄は墨染の木綿《もめん》を畳に広げ、その上にざざあっと籠の中のものをぶちまける。木綿の前に跪《ひざまず》き、尻を高く上げている格好は間抜け以外の何者でもない。木綿に顔を近づけ目を凝らし、目の前の粒を右の巾着袋へ左の巾着袋へと選《よ》り分けていく。

「何してるのよ」

案内役の小僧もそそくさとその場を後にした座敷に、四《よ》つん這《ば》いのお栄と二人きり。襖の前に立ち尽くすお春は、目の前の状況が飲み込めていない。

「米粒を選んでおります」お春の問いには尻が答えた。「透明なものであれば右の巾着、白いものが少しでも混ざっていれば左の巾着。右の巾着に入ったものだけを購います」

「何のために」と聞けば、「何のために？」お栄はすうっと顔をあげた。こちらを振り返った顔には、昨日も見たあの薄い笑みが浮かんでいる。

「扇五郎さんのために決まっているじゃあ、ありませんか」

なるほど、扇様のお口に入るものならばとお春も木綿の前に尻を落ち着けたが、米粒が五十もいかぬうちにお春の腰は音《ね》をあげた。よろめきながら襖の取手に指をかけて、お春はふと後ろを窺《うかが》った。尻だけを高く上げたまま、お栄の体は微動だにしない。三日前に出会ったばかりの小娘の不躾《ぶしつけ》な視線に晒《さら》されても、なお。

「ああ、あの妙ちきりんな米粒選びの理由ですか？　万一、米に混ざった石を噛んで扇五郎が歯を痛めたらいけないからだそうですよ。歯に穴が空いたらそこから台詞が漏れてしまうとのことで」

部屋を出るとそこには上総屋のお内儀が待ち構えていて、そのまま別の部屋へと連れて行かれた。どうやらお春が尻尾《しっぽ》を巻くのを見越していたらしく、すんなりと目の前に餅菓子とお茶が置かれる。

「もう三年にもなりますよ。ああしてうちで透き通った米粒だけを選んで購って帰らっしゃる。そりゃあ、天下の扇五郎の歯一本にとんでもない価値があることはわかっていやしますがね、ああまでやるものですか」

父親に手を引かれて店を訪《おとな》う幼いお春に飴《あめ》やら独楽《こま》やらを持たせてくれた馴染みのお内儀だ。気安い口調でのやり取りもいつものことで、お内儀はお春の向かいにえっちら座ると、はあ、と声の割合が幾分と多いため息をつく。

「でも、扇様のためにすごいわよね」とお春が口にしたお栄への感嘆は、お内儀がふんと鼻息で吹き散らした。

「こっちからしちゃあいい迷惑ですよ。町木戸が閉まる刻限まで粘られちゃあ店も閉められませんからね。しかも、米ばかりじゃないんです。扇五郎が口にする水もわざわざ京から樽詰《たるづめ》にしたのを取り寄せているそうですよ。飲みつけぬ水を飲んで腹を壊したら舞台に穴を開けちまう。多くの人にご迷惑をおかけすることになってはいけないってなもんで」

お春が連れだということは頭から抜け落ちているのか、お内儀の口からは、お栄の悪口がぽんぽんと飛び出す。

「そもそも、あの人は役者の女房の器じゃあないんですよ」

悪口がお内儀のお歯黒の鉄漿《かね》を吸ったかのように、どんどん黒くなっていく。

「曲がりなりにも役者の女房なら、もうちっと身綺麗にすりゃあいいんですよ。顔形は、あそこまで崩れていちゃあもうどうにもなりませんが、着物なら金子《きんす》をかけられますからね。扇五郎だって己の女房があんなのだとは口にしたくありませんでしょうよ。扇五郎の女房でしたら、お春ちゃん、あなたの方がぴったりですよ」

最後のは扇五郎贔屓のお春に向けた毎度の世辞で、お春は言われるたびに、うふふ、と笑ってみせるのだが、今日はそれを素直に受け取れない。いきなりだんまりになったお春にお内儀は焦ったようで昔と同じく菓子やら簪やらを持たせてくれたが、お栄の米粒選びが終わるまでお春の頰は膨らんだままでいた。

なにょ、そんなに馬鹿にすることないじゃない。

草履の大きさや口に入れる米の質、そういう細かいところまで、お栄は扇五郎のための気配りを忘れずにいる。お春の心には知らず尊敬の念が生まれていて、それはむくむくと育っていたらしい。こうなると、『役者女房評判記』のお栄の評がなんだか無闇矢鱈《むやみやたら》に癪に障って、春米屋からの帰り道、立ち寄った甘味屋の床几《しょうぎ》に並んで座り評判記を悪様《あしざま》に言えば、お栄が「でも、まあ、その通りですから」と弱々しく認めるものだから、お春は片手で床几を叩く。

「なんなのその答え。駄目よ、駄目ったら駄目、てんで駄目」

「てんで、駄目ですか？」

「こんなに扇様のために尽くしてんのに、あんたがそんな弱気だから、ああいう風に書かれちゃうのよ。もっとででんと構えなさいな」

あら、あたし、なんで敵のことを褒めてんのかしら。

目論見から外れた言葉が出てくる口を一旦閉じた。気を取り直そうとお春は己の串から団子を外し、近くにいた犬の足元に一つ転がす。痩せた犬はちゃむちゃむと団子を食んでから、お春の脹脛《ふくらはぎ》に濡《ぬ》れた鼻をくっつけた。頭を撫でてやるお春をじいと見つめ、「ああ、素敵」お栄は嬉しそうに微笑《ほほえ》んだ。

「やっぱりお春さんは、私と違ってとっても素敵ですね」

「なによ、いきなり」

照れ隠しからつっけんどんになるお春に、お栄はなおも言い募る。

「だってほら、犬にこんなにお優しい」

お栄の細くとも黒黒とした目の中に、腹を出して寝そべる犬ではなく己の顔が映っているのを見つけた時、お春はふと、疑問に思った。

お栄は何故《なぜ》こうして己と団子を食べてくれるのだろう。

「ああ、本当にお春さんはお優しくて、可愛らしい」

突然声をかけてきた扇五郎贔屓の小娘と友達になったところで、お栄に何か得になることとなんてなかろうに。

「それにお肌もとても白くていらっしゃる」

それなのに、どうしてこの人は己と友達になることを了承したのだろうか。

背骨を冷えた人指し指でなぞられた心地がして、お春は思わず言っていた。

「だったら肌を白くする方法、教えてあげようか」

突拍子もない提案に「え？」とお栄が目を丸くするのももっともだが、お春はもう後には引けなくなっている。

「お栄さんだって知ってるでしょ。今、巷じゃ『都風俗化粧伝』っていう本が流行っててね、そこに肌を白くする方法が載ってるの。だから、そいつを教えてあげようかって。肌に興味ないってんなら、紅でもいいわ。お栄さんは肌がちょっと黒めだから、薄紅なんかが良さそうね。薄付きの紅なら井筒屋《いづつや》に、山谷屋《やまたにや》、安田屋《やすだや》があるけど、井筒屋がいっちいいってのも、その本に書いてあるのよ」

言葉を重ねるお春の必死振りに、お栄が「お春さんの指南はとっても楽しそう」とくすくすと笑うと、犬が鼻を鳴らしながらお栄に擦り寄った。

「でも、いりません」とお栄は犬の頭を撫でる己の手に視線を落とす。

「この私に白い肌は必要ありませんから」

薄く笑みを浮かべたままのお栄に、ははん、なるほど。お春は心の内でぽんと一つ手を打った。この人は己に自信がないんだわ。だから、こうやってあたしの素敵な部分が目につい ちゃうのよ。お栄がお春と友達になったのもこれで理由がつくと、お春はにんまり上がる己の口端を湯飲みを啜《すす》って隠す。要は、お栄にとって役者の女房という身柄が重荷になっているわけだ。その肩の荷をちょっとでも紛らわすためにお春と贔屓ごっこをしているに違いない。

それならなおさら扇五郎の女房の座は、お春が代わってやるべきだ。床几に二人分の金子を置くお栄をお春はちらりと横目で見やる。お春が扇五郎の横に立ち、この人は妾かなにかで後ろについているぐらいが丁度良い。ああ、このお人の萎びた背中から、できるだけ早く役者の女房の看板を下ろしてあげなくっちゃあね。

そんなお春の筋書がずれたのはその五日後のことだった。

今日もまた約束の境内まで向かってみれば、いつものように佇《たたず》むお栄の隣で駕籠が二丁待っている。少し遠いところにありまして、と告げるお栄に、あら、そうなの、なんて、なんの疑いもなく乗り込んで小半刻《こはんとき》。駕籠かきにうながされるまま駕籠から足をおろすと、そこにはお春がついぞ見たことのない田んぼ続きの景色が広がっていた。お春は、その田んぼの向こうに微《かす》かに見える一画から、目を離せない。

「今日は何を買いに来たの」

すん、と鼻で空気を吸い込むと、一画をぐるりと囲う溝《どぶ》の匂いに混じって、汗で粘ついた白粉の匂いが鼻の中を駆け上ってきた気がして、帯に挟んでいた手拭いで顔半分を覆う。

「こんな吉原《よしわら》の近くなんかに」

土手に沿ってすいすいと道を行くお栄の背に言葉を投げかければ、お栄は立ち止まって振り返る。

「人の指です」

「は」

「ほとけの指ですよ、お春さん」

お栄は、お春の目の前に手のひらを掲げ、ゆらゆらと揺らしてみせる。合わせて動く炭黒色は爪紅かと思ったら、何かが爪の間に詰まっているだけらしい。

「廓《くるわ》の中の遊女には指切りという手練手管《てれんてくだ》がありまして、己の指を切り落として男に送り、遊女は心中立てをいたします。でも、人の指って十本しかないでしょう。客が出来るたび送っていたなら、すぐにおまんまを食べられなくなってしまう。だからこそ、ほとけの指を店で購って、それを客に渡すんです。勿論、客も指が遊女のものでないことは織り込み済みで、要は、主《ぬし》さんだけ、お前だけの芝居を楽しんでいるというわけです」

そんなこと、傾城《けいせい》買いを得手とする扇五郎贔屓たるもの、知っている。違うのだ。お春が聞きたいのはそれではない。

「あ、あんた、そんなもの買ってどうするつもりなのよ」

声を震わせるお春に、お栄はまたあの笑みだ。

「それは扇五郎さんに聞いてみませんと……私は扇五郎さんに頼まれただけですから」

目当ての店、指切り屋まではお栄のあとをついて行ったが、店の敷居をまたぐことはお春にはどうもためらわれ、駒下駄の歯に詰まった砂利を掻き出すふりをして蹲《うずくま》れば、お栄は笑みを浮かべたまま一人店に入っていく。

「触ってみますか？」

四半刻もたたずに戻ってきたお栄は開口一番、そう言った。両手に抱えた桐《きり》の箱をお春の目の前に差し出して見せる。

「切ってすぐのものを丁度店が仕入れたようで、皮もまだぴいんと突っ張って」

じゃりり、と退くお春が駒下駄で鳴らした砂利の音は、随分と大きく響いたはずなのに、お栄は全く気にした様子も見せずこちらに歩み寄ってくる。お春の袂を無造作に鷲摑みにし、そのままぐいと思い切り引く。つんのめったお春の鼻先でお栄の両手がぱかりと桐箱の蓋を開け――。

「ふふ、ご安心くださいな。作り物です」

ひい、と飛び出そうになった悲鳴が喉元で止まった。

「しんこ細工ですよ。団子に紅で色をつけたようなものですから、お腹《なか》が減っていらっしゃるようでしたら、お八つ代わりにどうです、お一つ」

お栄は己の人指し指を桐箱に入れると、まるで小動物と戯れるかのように爪の部分をさりさりと撫でる。茶化されたのだ。わかった瞬間、お春の手のひらは桐箱の側面を叩いていた。紛《まが》い物の切り指が地面に転がる。

「あんた、扇様が言ったらなんでもするわけ？」

より本物に近づけるためだろうか、桐箱の中には赤く染めた水が数滴入っていたらしい。お栄の頰に飛び散った赤色がすうと顎にかけて流れていく。お栄は右手で頰を触ると、まるで化粧水かのように己の肌に擦り込んだ。

「だって私は役者の女房ですもの」

お春は暫《しばら》く歯を軋らせていたが、砂利の上に落ちている指を拾い上げると、御免なさいと一緒にお栄の手のひらの上へとぽそりと乗せた。そのまま二人して待たせている駕籠の元へと歩き出したが、お春の頭の中ではぐるぐると問いが回っている。

役者の女房ってのは本当に役者のために、死人の指を買い漁《あさ》るものなのだろうか。もしそうだと言われたら、あたしは扇様のためにそこまですることができるだろうか。

お春のしかめ面をお栄は横からじいと見つめていた。

はじめ、お春の胸の内にぽんと浮かんだお栄に対する疑いの念は、まるで小鳥の煙草入れのような小さな小さなものだった。だが、お春は歯に虫食いができれば何度も舌で触って確かめてしまうたちで、お春はその後もお栄の用向きに付き合って、何度もお栄の後をついて回った。するとお栄への疑念はどんどんと大きくなっていく。会話の最中にお春の表情をうかがうように、寄越してくる視線も何だか気になって仕方がない。

ある時、お春は聞いてみた。「お栄さんはどうしてあたしの友達になってくれたの」お栄はやっぱり笑って「贔屓同士仲良くしたいとおっしゃったのはお春さんじゃありませんか」と打ち返す。

「お春さんのことを知りたいんです。もっと、もっと知りたい」

じんわり開いたお栄の目がこちらを向いて、お春はいけないと思った。これ以上は駄目よ、駄目ったら駄目、てんで駄目。お栄の舌が作り出す知りたいという言葉は、お春に歩み寄るものではなくて、お春をほじくるようなものだ。

そんな風に、ぴいんと勘が働いた時の身の動かし方は父親の血を継いでいる。すぐさま、二日後に予定していたお栄との約束はすっぽかすことを心に決めて、絵草紙《えぞうし》屋やら紅屋やらの芝居に繋がる店には寄り付かないようにした。お栄とは一旦ここでお別れで、次に顔を見るのは扇五郎が己の妾を紹介するときだ。三味線《しゃみせん》の朝稽古からの帰り道、お春は隣を歩く郁に風呂敷包を持たせ、空いた両手を組みながら、一人うんうん頷いた。そうよ、お栄さんと繋がっていた糸を切ったところで、扇様の女房になる手立てはいくらでもある。

だが、角を曲がったところで、お春の足はいきなり霜がおりたように止まった。お春の家の門前に、萎びた蓮の茎が一本地面に生えている。俯《うつむ》き気味のその顔がゆっくりと持ち上がりきる前に、お春の口はひとりでに動き始めていた。

「お栄さん、この前は御免なさいね。お家《うち》を出ようと思ったら、急に癪《しゃく》が出ちゃって、それからずっと寝込んでて」

決して目は合わせるな。だけども声には粉砂糖をたっぷりとふりかけて。

「あとね、これからのことなんだけど、あたし、おとっつぁんのお店の手伝いをしなくちゃいけなくなってね、お栄さんとはそう頻繁には連れ立って遊びに行けなくなっちゃったのよ」

そのとき、残念だわ、ああ残念、と眉をできるだけ八の字に下げて、縁の糸に鋏《はさみ》を入れようとした
「今村扇五郎に会いたくはありませんか」

お春は口を止め、深く息を吸ってから聞く。「……今なんて？」

「今村扇五郎に会いたくはありませんか、とそう申し上げたのです」

いつもの境内でお待ちしております。場所と時間を言い残し、お栄はすうと背を向けた。

訝《いぶか》しげな郁の背を押して家に戻るなり、お春は己の思いを天秤《てんびん》にかけた。扇五郎に会いたいという気持ちを左の皿に載せて、右の皿には、お栄の薄寒い微笑みだの、お栄が舌に載せた知りたいとの言葉だの、己の胸に巣くう得体の知れない恐ろしさを次々と載せてみたが、左の皿は下がったままでびくともしない。やっぱりお春はどうしても、父や母の目がない場所で、扇五郎のお目にかかりたい。これまで集めてきた役者絵を畳の上に何枚も並べてみると、俄然《がぜん》勇気も湧いてくる。いくらお栄に気味の悪さを感じていたって、この一回さえお膳立てしてもらえれば、そのあとはお春がうまくやる。ふん、と一つ気合を入れて、お春は抽斗からいくつも着物を引きずり出した。

一度会うと心に決めれば、あとはもう早くその日が来ないかと首を長くするばかりで、用意されていた駕籠にも飛び入るようにして乗り込んだ。中では寸の間、あれ、扇五郎様のお家はここから近くなかったっけと首を傾げる時間があったものの、逸《はや》る気持ちにぷちりと潰された。

駕籠に揺られる時間は長く、降りる頃には以前の指切り屋の時と同じく田んぼ一面の景色を想像したが、御簾《みす》をあげるとそこは湿った森の中だった。お春の周りをぐるりと何本もの大木が囲い、その表面には深緑の苔《こけ》が生《む》している。聞き慣れぬ鳥の声が存外近くから聞こえて、お春はっしとお栄の袂を握った。お栄はお春の手を振り払おうともせず道なき道を進むので、お春は黙ってお栄の後につづくしかない。上等な綸子《りんず》に遠慮もなく染み込んでくる森の陰気に思い切り顔を顰《しか》めていたが、お栄の顔がちらりと目に入ったとき、お春は「あっ」と大きな声をあげていた。

「今日は紅を塗ってるのね！」

お春の言葉に、お栄はきょとんと目を丸くする。

「笹色紅が流行りだけど、お栄さんは肌がちょっと黒めだから、薄めに塗るのがやっぱりいいわ。いつもより華があるもの。うん、綺麗」

お栄の行く先に回り込み、お栄の化粧ににこにこと笑みを浮かべていたお春は、ふと視線を上げて、思わず口をつぐんだ。

ただお春は心の底から思ったことを素直に告げただけだった。いつもはちっとも己の顔に興味がなさそうなお栄が唇に紅を乗せていて、それを褒めただけなのに。

なのに、どうしてそんな泣きそうなお顔をするのかしらん。

お春はそっと右手を上げた。その手がお栄の頰の産毛に触れる寸前、ぎゃあという叫び声が大木の枝を揺らした。お春はびくりと手を下ろし、その方向へと顔を動かす。

誰かいる。誰かがこの森の中、丈の短い草が生い茂る開けた場所に立っている。まずお春の目の中に真っ先に飛び込んできたのは、その人の横顔だった。美しい鼻筋はさすが鼻千両と呼ばれるだけのことはある。その鼻がすんすんと何かを吸い込み動いていて、お春もつられるようにして、すんすんと動かした。瞬間、思い切り鼻に皺がより、お春は思わず両手で口を覆う。なによ、このにおい！　鼻っ面を上から押さえつけるような激臭に涙も滲み湧いてくる。緩んだ視界が次にぼんやり映すのはその人の手元で、赤く、そして滴っている。舞台の上で艶《なま》めかしく羽織を摑む、お春の大好きなその指が、ぴくぴくと痙攣《けいれん》する犬の首に細い錐《きり》をねじ込んで、肉を穿《えぐ》り出している。

「うまく血は集まっておりますか？」

お春はその言葉をぼうと聞いた。お春の目の端には遠ざかっていくお栄の背中が映っている。お春の姿は大木の陰にうまく隠されているようだが、こちらからは顔をあげた扇五郎がお栄に柔らかな笑みを浮かべつつ、右手の錐で犬の目玉をほじくるところまでよく見えた。

「難しいね。烏《からす》の時は首に刃を入れればぴゅうと、そりゃもう簡単だったのに、犬となると筋が多くて刃がいちいち止まってしまうんだよ」

聞こえてくる声音は涼しげで、冬の寒い日に鳴らす鈴の音のように澄んでいるというのに、その言葉の意味を理解するまでには随分と間が必要だった。

「血袋はおいくつ？」

扇五郎はしゃがみ込み、足元に転がる皮の巾着袋をたふたふと叩く。麻の紐《ひも》で縛っているらしいその口からは、赤い血が一筋流れて草を濡らす。

「まだ三つだよ」

「あと五つは欲しいところだね。これじゃあ床一面ってわけにはいかないからね」

「床一面、ですか？」

「ああ、そうともさ。皐月《さつき》狂言、芝居も大詰め、わたしが涙ながらに父親の背中を匕首《あいくち》で刺せば、仕込んだ血袋が一気に破れて、舞台一面に赤赤とした血が広がっていくんだよ。ああ、想像しただけで体が震えてくる。さあ、お栄も頭に思い浮かべてご覧なよ。客は口を大きく開けてなんと言う？」

扇五郎に促され、お栄の肩がびくりと震えた。こわごわと紅の塗られた口が開いて閉じて、また開く。

「そうだよ、すごく素敵なんだ！」

お栄の答えを待たずして上がった扇五郎の高い声に、お栄がほう、と細い息を吐いたのをお春は見た。その吐き出た息を慌てて吸い込むようにして、早口でお栄は言う。

「ええ、ええ。すごく素敵」

扇五郎は嬉しそうに首を縦に動かした。まるで寺子屋の手習い子のようなその素直さが、お春の首をまた締めて、お春の呼吸を荒くする。

「芝居ってのは実《まこと》があってこそだ。此度の芝居でも人の血を使いたいものだが、お上に知られちゃあまずいからね。代わりに犬の血を仕込むのは我ながらいい案だよ。こりゃいい芝居になる。間違いない」

声を弾ませながら扇五郎は、大八車に堆く積まれた犬の死体に目をやった。すぐさまお栄の視線が扇五郎の黒目の行き先を追いかける。

「大八車はもう二つ用意してあります。一つはこの春生まれた子犬ばかりを集めておりまして。肉は柔らかいですが、血の量がどうにも」

「構わないさ。新鮮なのが一等大事だからね。まだ命が残っているものもいるんだろう。時折、息がひうひうと聞こえてくるんだ。とってもいいね」

大八車の側《そば》に寄り、扇五郎は死体と死体の間から飛び出ている黒い鼻先を優しく撫でる。

「でも、よくこんなに死体が調達できたものだよ」

「何でもここいらをねぐらにしていた犬が一斉に泡を吹いて死んだそうで」

「おや、それは可哀想《かわいそう》なことだねえ」

痛ましげに伏せたその目に生い茂る、睫毛《まつげ》の先に蝿《はえ》がとまった。扇五郎が履いている草履は扇五郎の足の大きさにぴったりで、お春は目の前の景色が舞台の上でないことを思い知る。

「おっ、お栄、見なよ。ここを突くと血がいっぱい出るよ」

そこでお春の正気の糸は切れた。お春はひうひうと喉を鳴らして、脱兎《だっと》の如く、その場から逃げ出した。待たせていた駕籠に飛び乗って、家につくなり母親の寝床にもぐり込み、一日中布団から出てこなかった。

その日から己の部屋に引きこもり幾日たっても出て来なくなったお春を、両親はもちろん店中の者が心配をした。しかも、お春のこの気の塞がり様は尋常じゃないと皆が騒ぐのは、いつもなら飛び上がって喜ぶ四つ扇の品々をどれだけ持ち寄っても、お春は青い顔をして首を横に振るからだ。なるほど、お春は扇五郎贔屓を降りたらしい。皆は早々に結論づけて、代わりにお菓子やら絵草紙やらを持ち込むようになった。お春も芝居から離れて、一ト月もすればもう、夢に犬の目玉が出てくることはなくなった。だからこそ、久しぶりにどうだい、と父親の権之助に森田座の木戸札を差し出されたとき、お春は寸の間迷ったものの素直にそれを受け取った。いつものように天満屋総出で屋根船に乗り、茶屋で一息ついてから、桟敷席へと移動する。お春はそれを、右の椀《わん》に入れた豆を左の椀へ箸で移すように淡々とこなす。四つ扇の紋探しだって今思えば、馬鹿らしい。お春はすでに四つ扇紋が入ったものはすべて捨てている。花道から現れた扇五郎にも、お春は声一つあげなかった。

扇五郎が己の父親の背中に匕首を差し込み、舞台の上には血が飛び散った。匕首が右へ左へ捩《ね》じ込まれるたびに、父親から流れる血は量を増し、ついには土間席にまで滴り落ちる。その席に女が座っていたのは扇五郎の儲け物。きゃあと鋭い悲鳴は、扇五郎の芝居に凄味を上塗りする。興奮した声を上げる客たちに、お春の腹は煮えてくる。その血の正体を知らぬから、そうやって喜ぶことができるのよ。顔を顰めたそのとき、お春は隣の席からの囁《ささや》きを聞く。

「燕《つばめ》の糞は三つまみ、生姜の絞ったのは上汁を二しずく。蜆《しじみ》の殻は細かく砕いて粉にして、酒と一緒に混ぜたものを犬の血に混ぜ合わせれば、臭みが消える」

こんなにも小さな声なのに、やんややんやと扇五郎を褒めそやす、この歓声に紛れてくれない。お春の耳たぶにしがみついて離れない。

「艶も出るからいいお色でしょう。三日三晩かき混ぜていたんですもの。この私が」

お春の体は固まって、一寸たりとも動かすことができない。

「ああ、とってもいいお顔」扇五郎の女房が言う。

「犬の血を使うなんて、ってお顔をしている。犬を殺して許せない、ってお顔をしている」

よかった、とお栄は呟《つぶや》く。その声があまりに安堵《あんど》に満ちていて、気付けばお春は首を動かしていた。お栄は薄く微笑んでいる。

「よかった。あなたが優しくて可愛らしい人間で、ほとけの指を見て顔を顰める人間でいてくれて。犬を殺すことを許せない人間でいてくれて」

お栄は舞台を見つめたままで、

「だってそれって、あの人に相応しくないもの」

口端を釣り上げ、うっそりと笑う。

「あなたが評判記に載るんなら、書かれるんでしょうね。肌も白くて、気立もよくて、心の優しい役者の女房だと」

だから、駄目なんです、とお栄は言う。駄目です、駄目ったら駄目。てんで駄目。

「肌の色が白いと血が顔に飛んだときに目立ってしまうでしょう。でも私は大丈夫。私は肌が浅黒いから、血を浴びても誤魔化せる。私は犬を殺すときに眉毛一つ動かさないでいられる。あの人と一緒に犬を殺すことができるのは私だけなんです」

お春はそこで腑《ふ》に落ちた。ああ、この人はあたしと友達になろうとしていたのではない。この人は確かめていたのだ。お春が、ただ、優しくて可愛らしい人間であることを。己の存在を脅かす女房には決してならないことを。だから、犬を撫でるお春の表情を、死体の指に怯《おび》えるお春の表情をお栄はじっと見ていた。

「あの人の女房に必要なのは、可愛らしさでも優しさでもないんです。人の心を持たないことが、あの人の女房にとっては肝要なんです」

お栄はつと目を伏せて、己の胸に手を当てる。

「私は人の心など、とっくのとうに無くなっておりますから」

ちがう、とお春は思った。だってお春は知っている。お栄は、すり寄ってきた野良犬を撫でるとき、後ろめたさから手が小刻みに震える人間で、お春の口癖がうつってしまう可愛らしさがあって、そして扇五郎に会うときにはお春の薦めた口紅をつける。お春がお栄の口紅を褒めたとき、お栄が泣きそうな顔をしたわけも今ならわかる。きっとお栄は絶望したのだ。まだ己に人間の心があることに。

お栄は人の心を無くしてなどいない。ただ人の心を無くしたふりをしているだけだ。お栄はまだどうしようもなく人間なのだ。

「決して誰にも言ってはいけませんよ。これは私とあの人だけの罪なんですから」

お栄はそうやって己に自ら重しをつける。そうやって、扇五郎のところまで沈もうとする。扇五郎は底にいる。糸を引くようなどろどろの沼底からこちらを見上げ、笑みを浮かべて立っている。お春はその場所まで沈めない。父や母や店の者たちが浮《うき》となってお春を引っ張り上げる。いや、そもそもお春には沼へ飛び込む勇気さえありはしないのだ。

お春は沼のへりに立ち、ただ底を眺めていることしかできない。だが、お春はここで足を止めることができてよかったと安堵している。お春はこれからも犬を可愛いと思いたいし、口紅を塗りたい。お春はもう扇五郎の隣に立とうとは思わない。

お栄こそが扇五郎の女房だ。

でも。お春は喉をぐうっと締める。

でもお春は、お栄が決して望まないことを分かってはいるけれど、お栄に口紅が似合うことを必ず覚えていようと思うのだ。

お栄が殺してしまった部分を、お春だけはきちんと覚えておいてあげたいと、そう思う。

舞台の上では、血に染まった扇五郎が歓声を一身に浴びている。扇五郎を見つめるお栄の横顔がどうしようもなく綺麗に思えて、お春はなぜだか少しだけ涙がでた。

（「小説新潮」二〇二一年六月号）

蓮華寺にて

岩井三四二

【作者のことば】

今年、令和四年の大河ドラマは鎌倉幕府草創期を描いて人気を博しています。一方、本短編はその百数十年後、幕府が滅亡するときを材にとっています。ゆえに大河ドラマとの絡みで、あの人の子孫がこういう最期を遂げるのか、という読み方もできるでしょう。しかし本短編は元々、ホラー小説をという編集部の注文に沿って書いたものなのです。作者としては、「ああ怖かった」という感想をいただければ本望です。

岩井三四二（いわい・みよじ）　昭和三十三年　岐阜県生

『一所懸命』にて第六十四回小説現代新人賞受賞
『簒奪者《さんだつしゃ》』にて第五回歴史群像大賞受賞
『月《つき》ノ浦《うら》惣庄《そうしょう》公事置書《くじのおきがき》』にて第十回松本清張賞受賞
『村を助くは誰《た》ぞ』にて第二十八回歴史文学賞受賞
『清佑《せいゆう》、ただいま在庄』にて第十四回中山義秀文学賞受賞
近著――『「タ」は夜明けの空を飛んだ』（集英社文庫）

一

厚い黒雲におおわれた空から、大きな雨粒が落ちてくる。

鳴り響く不気味な雷鳴は、段々と近づいてきているようだ。

北条越後守仲時《ほうじようえちごのかみなかとき》は、揉烏帽子《もみえぼし》に鎧直垂《よろいひたたれ》、籠手脛当《こてすねあて》をつけた小具足《こぐそく》姿で、山の中をさまよい歩いていた。

暑さと、連日の戦いで疲れ切っている。千騎ほどの家来がついてきているはずだが、その姿は見えない。家来どもは頼りにならず、負けいくさを重ねてきた。なんとか挽回《ばんかい》しなければならない。そう思うと、大将としての、いや西国《さいごく》を治める六波羅探題《ろくはらたんだい》としての重責が、肩に重くのしかかってくる。

ふと気づくと、道の脇を流れる沢水が赤く染まっている。

まるで血の川のようだ。

なぜここに血の川が、と不思議に思いながらも進むと、杉木立の中に突然、古びた茅葺《かやぶき》のお堂があらわれた。

考える暇もなく、何かの力に引かれるように仲時はお堂の前に立った。するとお堂の脇にある庫裏《くり》から、ふたりの僧侶がでてきた。

近づいてくる僧侶の姿を見て、仲時はぎょっとした。

黒衣をまとい、手に数珠をもっているが、肩の上に出ているのは……、猪《いのしし》の頭ではないか！

もうひとりは、赤ら顔の猿だ。

ふたりの獣面の僧侶は、近々と仲時に歩み寄ると、腹を召されよ、と迫ってきた。

ここがそなたの死に場所じゃ、さあ立派に腹を召されよ、それで今生《こんじょう》でそなたの犯した罪は、すべてそそがれる、さあさあ、いますぐに腹を……。

針のような剛毛が生えた猪の頭が近づいてくるが、仲時は動くこともできない。

そのとき、激しい衝撃と雷鳴が同時に襲ってきた。仲時は思わず声をあげた。


「目覚めなされたか」

心配そうな声は、妻だった。

「ずいぶんとうなされて……。おお、ひどい汗。お召し替えをなされませ」

夢か……。

仲時は、寝床から逞《たくま》しい半身を起こした。

全身に汗をかいていた。動悸《どうき》もひどい。心ノ臓が別の生き物のように早駆けをつづけていて、脈動のたびに頭に響く。

「……悪い夢を見た。はて、なにかの予兆なのか」

「夢を……。夜明け前の夢は、正夢とは申しまするが」

妻は不安そうに言う。小柄で細身な妻は慎み深い性格で、夫の仕事に口出しなどしないが、それでも昨今の不穏な状勢に不安を感じとっているのだろう。

自分が腹を切ったら、妻子はどうなるのかと考えて、縁起でもないと首をふった。

あたりはまだ暗く、しんとして物音ひとつしない。

「いかん。今日も忙しい。眠っておかねば」

ふたたび眠ろうとつとめたが、動悸がおさまらない。眠れるものではなかった。

それでも夜明けまで身を横たえて待ち、薄明かりの中を起き出して、手早く身支度をすませた。

奥向きの御殿から、渡り廊下をつたって表の執務所へと出る。

初夏とはいえ、すでに風が湿り気を帯びている。五月雨《さみだれ》が始まるのも近いだろう。

ここは京の六波羅である。

洛中《らくちゅう》から見れば河東《かとう》、すなわち鴨川《かもがわ》の東側、五条《ごじょう》の橋の近くにある。五、六町四方の広い敷地の中には、御所《ごしょ》と呼ばれる檜皮葺《ひわだぶき》の建物を中心に、南北それぞれに板葺の探題の執務所や会所、母屋《おもや》などが立っている。

仲時は、鎌倉《かまくら》の幕府がここに置いた探題のうち、北方の長として――六波羅探題には北方、南方があり、北方が上席とされている――二年半ほど前に、妻と男女ふたりの幼な子をつれて赴任してきた。時に二十五歳の若さであった。

六波羅探題は鎌倉にある幕府の出先として、西国の裁判や治安をつかさどる。いわば天下の半分を治める役所である。若くしてその長をつとめるのは、北条一門の中でも切れ者と目されている証拠だった。

仲時は幕府の中枢を占める北条一門の出で、父の北条基時《もととき》は幕府の第一人者である執権に昇りつめている。ここで六波羅探題の重責を無事に果たせば、仲時も将来は連署《れんしょ》、そして執権と昇任してゆくことになるだろう。

細面《ほそおもて》に鋭い目と薄い唇をもち、見るからに切れ者と知れる外観だけでなく、家格にもめぐまれた前途洋々たる若者。それが北条仲時だった。

しかし鎌倉に幕府が樹立されて百五十年ほどがすぎたいま、天下を束ねる幕府の力にもゆるみが見えてきていた。

各地に「悪党」と呼ばれる武装集団が跋扈《ばっこ》し、荘園《しょうえん》や御家人《ごけにん》領をおそう事件が頻発していた。討伐の軍勢を送っても、すぐに逃げ散ってしまって容易につかまらない。治安は乱れ、幕府の威信は衰えるばかりだった。

思えばこの乱れは、十年近く前の「当今《とうぎん》の御謀叛《ごむほん》」騒ぎが発端だった。

当今、すなわち現職の後醍醐《ごだいご》天皇が倒幕を企てているとの密告があり、天皇の側近が捕らえられて流罪となったのだ。

このときは、謀叛は側近のしたことであり、後醍醐天皇は無罪とされた。

だがそれが甘い判断だったことが、二年ほど前に露《あら》わになった。

仲時が着任してほどなく、また後醍醐天皇の倒幕の企てが発覚したのだ。鎌倉からの指図で後醍醐天皇の側近を捕らえた。そして側近たちが死罪や流罪となる騒ぎの中、後醍醐天皇が八月の末に、突如として御所を脱出してしまった。

これで倒幕の首謀者が天皇自身であったことがはっきりした。

やがて大和《やまと》の笠置山《かさぎやま》にて後醍醐天皇が挙兵した。そしてご自身やその皇子、大塔宮《だいとうのみや》が倒幕の檄《げき》を各地に発した。

これをうけた河内《かわち》の楠木正成《くすのきまさしげ》などの悪党が蜂起し、畿内《きない》の各地で争乱がはじまった。

一大事である。

すぐに鎌倉から大軍勢が送られてきた。

関東の軍勢は精強で、たちまち笠置山の城を攻め落とし、後醍醐天皇を捕らえた。楠木正成も幕府勢の攻勢に耐えられず、みずから赤坂《あかさか》の城に火をかけて脱出し、行方《ゆくえ》知れずとなった。

捕らえた天皇を隠岐《おき》へ流罪にすると、幕府の軍勢も関東へ帰っていった。

大騒動は一件落着した、はずだった。

だがその後も、倒幕の火種はくすぶりつづけていたのである。

昨年の暮れから、楠木正成が河内、和泉《いずみ》あたりに出没しはじめ、ふたたび赤坂城に籠もった。そして時々、軍勢をひきいて打って出て、守護勢などと戦った。

仲時は畿内の武士たちを動員し、楠木正成を討伐しようとした。だが楠木軍はたくみにこの軍勢をかわし、容易に屈しない。

そのうちにまた播磨《はりま》、大和、紀伊《きい》など各地で悪党が蜂起し、倒幕の炎がさかんになってきた。

こうなると、もはや六波羅探題の手には負えない。

仲時の報告をうけて、鎌倉の幕府はふたたび関東の軍勢を畿内へ送り込んできた。幕府軍は畿内のあちこちで悪党の軍勢を蹴散らし、叛乱《はんらん》を鎮めていった。

ふた月ほどすると畿内の叛乱の多くは鎮圧され、残るは楠木正成の本城、千早《ちはや》城だけとなった。

しかし大軍勢で囲み、攻め立てているにもかかわらず、千早城は落ちない。

一方で西国では播磨、伊予《いよ》、博多《はかた》などで悪党たちと幕府軍との戦いがつづいており、世の騒擾《そうじょう》はおさまる気配が見えなかった。

そんな中で閏《うるう》二月下旬、耳を疑うような注進があった。

後醍醐天皇が配流《はいる》先の隠岐を脱出した、というのだ。

そして伯耆《ほうき》の船上山《せんじょうさん》に籠もり、倒幕の綸旨《りんじ》を各地へ発したのである。

これに応じて悪党や武士たちが船上山にあつまり、公家《くげ》の千種忠顕《ちぐさただあき》に率いられて京へ攻めのぼってきた。

仲時らはこの大軍と合戦し、一旦は討ち退《の》けたが、大軍はまだ丹波《たんば》にとどまって京をねらっている。また京の西の出入り口である山崎《やまざき》あたりには、播磨の赤松則村《あかまつのりむら》の軍勢が陣を張っていた。

六波羅勢は叛乱軍を抑えかねているのだ。

幕府もこの騒ぎをだまって見ていたわけではない。源氏の名門で、大豪族の足利高氏《あしかがたかうじ》（のちの尊氏《たかうじ》）と北条一族の名越高家《なごえたかいえ》に大軍を預けて上洛させた。

数日前に京に着いたこの軍勢を見たとき、仲時は喜んだものだった。やっと叛乱軍を叩《たた》きつぶせるだけの戦力を得たと思ったのだ。

戦評定《いくさひょうじょう》をした結果、名越高家が大手として鳥羽《とば》から、足利高氏が搦手《からめて》として西岡《にしのおか》から、赤松勢に攻めかけることになった。

昨夜遅く、両軍勢は京を進発していった。日が昇ったいま、そろそろ赤松勢と合戦になっているだろう。

「捷報《しょうほう》がくるのは、さて、夕刻になろうかの」

執務所で話しかけてきたのは探題南方の長、北条左近将監時益《さこんしょうげんときます》である。

「一筋縄でゆく相手ではないゆえ、夜更けになるかもしれぬな」

仲時も用心していたものの、よもや負けることはあるまいと思っていた。ここまでも、幕府軍は勝ちつづけてきたのだ。

だが不思議なことに、勝った幕府軍が京へと退き、負けた叛乱軍が人数をふやして京へ進んでくる、ということの繰り返しだった。

それだけ幕府は人心を失っているのだ。

権勢をにぎった北条家ばかりが領地を拡大してゆく一方で、他の御家人たちは窮乏するばかりだったから、天下の武士たちの不満は溜《た》まりに溜まっていてもおかしくない。

今回もいくさには勝つだろうが、そのあとどうするのか……。

時益と心配しているうちに昼となり、さらに夕刻となった。

戦勝を告げる使者はまだ来ない。

「だれか出すか」

六波羅から山崎までなら、馬にひと鞭《むち》あてればすぐに往復できる。しかし、

「それでは大将を信じておらぬと申すようなものじゃ。早馬《はやうま》を待つのが礼儀であろう」

と時益が言うので、それもやめた。

じれて待つうちに、あたりは薄暗くなった。

そこにようやく早馬がやってきた。戦勝の報告にちがいなしと仲時の周囲は沸きたったが、馬を下りた武者が告げたひと言に、探題中が凍りついた。

「御大将、お討死《うちじに》！」

大手の大将として鳥羽にむかった名越高家は、軍の先頭に立って督戦しつつ、みずから鬼丸《おにまる》という太刀《たち》をふるって奮戦した。

叛乱軍はこの猛勢に押され、敗退寸前に追い込まれるが、勝ちを誇った高家は、驕《おご》って前に出すぎてしまった。

しかもこの一戦で名を上げようと張り切っていた高家は、濃紅《こきくれない》に花形の紋を織った緞《どん》子《す》の鎧直垂に、紫糸縅《むらさきいとおどし》に金物を打った鎧を着すという目立つ姿で馬上にあった。

そこに徒歩《かち》立《だ》ちでそっと忍び寄った叛乱軍の射手が、高家を狙って矢を射た。

たまらず高家は落馬する。

「矢は眉間の真ん中に突き刺さり、骨を砕き脳を切り裂き、頸《くび》のうしろまで突き抜けており申した」

家人が抱き起こしたときには、すでに息絶えていたという。

幕府側の大将の最期を見て叛乱軍は勢いづき、どっと攻めかかってきた。

高家に従っていた家来は、ある者は戦意をうしなって逃げだし、またある者は誤って深田に馬を乗り入れ、抜け出すこともならず自害した。中には、大将を討たれては帰れないとばかり、群がる敵勢に突っ込んで討死する者もあった。

こうして大手の幕府軍は崩壊した。

「いまや鳥羽へつづく道五十町あまりに、死骸が折り重なっておりまする」

というから、探題の中は騒然となった。

「いや、まだ搦手の軍勢が残っている。足利どのはどうした！」

仲時は叫ぶが、足利高氏からの早馬はまだ来ない。いらいらしつつ、待つ。

高氏の消息がわかったのは、暗くなってからだった。だがそれは、待ち望んだ報告ではなかった。高氏に従っていった仲時の家来たちが帰ってきて、こう告げたのである。

「足利どの、ご謀叛なり！」

高氏は、大手の名越勢が戦っているあいだは桂川《かつらがわ》の河原《かわら》で酒盛りをしていたのに、名越勢が敗北すると腰をあげ、丹波路を西へと山越えにかかったという。

どうやら叛乱軍と示し合わせているらしい。仲時の家来たちはその意図を悟り、引き返してきたのである。

仲時は、「何と！」と言ったまま言葉を失った。

頼みとした関東の軍勢の一方は破れ、一方は裏切ったのだ。

思いもよらぬ事態だった。

「こうなったら……、ここも危ない」

時益がうめくように言う。

六波羅が叛乱軍に攻められるなど、ひと月前までは考えられなかった。だがいまとなっては、それが目前に迫っているのだ。

二

叛乱軍は西は梅津《うめづ》や桂《かつら》の里に、南は竹田《たけだ》、伏見《ふしみ》に陣をとり、京へ攻め込んでくる姿勢を示している。北の鞍馬《くらま》、高雄《たかお》にも敵勢があつまっているとのうわさも聞こえてきた。

六波羅の軍議では、

「敵は各地から寄せてくる。しかも大軍じゃ。平場の合戦は分が悪い。要害を構えて兵を休ませつつ、機を見て打って出るべし」

との意見が大勢を占めた。

もともと六波羅は平清盛《たいらのきよもり》の居宅だったところで、城ではなく、築地塀《ついじべい》はあっても土塁も城門もない。そこで急いで周囲に城普請がおこなわれた。

鴨川に面した西側は濠《ほり》を掘り、川水を引き入れる。残る東南北の三方には芝を植えた土塁を築き、逆茂木《さかもぎ》をならべ、櫓《やぐら》をあげた。

主上、上皇をはじめ女院、皇后、女房衆など内裏《だいり》に住まう方々も、三月から六波羅にご動座願っていたので、供奉《ぐぶ》する公家たちも六波羅に入ってきた。

叛乱軍に寝返った足利高氏の軍勢は、丹波から嵯峨《さが》へ出てきた。いまや洛北までは兵で満ちている。

赤松則村の軍勢は東寺《とうじ》の前に出てきており、伏見にも一手の大軍が進出していた。仲時は手勢を東寺、伏見、神祇官《じんぎかん》（京の北部）の三方へ出した。押し返せるかどうか自信はなかったが、敵を前にして手をこまねいているわけにはいかない。

五月七日、辰刻《たつのこく》（午前八時）になると各地で合戦がはじまった。

中でも足利高氏がひきいる軍勢と六波羅の手勢の合戦は、たがいに東国武者同士であるだけに、自然と武者たちの一騎打ちからはじまった。

最初に高氏の軍勢から出てきたのは、櫨匂い《はじにお》（紅葉した櫨《はぜ》の色合いに濃淡をつけたもの）

の鎧に、薄紫の母衣《ほろ》をかけた武者である。

「これは足利殿の御内にて、設楽五郎左衛門 尉《したらごろうざえもんのじょう》と申す者なり。六波羅殿の御内に我と思わん人あらば、懸け合って手並みのほどをもご覧《ろう》ぜよ！」

と声高らかに呼ばわった。

しばらくの間、両軍は静まってこれを見守っていたが、やがて六波羅勢の中から一騎が進み出てきた。黒糸縅の鎧に五枚兜《かぶと》、白栗毛《しらくりげ》の馬に乗るのは、五十過ぎと見える老武者である。

「その身愚蒙《ぐもう》なりといえども、多年奉行の数に加わり、末席を汚す家なれば、人はさだめて筆とりなんどと侮って、合わぬ敵ぞと思い給《たも》うらん」

と、こちらも大音声に名乗りをあげる。

「されどわが先祖は利仁《としひと》将軍の氏族にて、武略 累葉《ぶりやくるいよう》の家業なり。それがしは十七代の末孫にて、斎藤伊予坊玄基《さいとういよのぼうげんき》という者なり。今日の合戦、敵味方の興廃をかけた一戦なれば、命惜しむべからず。この合戦に生き残る人あらば、わが忠戦を語って子孫に留《とど》むべし！」

言い終わるや馬を駆けさせ、設楽五郎左衛門尉に挑む。設楽もまっすぐ馬を走らせる。

ふたりは両軍が見守る中で馬を合わせ、馬上で組み討ちとなった。

たがいに鎧の袖をつかみ、引き合うと、同時に鞍《くら》から落ちた。

地面でもみ合ったのち、上になったのは若くて大力の設楽五郎左衛門尉だった。斎藤伊予坊を組み伏せると、首を掻《か》かんと刀を振りあげた。

しかし斎藤伊予坊も手利きである。設楽が刀をふりかぶった隙に、設楽の草摺《くさずり》の下から腹を刺した。一刀、二刀と刺され、設楽の体がぐらつく。

伊予坊が三刀めを刺したとき、設楽が刀を伊予坊の首にあて、気合いとともに押し切りに切り落とした。伊予坊の首が胴体から離れ、血がどっと噴き出す。その上に設楽が突っ伏し、動かなくなる。

ふたり同時に落命したのである。

この直後に足利の陣から一騎、紺の唐綾《からあや》縅の鎧をまとい、五尺あまりの抜き身の大太刀を肩にかついだ武者が、六波羅陣の前にその馬を馳《は》せ寄せてきた。

「これは足利殿の御内にて、大高二郎重成《おおたかじろうしげなり》と申す者なり。先日の合戦に高名したる陶山備中守《すやまびっちゅうのかみ》、河野対馬守《こうのつしまのかみ》はおわさぬか。出《い》で逢《あ》いたまえ。いざ斬り合いをして人に見物させん！」

と高らかに叫ぶなり、手綱をしぼってその場に控えた。すると、

「対馬守通治《みちはる》、これにあり！」

と陣中より河野対馬守が馬をすすめてきた。ふたりはにらみ合い、近づいてゆく。

と、組み討ちになる寸前、若者が馬を駆けさせ、何やら叫びながら大高二郎に組みついた。河野の猶子《ゆうし》で十六歳の七郎《しちろう》である。

大高二郎は軽々と片手で受け止めると、

「邪魔だ。おのれのような小者とは勝負せぬ」

と片手打ちに両膝を斬って落とした。七郎の悲鳴が両軍に届く。脚を失って血を滝のように流す七郎を、大高二郎は襤褸屑《ぼろくず》のように投げ捨ててしまった。

これを見た対馬守が、いきり立って馬を駆け寄せる。同時に対馬守の家来どもも、あるじを討たせるなとおめき叫んで足利勢に打ちかかる。足利勢も、そうはさせじと応じて攻めかかってきた。

たがいの騎馬武者が入り乱れて刃をふるう。矢が飛び交い、刃渡り四尺、五尺の大業物《おおわざもの》が振りおろされるたびに血煙があがる。雄叫《おたけ》びと矢声、悲鳴が折り重なる。

乱戦の中、一度は足利勢を押し返した六波羅勢だったが、足利勢は二度、三度と寄せてくる。最後は多勢に無勢で支えきれず、六波羅勢は打ち負けて、六波羅の要害へ逃げもどってきた。

東寺、伏見でも六波羅勢は叛乱軍に打ち破られた。兵は散り散りに落ちゆき、六波羅の要害に逃げてくる。

勝ちに乗じた叛乱軍は、周辺で様子見をしていた悪党たちもあつめて、数万騎にふくれあがっていた。五条の橋詰めから七条河原《しちじようがわら》まで兵が密集し、六波羅を包囲する。

叛乱軍の兵は、ただ包囲しただけではない。洛中から米俵などを積む車をあつめてくると、その上に家を壊して得た木材や茅などを山のように積みあげ、櫓の下まで押していった。そして火をつけ、櫓とその下にある城門を焼き払ってしまった。

そのうちに日が落ちた。あたりが漆黒の闇につつまれると、叛乱軍の攻勢も止《や》んだ。

六波羅の兵たちは戦意を失い、忍び落ちてゆく者が多くなった。攻囲の叛乱軍もこころえたもので、兵が落ちてゆきやすいように、東の方角だけは囲みを開けていたのだ。

仲時は、呆然《ぼうぜん》とこの事態をながめていた。

十日ほど前までは、関東からきた大軍が叛乱軍を押しつぶすと思っていた。二日前でも、まだ要害を楯《たて》にして戦えると考えていた。

それがどうだ。大軍は雲散霧消し、要害も破られる寸前だ。もはや敗北は目の前ではないか。

六波羅探題の長として、仲時は指図を下さねばならないが、あまりの急な展開に、どうしていいのかわからなかった。

南方の時益も、策もなくうろうろしているだけだ。

要害の中には女子供もいる。主上や上皇、皇后をはじめとする内裏の方々も籠もっている。仲時の采配ひとつで、こうした人々の運命が決まるのだ。

そんな仲時の前に、鎧の袖に射通された矢をぶら下げたままの武者が膝をついた。側近の糟谷三郎《かすやさぶろう》という者だ。

見れば糟谷の草摺の下の鎧直垂は血に染まり、揉烏帽子の下の顔は汗にまみれている。東寺の合戦からもどったばかりだという。

「お味方もしだいに落ちゆきて、いまは千騎に足らぬほどになってございます。この人数にて敵の大軍をふせぐのは、思いもよらぬことにござる」

と耳に痛いことを言ったのち、

「さいわい、東の方角だけは敵もまだ取り巻いておらぬゆえ、主上、上皇にご同道いただき、一同で関東へお下りになってはいかが。鎌倉へ着いてのち、大軍をもって京を攻められるがよろしい」

と献策する。

「近江《おうみ》の守護、佐々木判官《ささきほうがん》を召し具せば、人数も不足なし。すぐに使者を遣わすべし。佐々木が味方するほどならば、近江の国には敵する者はおらぬはず。その先の美濃《みの》、尾張《おわり》、三河《みかわ》、遠江《とおとうみ》にはいまだ敵がいるとは聞こえておりませぬゆえ、道中は危うからず。ぜひご決断なされ」

糟谷はしきりにすすめるが、果たしてうまくゆくだろうか。佐々木判官が味方かどうかもわからないし、そもそも東の一方を開けているのは、敵の罠《わな》ではないのか。

そう言うと、糟谷はじれたように、

「これほど急ごしらえで構えの薄い要害では、もはや敵を防げませぬ。主上、上皇はもとより、名のある兵《つわもの》どもが匹夫《ひっぷ》の手にかかり名を失うこと、口惜しいと思いませぬか」

と言い募る。

時益とも相談したが、ほかに策はない。

「されば一方を打ち破って、われらはここを抜け出す。その前に、まず女子供をひそかに落とせ」

と決断し、その旨を六波羅中に告げた。

女子供を先にとなれば、主上の御母上をはじめ、女院、皇后、女官なども例外ではない。早々に落ちまいらせよとすすめた。

いつも使う輿《こし》や車もなく、高貴な女性たちも徒裸足《かちはだし》で我先に落ちてゆくしかない。当然、城内は混乱した。しかも暗いいまのうちに早く、というので、別れを悲しむ暇もない。悲嘆の声が六波羅中に満ちた。

仲時の妻と子も例外ではない。緋糸《ひいと》縅の鎧をまとった仲時は、妻に告げた。

「都を去るとしても、そなたを伴うつもりでいた。しかしいまや東西に敵兵が満ちて、道を塞いでしまった。関東まで無事に落ちのびられるかどうか、わからぬ。われらは主上をお守りせねばならぬ。そなたを同道したいのは山々じゃが、足手まといになる女子供をつれてゆくわけにはいかぬ。いまのうちに、闇に紛れていずこへなりと落ちよ。そして田舎《いなか》の片隅に身を隠し、世が静まるのを待て」

六波羅の長として、そして夫として無念だが、どうしようもない。

「待って、どうするのでしょうか」

妻は不安そうにたずねる。

「無事に鎌倉に着いたなら、迎えの者を送る。そしてもし、もしも……」

そこで仲時は言い澱《よど》んだが、ひと息入れてつづけた。

「もしも、われらが道中にて討たれたと聞けば、どんな者でもいいから寄り添うて、子供たちを育ててくれ。子供が物心ついたら寺に入れて僧となし、わが菩提《ぼだい》を弔わせてもらいたい」

そこまで言うと、涙が出てきた。妻に気づかれぬようにと立ち上がると、妻が鎧の袖を引いた。

「あまりに薄情な。いまごろ小さな子をつれて見知らぬあたりをさまよえば、すぐに落人《おちうど》の家族と知れてしまいます。知り合いをたずねても、きっと敵に捜し出され、この身の恥となるばかりか、子の命を奪われましょう。たとえ道中で思わぬことになっても、そこで共に果てるまでのこと。一緒につれていってたもれ」

と泣いて訴える。落ちゆく妻子の悲惨な運命は容易に想像できるから、仲時も返す言葉がない。ただ共に泣くしかなかった。

嘆き悲しんで打ち立つこともできないでいると、その間にも事態はすすんでゆく。

「仲時どの、主上ははや馬を召されておわすぞ。なぜ出立《しゅったつ》なさらぬのか」

との声は時益だ。仲時はわれに返った。

「そなたは女性ゆえ、敵もかまうまい。子供たちも幼いから、だれの子ともわかるまい。もはやこれまでじゃ。達者で暮らせ」

六波羅探題の役目を果たそうと思えば、妻子を捨てるしかないのだ。仲時は断腸の思いで袖にすがる妻と子を引き放ち、馬に乗った。

北の門から東へと向かう。女子供は東の門から忍び出た。

後方から人々の泣き悲しむ声が聞こえてくる。耳を塞ぎたい気分になりながらも、馬を歩ませた。さいわい、月も星もない闇夜だった。これなら敵の目もくらませられるだろう。十四、五町もすすんでから振りかえると、だれが火を付けたのか、六波羅の館は赤々と燃えあがり、夜空に黒煙を噴きあげていた。

三

前もうしろもわからぬ闇夜である。暗闇でも道がわかる馬にまかせてゆくしかない。六波羅から東に向かうと、すぐに東山《ひがしやま》越えの道となる。声も立てず、蹄《ひづめ》の音もしのばせて、ひそかな道行きを心がけた。夜が明けるまでに逢坂《おうさか》の関を越え、佐々木判官が守る近江へたどり着かねばならない。

しかし千騎もの行列となれば、山中で待ち構える野伏《のぶせり》たちに気づかれずにはいられない。登りはじめて間もなく、「落人か」「落人じゃ」と道の左右の藪《やぶ》から声がしたかと思うと、身の近くをひょうと音を立てて矢が通りすぎた。

その声を合図にしたかのように、四方から矢が飛んできた。

ひょう、ひょう、と空気を切り裂く音が前後から聞こえる。野伏たちは、足音や兜の前《まえ》立《だて》のわずかな光などを目当てに矢を射てくるようだ。

「うっ！」

仲時の前方をゆく武者が声をあげた。肩に矢が刺さったようだ。馬上の体がぐらついたが、なんとか持ちなおした。

「身を低くせよ。鎧の隙間を射られるな！」

と仲時はささやき声であたりに指示した。

一騎打ちのときに、体をゆすって鎧の隙間を射られぬようにする技があるが、相手が見えないこの山中ではそれもできない。

野伏たちは、仲時らと合戦をして勝つつもりなどまったくない。ただ矢を射て武者を倒し、倒れて動けなくなった者の具足や衣を剝ぎたいだけなのだ。だから姿を隠して、あたればもうけもの、と矢を射つづける。

射られるほうはたまらないが、姿が見えないだけに退治することもできない。

「これは早くここを抜けねば」

と、うしろから馬をすすめる時益がつぶやく。仲時も生きている心地がしない。

身を伏せ、矢が当たらぬのを祈りながら、馬の足を速める。

だが行列を全力で駆けさせるわけにはいかない。後方に主上と上皇、親王、それに公家らがついてきている。武者とちがってふだん馬に乗らない方々は、早駆けなど無理だ。

「主上の御馬を守りまいらせよ」

と命じて、自身の前後をかためる武者たちを後方へやった。

身を凍りつかせるような音をたてて、闇の中から矢が飛んでくる。加えて、ほーっ、ほーっという不気味なかけ声や、もの狂おしいような笑い声も。枝をゆする音、落ち葉を蹴散らす足音など、闇の中から聞こえてくるすべての音が仲時の心をかき乱す。

「落ち着け。なあに、まだ千騎は残っておる。野伏なんどに負けるものか」

時益が言う。時益は矢がこわくないのか、胸を張って馬を歩ませている。

道が下りになり、あと少しで山道を抜ける、という時だった。

ぐ、という喉声を聞いた。

はっとして振りかえると、すぐうしろで馬を歩ませていた時益が、鞍から真っ逆さまに落ちるところだった。

「いかがした、時益、いかがした！」

仲時は馬を降りて歩みよった。

時益は声も出せず、その身は痙攣《けいれん》している。見れば、矢が時益の喉をななめ前から後ろへと貫いていた。抱き起こすと、生温かいぬるりとしたものが手に触れた。

「殿、殿、気をしかと持ちなされ！」

時益の家人が馳せよってきて、声をかけつつ矢を抜いた。

その刹那、時益は大きくのけぞった。直後に力を失った体が地に落ちる。その体はもうぴくりとも動かない。

「殿、殿！」

家人がその体をゆするが、返事もない。

時益は息絶えていた。西国を治める六波羅南方の長としては、あまりにもあっけなく、惨めな最期だった。

しばし冥福を祈ったが、そのあいだも矢は飛んでくる。遺体を家人にまかせて、行列をすすめるしかなかった。

山中の道を通り抜けるには半刻《はんとき》もかからなかったはずだが、半日も費やしたかと思えた。

東山を越えると、そこは山科《やましな》の里である。

平場に降りたのだが、安心はならない。

「落人が通るぞ。討ち留めて物の具を剝げ！」

と叫ぶ声が闇の中から聞こえてくる。そして飛んでくる矢の数は、山中の比ではない。

矢に射られて絶命する者、たまらず闇に紛れて逃げ出す者が続出する。

さんざんな思いをして山科の里をすぎ、逢坂山の上り坂にかかった。

関所跡の手前まで来ると、さすがに飛んでくる矢も少なくなる。

杉木立の中でしばしの休息をとった。

仲時も馬を降り、差し出された竹筒の水を飲んだ。

すると後方で騒ぎが起きている。

小者を見にゆかせると、主上が肘を矢で傷つけられたという。まだ闇の中から矢が飛んできているのだ。

「なんと、おいたわしや」

玉体を傷つけた責任を感じた。しかしいまは打つ手がない。この道を突破することに全力を挙げるしかなかった。

「闇はこちらの身を隠すが、敵の姿も隠す。これでは敵を追い払うこともできぬ。早く夜が明けぬものか」

一時は天の助けとさえ思えたこの闇が、いまは邪魔だとすら感じる。

「なんとしても近江へ。近江へたどり着きさえすれば、助かるのだ」

糟谷三郎と語り合いつつ、馬をすすめた。

時々飛んでくる矢におびえつつ歩を進めるうちに、やっと東の方が紫色になってきた。

これで周辺のようすがわかる、とほっとしたのも束《つか》の間《ま》、朝霧にけぶる行く手を見上げて愕然《がくぜん》とした。

道を見下ろす山上に、数百人の野伏が楯と弓を手に、待ちかまえているではないか。

「まだ敵勢は尽きぬのか……」

仲時は絶望しかけたが、

「ここを越えれば近江じゃ。佐々木判官が手勢をひきいて待っているぞ」

と自分をはげまし、先頭をすすむ家来に、

「あれを蹴散らせ」

と命じた。

「心得て候」

と家来は山を駆けのぼり、野伏たちに突っかけた。

野伏たちはまともに戦おうとはしない。首を得ての恩賞などが目的ではないからだ。突っ込んでくる軍勢を適当にあしらい、山中に誘い込もうとする。味方の数名が山中に引き込まれ、もどってこなかったが、それを代償にしたように、野伏たちは消えた。

これで道が開け、すっかり明るくなったころには一行は逢坂山を越えていた。

朝といっても空には灰色の雲が垂れ込めていて、陰鬱な一日に変わりはない。ときおり小雨が降ってきて、一行の鎧や装束ばかりか足取りまで重くした。

そののちしばらくは野伏の姿も見えなかった。東へすすむと、瀬田《せた》の橋の手前で近江守護の佐々木判官が待っていた。

ようやく味方に出会ったのである。

「苦労である。頼もしく思うぞ」

と救われた思いの仲時は出迎えを謝したが、佐々木判官は落ち着かない素振りをしている。

「お手勢は……、これだけで?」

言われて、仲時も気づいた。六波羅を出たときは二千騎ほどもいたはずなのに、一夜明けてみると千騎にも満たない人数となっていた。

武者ばかりではない。公家や親王らも散り散りになったのか、主上と上皇の周辺も寂しいものになっている。いまだ随従している公家たちは、わずか数名にすぎない。

「さあて、これでは先が思いやられまするな」

と佐々木判官は顎をなでる。聞けば近江の国内でも悪党が跳梁《ちょうりょう》し、守護とて抑えきれぬ勢いだという。

四

ともあれ瀬田の橋を渡った。

叛乱軍も追ってこないようだ。さらに歩をすすめて、その夜は篠原《しのはら》の宿《しゅく》に泊まった。

昨夜からの脱出行で心身ともに消耗している。倒れ込むほど疲れているはずだが、仲時は眠れなかった。暗い中で横になるものの、心ノ臓はまだ激しい鼓動をやめない。あまりに深い疲労は、眠りすら許さないようだ。

頭の中には、たった一矢で倒れた時益の最期のようすや、顔の前を行き過ぎた矢の音などが繰り返し湧きあがってくる。まったく気が休まらない。

しかも前途も気になる。鎌倉はまだまだ遠い。果たして無事に行き着けるのか。その前に夜襲をうけるのではないか。警固の兵どもは、しっかり見張っているのか……。

疲れた頭の中を、さまざまな思いがつぎつぎに湧いては消えてゆく。ああ、妻子どもは無事に落ちただろうか。

子の叫び声、妻の泣き声が脳裏に蘇《よみがえ》る。いくら武士のつとめとはいえ、なんと罪深いことをしたのか。自分があの世で堕《お》ちる先は、もはや地獄以外にあり得ないだろう。

とうとう一睡もできぬままに夜が明けた。

その日も空は厚い暗灰色の雲におおわれて、日も差さなかった。

芯が空洞になったような頭と重い体をひきずり、仲時は家来たちの前に出た。早くここを出立しなければならない。

「糟谷は先陣をつかまつれ。賊徒が道をふさぐことあれば、蹴散らして道をあけよ。佐々木判官どのは殿軍《しんがり》を承られよ。もし追ってくる軍勢あれば、防ぎ矢つかまつれ」

と側近の糟谷三郎を先導に、多くの軍勢をひきいる佐々木判官を後陣におくと、宿場の中から探しだしてきた網代輿《あじろごし》に主上と上皇をお乗せし、行列はすすみだした。

沿道に野伏がいないか、後方から叛乱軍が追いかけてこないかと、気が気ではない。

——野伏はともかく、六波羅の城館を焼き払った軍勢が追いついてきたら、もはやかなわない。そうなれば、いさぎよく腹を切るしかないか……。

寝不足でぼうっとした頭に湧いてくるのは、暗い考えばかりだ。

篠原からの道は平坦《へいたん》で、野原と田畑の中を通っていた。ところどころに林があるほかは隠れる場所もないので、野伏を恐れる必要はない。この分なら、今日中に美濃まで行き着けるかと思い、いくらか気が楽になった。

昼近くに愛知川《えちがわ》の宿に着いたとき、仲時は佐々木判官に、

「しばらくここに待って叛乱軍を見張り、もし追撃してきたならば陣を敷いて迎え撃て」

と命じた。少しでも時を稼ぎ、美濃まで逃げ込もうというのだ。

昼がすぎても厚い灰色の雲は動かず、空は暗い。なまぬるい風ばかり吹き、鎧を着込んだ身は汗だくになっている。

あわてて落ちのびてきただけに、兵糧の用意もない。六波羅を出たあと口にしたのは、篠原の宿でどこかから調達してきた握り飯だけだ。空腹が疲れを倍加させる。

それでも昼下がりには、美濃との国境《くにざかい》に近い番場《ばんば》の宿まできていた。

目の前には低くなだらかな山並みが見える。この山々を越せば美濃だ。鎌倉へ近づく。

宿にはいると、そこで行列が止まっていた。なぜかと問えば、先軍が野伏と戦っているという。

「なに。ならばみな加勢せよ。野伏など追い散らせ！」

と指図し、合戦の仕度をして手勢をすすめると、街道の脇にある寺に先陣の糟谷三郎が馬廻《うままわ》りの者たちと休んでいた。

「おお、どうした」

糟谷に声をかけた。糟谷の手の者どもは、手傷を負ったり担いでいる長刀が血に汚れているなど、一戦したばかりのように見えた。

糟谷は、つかつかと寄ってきて膝をついた。

「野伏の一陣は蹴散らしましたが、そのうしろにも数千人が控えているのが見えまする。これはとても打ち破れぬと思い、もどってまいった」

「どこにそれほどの野伏がいるのか」

「この先の峠に至る谷を、びっしりと埋めておりまする」

「それでは……、ここは通れぬのか」

あるいはと思ってはいたが、実際に告げられると衝撃が走った。

糟谷三郎は、残念そうに首をふった。

「とても通れませぬ。しかも、ここを塞がれているということは、峠のむこうの美濃にも叛乱の火の手が上がっていると思わねばなりませぬ。美濃がそうであれば、尾張、三河などもどうなっていることか」

「それでは……」

「鎌倉まで押し通るのは、とても無理でござろう」

「おお」

思わずうめき声がでた。糟谷三郎は、険しい顔ですすめる。

「まだあきらめてはなりませぬ。先へすすめぬのならば、しばらく手勢を引きつけ、近江の中にてほどよき城をさがし、そこに籠もるが上策と存ずる。そして鎌倉より大軍が上洛するのを待ちましょうぞ」

それには何より近江守護の佐々木判官と評定しなければ、と言うので、仲時ももっともと思い、判官を呼ぶために使者を出した。そしてひきいてきた手勢――五百騎あまりに減っていた――を寺の境内に入れ、休ませた。

五

だが待っていても佐々木判官は来ない。

すでに夕刻となり、闇が忍び寄ってきている。空模様はいよいよ怪しくなり、西の方から黒雲が流れてきた。果ては遠雷までが聞こえてくる。

「まだか」

いらいらしながら佐々木判官を待つうちに、仲時はふと気づいた。

「この寺の本堂は……」

どこかで見たことがある。

茅葺で間口四、五間《けん》ほどの、どこにでもありそうなお堂だが、古び具合といい屋根の傾きといい、見覚えがある。

いやな予感がした。

「これはなんという寺か」

「さて、寺の名までは……」

問われた近習《きんじゅ》が住職を探しだし、引きつれてきた。

「これは蓮華寺《れんげじ》と申しまする。一向堂《いっこうどう》とも呼ばれておりまする」

血なまぐさい武者の群れに囲まれた小柄な住職は、おどおどしながら答える。仲時はさらに問うた。

「いかなる由緒のある寺か」

「由緒と申しまするど……、ここはその昔、七堂伽藍《しちどうがらん》をそなえた立派な寺がござったが、五十年ほど前に雷が落ちて、ことごとく焼けてしまったと申しまする。そのあとにふたりの僧が草庵《そうあん》を建てて住み着いていたところに、諸国行脚の一向上人《しょうにん》が訪れ、ふたりの僧を弟子となされた。それゆえ一向堂と呼ばれ、近くの鎌刃《かまは》城主、土肥《とい》どのの寄進で本堂もととのい、今にいたっておりまする」

どこといって不思議のない由緒である。住職もごく普通の姿だ。

気のせいか、と思った。

仲時が気になったのは、数日前に見た夢だ。

迷い込んだ寺で、獣の顔をした僧侶ふたりがあらわれ、仲時に切腹をすすめた。その時の寺のお堂が、目の前の本堂と似ているのだ。

当たり前のことだが、住職はちゃんと人間の顔をしている。

だが、まだ引っかかるものがある。

「その、上人が弟子にしたというふたりの僧は、どんな者だったのか」

「ふたりの僧とは……、玄海阿闍梨《げんかいあじゃり》という高僧の弟子で、畜能《ちくのう》と畜生《ちくしょう》と申したとか」

「畜……、畜生と申すか！　なぜさように名乗っておったのか」

「さて、それは伝わっておりませぬ」

仲時はぞっとした。みずからを獣と称する僧侶がふたりいたとは……。数日前の夢をなぞっているではないか。

やはりあれは、正夢だったのか。

「申し上げまする！」

そこへ先ほど出した使者がもどってきた。

「待ちかねたぞ。佐々木判官どのはどうした。もう来るのか」

糟谷三郎がじれたように問う。しかし使者は首をふった。

「佐々木判官どの、愛知川宿にはおりませぬ。陣を引き払い、京へむかったとのこと」

おお、とおどろきの声があがる。

「佐々木判官も裏切ったか……」

じつは何かのまちがいで、仲時以下の六波羅勢が野伏に討たれて全滅した、との誤報が流れた。これを信じた佐々木判官は、もはやこれまでと思い詰め、叛乱軍に投降したのだった。だがそうした事情を、仲時たちは知る由もない。

前途は塞がれている。後方も、もはや敵ばかりとなった。

注進を聞いた仲時たちは言葉もなく、みな暗い顔で押しだまってしまった。ここまでいつも策を献じてきた糟谷三郎も、もう思案が果てたのか下を向いている。

そこへぽつり、ぽつりと雨粒が落ちてきた。

いつの間にか空はすべて黒雲におおわれていた。風は冷たくなり、おどろおどろしい雷鳴もずいぶんと近づいてきている。

仲時は、左右を見まわした。

目の前には、古びた本堂がある。そして門からつづく境内には、ここまでついてきた手勢五百騎ほどが、疲れ果てた体を休めている。

――こんな敗軍の将に、これほどの人数がついてきている。

そう思うと、情けなさと申しわけなさに胸が一杯になる。

西国の治安をまかされ、さらにはこんなに多くの命まで預かったのに、自分はなにもできず、敗残の姿をさらしている……。

つぎの一瞬、あたりが明るくなった。一拍おいて叩きつけるような雷鳴が轟《とどろ》く。ついで雨が激しい勢いで降ってきた。滝のような雨は、たちまち地面に水たまりを作った。

手勢の五百騎は、雨を避《よ》けようともせず、その場にとどまっている。もう動く力もないようだった。

血にまみれた鎧や母衣をまとう武者たちで埋まった境内は、水浸しになっている。さながら亡者たちが浮き沈みする地獄の血の池に見える。

もはやどんな手をもってしても挽回はできない、と思う。この脱出行も、絶望的な行き止まりへの道を辿《たど》ったにすぎなかった。

すべては終わってしまったのだ。

となれば、あとは……。

——生き長らえても、恥を晒《さら》すのみよ。

いま勝者となっている後醍醐天皇にしろ皇子たちにしろ、自分たちを追った六波羅探題の長を生かしてはおかないだろう。生きて捕らえられたら、どんな残酷な処刑が待っているかわからない。命を惜しめば、名を汚す。

しばらく呆然としていた仲時は、やがてまとっていた鎧を脱ぎすて、小具足姿になった。そして「みなの者、聞け！」と手勢にむかって呼びかけた。

「武運かたむき、滅亡間近の当家に、日頃の誼《よしみ》を忘れず、ここまでついてきてくれたみなの志《こころざし》、申す言葉もない。報謝の思いは深けれど、わが運すでに尽き果てぬれば、恩賞をもって報ずることはできぬ」

ここで仲時は言葉を切った。雨の中でみなはしんとして聞いている。

「ゆえにそれがし、この身をもってみなの恩に報いんと存ずる。敵はわが首に千金の褒賞をかけておろう。さあ、わが首を取りて敵に渡し、罪を償って忠義の証《あかし》となされよ！」

と言うが早いか、鎧直垂の前を押しひらき、脇差《わきざし》を腹に突き刺した。

そのとき稲光が一閃《いっせん》した。あたりが目もくらむばかりに明るくなると、直後に耳を塞ぎたくなるような雷鳴があたりを震わせた。

仲時は、噴き出す血にかまわず横一文字に腹を掻き切ると、脇差を抜いて切っ先を首筋にあて、その上に倒れるように伏せた。

喉を貫いた刃が、首の後方から牙のように突き出る。

動きを止めた仲時に糟谷三郎は、

「なんと口惜しや。われこそ先に腹を切り、冥途のご案内をつかまつるべきものを！」

と言うなり、仲時の首から脇差を抜いた。

「お待ちあれ。死出の山のお供つかまつる」

言い終わるや肌脱ぎして腹に脇差を押しあて、かけ声とともに突き刺した。そして血まみれの姿のまま仲時の遺骸に抱きつき、動かなくなった。

境内にひしめく五百騎足らずの手勢は、このさまを身じろぎもせず見ていたが、やがてめいめいに鎧を脱ぎ、腹をくつろげた。

「無念なり。されど大将が果てた上は、是非もなし」

「われもお供つかまつる」

と、つぎつぎに腹を切りはじめた。

その数、四百人あまり。境内には死骸が累々と重なった。流れる血は水たまりを染め、赤い川となって境内からあふれ出した。

主上、上皇をはじめお付きの公家たちは、腹を切る武者たちを止めることもできず、このようすをただ眺めているばかりだった。

仲時らは知らなかったが、この前日、関東でも新田義貞《にったよしさだ》らが倒幕の兵をあげていた。義貞の大軍に攻められた鎌倉が陥落し、北条一族が自刃して幕府が滅んだのは、仲時の死からわずか十数日後のことである。

戦乱が落ち着いたのち、蓮華寺の住職は切腹した武士たちを哀れみ、法名を与えて過去帳に記載した。「陸波羅《ろくはら》南北過去帳」と題された巻物が、いまに残っている。

（「小説宝石」二〇二一年八・九月号）

ひとでなし

大塚已愛

【作者のことば】

日本書紀に数行だけ記された『常世神《とこよのかみ》』の物語は、私の実家のすぐ近くが舞台でした。しかし、『常世神』の伝説を知るものは誰もいません。千年以上も昔、このような田舎にまで朝廷が兵を差し向けるほどの狂乱であったのにもかかわらず、それを伝えるものはなにもないのです。『常世神』が何だったのか、本当にただの幼虫だったのか、それとも――。そんな思いで書き上げた連作の一編がこのような栄誉を頂き、本当にうれしく思います。

大塚已愛（おおつか・いちか）　静岡県生
『鬼憑《おにつ》き十兵衛』にて日本ファンタジーノベル大賞2018受賞
『ネガレアリテの悪魔　贋者《にせもの》たちの輪舞曲《ロンド》』にて第四回角川文庫キャラクター小説大賞受賞
近著――『鬼憑き十兵衛』（新潮文庫）

秋七月、東國不盡河邊人大生部多、勸祭蟲於村里之人曰、此者常世神也。祭此神者、致富與壽。巫覡等遂詐、託於神語曰、祭常世神者、貧人致富、老人還少。由是、加勸、捨民家財寶、陳酒、陳菜六畜於路側、而使呼曰、新富入來。都鄙之人、取常世蟲、置於淸座、歌儛、求福棄捨珍財。都無所益、損費極甚。於是、葛野秦造河勝、悪民所惑、打大生部多。其巫覡等、恐休勸祭。時人便作歌曰、禹都麻佐波、柯微騰母柯微騰、枳擧臾倶屢、騰擧預能柯微乎、宇智岐多麻須母。此蟲者、常生於橘樹。或生於曼椒。曼椒、此云褒曾紀。其長四寸餘、其大如頭指許。其色緑而有黑點。其皃全似養蠶。

『日本書紀』
巻第二十四　天豐財重日足姫天皇　皇極天皇　三年

一

寛永《かんえい》四年・師走《しわす》。駿河《するが》。
辰《たつ》の下刻を回った辺りか。

甲斐国《かい》より、眼光鋭い鶴のように痩せた男が、馬を使って駿河・西山村《にしやまむら》にある本門寺《ほんもんじ》へ向かっていた。

西山本門寺は興門八本山の一つに数えられる古刹だ。日蓮《にちれん》の高弟六老僧が一人、日興《にっこう》の法脈を継承している。かつては武田勝頼《たけだかつより》の庇護《ひご》を受け隆盛を誇っていたが、武田家の滅亡以来、徐々に寂れて今に至る。

とはいえ由緒ある古刹だけあり、寂れてはいても荒れた様子は何処《どこ》にもない。三百六十町歩もある広大な境内は隅々まで掃き清められ、黒門から本堂へ至る参道もきちんと手入れをされていた。

黒門側の茶店に馬を預けると、男は山頂にある本堂を目指し、参道を上る。

鎌倉《かまくら》時代に建立された名残だろう。間隔を広く取られた参道は、緩やかな角度ではあるがとにかく距離がある。

痩せた身体《からだ》のどこにそんな体力があるのか、普通の人間なら息を切らしてしまいそうな坂道を、男は平地を行くが如《ごと》き速さでどんどん進んで行く。

たちまちのうちに男は長い参道を抜けて山門をくぐる。急に視界が開けたような印象を受けるのは、境内がとにかく広いせいだ。境内のあちらこちらに、質素だが頑強な造りの伽藍《がらん》が幾つか見える。

それらの伽藍には、日光東照宮《にっこうとうしょうぐう》ほどでは無いが細微で美しい彫刻が施され、建立された当時はかなり豪奢《ごうしゃ》な姿だったことが推察できた。

しかし、いまや建物を維持する人手も金も足りないのだろう、柱も瓦も酷《ひど》く乾き、どことなく老いた印象が強かった。

——取り返しが付かなくなる前に、この寺に埋《うず》もれている書物を救い出したいものだ。

案内を請うために本堂らしき伽藍に向かいながら、男はふとそんなことを考えた。

手入れされない建物は雨漏りがあっても気付かれにくい。人手が少ないのなら書庫の虫干しも二の次にされるだろう。手の届く範囲に置かれた本はまだ良いが、奥に積まれた本は、やがて紙魚《しみ》に喰《く》われて人知れず朽ちていき、それはやがて書庫全体に広がるのだ。

本を朽ちさせるのは罪である。

朽ちた本は別に無くなるわけではない。二度と読めなくなるだけだ。

それは、本を殺す行為に他ならない。

寺男に貫主への取り次ぎを頼み、漠然とそんなことを考えていると、中から墨衣《すみごろも》を纏《まと》った老僧が現れた。かなりの高齢らしく、若い僧侶が転ばぬようにとその身体を支えている。

老僧は男よりも小柄で同じくらいに痩せていた。しかし、温和そうな表情で、常時仏頂面のその男とは正反対だ。

老僧は男に静かに訊《たず》ねる。

「小野寺《おのでら》様……でございますか？」

その声には、外見からは信じられぬほどの張りと艶があった。長年経を唱えている僧侶は喉が鍛えられて美声になると聞くが、その類いであろうか。

小野寺と呼びかけられた男が頷《うなず》いた。

「左様《さよう》。甲斐国林奉行、小野寺甚五郎《じんごろう》と申す」

その名を聞いた僧侶が、僅かに安堵《あんど》した顔をする。そのまま深々と頭を下げ、自己紹介をした。

「此度《こたび》はご足労ありがとうございます。私はこの寺の貫主をしております日舜《にっしゅん》と申します。こちらは弟子の日了《にちりょう》と申しまして、身の回りの世話をさせております」

紹介されたとき、若い僧はほんの僅かに視線を上げて小野寺を見る。その時初めて気付いたが、その僧はこんな田舎《いなか》には不似合いなほどに垢抜《あか》けた、怜悧《れいり》な美貌の持ち主だった。どうやら頭も切れるらしく、小野寺に対してもまるで値踏みするような視線を投げてくる。小野寺はそれを無視して話を進めた。

「ありがとうございます。身延《みのぶ》の円稜寺《えんりょうじ》、良吽《りょううん》殿よりお名前は伺っております。此度は甲斐国領にある山林についてご相談があるとか」

「はい、三十年ほど前に檀家《だんか》の者より寄進された山なのですが、その始末について色々悩んでおるのです。今回はそのご相談に乗って欲しいとお呼びいたしました」

二人は直《す》ぐ近くで仕事をしている寺男に勘ぐられぬよう、それとなく話を合わせる。《副業》にまつわることは、大抵碌《ろく》でもない因果がある為《ため》、できるだけ内密に行った方が良い。

貫主になるだけあって、日舜は面倒を回避する術《すべ》に長《た》けているようだった。さりげなく寺男を注視しながら日舜が言う。

「私ども以外の者は皆、朝のお勤めをしております。少しばかり五月蠅《うるさ》いかと思いますので、不躾《ぶしつけ》ではございますが庫裏《くり》の方へご案内いたしましょう」

その言葉通り、確かに本堂の方からは読経が聞こえた。荘厳というよりも、どこかのどかさすら感じさせる雰囲気だ。

一方、その読経の雰囲気とは異なって、先ほどから日舜の声には底に張り詰めた緊張がある。それは警戒にも似ていた。

案内された庫裏には、人の気配がまるでない。勤行の時間であるため、皆出払っているのだろう。

日舜に案内された部屋は、どうやら彼の私室らしい。文机《ふづくえ》の上も綺麗《きれい》に整頓されていたし、床には塵《ちり》一つ無かった。それだけでこの老人の性格が窺《うかが》い知れる。

「さ、どうぞお座りくだされ。今、ご相談したいものをお見せしますので……」

小野寺に座布団を勧めつつ、日舜は日了に命じ、違棚《ちがいだな》の上にある天袋から風呂敷包みを持ってこさせた。おおよそ一尺四方、正方形の包みである。日了からそれを受け取ると、日舜は風呂敷包みを小野寺の前に置いて言う。

「……こちらです。様子が変わってしまう前にどうぞご検分ください」

様子が変わるとはどういう意味か。小野寺はちらと日舜の顔を見る。彼の眉間に深く刻まれた皺《しわ》は、老い以外にも理由がありそうだった。

「では、拝見仕る《つかまつ》」

一度断りを入れると、小野寺は風呂敷包みをするりと解《ほど》く。

中にあったのは目の粗い竹細工で出来た籠だった。手に取ると、予想よりもかなり軽い。

「………」

籠の中から、何かがもぞもぞと動く気配がする。小野寺は中身を刺激しないよう、籠の蓋を静かに開けた。

「これは……」

籠の中に入っていたのは、緑の身体に黒点のある数匹の芋虫だった。一瞬、揚羽蝶《あげはちょう》の幼虫かと思ったが、よくよく見ると造りが違う。

色こそ違えど、小さな頭と薄い皮は、明らかに蚕のものだった。退化しきって物も摑《つか》めぬ脚を見てもよく分かる。

少し弛《たる》んだようなぶよぶよとした皮は酷く薄く、その間を流れる体液が透けて見えるほどだった。触れれば弾《はじ》け、その液体が飛び散るのでは無いかとすら思える。

——また、蚕だと？

小野寺は今年の秋口に加当《かとう》が遭遇したという怪異のことを思い出す。加当は多くを語らなかったが、持ち帰った書物から推測するに、あれも一種の蠱毒《こどく》だろう。

蚕というのは非常に因果を作り替えやすい虫である。この緑の這《は》い虫もああやって作り替えられたものかとちらっと思ったが、小野寺は即座にその考えを否定した。

これは蚕ではあり得ない。何故《なぜ》なら、蚕の卵は冬の間は孵化《ふか》することが無いからだ。そもそも真冬で餌の無いこの時期に、ここまで丸々と肥えている筈《はず》もない。これは、普通の虫ですら無いはずだ。

小野寺には、この蚕に似て非なる虫に一つだけ心当たりがあった。念のため、日舜に訊ねる。

「御坊。これは何処から手に入れた物か？」

「はい。これは一昨日、妙な虫を見つけたと言って檀家の者が持って来たそうです。私では無く日了が受け取ったので又聞きとなりますが……」

言いながら、日舜がちらっと日了に視線を投げた。それを受け、日了が淀《よど》みなく後を続ける。

「はい。これを持ってきたのは下条《しもじょう》の与平《よへい》という男です。ここから五町ほど南へ行った先にある、鍛冶《かじ》屋の裏手の河原《かわら》で見付けたと言っておりました」

「河原、ですか」

日了の言葉に、小野寺は己の眉間にも皺が寄っていくのを感じた。日舜がわざわざ己に依頼してきた理由も悟る。

緑の虫を見つめると、小野寺は苦々しく呟《つぶや》いた。

「なるほど、つまりは常世神《とこよのかみ》か」

常世神というのは、『日本書紀』巻第二十四に記された神の名前だ。皇極《こうぎょく》天皇三年（六四四）の秋七月に、東国《あずまのくに》の不尽河《ふじのかわ》のほとりに住む大生部多《おおうべのおお》という者が蚕に似た虫を「これは常世神である。この神を祀《まつ》れば富と長寿を得る」と言い張り村人に祀るように勧めた。巫覡《ふげき》もまた「常世神を祀れば貧しい人は富を得、老人は若返る」と神託を受けたと触れ回り、それによりこの辺りの人々はこの虫を信仰するようになったという。

常世神信仰はやがて京の都にまで広がったが、しかし全く益が無かった為、秦河勝《はだのかわかつ》が軍を率いて大生部多と常世神を打ち倒して滅ぼしたと日本書紀には記されている。日本書紀に書かれた不尽河というのは富士川《ふじかわ》の事だ。そしてそのほとりにあるのが、ここ西山村だった。常世神の伝承にある村に、同じ虫が再び現れるというのも偶然では無いだろう。

日舜がため息交じりに言った。

「この虫が本当に常世神かどうかは拙僧にはわかりませぬ。しかし、真冬で餌もないのにここまで丸々と太る芋虫がいるというのはやはり普通ではない」

繭《まゆ》や蛹《さなぎ》の姿で冬を越す虫もいるにはいるが、これはそれとは別物だろう。日舜はさらに続けた。

「見る限りでは、特に害もなさないただの芋虫、勝手に打ち殺してしまえばいいとも思ったのですが、しかし、御仏《みほとけ》に帰依した身としては殺生もできませぬ。それに……」

何かを言いかけ、日舜は口ごもる。出来れば言わずに済ませたいようなそぶりだった。しかし、小野寺はそれを見逃さない。ほんの僅かに目を細め、日舜に続きを促す。

「それに……？」

「……それに、私には、この虫を殺せる自信が無いのです。いや、この虫に死というものがあるのかさえ解《わか》らない。何故だかそう思ってしまうのです」

それは『神』がなんたるかを知っているからこそ出る言葉だった。

みだりに神へ関わると、どんな祟《たた》りがあるか解らない。衆生を救おうとする仏と違い、この国の神は救済を願うどころか、むしろ『どうぞ何もしてくれるな』と宥《なだ》め賺《すか》すものだからだ。宥め賺すにも手順が要り、それは仏教とは様式が異なるので僧侶には些《いささ》か荷が重いだろう。

小野寺は妙に鹿爪《しかつめ》らしい顔で日舜に言った。

「淫祠《いんし》邪教のものとはいえ、神は神ですからな。そう思うのも無理はない。しかし、秦河勝によってこの常世神は確かに殺されている。方法が無いわけではありませぬ」

小野寺の言葉に、日舜はようやく安堵の表情を浮かべた。小野寺の言葉には、何故か痩せた四十がらみの男だとは思えぬほどの重みがある。

「ありがとうございます。拙僧如きでは流石《さすが》に神は手に負えませぬ。ようやく胸のつかえが下りた気分です」

明らかにほっとしたように呟く日舜に、改めて小野寺が訊ねた。

「しかし、仮にもしこの虫が常世神だったとして――本当に処分してもよろしいのですか？」

その問いに、日舜は素直に頷いた。

「それはもう。僧侶には不要なものですから」

ほんの僅か、語尾に混じる嫌悪と安堵感に、日舜が一刻も早くこの虫から縁を切りたがっているのが窺えた。

君子、怪力乱神を語らずという言葉の通り、この世に開けてはならない扉と言うものは確かにある。貫主にまで上り詰めたこの老僧はそれをしっかりとわきまえているのだろう。

だからこそ小野寺も素直に日舜の言葉を受け入れる。

「わかりました。ところで、これは檀家の方が持ち込んだとおっしゃいましたな。その者にも一度話を聞きたいのだが、出来ますかな？」

「はい、それは日了に聞けば案内してくれるでしょう」

話を振られ、日了が口を開いた。

「かしこまりました。ただ、その者はこれが常世神だとは知らず、気味が悪いからと持ち込んだだけだそうなので、あまり詳しい話は聞けぬと思いますが……」

淀みない言葉だが、どこか探るような気配があった。詮索好きというよりも、自分が知らないことが在ることを許せない性格のように思える。

「結構。私が知りたいのは、この虫が見つかった場所だけだ。それ以外は必要ない」

そっけない小野寺の言葉に日了は僅かに目を細めたが、これ以上何かを聞き出すのは無理と判断したのだろう。日了は傍らに居る日舜へと訊ねた。

「では、早速その者の家まで小野寺様をご案内いたしたいと思います。日舜様、少しばかりお時間を頂いてもよろしいでしょうか?」

「ああ、勿論《もちろん》だとも。小野寺様にご無礼がないようにな」

「かしこまりました。では小野寺様、参りましょうか」

若者らしく、日了は機敏な動きで立ち上がる。小野寺も籠の蓋を閉めてから、日了の後を付いていく。

あとに残るは日舜だけだ。

カサカサとざわめく虫の音が、妙に大きく部屋に響いた。

二

正午を少し過ぎていた。

本門寺を出た小野寺は、虫を見付けた者に話を聞くため、日了と共に森山《もりやま》へ向かう細い道を歩いていた。檀家に渡すものがあるらしく、前を行く日了の背には小ぶりな包みが背負われている。おかげで少し歩きにくそうだった。

森山というのは、ちょうどお椀《わん》に盛った飯を伏せたような山で、その形から人の手が創《つく》った山だと言われている。古墳ではないかと言う者もいたが、幾ら調べても真相は分からないそうだ。

時折曰《いわ》くのありげな祠《ほこら》や石碑があることから、地元の者はここを霊域や神域のように捉えているのかもしれない。

山中を歩きながら小野寺は、今回は加当なり坂下《さかした》なりを連れてくれば楽だったと考えていた。如何物《いかもの》喰いにそのまま神を喰わせても良かったし、諏訪大明神《すわだいみようじん》の依代《よりしろ》に神をぶつけても良かったのだ。

しかし、生憎《あいにく》あの二人は黒川山《くろかわやま》の怪異を鎮めに行かせてしまっていた。

――その場合、連れてくるのは坂下になるか。

今回の件は、秋口の蚕の怪異と繋《つな》がっている可能性がないとも言い切れない。その場合、加当が常世神によってあちら側へ引き摺《ず》られても面倒だった。

加当にはどうしても少しばかり甘さがある。若さ故なのか、或《あ》いは元からの性分なのかは解らない。坂下のように図太くあらゆるものを俯瞰《ふかん》して眺めているような男の方が、神殺しには向いている。

だが、生憎この場には坂下も加当もいない。居るのは道案内の僧侶だけだ。

日了は、必要最低限のことしか喋《しやべ》らない案内人だった。余分なことも一切言わず、黙って小野寺の先を行く。

小野寺も特に喋ることが無いため無言でその後を付いて歩いた。

「日了殿。本当にこの先に人が住んでいるのか？」

山道を四半刻《しはんとき》ほど歩いた頃、小野寺はついに日了に声を掛けた。日了は特に動じることも無く言う。

「ええ、山の頂に集落があるのです。この辺りは平家《へいけ》の落人《おちうど》が作った隠れ里でございますからな。慣れぬ方には解りづらいかもしれませぬ」

淡々とした物言いだったが、僅かに嘲るような気配があった。小野寺はその事に気付いたが、しかし、何も言わなかった。

小野寺が黙っているのをどう捉えたかは解らないが、日了は更に続ける。

「失礼ですが、小野寺様はあの虫が本当に常世神とかいうものだと信じておいでですか？」

「日本書紀に記してある虫と良く似通っている以上、そうだと言うしかないだろうな」

小野寺の答えに、日了は微《かす》かに笑ったようだ。前を行く日了の肩が僅かに揺れる。

「では、小野寺様は本当の常世神を見たことがないのですね。あくまでも書物の知識だけだと、そうおっしゃる」

今度はあけすけなまでに、嘲りの色が濃い声だ。日舜の隣にいた時とは打って変わって、随分傲慢な物言いだった。

——いや、これは傲慢なのでは無いな。その逆、何かに怯《おび》え、焦っているのか。

一刻ほど共に過ごし、小野寺は日了という男がなんとなく読めている。頭が切れて、弁が達者で、顔も良い。あらゆる面ですこぶる優秀な男だった。なんでも理詰めで考える、理知的な点も強みだろう。優秀な官吏に多い型だ。

しかしこの手の男は理性的である分、心が無い。情熱や哀《かな》しみ、恩義よりもまず先に、計算で動いてしまう。

喜怒哀楽が無いわけではないのだが、なまじ先が読めるから、心よりも利を優先する場合が多い。

そんな男が怯えている。

小野寺の読み通り日了が怯えているとすれば、なにより合理的な理由だろう。神だとか祟りだとかいう目に見えぬものに対しての怯えではなく、例えば暴漢に殴られようとする寸前の、振り上げられた拳に対する怯えのようにそれは思えた。

とはいえこの男が何に怯えていようが、小野寺には関係ない。怯えるがあまり、単に近くに居るだけという理由で自分へ吠《ほ》えてくるのならば、勝手にすればいいのだ。

愚にも付かない問答をしながらそんなことを考えていると、不意に日了の脚がピタリと止まった。

くだらない話は終わりだとでも言うように、すっと前方を指さし告げる。

「着きました。あそこが、あの虫を見付けた檀家の家です」

日了が指し示したのは、二町ほど先に見える竹林だった。そこまでにも鬱蒼《うっそう》とした木々が生い茂っている為、よくよく見なければ解らぬが、確かに三軒ほどが寄り添う集落がある。

こんな辺鄙《へんぴ》な場所にわざわざ家を建てるくらいなのだ、平家の隠れ里だったというのは本当らしい。

集落の伝承や構造にも興味はあったが、今は常世神を何処で見付けたかを確認するのが先だった。

見つけた場所が河原ならば良し。しかし、もしもあれを山で見つけたとしたら、かなり面倒な事になる。

水辺から来た神は流れてきたものだが、山から来る神は、そこで生じた神だからだ。土着の神が動くときは大体が災いを連れてくる。

ほんの僅か、日了から意識を逸《そ》らせたその時だ。

ドン、と背中に強い衝撃を感じた。冷たい感触と高温の熱が混ざった奇妙な感覚が心の臓あたりを走り抜ける。

何があったか理解するのに、振り向くまでも無かった。

背後で荒い息づかいが聞こえたからだ。そのせいで、この男に刺されたのだと理解するのは容易《たやす》かった。

三

亥《い》の下刻を過ぎていた。

何食わぬ顔で寺に戻った日了は、「小野寺様は檀家の者と共にあの虫を探しに行った」と伝える事で日舜を納得させた。寒さに震えながらも全身に水を浴びたおかげだろう、日了が小野寺を殺《あや》めたなど、欠片《かけら》も疑われていないようだ。

何もかもうまくいった。そう思った。

後ろから心臓をひと突きすると、ほぼ即死の状態で、小野寺は地面に頽《くずお》れた。思ったより血が出ないのは、背中に短刀が刺さったままだからだろう。

小野寺を刺した日了は、その場でへたり込むことも無く、てきぱきと死体の始末を行った。小野寺の首に手を当て、確かに脈が止まっているのを確認した後、引き抜いた短刀を関節に押し当て、日了は手際よく小野寺だったものの解体をはじめる。骨と皮ほどに痩せている小野寺を解体するのは楽だった。まるで厨《くりや》で大根でも切っているようだ。

四半刻もしないうち、小野寺の死体は幾つかの部品に分かれた肉塊になっていた。それをわざと浅く掘った穴に埋め、日了はようやく肩の力を抜く。

このあたりは猪《いのしし》も熊も出る。うまくすれば綺麗に食い尽くされ、二晩程で誰の物かも分からない骨の山ができあがるだろう。

背負っていた包みには、着替えの僧服と足袋《たび》が入っていた。沢で身を清めれば、一人で戻っても誰にも疑われることは無い筈だった。

「これで……これであれは私のものだ。あれさえあれば私もあそこへ至れる……」

殺人の後の高揚からか、譫言《うわごと》のように微《かす》かに呟く。しかし、日了の目はそれでも何処か冷徹だった。

御仏に仕える身でありながら、人を殺めてしまった事への後悔は全くない。そもそも、己から《あれ》を奪おうとしたあの男が悪いのだ。

いつも通りに日舜の世話を終えて自室に戻った日了は、日課である瞑想《めいそう》の準備を始める。以前は苦痛でしかなかった瞑想だったのに、今では日了の心の拠《よ》り所になっていた。

瞑想を始めると、いつも暗い闇の中から紫雲に乗った観音菩薩《ぼさつ》が現れる。なにもない部屋に蓮《はす》の花が咲き乱れ、虹色の靄《もや》がたなびく。

その蓮よりも、菩薩は艶《あで》やかで美しい。菩薩が動く度、衣に焚《た》き込められているのだろう、麝香《じゃこう》にも似た甘い香りが鼻腔《びこう》を満たした。

恍惚《こうこつ》と見上げる日了の前まで歩みを進めると、菩薩は何の躊躇《ためら》いも無く、絖《ぬめ》の様に怪しく光る衣をするりと脱ぎ捨てる。余計なものなど何一つ無い滑らかな身体は色が白く、青い血管が蜘蛛《くも》の巣のように透けて見えた。

ゆっくりと膝を曲げ、菩薩が日了の前に跪《ひざまず》く。そのまま細く冷たい繊細な手で日了の頬をゆっくり挟んだ。

ごくり、と日了の喉が鳴る。これから何が起こるか、期待と共に待ちわびていると、菩薩が微かに笑ったようだ。

そのまま唇にあるかなしかの微笑を浮かべ、とても美しい、男とも女ともつかぬ顔がそっと日了の顔へと近づいてくる。

ぬるりとして冷たい、けれども甘い香りのするものが日了の口を塞ぐ。凄《すさ》まじい喜悦と快感、そして眩《まばゆ》い光に満たされる。極楽浄土とはまさにここだと、焼き切れるような光の中で日了は恍惚としながら考えていた——。

目眩《めくるめ》く菩薩との逢瀬《おうせ》は、いつも唐突に終わりを告げる。

ふと気がつくと、そこに菩薩の姿はなく、蓮の花も虹の靄も消え失《う》せて、部屋は普段通りの殺風景に戻っていた。

心地よい疲労感が全身を満たしていたが、衣服の乱れは少しも無い。

ぼんやりとあの日のことを思い出し、日了は文机に視線を投げる。

文机の上にあるのは、あの緑の虫が入った竹籠だ。明日の朝早く、檀家に泊まっている小野寺に渡しに行くと告げ、日舜から預かったものである。

何も餌など無いのに、その虫は死ぬことも無く今もカサカサと竹籠の中を這い回っていた。

虫を持ってきた檀家の者などそもそもいない。これは、日了が見つけたものだ。

一週間ほど前のこと、竈《かまど》の焚き付けに使う柴《しば》が足りず、日了は森山に一人で入った。寺男にでも任せればよかったが、少し日舜の側《そば》を離れて息抜きをしたかったのだ。

日了には自分でも理解している致命的な弱点があった。それは、どうしても悟りには至れないと言うことだ。

日了は今年で二十七になる。

幼少時から仏門に帰依し、そこで神童の名をほしいままにしてきた。どんな経典も簡単に諳《そら》んじられたし、書も達者だ。問答で自分の倍は生きている高僧に勝ったこともある。

しかし、それでも悟れなかった。

何をもって悟りとするのか、悟りとは何なのか、それすらも解らない。座禅を組んだところで何をもって瞑想とするのかさえ摑めなかった。

釈迦《しやか》の境地に達しようなどとは思わぬが、しかしそれでも届かなければならない場所はある。これこそ、日了にとって初めての挫折だった。

日舜はこのことを知らぬだろう。自慢の弟子としていつか自分の跡を継ぐ事を疑ってもいない。

その純粋な期待が重圧となって、ここしばらくは、日舜の側に居ることそのものが苦痛だったのだ。

柴を探して山の奥へと分け入った日了は、道端に安置してあった祠が壊され、その後ろに置いてあった大岩が粉々に砕けているのを見つけた。割れ方が実に大雑把で、大勢がミノやツルハシで力任せに割ったように見える。

破片の向こうに見える山肌に、ぽっかり大きな穴が空いている。洞穴の入り口だろうか。

日了がその穴を覗《のぞ》いたのは単なる好奇心であり、あくまで偶然に過ぎない。何かに呼ばれたであるとか、勘が働いたという事でもなかった。

洞の中は暗かった。しばらくは何も見えない。

やがて目が慣れてきた頃、日了は空間の中央に、まるで棺《ひつぎ》のような大きな石の箱が置かれているのを見つけた。

「これは……」

箱の上には石で出来た巨大な蓋が置かれていた。蓋の表面には中心に点のある円が幾つか模様のように刻まれている。

その模様は、蛾《が》の翅《はね》にある目玉模様にどこか似ていた。その模様を見ているうちに、日了は箱の中を見たくてたまらなくなった。

しかし、こんな大きく重そうな石の蓋を一人で開けられるものだろうか。そう思ってなんとはなしに蓋に手を掛けた途端――。

驚くほど軽い手応えとともに、滑るように蓋が開いた。

「！」

驚いて手を離した日了だったが、蓋は止まらず、そのまま地面に滑り落ちる。ゴトッという重い音の後、蓋は粉々に割れてしまった。

それに構わず箱の中を見た日了は絶句した。

箱の中には数十――、いや、数百もの、蚕に良く似た緑色の虫が蠢《うごめ》いていたからだ。

ただでさえ芋虫なぞ気色の良い物ではない。それが狭い箱で押し合いへし合いしている姿はおぞましさの極地であった。

気味の悪さに想《おも》わず叫んだ日了は、直ぐにその事を後悔する。口の中に、一匹の虫が跳ねて飛び込んできたからだ。

まさか芋虫が飛び跳ねるなどと思ってもみなかった日了は、虚を衝《つ》かれ、吐き出すより早く嚙《か》みつぶす。

ぷぢゅ、というなんとも言えない歯触りの直後、口の中一杯に虫の体液が広がった。

猛烈な吐き気がこみ上げたのは一瞬だった。舌がその虫の味を感じ取ったその時――。

日了は不意に目の奥に、眩《くら》むような光を見た気がした。

今まで心の中にどす黒く凝《こご》っていた岩のような不安や焦りが、まるで白い花弁のようにぱぁっと散っていく感覚に、何故か日了は涙を流す。

美しかった。耳の奥では、美しいか細い声で歌う様に唱えられた経が鳴り続けている。

吐き出したいほど悍《おぞ》ましい筈の虫の体液は、今や天上の甘露にも思えるほど甘く美味《うま》い。

ここではない何処か、それが見えたと感じた。

この虫は、自分にふさわしい何処かへ導いてくれる。

そんな、まるで精神が何処か遥《はる》か彼方《かなた》へ渡るような高揚を覚えた――。

瞑想の後、菩薩の来訪後の虚脱の中で、日了はあの時の感動を緩やかに思い出していた。

あんな幸福を、日了はいままで感じたことがない。

体中の隅々までに熱が走り、何でも出来るという万能感があった。

あれこそが『悟り』――否、大悟に違いなかった。

見るもの、触るもの、聞くもの、それら総《すべ》ての因果の糸が理解でき、森羅万象、三千世界の果ての謎まで解ける気がした。

今までどうあがいても辿《たど》り着けなかった世界に手が届いた感覚。日了にとってそれがどれだけ救いだったか、おそらくは師の日舜すら解るまい。

正気に返った日了は、その虫を摑めるだけ鷲《わし》摑みし、僧服に入れて寺へと持ち帰った。夜、誰もが寝静まった頃にその虫を喰らい、恍惚の中、幾度も幾度も悟りを開いた。

以降、日了は二日と空けずこの洞に入り浸り、虫を持ち帰るようになっていた。昼間は日舜の面倒を見なければならないし、夜は寺から出てはならない。だから、早朝、皆が起きる前から起きて山へ行き、竹籠にその虫を入れて持ち帰る事が続いた。

今回、日舜に見つかったのもその時だ。

自室に運ぶ途中で日舜に見つかり、咄嗟《とっさ》に『檀家の者がこれを届けに来た』と嘘《うそ》をついた。

そのせいで自分が何をしたかは露見せずに済んだが、甲斐国の林奉行などという訳の分からぬ輩《やから》が現れ、これを処分すると言い出した時は気が狂うかと思った。

折角大悟に至れる方法にたどり着いたのに、またそれが遠のく。命より大事なものを奪われるのかと想った途端――。

ふっと心の中に閃《ひらめ》きが生まれた。

そうだ、この男を殺してしまえばいいのだ。この男さえいなくなれば——と。

その閃きは正しかった。

背後から刺しただけなのに、小野寺という男は一瞬で死に、殺したという罪悪感さえ生まれなかった。バラバラにしたときのあのあっけなさときたら、諸行無常を感じる暇すらなかった。

これでもう、誰にもあの虫を奪われることは無い。あれは自分だけのものだと実感する。

そうして日了は、改めて平穏を手に入れたのだ。

先ほどの瞑想と、小野寺を解体していたときの多幸感を思い出し、半ば恍惚としながら、日了は籠の中から新たな虫をつまみ出す。これは明日の分の筈なのに、手が勝手に動いていく。我慢が出来ない。

一匹目を食べた。

ぶちゅ、と勢いよく嚙むと同時に、目の奥で光が弾けた。無数の三角が明滅しながら現れては消えていき、その間《あわい》に様々な人の営みを幻視する。

二匹目を食べた。

嚙んだ事までは覚えている。しかし、歯が皮膚に触れるより早く、頭の中が黄金の光で満たされた。いや、黄金の光では無く、それは無窮の闇のようだ。試しに軽く腕を振るうと、その無窮の闇を手繰り寄せる事が出来た。触れた箇所が紐《ひも》のように解《ほど》けていき、そこに眠る万物の智恵《ちえ》を学ぶが如くありとあらゆる真理が頭の中に入ってくる。

三匹目、四匹目と、次々食べ進めるごとにこの世の真理に近づいていく。

これを喰らえば自分はついにそこへと『到達できる』。そんな確信があった。余りに眩い光を見つめ続けたせいで、目の奥がチカチカと明滅している。その光すら心地よい。恍惚の表情のまま、日了が五匹目を噛みしめたときである。

焚いてもいないのに、ふわり、と乳香の香りが鼻の孔《あな》に届いた。次いで、無感情な声が響く。

「だから日舜殿は、それを処分しようとしたというのに。形は虫でも神は神。人なぞ、実に簡単に作り替える」

日了は慌てて手にした残りの虫を咀嚼《そしゃく》して辺りを見回す。行灯《あんどん》を付けているのにも拘《かか》わらず、酷く視界が暗かった。

それでもなんとか声のする方を凝視した日了は、信じられぬものを見た。

違棚の前に、小野寺が立っている。

おかしいじゃないか、確かに心臓を一突きにして殺したはずが、着物には染み一つ無い。それどころか、埋めたはずなのに土も泥も何処にも無かった。

呆然《ぼうぜん》とする日了に、小野寺が無感情に言った。

「私も試したいこともあったが取りやめだな。お前のようになっては使い道も然然《そうそう》なかろう」

「何を……何を言ってい……」

あの虫を食べたのに、全く思考がまとまらない。耳に届く自分の声もどこかおかしい。舌がもつれ、涎《よだれ》が止まらなくなっている。

混乱する日了に、小野寺が目を細めて指摘した。

「なんだ、己の姿も見えぬのか。まるで毒虫だ」

冷め切った、素っ気ないとも言える声だった。

反射的に己の手を見た日了は絶句した。痛みは無い。なのに、メキメキと骨がねじくれ、皮膚を巻き込み、手指すらも一つにぐるぐる巻き込まれ、先端に向けて細くなる。まるで雑巾を絞ったときに汚水が迸《ほとばし》るように、皮膚の間から血と肉が混じり合ったモノが零《こぼ》れる。

「ひい……!!」

恐怖に駆られて力一杯両腕を振り回すと、その動きに耐えきれず、ポキンと枯れ木のように手首が落ちた。痛みは無い事が余計に恐ろしい。

捻《ねじ》れた腕を見てへたり込んだ瞬間、身体の自重で腰骨あたりがメキメキと細かく砕け、うまく座ることも出来なくなった。

「ご、が……！」

なんとか立ち上がろうとしてのたうつが、脚の感覚も既に無い。それでも藻掻《もが》いていると、ブツン、ブツンと音がして、両足が綺麗に抜け落ちる。

鏡が無い事は幸いだった。もし目の前に鏡があれば、日了は今の自分を直視せざるを得なかったろう。狂うよりもまだ始末に悪いことになったに違いない。

そこに居たのは、巨大な一匹の——人の顔をした芋虫だった。芋虫、というには些か醜悪で凹凸が多いが、そうとしか形容できない。

唯一まともな首すらも、メリメリと音がして捻れていく——。

既に人の声では無い絶叫を聞きながら、小野寺が言う。

「私は元々《ひとでなし》であったがな。お前、折角人に生まれたものを、自ら《ひとでなし》になるとは馬鹿馬鹿しいにも程があろう」

その言葉に僅かでも揶揄《やゆ》するものがあれば、日了は多少は救われたかもしれない。侮蔑は人にのみ投げられる感情だからだ。それにより、恨むことさえできれば、こんな姿であってもかろうじて人であれたろう。

けれど、小野寺の言葉は何処までも無感情で、どんな勘定も込められては居なかった。

だからこそ日了は誰も恨むことが出来なくなった。

誰も恨むことが出来ず、痛みさえ無いのに、己が全く別の物に転じていく感覚にただ泣き喚《わめ》こうとするのだが、涙を流すべき目すら、もう人の物ではなくなっていく。

やがて日了の身体は黒いどろどろとしたものを吹き出して、溶けるように小さくなった。それは最後の瞬間まで泣き喚いていた様だったが、その声も掠《かす》れ、とうとう何も残らなかった。

「まったく、乳香も反魂香《はんごんこう》も無料ではないのに大損だ。多少は本代も残れば良いが」

醒《さ》めた声で言い放つと、小野寺は室内の惨状をまるきり無視し、部屋の中を物色しだした。

その姿は、確かに本人の言うとおり《ひとでなし》にふさわしかった。

四

空から小雪がちらつき始めたのは、小野寺が林奉行所へ戻るのとほぼ同時の事だった。

結局日了の部屋に金目の物は殆《ほとん》どなく、小野寺が持ち帰ったのはあの虫だけだ。鞍袋《くらぶくろ》から竹籠を出したあと、厩《うまや》に馬を戻して水と餌を存分に与えて労をねぎらう。

もうじき夜明けがくるらしく、最も辺りは暗かった。

こんな時間にもかかわらず、詰所にはまだ人がいるらしい。念のため竹籠を抱えたままで自室へ戻る前に覗いてみると、加当と坂下、そして巡礼らしい僧侶が一人、着の身着のまま泥のように眠っているのが見えた。

加当と坂下は、黒川山で人が消える事件の調査をしていたはずだ。だが、今ここに居るということは、恙無《つつがな》く原因を取り除けたか、或いはその逆、手に負えずに戻ってきたかのどちらかだろう。

とりあえずは話を聞くかと詰所の中に足を踏み入れた途端、小野寺は訝《いぶか》しげに眉を顰《ひそ》めた。

室内には濃い血の匂いが漂い、僧侶の目の上に魔除《まよ》けの札が張り付いているのを見付けたからだ。

よくよく見れば、うつ伏せに寝ている加当の背は着物ごと大きく切り裂かれているし、僧侶は手足を刀の下緒《さげお》で縛られている。

五体満足なのは壁に凭《もた》れて眠っている坂下だけだが、小野寺が室内に入っても目覚めない所を見ると、相当疲れているらしい。

このままでは、起きるのは翌朝になるだろう。話を聞くのも遅れるし、それは単なる時間の無駄である。

そう判断した小野寺は、坂下を揺り起こし、そのまま加当の元へ行く。寝ていると言うより失神している様に見えた。

片膝をつくと、小野寺はまずは加当に呼吸があるかを確認する。呼吸自体は確かなもので命に別状はなさそうだ。

問題は背中の傷だが、こちらは刀傷のようである。坂下がやったのだろう、金創膏《きんそうこう》がべったり貼られ、一応手当は終わっていた。

「俺を庇《かば》って、そこの坊主にやられたんだよ。化け物も一人でなんとかしたみたいだし、褒めてやれ」

加当の傷を検分していた小野寺に、坂下が大きく伸びをしながら欠伸《あくび》混じりの声で言う。

「何があった?」

短く聞く小野寺に、坂下が腹を掻《か》きつつ、黒川山での一部始終を語る。化け物の話までは無言だった小野寺だが、坂下が宗純《そうじゅん》――山田浅右衛門《やまだあさえもん》について話したとき、初めて「ふむ」と一つ唸《うな》った。

「山田殿がお前を斬ろうとしたのも無理はあるまい。確かに首を切り落とした男が、生きて目の前に現れたのだからな。狐狸《こり》の類いと思われても無理は無い」

「それはまぁそうだろうな。ただ、俺も一度首を斬られてやったんだ、禊《みそ》ぎはもうとっくに済んでる筈だがね」

　面倒そうに告げる坂下に、小野寺が視線を動かし素っ気なく言う。

「だが、山田殿はそうは思って居《お》らぬようだな」

　坂下は、その視線に誘導されて宗純の方を見た。先ほどまで床に転がっていた筈の宗純は、いつの間にか身体を起こし、こちらの様子を窺っているようだ。

　竹籠を傍らに置くと、小野寺は宗純に呼びかけた。

「お久しぶりです、宗純殿。小野寺甚五郎でございます」

　小野寺の声に、宗純の身体が僅かに動いた。

「その声は、勘定方の小野寺殿か」

「はい。今は甲斐国の林奉行ですが」

　小野寺にしては敬意のある、丁寧な挨拶だ。身構えていた宗純も僅かに力を抜いたのが解る。

「失礼いたします」

宗純に声を掛けると、小野寺はその顔に張り付く札へ静かに触れた。あれほどしっかりと張り付き剥がれなかった札が、一瞬でするりと床に落ちていく。

急に視界が開けたせいか、宗純はしきりと目を瞬《しばたた》かせていたが、すぐにそれは落ち着いた。

宗純はまじまじと小野寺を見ると、ほんの僅かに嫌味を込めるような口調で言う。

「十年ぶりでございますな、小野寺殿。全くお変わりないようで何よりです」

「かくいう貴殿はだいぶ変わられましたな、山田殿」

「今は出家して宗純と名乗っております。そうお呼びくださるとありがたい」

にこりともせずに言う宗純へ、小野寺は淡々と告げた。

「なるほど、出家されましたか。では、貴方《あなた》も他人事《ひとごと》ではなくなりましたな」と。

何のことか解らぬ怪訝《けげん》な顔をする宗純へ、小野寺は幾分冷ややかな目を向ける。

「先ほど、西山本門寺へ行って参りましてな。そこで、貴方達のしでかした事を見ましたよ」

意味ありげにそう告げると、思い当たることでもあるのか、宗純が僅かにたじろいだ。

それを見た坂下が大あくびをしながら口を挟む。

「なんだ、そっちもか。黒川山の方にもな、何者かが石碑を壊した跡があったよ」

小野寺は「何をしたのか」は特に説明もしていない。だが、坂下はそれが何かを察したようだ。それを聞いた小野寺が、更に呆《あき》れたように言う。

「なるほど。まったく、佐野《さの》様がお亡くなりになった途端にこれだ。公儀隠密にそんな事までさせるほど、幕府は困窮しているのかね？」

「……！」

宗純の表情が更にこわばる。堅い口調で問いただした。

「お前達は何を……、いや、一体何処まで知っているのだ？」

「私が知っているのは、武田の埋蔵金とかいう在るはずも無いものを探すため、富士の山に隠された聖域を壊して回る連中がいる、くらいのことですな」

小野寺は冷ややかに言葉を紡いでいく。

「まったく、何も知らない連中は、余計なことばかりをする。おかげで今、富士の山はとんでもないことになっているというのに」

物騒なことを言いながらも、小野寺は相変わらずの無表情だ。しかし、宗純の目には、彼が些か腹を立てているようにも見えた。

ふと気がつくと、辺りが明るくなってくる。夜が明けたのだ。

しかし、何故か鳥の声はしなかった。


（「小説新潮」二〇二一年八月号）

邪説巖流島

佐藤　究

【作者のことば】

ほぼ千字で物語の起結を作るという「小説すばる」の企画、フラッシュフィクション「千字一話」の注文に応じて執筆したものです。毎回様々な作家さんが担当されるのですが、一人称のSF的な作品が続いているように見えたので、変化をつけようと思い、この掌編を書きました。わずか二ページ（掲載誌では見開き）で終わるため、普段は使えない文体を、旧字の視覚効果も含めて用いています。

佐藤 究（さとう・きわむ）　昭和五十二年　福岡県生
『QJKJQ』にて第六十二回江戸川乱歩賞受賞
『Ank: a mirroring ape』にて第二十回大藪春彦賞、第三十九回吉川英治文学新人賞受賞
『テスカトリポカ』にて第三十四回山本周五郎賞、第百六十五回直木賞受賞
近著——『爆発物処理班の遭遇したスピン』（講談社）

浪浪《ろうろう》の武芸者は他人に名を騙《かた》られて一人前、という風説を随分前から武蔵《むさし》も耳にしている。其《そ》の通り、名高い浪浪の武芸者には兎《と》に角《かく》〈成りすまし〉が多いので、武蔵は正真正銘の本物に挑む為《ため》、金《かね》を払って伊賀《いが》や甲賀《こうが》生まれの間者《かんじゃ》を雇い、事前に相手の真贋《しんがん》を調べさせてきた。念入りに慥《たし》かめなければ、わざわざ出かけて行って偽者を斬る破目になる。みずからも嘗《かつ》て〈宮本《みやもと》武蔵〉を騙る己《おの》が偽者と立ち合うこと二度、何《いず》れも遊び半分に斬り捨てた。然《しか》し世間は広く、成りすましは後を絶たない。武蔵を名乗れば喝采を浴び、出世への道も拓《ひら》かれる。偽者でも其れなりに腕が立ち、総髪で髭《ひげ》を生やした面貌であればよい。人相書きなど当てにならない。嘘《うそ》もいつしか真《まこと》になるのが世の常である。

慶長《けいちょう》十七年の卯月《うづき》の終り頃、名を伏せて人知れず薩摩《さつま》へ向かう道中、武蔵は偶偶《たまたま》立ち寄った茶店《ちゃみせ》で、主人が仕入れた噂《うわさ》話を聞く。天下無双と謳《うた》われる剣豪二人、〈宮本武蔵〉と小倉《こくら》藩剣術指南〈佐々木小次郎《ささきこじろう》〉が、舟島《ふなしま》とも向島《むこうしま》とも称される島で決闘し、宮本武蔵が勝ったのだという。団子を喰《く》いながら、新たな己が偽者の出世欲に呆《あき》れる武蔵は、人目も憚《はばか》らず呵呵大笑《かかたいしょう》して、主人に尋ねる。勝った男の刀、如何《いか》なる業物《わざもの》だったと聞いたか。

三尺の木刀で御座います、と主人は武蔵に教える。備前長船長光《びぜんおさふねながみつ》の太刀《たち》を構える巌流《がんりゅう》佐々木殿の額を、宮本殿は其の木刀で物の見事に打ち割ったそうで御座います。

三尺の木刀とな、と武蔵はどうにか笑いを抑え、小刻みに頷《うなず》きながら云《い》う。成程成程《なるほど》、二天一流の遣い手は天下に只《ただ》一人故《ゆえ》、致し方無きことであろうな。

不思議そうな顔をする主人を尻目に茶店を出て、武蔵は歪《ゆが》んだ笑みを浮かべる。舟島とやらで勝った男は勿論《もちろん》、敗れた小次郎もまた真《ま》っ赤《か》な偽者だと知っている。小倉藩主が聞けば腰を抜かすに相違無い。髑髏《されこうべ》を蒐《あつ》めて回る本物の巌流は生きている。方方《ほうぼう》で人を斬った挙句《あげく》、薩摩藩領の沖、種子島《たねがしま》よりも南に浮かぶ〈屋久島《やくしま》〉の山中で息を潜めている。

武蔵の雇った間者の報《しら》せ謂《いわ》く、真の巌流佐々木小次郎なる者、生地生年定かならず、身の丈じつに七尺に至り、両刃造《もろはづくり》の短刀二匕《ふたひ》を鉤爪《かぎづめ》の如《ごと》く片手で操り、更には明《みん》の僧の武具に似る半月刀の付いた宝杖《ほうじょう》を振って、嬉嬉《きき》として人を殺《あや》め、其の生首を奪い去り、辺りに放つ邪悪さ足るや、身を隠した島の鳥獣どもが総じて森を逃げ出す程也《なり》。

舟で屋久島に渡った武蔵は、杉を伐採する杣《そま》の案内で山奥深くへと分け入り、苔《こけ》を踏み、羊歯《しだ》を払い除け、見知らぬ楓《かえで》の花を眺め、慶長十七年皐月《さつき》九日、遂《つい》に巨大な縄文杉の蔭《かげ》で雨露をしのぐ本物の佐々木小次郎を探し当てると、二刀構えで猛然と斬りかかる。

對《たい》する小次郎も刃《やいば》を光らせて幽谷を疾《はし》り抜け、残虐非道の技を繰り出し武蔵を襲う。

明け六つ迄《まで》続いた凄絶な殺し合い、密《ひそ》かに語られる此《こ》の戦《たたか》いを〈邪説《じゃせつ》巌流島〉と呼ぶ。

（「小説すばる」二〇二一年八月号）

帰ってきた

砂原浩太朗

【作者のことば】

「帰ってきた」は、一本の掌編をのぞけば、私が生まれてはじめて書いた市井《しせい》小説である。女性主人公というのも初のこころみだった。書き下ろし長編にひと区切りついたとき、ふと思い立って書いたものだが、デビュー後、依頼もなしに執筆した作品は今のところこれだけだから、何もかも初めてづくしになる。

若いころ、市井小説を書くことはないだろうと思っていた。自分にこまやかな人情の機微が描けるとは信じられなかったのである。が、私もそれなりに年輪を重ねたのだろう。「帰ってきた」が編集者の目にとまって『夜露がたり』という連作がはじまり、いまは市井ものを書くことが楽しくてしかたない。まこと、人生とは分からぬものである。

砂原浩太朗（すなはら・こうたろう）　昭和四十四年　兵庫県生

「いのちがけ」にて第二回決戦！小説大賞受賞

『高瀬庄左衛門御留書』にて第十五回舟橋聖一文学賞、第九回野村胡堂文学賞、第十一回本屋が選ぶ時代小説大賞受賞

『黛家《まゆずみけ》の兄弟』にて第三十五回山本周五郎賞受賞

近著――『黛家の兄弟』（講談社）

一

戻るなり畳へ仕事道具を放りだした善十《ぜんじゅう》の顔が、おどろくほど蒼《あお》ざめている。細工ものをしくじり親方に叱られたというたぐいの話だったら知らんふりをするつもりだったが、どうも違うようだと思った。おみのは道具を片づけながら、自分でも投げやりとわかる調子でことばをかける。

「なんだい、辛気くさい顔して」

かるく問うつもりだったが、どこか咎《とが》めるような口ぶりになった。日ごろ溜《た》まったものが零《こぼ》れ落ちたのかもしれない。

その空気が伝わったらしく、善十がおどおどした眼差《まなざ》しを向けてくる。凹凸のすくない面《おもて》をあげ、小太りの体をぶるっと震わせた。

「帰り道で呼びとめられて――」

籠りがちな口調に苛立《いらだ》ち、だれにさ、と声をあげそうになって、かろうじて抑える。善十の話がまどろこしいのはいつものことだが、それを責めるとさらに口が重くなり、物ごとが進まなくなるのだった。こんなのろまがよく簪《かんざし》なんか作れる、と思うが、やはり錺《かざり》職としては味噌《みそ》っかすで、いまだ一本立ちさせてもらえる気配もない。

上がり口の土間に差しこむ夕日が、くたびれた履き物を照らし出している。ふた組だけの足駄はどちらも鼻緒が擦り切れかけていて、赤々とした光にあぶられると、ひときわみすぼらしさが目についた。家のなかには噎《む》せかえるような暑熱がこもっているが、日ざしの傾きからして暮れどきも近いのだろう。そろそろ店に出る支度をしなければならない。仔細《しさい》を聞きだすのはあきらめ立ち上がろうとしたとき、善十がぽつりと洩《も》らした。

「帰ってきたらしいんだ」

「え?」

「……その、兄きが」

骨を嚙《か》まれたような感覚が総身に走り、中腰のまま立ちつくしてしまう。すぐに力が抜け、がさっと音を立てて座りこんだ。

仕事帰りの善十を呼びとめたのは、小間物屋の若主人らしい。家業より遊びに身が入るという手合いだが、ふしぎと善十のことが気に入っているらしく、顔を見れば気さくに声をかけてくるのだった。

「ちょいと小耳に挟んだんだがね」若旦那は前置きもなしに始めたという。おみのも幾度か会ったことがあるが、噂《うわさ》の好きな男で、そうした話を持ち出すときは、鼻の穴がひくひくと動く。今日もそうして仰々しく声をひそめたのだろう。

「どうも帰ってきたらしいんだよ……おや、いやだね、首かしげたりして。あの男のことに決まってるじゃないか」

あの男と言われれば、さすがに善十も分からぬはずはなく、往来の真ん中で棒立ちになった。若旦那は案じるような、どこか面白がるような表情で、あれこれ教えてくれたらしい。

帰ってきたというのは弥吉《やきち》のことである。おみのの夫だった男だが、はっきり別れたわけでもなかった。弥吉がいなくなったあとで、ずるずる善十との暮らしをつづけているに過ぎない。

腕のいい鋳職人だった夫が博打《ばくち》にはまっていると気づいたのは、所帯を持って半年も経《た》たぬころだった。呑《の》みに行く、といって出かけたきり、夜がふけても戻らぬことが度重なる。それでいて、ようやく家の戸を叩《たた》いたときには酒の匂いなど微塵《みじん》もなく、どこか荒《すさ》んだ夜気だけをまといつかせているのだった。

もともと男のただよわせる剣呑《けんのん》な気配に惹《ひ》かれたはずが、いざとなるとかえってそれが恐ろしく、どこへ行っているのかと尋ねることもできない。賭場で因縁をつけられた弥吉が相手に大けがを負わせてしょっぴかれるまでには、たいして刻《とき》もかからなかった。

善十は弥吉のおとうと弟子で、賭場へもなかば無理やりに付き合わされていたらしい。家へ連れてくることが何度かあったから、顔と名まえだけは知っていた。もじもじして頼りない男だと思っていたが、弥吉が突然消えたあと、ときどき手土産《てみやげ》をもって様子を見にくるようになった。おみのも勘のわるいほうではなかったから、ろくでなしの夫に意趣返しでもする気分でわざとしなだれかかったり、寒いね温めてあげるよなどといって手をにぎったりしているうち、お決まりの仲になる。

弥吉は三宅島《みやけじま》に送られたが、定まった刑期がないとはいえ、とつぜん赦免が出ることもありうる。ふたりは大川橋《おおかわばし》をわたって八軒町《はちけんちょう》へ引っ越した。用心しすぎかとも思ったが、こうなると危ういところだったというほかない。

善十はつとめ先も変えたが、仲立ちをしてくれたのが、くだんの若旦那である。遊んでいるだけあって、顔も広かった。

あれから三年になるが、かわりばえのしない暮らしに嫌気が差していた。善十はうだつのあがらない男で、そのうえ弥吉とちがって、体を合わせても蕩《とろ》けるような感じを覚えることがない。とりあえず食っていくために寝てやっているというつもりである。これじゃ女郎だよと自嘲することさえあった。

「しばらくは、なるべく外へ出ねえほうが……」

善十がもごもごと口を動かす。おみのは舌打ちを洩らすと、けわしく眉を寄せながら立ち上がった。善十が怯《おび》えたようすで下を向く。振りむきもせず足駄をつっかけると、叩きつけるようにいった。

「半人前の稼ぎじゃ食ってけないんだから、仕方ないだろ。あたしを縛っておきたきゃ、早いとこ一本立ちしなよ」

二

徳利を卓にはこんでいくと、無精ひげの中年男がすかさず手を握りしめてくる。男の指さきは爪の奥まで黒ずんでいた。怖気《おぞけ》をふるうほど初心《うぶ》ではないが、肚《はら》の奥でゆらりと立ちのぼる苛立ちには、いつまで経っても慣れることがない。おみのは男の手をはらうと、

「ただで触るんじゃないよ」

邪慳《じゃけん》に言い捨てて踵《きびす》をかえす。卓のほうでどっと笑声が湧いた。

安いだけが取り柄の小汚い居酒屋だった。二日にいちど注文取りや酒をはこぶ手伝いに入っているが、給金はあきれるほど少ない。そのぶん、こちらも仕事はいいかげんになるが、それで文句も言われなかった。板前と店主をかねた親爺《おやじ》はもう六十をすぎていて、妙なちょっかいも出してこないから、そこだけは居心地のいいところである。

色をひさぐ店ではないが、気に入った客の何人かとは寝たこともあった。おみのとしては、そのうちの誰かに拾ってもらえばいいというつもりだったが、男たちは幾度か寝ると気がすむらしく、家へ来いだの所帯を持とうだのという相手はあらわれていない。

板場にもどると、親爺が突きだしの小皿を渡しながら奥の卓を顎でしめす。頭を剃《そ》りあげた四十前後の大男が、ひとりで座っていた。

こわもての客はめずらしくないから、とくに怯《ひる》むこともなく皿をはこんでゆく。こと、

と音をさせて卓に置いた。男の顔がゆっくりと上がる。

――えっ。

身をすくめたのは、相手の風貌に覚えがあったからではない。顎の張ったいかつい顔立ちは、はじめて目にするものだった。

おみのは、男の瞳に何かをたしかめるごとき光を見たのである。それは疑いなく自分へ向けられたもので、強いてことばにするなら、

――この女か。

とでもいった心もちと感じられた。男はすぐに目を逸《そ》らしたが、奥まった瞳から放たれる視線のするどさが、軀《からだ》の芯に射抜かれたような感触を残している。むろん、堅気《かたぎ》とは思われなかった。

男はなにかするわけでもなく、半刻ばかりひとりで呑んでいた。おみのはそのあいだ上の空で、なんども注文を聞き違えて客に文句をいわれたが、ふだんから身を入れていない働きぶりのせいか、とくべつ不審は抱かれなかったらしい。

店がひけ、簡単な掃除を終えて外に出ると、澱《よど》んだ夜気が首すじにまとわりついてきた。掘割が近いせいか、重くしめった匂いが鼻を突く。わけもなく溜め息をついて歩きだした。

明日あたり新月と思わせる光が、天頂から心細げに落ちかかる。店で持たせてくれた提灯《ちょうちん》のなかで、音を立てて火がくすぶっていた。

おぼつかない足どりで家路をたどる酔客たちが、ぽつぽつと見受けられる。おみのは足

をはやめて夜の町を通り抜けていった。なまぐさい風が頬をなでて吹きすぎる。ふいに爪先がとまり、いきおい余って上体が傾《かし》いだ。おもむろに振りかえり、闇に沈んだ軒先を仰ぐ。周囲には人影も見当たらず、猫や梟《ふくろう》の気配すらうかがえない。寺の多いあたりだから、なおさらだった。

――気のせい……。

おのれへ言い聞かせるように、口中でつぶやいた。すこし後ろに、おなじような歩調であるく足音を聞いたと思ったのである。が、いくら耳を澄ましても、それらしき響きは聞き取れない。

息をととのえ、ふたたび歩を踏みだした。小走りに近くなっている。まだ家に安酒が残っていたはずだ、帰ったら、いっぱい呑もうと頭のなかで幾度も繰りかえした。

しばらく進んだが、気づけば自分とはべつの足音が谺《こだま》している。そのたび辺りを見まわしても、それらしい影は目につかず、ただ怖いほどの静寂が押し寄せてくるばかりだった。

何度か立ち止まったあと、おみのは一心に走り出した。と、それにつれて、くだんの足音も速まり、ひたひたという響きが闇の底を這《は》ってくる。喉もとまで悲鳴が込みあげてきたが、かろうじて堪《こら》えた。

足首をひねりそうになりながら駆けるうち、全身が汗みずくになっている。息があがり、これ以上、走れそうになかった。

おみのは、ひっという叫びを呑みこんだ。声をあげたつもりだったが、喉の奥に押しこまれたまま出てこない。

あるかなきかの月明かりに照らされ、行く手の四《よ》つ辻《つじ》に影がひとつ立ちはだかっていた。引き返そうとしたが、足もとがふらつき膝をついてしまう。軀がとめどなく震えだし、いうことをきかなかった。四つ辻から足音が近づいて止まり、おみのの肩に手がかけられる。今度こそ叫ぼう、とした瞬間、

「――だいじょうぶかよ」

頭上から降りそそいだ声は、聞きなれたものだった。目をあげると、小太りの面をかしげた善十がこちらの顔を覗《のぞ》きこんでいる。強張《こわば》りきっていた背すじはほどけたが、足に力が入らず、立ち上がれなかった。

「いってえ、どうしたんだ」

怪訝《けげん》そうにつぶやきながら、善十が手を差しのべる。

「そっちこそ」

照れ隠しのように、返す声がぶっきらぼうになった。やはり気になって、途中まで迎えに来たのだという。

「ありがとうね……」

善十の手を取り、どうにか腰を起こしながらいった。男の掌《てのひら》はひどく汗ばみべたついていたが、ふしぎと嫌な気は起こらない。今夜はひさしぶりに抱かれてもいいと思った。

三

「そいつのことは知らないけど、弥吉とつるんでる男と見て、まず間違いないだろうさ」

小間物屋の若旦那は、天気の話でもするような調子でいった。自慢の結城紬《ゆうきつむぎ》が汚れるとでも思っているのだろう、なんども勧めたが、上がり口の端にちょこんと腰をおろしたまま履き物も脱がず、湯呑みにも口をつけていない。それでいておみのたちを案じているのは本当らしく、細長い目に真剣なかがやきが宿っていた。

弥吉が帰ってきたという話は、むかし善十たちが世話になっていた親方から聞かされたらしい。やはり赦免が出たらしく、島から戻った足で顔を出し、挨拶もそこそこに、おみのの行方《ゆくえ》を尋ねてきたという。

いずれそんなこともあろうかと若旦那がきびしく口止めしていたおかげで事なきをえたが、おみのを探していることは確かと見てよかった。

「兄きはどういうつもりなんですかね」

善十が声に怯えを滲《にじ》ませた。その口調が先夜の出来ごとを呼びさまし、おみのの背すじも小刻みに震えてしまう。男たちにさとられたくなくて、ことさら身を固くした。

あの日以来、店は休んでいる。善十に大見得《おおみえ》切ったとおり、おみのも働かなくては生計《たつき》が成り立たないが、家を出ようとすると足がすくみ動けなくなってしまうのだった。善十が若旦那に来てもらったのは、くわしい話を聞けばおみのが安心するという腹づもりだったのかもしれないが、あらためて恐怖が増してくる。自分でこっそり尋ねてくれればいいのに、と苛立ちがつのったが、気が利かないのは、いつものことだった。

「とりあえず親方のところからは洩れないと思うけどね……なに、しばらくの辛抱さ。昔の女なんて、じき見向きもしなくなるよ」

若旦那は妙なしなをつくって、うふふと笑う。そうなればいいと感じながら、胸の奥でかすかに引っかかるものを覚えていた。なんだろう、と思ったとき、

「ちょいと小腹が空《す》いたねえ」

のんきな声を発しながら、若旦那が四文銭《しもんせん》を何枚か取りだす。善十に向けて拳を差し出すと、鷹揚《おうよう》なしぐさで金を手渡した。

「表通りで饅頭《まんじゅう》でも買ってきておくれ。お前さんたちの分もね」

へいと応えて善十が長屋を出ていく。こんなときだけは身のこなしも素早かった。

男の足音が遠ざかると、つかのま寒々とした沈黙がおとずれる。じっとりと暑かったはずの大気はどこかへしりぞき、油蟬《あぶらぜみ》の啼《な》き声がやけに空々しかった。

若旦那は、ふう、と大きな溜め息を洩らすと、上体を動かし、おみのに向き直った。にやけた笑みは消え、はじめて見るような真剣さが眼差しにたたえられている。おみのは、つい面を伏せてしまった。

「――あんた、まだ弥吉に未練があるようだね」

擦り切れた畳を見つめるおみのの耳朶《じだ》に、ひややかな声が突き立ってくる。はっと顔をあげるより早く、よしたがいいよ、と若旦那がつづけた。

「そいつは料簡《りようけん》ちがいってもんだ」

「…………」

料簡うんぬんはよけいなお世話だったが、言い返せなかったのは図星を差されたからだろう。見向きもしなくなる、といわれたとき、かすかにだが悔しいような心もちが疼《うず》いたのだった。

「まあ、たいていの女は弥吉のほうに目がいくだろうけどね」

若旦那は唇の端にいたずらめいた笑みを浮かべながら、つぶやいた。おみのも開き直った体《てい》で首肯する。弥吉は気風《きつぷ》のよさが際立っていて、女を悦《よろこ》ばせるすべもしぜんと身につけているような男だった。所帯を持てたときは、誇らしささえ感じたものである。賭場のことさえなければと、いまでも思わずにはいられない。

そんな考えを見透かしたかのように、若旦那がかるく鼻を鳴らす。

「だけど、もいちどよく善十を見てみな」

「この三年、いやっていうほど見てますとも」

うんざりとした響きが声に滲み出た。そりゃそうだ、と笑い声をあげたあと、若旦那はふたたび真顔になった。ちらと表のほうへ目をやったのは、まだ善十の気配が近づいてこないことを確かめたのだろう。

「だったら分かってやってもいいんじゃないかね。あんな混じりけのない男はいないよ」

「混じりけ……」

おみのがぼんやり繰りかえすと、若旦那は機嫌のいい顔になって、そうとも、と応えた。

「あたしもだてに遊んでるわけじゃない。これでも、ひとを見る目はあるつもりだ」

「ええ、はい」

生返事をかえしていると、薄い唇からやけにしみじみした声が洩れる。

「男も女もいろんな奴《やつ》に会ってきたけどね、いちども嘘《うそ》をつかなかったのは善十だけだよ」

はっとして若旦那の顔を見やると、糸瓜《へちま》のような面ざしがやさしげにゆるんでいる。

「だからあたしも忙しいなか、こんなところまで出張ってきてるわけさ」

店はほったらかしてるくせに忙しいもないもんだ、と思ったが、わずかながら胸のなかに溜まった澱《おり》を掘り返された心地になっていた。いつの間にか、善十の出ていった戸口を見るともなく見つめている。

「それにしても、菓子ひとつ買うのにずいぶん手間取るもんだねえ」

若旦那があきれたようにいった。おみのもつられて、すこし蓮《はす》っ葉《ぱ》な調子で笑声をこぼす。

「ほんと愚図《ぐず》なんですから」

言いおえぬうち、がらりと音をたてて戸がひらく。善十が恐縮したように首をちぢめて、立ちつくしていた。

「饅頭がなくて……」

途方に暮れた体でいくども頭を下げる。隣町までさがしにいったものの、やはり見つからなかったという。

「干菓子でよければ、もいちど買いに行きますんで……」

若旦那が大げさなほど声をあげて笑った。そうしながら、ね、とでもいうふうに、こちらへ目くばせを送ってくる。苦い顔でうなずきながら、おみのもいつしか唇《くち》もとをゆるめていた。

四

つよい日ざしが、障子戸を通ってひび割れた土間に降りそそいでいる。善十がこちらへ向きなおり、

「なるべく早く帰《けえ》るから……」

あいかわらず籠りがちな声で告げた。おみのはことさら威勢のいい口調でこたえる。

「あたしのことなら気にしなくていいから、しっかり稼いでおいで」

安堵《あんど》したというふうに顔をほころばせ、善十がおもてへ出ていった。ひといき吐《つ》いて家のなかを見まわす。もともと古ぼけた長屋の一軒だが、梅雨《つゆ》のあいだにあちこち黴《かび》がはえ、

よけい見すぼらしいありさまとなっていた。

――たまには掃除でもしようかね。

叩《はた》きを探すと、部屋のすみで箒《ほうき》といっしょに埃《ほこり》をかぶっている。こっちをきれいにするほうが先だ、と苦笑が滲み出た。埃を払い落とし、ひくい天井へ手を伸ばして蜘蛛《くも》の巣に叩きをかける。

しばらくそうしていたが、首を上げているのにつかれて眼差しを落とした。そのとき、枕屛風《びょうぶ》の陰に色褪《あ》せた布包みが置いてあることに気づく。善十に持たせてやったはずの弁当だった。

――めずらしく、こしらえてやったのに。

舌打ちしたが、届けに行くのはためらわれた。当分のあいだ、なるべく外に出ないよう決めたばかりだったのである。

居酒屋のほうへは善十に出向いてもらい、具合がわるいのでしばらく休むと伝えてあった。何かいわれたか尋ねると、いつものことながら目を伏せ、

「ゆっくり養生しろって」

ぼそぼそと応える。あの親爺がそんな気の利いたことをいうはずはなかった。もう来なくていい、と告げられたに違いない。

がっかりした心もちはあったたし、生計のこともやはり心配だったが、それほど気がふさいでいないのは自分でもふしぎだった。

――なに、天気がいいせいさね。

内心でうそぶきながら掃除をつづける。弁当は晩飯に食べさせようと思った。夏場ではあるが、善十なら少しくらい傷んでいてもだいじょうぶだろう、と自分に言い聞かせる。汚れは取りきれなかったが、積もった埃が消え、散らかっていたものを片づけただけで、うらぶれた家がいくらか明るくなった気がする。しぼった手拭いで首すじの汗を拭くと、ひやりとした感触が心地よかった。

土間のほうを見やると、差しこむ日ざしが猛々《たけだけ》しいまでにするどさを増していた。そのまま視線をずらすと、片づいた部屋のすみで、弁当包みがぽつんと取り残されている。おみのは一つ大きな息をつくと、包みを手にして足駄をつっかけた。

戸をあけると白く灼《や》けた光が流れ込んでくる。眼前の景色が色をうしない、つかのま眩《くら》むような心地をおぼえた。

年配のおかみさんたちが、どぶ板の上に寄り集まって世間話に興じている。おみのは申しわけ程度の礼を残し、足早に駆けていった。

いま世話になっている親方の仕事場は、大川と反対の方角に向かってしばらく歩いた横《よこ》川町《かわちょう》にある。善十のつとめ先になど興味はなかったから、ほとんど行ったこともないが、迷うほどの距離ではないはずだった。

こんなもの届けに来たら、さぞびっくりするだろうと思った。朋輩《ほうばい》たちにひやかされ、面映《おもはゆ》げにうつむく男の顔が目に浮かぶ。すこしだけ唇もとがほころんだ。

熱気のこもる町を歩いていると、いちど引いたはずの汗がすぐに吹きだしてくる。古びた軒下に大きな巣がのぞき、すぐそばを燕《つばめ》が飛びかっていた。黒と白の影が、濃く青い空を横切ってゆく。

おみのは、ふいに身をすくめた。三間《げん》ほどむこうで通りを横切る男の顔が目に飛びこんできたのである。

——あいつだ。

居酒屋にあらわれ、たしかめるような視線でこちらを眺めていった大男である。遠くからでも剃り上げた頭が目にとまった。素性など知るよしもないが、見つかればどのような成りゆきに巻きこまれるか分からない。

いそいで引き返そうとしたおみのの足が凍りつく。寺の門前にたたずんでいたもう一つの影が大男に近づき、すれ違いざま何か手渡したのだった。おそらく金だろうと思ったが、おみのが動けなくなったのは、そのしぐさを目にしたせいではない。

大男に金らしきものを渡したのは、三年ぶりに見る弥吉だった。遠目であっても見まがうはずはない。姿勢よくのびた長身と浅黒い肌が、夏の光のなかへ浮かび上がっていた。つかのま胸の奥が絞めつけられるような心もちに見舞われたが、すぐ我にかえる。金を受け取った大男は、にやりと笑っただけで、ことばを交わす気配もなく通りの向こうへ消えていった。頼まれたことは果たした、というふうに見える。

——やっぱり、あたしを探してるんだ……。

このあたりをうろついているとすれば、弥吉はおみのと善十の暮らしぶりをつかみかけていることになる。あるいは先に善十を締めあげるつもりかもしれなかった。

――知らせなきゃ。

と思ったが、足が動こうとしない。すぐそばにあった経師《きょうじ》屋の軒先へ身を寄せ、忙《せわ》しなく息を吸った。自分でも分かるほど、はげしい動悸《どうき》が打っている。軀のおもてはたまらなく熱いのに、あたまの芯がぞっとするほど冷えていた。

――なるべく早く帰るから。

案じ顔でささやく善十の声が耳の奥で鳴り響いた。目鼻の小さいのっぺりした顔が、ひどく懐かしいものに思える。われしらず、奥歯を噛みしめた。

気づいたときには、町の奥へ向かって走り出している。弥吉が来るまえに、先まわりして親方のところへ駆けこむつもりだった。

おぼろな記憶をたよりに裏道を抜けてゆく。棒手振《ぼてふ》りの男が、おみのの勢いにおどろき足をとめた。ごめんよ、とつぶやいたつもりだったが、息が切れて声にならない。

このあたりだと見当をつけて角を曲がった。通り一本はさんで菓子屋の隣だったような覚えがある。

おみのは、ほっと息をこぼした。行く手にのぞく商家の門口で、小僧が気だるげに水を撒《ま》いている。はっきり見えたわけではないが、まとっている前掛けに菓子屋の屋号が染め抜かれているようだった。その向こうに見える小体な一軒が親方の仕事場だろう。このまま駆けこめば、うまく善十を逃がすことができるかもしれない。もっと早く、と腿《もも》のあたりに力をこめた。

――えっ。

にわかに足がすくむ。菓子屋の斜向《はす》かいに覚えのある横顔が覗いていた。今しがた見かけたばかりの弥吉に違いない。踏みこむまえに、まずは様子を確かめに来たのかもしれなかった。

頭のなかが白く炙《あぶ》られたようになる。善十に教えなきゃ、と思いながら、軀が勝手に向きをかえてしまった。震える手から弁当包みがこぼれおちたが、拾っている余裕などない。刺すほどにつよい陽光が、おみのの首すじに照りつける。駆け通すあいだ、その痛みは強まるいっぽうだった。

五

夏の日はすでに落ちていたが、まだ蒸したような熱気があたりに残っている。それでいて、おみのは震えのとまらぬ軀を持て余していた。

大川橋のたもと近くにある小さな寺の境内だった。おみのは、人目を避けるようにして石灯籠の陰へうずくまっている。

昼間、弥吉に出くわしてから、家には帰っていない。追い立てられるような思いであちこちさ迷ったあげく、とうとう歩けなくなってこの境内に入ったのだった。白い月明かりに浮かんだ縞《しま》の小袖は大げさなほど揺れつづけていた。

しゃがみこんだまま、膝のあたりを握りしめる。白い月明かりに浮かんだ縞の小袖は大げさなほど揺れつづけていた。


――似合わないことするから、このざまだよ。

弁当なんて持っていくんじゃなかったと、やる方ない思いが胸の奥に満ちたが、自嘲めいた笑みを浮かべることもできない。唇を持ち上げるのさえ、意のままにならなかったのである。

風に乗って川面《かわも》のたゆたう音が聞こえてくる。日ごろ耳なれた響きだったが、

――大川に投げ込まれるかもしれない。

いまは不吉な想像をさそわれ、奥歯と奥歯が勝手にぶつかりあった。

あの後、弥吉は仕事場に乗りこんでいったのだろうか。善十も替えのきかない腕利きではないから、騒ぎをおこせば馘《くび》ということもあり得る。八方ふさがりというやつだが、暮らし向きを案じるまえに、ふたりとも五体満足でいられるかどうかがおぼつかない。

弥吉は喧嘩《けんか》っぱやい男だったから、賭場で相手を半殺しにしたと聞いたときも、おどろきはしなかった。黒く塗りこめられたような絶望感で胸がふさがっただけである。自分の留守中、女房と弟分が手を取り合い逐電したと聞いたら、なにをするか分からない。

気味のわるい汗が額から頬を濡《ぬ》らした。鎮めようとしても、ますます息が荒くなる。おみのは貝にでも籠るかのごとく軀をちぢめた。耳の奥でしきりに梟の啼き声が谺する。

次の瞬間、にわかに背すじが跳ねた。

いそぎ足で境内に飛びこんでくる人影がある。石灯籠へ貼りつくようにして目を凝らしたが、参道沿いに植えられた松の陰になって顔は見えなかった。息を詰めているうち、のめりがちな足音がこちらへ近づいてくる。手にした提灯の明かりをうけ、相手の面ざしが夜闇へ滲むごとくかたちを結んだ。

おみのは灯籠のうしろから飛び出すと、物もいわず善十にしがみついた。男はしんそこ驚いたらしく、わっと大きな声をあげて、のけぞりそうになる。おみのは、いっそう強く男の手を握りしめた。

「……ぶじだったんだね」

息せき切って告げると、善十が呆《ほう》けたような表情でこたえる。

「それは、こっちのいうことだぜ。家に帰ったら真っ暗だし、近所で聞いたら、昼ごろ出かけたきりだっていうし」

胆《きも》がちぢんだよ、と気弱げな笑みを洩らした。いつもと変わらぬのっぺりした顔に、痣《あざ》や傷といったものは見当たらない。わずかに安堵したものの、おみのは迫るようにして畳みかけた。

「はやく逃げないと」

「――そうはいかねえ」

言いおえぬうち、べつの声がかぶさった。悲鳴を呑みながら振りかえると、夜を掻《か》き分けるようにして長身の影がひとつ近づいてくる。灯火は持っていなかったが、声だけでだれか分かっていた。おぼろな月明かりに浮かぶ輪郭が、待つほどもなく、はっきりした形をとる。

「忘れもんだぜ」

弥吉が忌々《いまいま》しげな声を発しながら、布包みを放り投げてくる。おみのの足もとで音をたてて包みが開き、麦飯や佃煮《つくだに》が石畳に散らばった。善十がおびえたように後じさりする。

「お前さん――」

慣れた呼び方が、しぜんと口をついて出た。弥吉が口もとへ苦い笑みをのぼせる。

「まだ、そう呼んでくれんのか」

はっとなって唇をつぐんだ。この三年間、善十には、ねえ、とか、ちょいと、としか声をかけてこなかった気がする。少しへだたりが縮まったと思えるこの数日でも、それはかわらなかった。

かたわらを見やると、当の善十が蒼ざめた顔を月光にさらしている。もともとことばの出にくい男だが、いまも唇をぶるぶる震わせるだけで一言も発することができないらしかった。弥吉が歩を進めたのへ合わせるように、ようやくしゃがれた声をしぼりだす。

「あにき……」

弥吉は、ちっと言って唾を吐いた。

「どの面《つら》さげての兄き呼ばわり」

「待っとくれ」

おみのは善十をかばうように一歩踏み出した。弥吉が濃い眉をゆがめて声を荒らげる。

「いや、待てねえな」

「そんな――」

「待てねえといったら待てねえんだ」

言い捨てて、激しくかぶりを振る。ぎらぎらと燃える目を虚空に向け、重い声を叩きつけてきた。

「おめえの後ろに隠れてる、ぐずでのろまな善十が、おれをはめやがったのよ」

六

するどい痛みが耳の奥から頭の芯へと駆けあがってゆく。善十のほうを振りかえろうとしたが、首が膠《にかわ》でかためられたように動かなかった。男の息づかいが背後で荒さをましてゆくことだけを感じている。

立ち竦《すく》むおみのをどこか満足げな眼差しで捉えながら、弥吉が語を継いだ。

「島でいっしょになった男が、あの賭場の中盆《なかぼん》だった奴でな」

いかさまだと因縁をつけてきた男は善十の知り人で、喧嘩っぱやい弥吉に騒ぎを起こさせるよう頼まれたのだという。ひと月ほど喰《く》らいこめばいい、という話だったが、相手が大けがを負ってしまったため、島送りとなった。

中盆というのがあの大男で、しばらく経ってから別のいざこざでしょっ引かれて島にやって来た。半殺しの目に遭った相手は、そのころ性懲りもなく賭場へ出入りしていて、苦笑まじりにいきさつを洩らしたらしい。

いっせいに赦免が出たため、弥吉は大男とおなじ船で島から戻ってきた。そのまま、なけなしの銭をつかませて、おみのと善十の行方を探っていたという。

おみのの店を突き止めたまではよかったが、跡をつけるのにはしくじり、住まいは分からなかった。あのあと店主にしつこく食い下がったものの、意外と骨のある老爺《ろうや》で口は割らなかったらしい。手をかえてようやく今日、善十のつとめ先に辿《たど》りつき、帰りを待ち伏せ、ここまで追ってきたのだった。

弥吉は、おみのの背後にするどい眼差しを放ち、吠《ほ》えるような声を浴びせた。

「この野郎、手のこんだことしやがって」

「……なんだってそんなこと」

「お前が欲しいからに決まってるだろうが――」

吐き捨てる声に縛《いまし》めを解かれたかのごとく、ようやく首から上が動いて、かたわらを振りかえる。

うつむいた善十の横顔は、ひどく溟《くら》い影に覆われていた。どす黒く塗られた面ざしのなかでゆっくりと唇が動き、捩《ねじ》れたふうなかたちをつくる。そこに浮かんだのは、蜥蜴《とかげ》か守宮《やもり》が笑ったらこうかと思えるような表情で、おみのがはじめて見るものだった。

背すじに冷たいものが突き立った、と感じるまえに、われしらず走り出している。おいっと叫ぶ声を背後に浴びながら、夢中で駆けつづけた。走れなくなりうずくまったのは大川橋の上で、肩を落として息を切らせている。

鬢《びん》のあたりから汗のしずくが落ち、橋板に吸いこまれていった。昼間は大勢のひとが行き交うあたりだが、遅い時刻のせいか、ほかに人影は見当たらない。息をしずめながら頭をめぐらせたが、彼方《かなた》の闇に吉原《よしわら》らしき灯がにじんでいるほかは、とぼしい明かりがちらほら目につくばかりだった。

にわかに荒々しい息づかいを浴びた、と思った途端、つよい力に抱えこまれ、欄干へ押しつけられる。首すじへ何かが当たると同時に、肌を引き裂かれるような痛みをおぼえた。

「放しゃしねえ」

しゃがれた響きは善十のものだった。声まではじめて聞くもののように感じる。「おれと来るんだ。これからもずっと」

男が息を吐くたび手もとが揺れ、首のあたりにするどいものが走る。軀がこわばり目も向けられないが、簪の先を押し当てているらしかった。生暖かい息が耳朶にかかり、背骨の奥で何百もの虫がうごめくような感覚におそわれる。

――若旦那のやつ……。

なにが、ひとを見る目はあるだ、と毒づきたかった。これだから遊び人なんて頼りにならないんだよ、と白くなってゆく頭の隅で繰りかえし叫んでいる。混じりけのない男と若旦那はいったが、いま善十の総身から匂い立つのは、混じりけのない妄念というべきだった。

「汚ねえ手を離しやがれっ」

叫びながら弥吉が追いすがり、三間ほどのへだたりを置いて向かい合う。肩を波打たせ、荒い息を洩らしていた。善十がへっと笑い、もう一度おみのの胸元を欄干に押しつける。その拍子に首すじの皮がやぶれ、つっと血が滴り落ちた。震えたら刺さっちまう、と思いながらも軀の揺らぎが止められない。絶え間ない痛みが首すじを襲いつづけた。

「――お前さんって呼べよ」

善十が耳もとへ唇を寄せてささやく。

「えっ」

おもわず裏返った声を発すると、

「おれのことも、お前さんって呼べよっ」

子どもが泣くような叫びをあげた。なにか言い返そうとするほど、ことばが喉の奥へ下りてゆく。弥吉もなすすべがないらしく、棒立ちとなっていた。

「お……」

とにかく言われたとおり呼ぼうとしたが、声が途切れてつづかない。善十が苛立たしげに軀を揺すった。

「お前さん、だよ。言えねえのか、おれみたいな薄のろには言えねえのかよっ」

おもわず悲鳴を洩らすと、身悶《みもだ》えしながら足を踏みならしてくる。「どいつもこいつも、痴《こけ》にしやがって――」

善十がぐいと簪を押しつけ、目のまえが暗くなる。瞼《まぶた》はたしかに開いていたが、眼下に映る川面はただの闇にしか見えなかった。

「よさねえかっ」

弥吉がようやく一歩踏みだし、威嚇するように言い放つ。善十はびくっと身をすくめたものの、

「兄きにゃ渡さねえ」

ことさら甲高い声を張り上げる。その叫びは、どこか遠いところで響いていた。もうだめだ、という言葉だけを喉の奥で繰りかえす。

善十が哭《な》きながら喚《わめ》いた。

「こ、こいつはおれのもんだ」

その瞬間、下腹の奥で灼けるような熱がはしった。

「ちがうっ」気づいたときには、自分のものとも思えぬ声がほとばしっている。「あたしはあたしのもんだっ」

つかのま虚を衝《つ》かれた善十の懐にすかさず弥吉が飛びこみ、顎へ拳を叩きこんだ。わずかにおみのの首すじを抉《えぐ》った簪が、音を立てて橋のおもてに転がり落ちる。弥吉の足が、

すばやくそれを川のほうへ払った。月明かりにきらめく銀の糸が、弧をえがいて闇の奥に落ちてゆく。水音は聞こえなかった。

　全身の力が抜け落ち、腰をつく。泣き叫ぶような声に顔をあげると、弥吉が善十の胸倉をつかんで拳を振りあげていた。とっさに止めようとしたが、それより前に、うひぇっという叫びをあげて善十が身をもみ、弥吉の手を振りほどく。そのまま欄干にへばりつき、おびえた猿のような眼差しでぴくぴくと全身を震わせた。

「やめてくれ、やめてくれよう」

　駄々をこねる童《わらべ》のごとき口調だった。弥吉が頰をゆがめ、舌打ちを洩らす。

「それは、こっちの科白《せりふ》だろうが――」

　荒々しく一歩踏み出した途端、

「もう殴らないでくれようっ」

　はっきりと涙まじりの声をあげて、善十が欄干から身を躍らせる。あっ、と声をあげる間もなかった。おみのが身を乗りだし、川面を覗きこんだときは、すでに重く沈んだ音が響いている。ふかく昏い流れには乱れらしきものすら窺《うかが》えなかった。

　呆然《ぼうぜん》と立ちつくしていると、ふいに肩へ重いものを感じる。振りかえると、弥吉の厚い掌が置かれていた。精悍《せいかん》な面ざしに混み入った表情をたたえている。

「災難だったな」

「…………」

「ひとが来ねえうちに行くぞ」

弥吉の手に力が籠った。いきなりにやりと笑うと、そのまま指さきを胸元へ滑りこませようとする。おみのは身をよじって振り払い、思いきり男の頰を張った。目を丸くした弥吉は、すぐに向きなおると、

「あの薄のろから助けてやったのは、誰だと思ってやがる」

声を低めてすごんだ。おみのは相手の目を見据え、叩きつけるように言い放つ。

「その薄のろに、手もなく乗せられたのは、どこのどいつだよ」

弥吉は、うっと呻《うめ》いてことばを失った。おみのは踵を返しながら語を継ぐ。

「あんたも、おれのもんだって言いたかったんだろ」

「……いけねえのかよ」

口ごもりがちな男の声を背に受けながら、ふたたび溟い川面へ目をやる。あるかなきかの漣《さざなみ》が、しろい光をあびてたゆたっていた。この黒い水がそのまま軀の奥へ流れ込んでくるように感じる。善十が憎いのかどうか自分でも分からなかったが、生きていてくれればと思ったのも本当だった。

「でも、ありがとう」

おみのは弥吉へ向き直ると、一度だけゆっくりとこうべを下げた。おもむろに身を起こすと、男から離れて歩きだす。おい、という声が追いすがってきたが、振りかえる気はなかった。駄目かもしれないが、老爺の居酒屋へ行ってみるつもりでいる。

苛立ちと、少しだけの爽快さが身を浸していた。

「——どいつもこいつも、こけにしやがって」

胸の深いところから、つぶやきが洩れる。善十も同じことを言っていたな、とすぐに気づいた。


（「小説新潮」二〇二一年十月号）

おっかさんの秘密

「損料屋見鬼控え」番外編

三國青葉

【作者のことば】

収録していただきありがとうございます。大変光栄に存じます。「五分後にホロリと江戸人情」という、同じ長屋を舞台にした時代小説ショートショート特集で、『損料屋見鬼《けんき》控え』シリーズ（講談社文庫）の番外編として書いたのがこの作品です。見える兄と聞こえる妹が江戸の事故物件に挑む、あまり怖くない心あたたまる幽霊ばなしをお楽しみくださいましたら幸いです。

三國青葉（みくに・あおば）昭和三十七年　兵庫県生
『かおばな憑依帖《ひょういちょう》』にて第二十四回日本ファンタジーノベル大賞優秀賞受賞
近著──『損料屋見鬼控え　3』（講談社文庫）

「あっ」と声をあげ、又十郎《またじゅうろう》は思わず立ちすくんだ。訪ねようとしている長屋の一軒から、黒い霧が這《は》い出ているのだ。

先刻より感じていた嫌な気持ちの源はこれか。義妹の天音《あまね》が心配そうに己を見ているのに気づき、又十郎は無理に微笑《ほほえ》んで見せた。

もともと又十郎は霊の気配を感じる子どもだった。しかし、十七になった今年の春、近所の幽霊騒ぎのおかげで家に憑《つ》いた幽霊の姿までが見えるようになってしまったのだ。

一方、親きょうだいを落雷で亡くして引き取られた天音は、物に宿った人の思いが聞こえる。両国橘町《りょうごくたちばなちょう》の損料屋（生活用具を貸す店）巴屋《ともえや》の見える兄と聞こえる妹として読売に書かれたせいで、依頼されて時折幽霊騒動をおさめるためにふたりで働くことがある。あれこれ調べたり考えたりして、幽霊の心残りを晴らし成仏させるのだ。

だが、今日は違う。この神田講談町《かんだこうだんちょう》の保呂里《ほろり》長屋へ引っ越した天音の友だちのお初《はつ》を訪ねてきた。霊がいる印である黒い霧は、そのお初の家から漂い出ている。

何も知らない天音が入り口の戸を開け、「お初ちゃん」と声をかけた。黒い霧の中から「あっ、天音ちゃん！」という声がする。

「天音ちゃん、上がって。又十郎さんも」

お初に言われて家の中に足を踏み入れた途端に霧が晴れた。叫びそうになった又十郎は、戸につかまり必死にこらえる。

部屋の左手の壁際に男の幽霊が立っていたのだ。歳《とし》は三十半ばくらい。色の白い優男《やさおとこ》で、鼻筋が通った綺麗《きれい》な顔立ちをしている。

優男はうらめしそうな目つきでたたずんでいた。いったい何の心残りがあるのだろう。

「あんちゃん、どうかした?」

天音に尋ねられ、又十郎はあわててかぶりを振った。この幽霊がお初の縁者とは限らないためだ。

この家の前の住人の知り人《びと》かもしれないから、今はまだ何も言わないほうがいい。そう又十郎は判断したのだった。

「お初ちゃんは、こっちの暮らしにはもう慣れた?」

幽霊からなるべく離れて座りながら、又十郎は尋ねた。

「はい。手習い所で友だちもできました」

お初がなんとなく浮かない表情をしているので、又十郎はさらに踏み込んだことを聞いてみる。

「新しいおっかさんとはうまくいってるのかい?」

お初の頬のあたりがたちまち強張《こわば》るのを見て、又十郎は心の中でため息をついた。

お初の歳は天音のひとつ下の九つ。母親は早くに亡くなり、大工の父親、松蔵《まつぞう》とのふたり暮らしだった。

それが父親が飯屋の女中をしていたお道《みち》という女子《おなご》を後添えにもらうことになり、この長屋へと引っ越したのだ。

お道は中年増《ちゅうどしま》だがとても器量良しだそうで、風采の上がらない父親と夫婦《めおと》になったのには何か魂胆があるに違いないとお初は言っていたらしい。

それをずっと気にしていた天音にせがまれ、ふたりしてやって来たというわけだった。

「おっかさんはいないの？」と天音に尋ねられて、お初は口をとがらせた。

「うん。あの人はいっつも出歩いてる。ね、あやしいでしょう」

「飯の支度は？」

「それまでには帰ってきます」

いったいどこをほっつき歩いてるんだろうな。まあ、家のことはちゃんとやってるみてえだけど。小ぎれいに片付いている家の中を見ながら又十郎は思った。

「ちょっとあの人が綺麗だからって、おとっつぁんはもうすっかり腑抜《ふぬ》けになってるんだよ。夢じゃないかってほっぺたつねったりして、ほんとに情けない。まあ、だまされてるってわかったら目が覚めるんだろうけど」

ああ、やっぱりお初はまだお道のことを疑ってるんだな……。

「ただいま。ごめんね。遅くなっちゃって。すぐご飯の支度するから。今夜はねぎま（ねぎとまぐろの鍋）。お初ちゃん好きでしょ？　あら、お客さん？」

呼ぶより誘《そし》れでお道が帰って来た。「調子いいんだから」とお初がつぶやく。

なるほどお道は美人だった。切れ長の目にふっくりとした唇。三十前くらいだろうが、色気があふれている。

挨拶を交わしたあと、お道が又十郎の顔を見てにっこり笑った。その笑顔があまりに艶《つや》っぽくてどきりとする。

天音につつかれて我に返った。しばらくぼうっとしていたらしい。

「いただいたお菓子でおやつにしようね」

又十郎が来る途中で買ってきた饅頭《まんじゆう》の包みを開け、お道が「おいしそう！」と歓声を上げた。天音とお初は顔を曇らせている。おそらく、又十郎がお道の美貌にくらっとしたのが気に入らないのだろう。だってさ、しょうがねえだろう。うっ……すまねえ。又十郎は己の不覚を恥じた。

継母《ままはは》がこんなに別嬪《べっぴん》だったら、お初もいろいろ考えちまうよな。あ、ひょっとしてこの幽霊、お道の前の男だったりするのかな。

「はい、どうぞ」

膝の前に麦湯が入った湯呑《ゆの》みを置かれ、又十郎は頭を下げる。湯呑みを見つめながら、幽霊とお道との関わりをあれこれ考えた。

「ほこりでも入ってた？」

「あ、いいえ。いただきます」

又十郎は麦湯を飲み、饅頭をほおばった。お道もおいしそうに饅頭を食べている。天音はごくごくと麦湯を飲み干した。

「天音ちゃん。喉が渇いてたのね。お代わりを入れてあげる」

「いいえ、いいんです。……すみません、やっぱりください」

あいかわらず天音は遠慮深いな。又十郎は微笑む。

天音が急にお道を呼び止め立ち上がった。そのままふらりとよろける。驚いて支えようとした又十郎より早く、お道が抱き止めた。

「ああ、びっくりした。めまいでもしたの？」

「ごめんなさい。足がしびれてて……」

お道がころころと笑った。

「なあんだ。遠慮しないで足をくずしていいのよ。又十郎さんもね」

「はい。ありがとうございます」

お初の家を辞してしばらく歩いてから、天音が急に立ち止まった。

「あんちゃん、お初ちゃん家《ち》に幽霊がいた？」

「なんだい藪《やぶ》から棒に。……まあ、いたけどさ」

「お道さんの胸のところから男の人の声がした。『お道、お道』ってずっと呼んでた」

「ええっ！　そんなことどうしてわか……あっ！　さっき転びそうになったときか」

天音がこくりとうなずく。

「……なんだかお道さんの胸のところが気になったの」

それで声を聞くために、わざと天音はお道に抱きついたのか。又十郎は懐から紙と矢立《やたて》を取り出した。

幽霊の絵姿を描く又十郎の筆先を、天音が息を凝らして見つめる。

「綺麗な顔をした人だね」

「だろ？　この男、お道さんと関わりがあったのかもしれねえな」

おそらく情夫だったのだろう。死んだ男は幽霊になってお道の側《そば》にいる。お道はお道で男の声がする何かを肌身離さず持っている。

これはいったいどういうことなのだ。このままほうっておいては、松蔵に災いが降りかかるのではないか。お初の勘は正しかったのかもしれない。

又十郎と天音は木戸の外で、仕事から戻る松蔵を待つことにした。


ほどなく帰って来た松蔵は、又十郎に仔細《しさい》を聞かされて、地面にがくりと膝をついた。

「やっぱり……。おかしいと思ったんだ。あんな美人が俺みたいな男と夫婦になりたいだなんて……」

松蔵があまりにも気落ちしているので、又十郎は気の毒になった。それにこのまま家に帰してしまうわけにもいかない。

又十郎は思いついて、大家の家へ行ってみることにした。ひょっとすると幽霊は以前の店子《たなこ》かもしれない。そうなれば幽霊はお道とは関わりがないということになる。

だが、大家の河兵衛《かわべえ》は又十郎が描いた絵姿を見てかぶりを振った。

「この男は、保呂里長屋の店子ではない。松蔵も見覚えがないというのなら、やはりお道と訳ありなのではないか。なあ、ミケもそう思うだろう？」

ミケは素知らぬ顔で毛づくろいに余念がない。三毛猫できれいな毛並みをしている。きっと河兵衛にかわいがられているのだろう。

猫好きの天音がなでようと手を伸ばすと、ミケは身をよじってかわし、ツンとそっぽを向いた。天音が残念そうにため息をつく。

又十郎は紙の端をちぎってこよりを作り、ミケの鼻先で揺らしてみた。ミケが目にもとまらぬ速さで又十郎の手の甲をひっかく。たまらず取り落としたこよりをくわえ、ミケは悠々と立ち去った。

「松蔵よ。これはもう、お道に絵姿を見せ、尋ねてみるしかないぞ」

「でも、お道と訳ありの男だったら……」

「心配するな。いくら男前でも、相手は死んでしまってるんだ。お道を取り返しに来たりはしない」

「そりゃあそうですが……」

松蔵が袖で額の汗をぬぐった。なおも河兵衛がたたみかける。

「どうした。お道に男がいたってことが気に入らないのか」

「いいえ、滅相もない。あんなに綺麗で色っぽけりゃ、男の十人やそこらいたっておかしくはねえ」

「じゃあ、お道を離縁する気はないってことだな」

河兵衛に問われ、松蔵は迷いも見せずに「はい」と答えた。

松蔵はお道に心底惚《ほ》れてるんだな……。とんだのろけを聞かされちまった。たとえ幽霊がお道の情夫でも、松蔵が気に病まなければどうということはない。又十郎はほっとした。

急いで帰らねえとな。陽《ひ》が落ちるとぐっと冷えるから、焼き芋でも買って歩きながら食うか。

又十郎の膝をついた天音が、耳元でささやいた。

「えっ。それは……」

「どうした、又十郎」

「いえ、大家さん。天音が『この男の人はなぜ死んだのか』って」

「そりゃあ、普通は病か、怪我《けが》か……。いや、待てよ。ひょっとして殺されたか……って、まさかなあ。ははは」

「ちょっと、大家さん。おっかねえことを言わねえでくだせえよ」

「すまん、すまん」

松蔵と河兵衛のやりとりを聞きながら、又十郎はミケにやられた傷を眺めた。二寸ほどみみずばれになり血がにじんでいる。又十郎は、はっとした。

「幽霊の首にあざみてえな筋がついてました！」

急いで矢立を取り出し、幽霊の絵姿に線を描き足す。河兵衛がうなった。

「こりゃあ、縄かなにかで首を絞められた跡じゃないか？」

「で、でも、女の力で大の男を絞め殺すのは無理です」

血相を変えた松蔵を、河兵衛がたしなめた。

「誰も、お道が殺《あや》めたとは言ってないよ」

「言ったじゃねえですか、今」

「首を絞めたのは男だと思います」

「ふむ。それじゃあ手引きをした女がいたのかもしれないな」

「もう！　大家さん！　又十郎も又十郎だ！」

「ここで言っていても埒《らち》が明かん。直《じか》にお道に尋ねてみよう」

「そんなあ……」

この人が男を殺す手引きをしたのだろうか……。胸の動悸《どうき》をなだめ、又十郎は向かい合って座るお道に、壁を指差しながら言った。

「ここに幽霊がいます」

「きゃっ！」と悲鳴をあげ、お道が隣に座る松蔵に身を寄せる。べそをかいたお初も反対側から父親にしがみついた。

続いて又十郎が幽霊の絵姿をお道の膝の前に置く。呆然《ほうぜん》としていたお道がやがて震え出した。涙がぽたぽたと絵姿に落ちる。

これはいったいどういうことなのか。又十郎が声をかけようとした途端、お道が「あんちゃん！」と叫んで壁に突進した。

「浅吉《あさきち》あんちゃん！　姿を見せて！　何か言ってよ！」

なんと、幽霊はお道の兄であったのだ……。壁にすがって泣くお道に、気の毒そうに河兵衛が言った。

「幽霊にもこちらの姿は見えないし、声も聞こえないそうだ」

お道は必死の形相で、又十郎の肩をつかんだ。爪が食い込んで痛い。隣で怯《おび》えている天音を又十郎はそっと抱き寄せた。

「又十郎さんなら、あんちゃんと話せるんでしょ。あたしがいるって、妹のお道がここにいるって伝えてちょうだい」

「申し訳ないんですが、俺、姿は見えても話はできないんです。ほんとうにすみません」

泣き崩れるお道の背を、松蔵がそっとなでる。

「お道には、兄さんがいたんだな」

「あんちゃんのこと、黙っててごめんね。『病気で死んだ兄貴がいるなんて、嫌われちまうといけねえから言うな』って遺言みたいに……。あんちゃんはなんでもすぐ心配する人だった」

「そうだったのかい。俺はちっとも気にしねえけど」

もらい泣きしそうになるのをこらえて、又十郎は大切なことをお道に聞いた。

「浅吉さんの首にあざのような筋がついていますが、これは何でしょう」

「長患いの自分が生きてちゃ、いつまでもあたしがお嫁にいけないからって。足手まといは死んだほうがいいって。首をくくったことがあったの」

誰も何も言わなかった。否《いな》、言えなかった。天音とお初が泣きじゃくっている。

「使った縄がたまたま古くて傷んでたもんだから切れて助かったんだけど、首に縄の跡が残っちゃった……。あたしが三つのときにおっかさんが死んで、五つのときにおとっつぁんが借金をこさえて夜逃げした。七つ年上のあんちゃんが、朝早くから夜遅くまで必死に働いて、借金を返しながらあたしを養ってくれたの。だから無理がたたって体をこわしたあんちゃんの面倒を、あたしがみるのは当たり前でしょ。何の遠慮があるもんか。馬鹿なのよ、あんちゃんは」

お道が手ぬぐいで涙をふいた。

「松蔵さんのことをあんちゃんに話したらすごく喜んでくれて。なのにそれから間もなく風邪《かぜ》をこじらせてあっけなく死んでしまった。あんちゃんは、あたしのことが心配で成仏できないのかしら……」

「お道さんの胸のところから男の人の声がします。『お道、お道』ってずっと呼んでます」

天音の言葉に、「ええっ！」と、お道が声をあげる。

「天音は物に宿った人の思いが聞こえるんです」

お道が慌てて懐から守り袋を引っ張り出した。

「あんちゃんが生まれたときに氏神様で授けてもらったお守り。形見にずっと持ってるの。声が聞こえるのはこれ？」

お道にわたされた守り袋を天音が胸に当て目を閉じる。

「間違いありません。『お道、お道』って呼んでます」

「やっぱりあんちゃんは、あたしのことを心配してくれてるのね。ありがとう、あんちゃん……」

お守りを返した天音が小首をかしげた。お道がふっと微笑を浮かべる。

「お守り札の他に入ってる物があるのよ」

お道がお守りの袋から何か小さな物をつまみ出して畳の上に置いた。松蔵がつぶやく。

「キサゴ貝……あ、おはじきか。赤い色が綺麗だな」

「子どものころ、同じ長屋に住んでた男の子がくれたのよ」

「へえ」

「何が『へえ』よ。くれたのは松蔵さんでしょ」

又十郎たちは顔を見合わせた。松蔵が素っ頓狂な声をあげる。

「そんな馬鹿な！　……いや、待てよ」

松蔵が腕組みをして考え込む。

「あっ！　お道って女の子がいた！　えっ！　でも、やっぱり違う。だってあのお道ちゃんは不細工だっ――」

「パシッ」と小気味よい音がした。お道に平手打ちをされた頰を押さえ、「何すんだ！」と、松蔵が叫ぶ。

「そっちこそ何よ！　人のことを不細工呼ばわりして！　あたしは頑張って綺麗になったの！」

「じゃあ、お前、ほんとにあのお道ちゃんなのか？　……だんだん思い出してきたぞ。そういえば、浅吉ってあんちゃんもいたよな。ふたりとも長屋を出て行っちまって。俺、六つくらいだったけど、すげえ寂しかったんだぜ」

「うちが貧乏だったからよくいじめられて。いつも松蔵さんがかばってくれた。このおはじきは拾ったのを綺麗だからってくれたのよ。とてもうれしかった」

「ずっと持っててくれたんだな」

「うん……。あの日のことはよく思い出してたの。だからかな。不思議だけど、あたしが働いてる店に松蔵さんがご飯を食べに来た時、松蔵さんだってすぐわかったのよ。もう、びっくりするやら嬉《うれ》しいやらでわけがわかんなくなっちゃった。松蔵さんの優しいとこ、昔とちっとも変わんないね……」

　お道の頰がほんのり桜色に染まる。

「じゃあ、お道は俺ってことを知ってて夫婦になってくれたのか」

「そうよ。当たり前じゃないの」

松蔵が絶句した。目からぼろぼろと涙がこぼれ落ちる。

お初も泣きながらお道に抱きついた。

「ごめんなさい！　あたし、おっかさんにおとっつぁんを取られちゃったみたいで、悔しくて悲しかったの」

「そんなことは、はなっからわかってる。気にしなくていいのよ」

袖で涙をふきつつ又十郎は尋ねた。

「お道さん、毎日どこへ出掛けてたんですか？」

「松蔵さんやお初ちゃんと、ほんとうに仲良くなれますようにって、氏神様にお参りしてたの」

お道も不安だったのだ……。又十郎は胸がいっぱいになった。松蔵がつぶやく。

「あのお道ちゃんだって言ってくれれば、俺だってなにも心配することたぁなかったのに」

「そんなの自分から言えるわけないでしょ。だめだね、おとっつぁんは。女心がちっともわかってない」

ふと気配が消えたので又十郎が壁を見ると、浅吉の幽霊はいなくなっていた……。

（「小説現代」二〇二一年十月号）

おから猫

天下人の遺言

西山ガラシャ

【作者のことば】

猫は意外と人間をよく観察していて、人の言葉をある程度は理解していると感じています。人間を見下している節もあります。

人の運命の道筋を少しだけ変える「おから猫」の物語を六編書きました。

本作は、おから猫の正体を明らかにした最終話です。

西山ガラシャ（にしやま・がらしゃ）　昭和四十年　愛知県生

『公方様のお通り抜け』にて第七回日経小説大賞受賞

近著――『小説 日本博物館事始め』（日本経済新聞出版）

一

徳川家康《とくがわいえやす》、老いてますます力が漲《みなぎ》り、まだまだ先へ行けると信じて疑わぬ。

慶長《けいちょう》十四年（一六〇九年）の正月、家康は駿府《すんぷ》から尾張国《おわりのくに》へやって来て、新しい城を築くために土地を検分していた。清須《きよす》の南東、名古屋《なごや》の地である。

西国《さいごく》の豊臣秀頼《とよとみひでより》に睨《にら》みを利かす意味でも、早急に巨大な城を築く必要があった。

生い茂る草木の向こうに、那古屋《なごや》城の廃墟《はいきょ》がある。

無人の城となっておよそ三十年を経ており、城は見る影もない。外壁は剝がれ落ち、屋根も抜け落ちている箇所がいくつもある。

築城の折には、過去の遺物はすべて取り払うつもりである。

家康に同道していた家臣の山下半三郎《やましたはんさぶろう》が、生真面目《きまじめ》な顔で話した。

「那古野城の来歴がやや気になります。城主が今川《いまがわ》氏から織田《おだ》氏に替わってからも、長く城に居着かず、すぐに他所《よそ》へ移っております。土地の障りがなければよいのですが」

案ずるには及ばぬと家康は考える。

織田の人間は、城を奪っては自分の城とする。転々と城を替えていく。土地の障り云々《うんぬん》よりも、同じ城に長く居続けるなど、そもそも考えもつかぬ一族である。

「この城に、当初、今川の誰が住んでおったか」

家康は半三郎に尋ねた。

「今川那古野殿（今川氏豊《うじとよ》）と聞きました」

「思い出したぞ。駿府の太守様《たいしゅ》（今川義元《よしもと》）の弟御《おとうとご》だ」

家康は八歳の頃から十一年間、今川家の人質として駿府に住んでいた。当時おそらく三十歳前後であったはずの今川氏豊の風貌が、脳裏に甦《よみがえ》った。

今川義元が桶狭間《おけはざま》で斃《たお》れる前、駿府の町は京の都と同じくらい華やいでいた。何よりも今川の家そのものが、人を呼んで蹴鞠《けまり》や和歌の会などを賑《にぎ》やかに催すことが好きであった。今川家に集う人々の着物や装飾品は、色鮮やかで垢抜《あかぬ》けており、洗練された集団の一人に氏豊もいた。

家康の泥臭い地道さや忍耐強さとは対極にあり、上品な公家《くげ》風の男であった。家康がいかなる努力をしてみたところで、身につけられぬ品位、優雅さのようなものを身に纏《まと》っていた。

「今川の屋敷で那古野殿は猫を飼っておった。五十年以上も前の話だ」

猫の毛並みさえも思い起こした。

「古い話でござりますな。それがしがまだ、この世に生まれておりませせぬ頃のお話」

半三郎が口の端を僅かに緩める。戸惑っている様子でもある。

家康の記憶の中の猫は、白っぽい体毛の猫であった。

今川の屋敷のあちらこちらへ出入りしていたが、人に触れられるのが嫌いな猫であった。撫《な》でようとすると猫はするりと躱《かわ》して逃げる。少し離れて距離をとり、立ち止まる。

人嫌いな猫であったが氏豊だけには妙に懐いていた。猫が氏豊の腕に顎を載せて、幸せそうに抱かれていたのを見たことがある。

家康が十二、三歳のころ、今川氏の屋敷で行われた蹴鞠の会を、物陰から垣間見《かいまみ》ていたことがある。鞠が足下に飛んできたので拾い、近づいてきた氏豊に渡した。氏豊との唯一の接点だ。

鞠を手渡したあとで顔を上げたとき、母屋《おもや》の屋根に氏豊の猫がいて、一部始終を眺めていたかのように見えた。

猫は案外、ものごとを観察していると知った時だ。

「大御所様が昔語りをされるとは、お珍しい」

半三郎が家康の横顔を一瞥《いちべつ》し、珍しく柔らかな笑みを見せた。

急に家康は我に返った。常に未来を向いて生きると決めている。

西の空を見れば、鈴鹿《すずか》の山であろうか、遠くの山の稜線《りょうせん》がはっきりと見えている。山の向こうに、牽制《けんせい》をすべき豊臣がいる。

一方で、半三郎は南を眺めていた。

「大御所様、遠くに熱田《あつた》の湊《みなと》が見えまする」

声をかけられ、向きを変える。

海と空の境がぼやけていた。

次第に未来の城下町の景色《けしき》が、脳裏に浮かんできた。築城と同時に城下町を整えるつもりである。

「湊から城まで川を掘らせれば、船の出入りができる。材木や米を運ばせ、川沿いに貯木場、米蔵をつくらせる」

家康は、湊の方角へ指を伸ばした。

「よきお考え方と思いまする」

半三郎は続けた。

「城の北側は崖であり沼地でございますから、敵の侵入を拒む要塞となりましょう。このあたりでいちばんの高台であり、たとえ大雨に見舞われようと、水は東西へ、南北へと流れていきます」

「よし、天下普請《てんかぶしん》じゃ。この地に、徳川の城を建てる！　天守の正面は西へ向ける。豊臣のおる方角じゃ」

黙って頷《うなず》く半三郎に、家康はたたみかけるように続けた。

「川は、福島正則《ふくしままさのり》に造らせようぞ。天守の石垣は、加藤清正《かとうきよまさ》だ。よし。決めた。ここに巨大な城を築かせる。名古屋城だ。普請は西国・北国《ほっこく》の大名に命じる。前田《まえだ》、毛利《もうり》、細川《ほそかわ》、黒田《くろだ》、池田《いけだ》、鍋島《なべしま》、浅野《あさの》、山内《やまうち》、竹中《たけなか》、稲葉《いなば》、蜂須賀《はちすか》、金森《かなもり》……」

大名の名を並べ立てた。家康は、普請役をすでに決めてある。すらすらと口から出てくる。

振り返った折、廃墟の屋根上に、獣めいたものが動くのを見た。

獣は体を震わせた。

陽《ひ》の光を反射して、体毛が輝いているように見える。凝視するには遠すぎるが、猫に見える。

家康は今川氏豊の猫を思い出したばかりだったので、幻かと思ったとたん、半三郎が言葉を発した。

「猫がおりまする」

半三郎もまた屋根の上を眺めていた。

「やはり猫だな、あれは」

「ただの野良猫ではありませぬな」

「ただの野良猫でのうて、何だ。物の怪《け》か」

家康は、引っかかりを感じて尋ねた。

「はて、いかなる猫でありましょうか」

はぐらかされると余計に気になる。

「ただの野良猫ではないと申した訳はなんじゃ。勘の良いそなたが、何かを察知したかのように聞こえた」

「どことなく舶来の猫、唐猫《からねこ》のように見えただけです」

草間にいた無数の雉子《きじ》が、急にせわしなく動き始めた。

長い尾をぴんと後ろに伸ばし、遠くへ離れていく。

雄鳥《おんどり》は頭の部分だけが赤く、首元は真っ青《まさお》だ。青から深緑色へと続く多彩な羽の色が、今川の装束の色に似ていた。鮮やかな色の衣を着けて、蹴鞠をしていた記憶の中の人を連想する。

雉子が逃げていく。

冷たい風が吹く。樹木の葉が乾いた音を立てて揺れ動いた。

二

慶長十五年（一六一〇年）。名古屋城の普請がはじまった。

桜の大樹のある万松寺《ばんしょうじ》境内に、加藤清正が本陣として泊まり込んでいた。

万松寺境内は五万坪以上もある広大な地で、七堂伽藍《しちどうがらん》のほかに菅原道真《すがわらのみちざね》公を祀《まつ》った天神様の社《やしろ》があった。

清正は大勢の石工《いしく》衆を抱え、石垣作りにおいて自らの右に出る者はおらぬと自負している。

国許《くにもと》の熊本城をはじめ、四年前に江戸城の富士《ふじ》見櫓《みやぐら》の石垣を請け負ったばかりで、職人も熟達している。

石垣は、地面から扇のような勾配をつけ、上に行くほど垂直になるように組む。敵の侵入を拒む勾配である。どっしりとした揺るぎなさに加えて、形の美しさにも拘《こだわ》りがある。

熊本から連れてきた石工衆のほかに、石引きの者を大勢集めるための作戦を清正は練った。

「石引きを手伝った者には飯をふるまうぞ」

豪語した。

すると名古屋近郊の村の者たちが集まってきた。

大勢が集まると、必ず金儲《もう》けをしようと食い物を売る商人《あきんど》がやってくる。清正は商人から食い物を買い占めた。水菓子から鰻《うなぎ》の蒲《かば》焼《や》きまで、職人にふるまうために買い上げた。

商人たちは、「金になる」、「売れる」と知り、さらにたくさんの食い物を携えて商いにやってくる。尾張国の外からもやってくる。

清正がまた買い占める。石引きを手伝った者に与える。噂《うわさ》が噂を呼び、石引きの者どもは日ごとに増え、一万人以上にも達した。

ふんどし姿にねじり鉢巻をした石引きの者たちは、縄をかけられた巨石を修羅《しゅら》（木ぞり）に載せて運ぶ。

その地響きたるや、すさまじい。

ある日、万松寺境内にいる清正のもとに福島正則がやってきて、おおいに愚痴った。

「こたびの普請は納得いかぬ。やっとられん！」

名古屋に来た初日から、福島正則は機嫌が悪い。

もともと酒癖の悪い男だが、名古屋では素面《しらふ》にもかかわらず、悪酔いしているかのような目つきである。

頬の丸い顔が、いっそう膨れてみえる。

熱田の湊から城までの運河の開削を、半年で遂行せよと家康に命じられたと怒っている。

「どんだけ難儀をしたか」

福島正則は、加藤清正に文句を垂れる。

「しかしながら、左衛門 尉《さえもんのじょう》（福島正則）、水路はほぼできたじゃあ、ないか」

顎の尖《とが》った加藤清正が、髭《ひげ》を触りながら答えた。

「わしの苦労は、おぬしにはわからんだろうよ。大御所は『川をつくれ』と簡単に命ずるが、掘削の普請は途轍《とてつ》もなく難儀であったわ。掘っては崩れる。崩れたところに水が流れ込む」

精も根も尽き果てた表情をする。

「いずれにせよ、すでに川ができあがったんなら、そう怒るこたぁ、ない」

「そもそも、これが江戸城なら話はわかる。だが名古屋城は大御所のせがれの城だ。せがれのために、われらは働かされておるのだぞ。まったく腹に据えかねる」

顔を紅潮させ、湯気が出そうなくらいに正則が怒るものだから、清正も愚痴を聞くのに飽きてきた。

「だったら、左衛門尉はさっさと国許に帰るがよい。ここで帰ったら、お家取り潰しとなろうがのぅ。謀反人《むほんにん》の扱いじゃ」

「そういうおぬしだって、本音はすぐにでも熊本へ帰りたいだろうよ」

「いんや。わしはの、自ら進んで天守台の石垣を受け持ちたいと丁場割《ちょうばわ》りにまで口を出したんじゃ。天下一の石垣を拵《こしら》えて、世の中にわしの実力を見せつけてやるんじゃ」

「妙な功名心があるもんじゃの」

そのとき、境内の、天神様を祀った社の戸がガタッゴトッと音を立てた。風も吹いていないのに、である。

「何の音じゃ」

正則が訊《き》いた。

「天神様の社の戸が勝手に開いて、勝手に閉まる音じゃ」

「勝手に開いて閉まるとは、どういうこっちゃ。戸は、勝手には閉まらんだろう」

「それが閉まるんじゃ」

怪しい音を聞いて、正則は少なからず神妙な面持ちになる。

清正はいたって冷静ではあるが、ここ数日起きている奇々怪々な出来事には首をかしげている。

「城の普請をはじめてから、妙な出来事ばかりが起こってな。戸が勝手に閉まるくらいは序の口であって、夜中になると、天神様の社の中から、悲鳴のような声が聞こえてくるのよ。その悲鳴で一睡もできぬ者が少なからずおる」

　正則が、粗野な風貌に似合わず恐れをなした顔をした。

「ようも平気でおられるな」

「夜に眠れぬものだから普請中につい居眠りして、怪我人《けがにん》も出とるんじゃ。大の大人が夜中に聞こえる悲鳴が怖くて、眠れんと言うとんのじゃ。腰抜けは一人や二人じゃあ、ない。本陣に寝起きしておる半数が、夜中の悲鳴に震え上がっておる」

「そりゃおびえるだろう。誰の悲鳴が聞こえる？　天神さんか？　そもそも男の悲鳴なのか、女の悲鳴か」

　興味を引かれたのか、正則が顔を突き出して問う。

「男とも女とも判別つきかねる声じゃ。人間の悲鳴とも言い切れぬ。獣の遠吠《とおぼ》えのような声にも聞こえる。見るか？　天神様の社を」

「いんや、止《よ》す」

　正則は即答した。

「なんじゃ。左衛門尉も腰抜けか」

「見てもしゃあない。おそらく、祟《たた》られとるんじゃ」

「祟りだの、怨念だのと言いはじめたら、万松寺は怨念だらけの寺じゃぞ。そもそも五十年以上前に、総見院様《そうけんいんさま》（織田信長《のぶなが》）が、親父様《おやじさま》（信秀《のぶひで》）の葬式で位牌《いはい》に抹香を投げつけた寺だでな。親父様の怨念と、うつけ者を案じて死をもって諌《いさ》めた平手政秀《ひらてまさひで》の怨念も、その辺を飛んどるわな。ありとあらゆる怨念が、うようよしておるのが名古屋じゃ」

「だわなあ。否定はできん」

福島正則は天井の左右を見上げた。霊魂の一つや二つ、飛んでおらぬかと確かめるかのようにあちこちを見渡している。

「話は境内だけに留《とど》まらんのじゃ。本丸の御殿を建てるために、御深井丸《おふけまる》に積み上げてあった木曽《きそ》の檜《ひのき》が、勝手に崩れて散らばったのさ」

「そりゃ、材木の積み方が悪いんじゃあねえか。しっかり固定せんことには、な」

「わしもそう思うたが、熟達した男が監督しとるんじゃぞ。嘘《うそ》か真《まこと》か、猫が丸太の上を歩きまわり、積み上げた木材を崩したのを見たという者もおるが、怪我人も出たもんだから丸太の積み方で大喧嘩《おおげんか》になった。普請中の喧嘩は、喧嘩両成敗の掟《おきて》だから、わしはの、喧嘩はなかったことにしておる。丸太崩れの一件は、ひた隠しにしておるんじゃ。猫のせいだということになっておる」

正則は、けけけ、と笑った。

その日はじめて正則が見せた笑みである。

幾分、普請への不平不満は溶けてきたのか、正則の肩の力が抜けている。

「猫のせいにするとは、たわけた話。猫が今ごろ怒っとるわな。夜の悲鳴は、猫の嫌がらせじゃあ、ないか？　どれ、わしが天神様のお社を見てやる」

正則が立ち上がった。

廊下に待機していた正則の家来が、驚いている。

「さっきは『止す』と申したじゃあないか」

「気が変わった。社は、どこじゃ。わしが怪奇の因果を暴いてやる」

正則が本気の様子なので、清正も立ち上がり、天神様の社へ案内した。

古い社である。

正則が社の戸に触れ、立て付けを確認したり、戸を開けて中を覗《のぞ》いたりしていた。

「何ら変わったところはねぇな」

「昼間は静かであっても、夜中になると戸が開閉する。悲鳴も聞こえる」

眉を寄せ、正則は戸から手を離した。

「何か、築城を拒む力が働いておる気がする」


普請場の状況は、駿府にいる家康のもとに逐一届けられた。誰がどこで喧嘩をしたか、揉《も》め事の委細までも聞く。中でも気になるのが、大の男をも震えあがらせる「祟り」の話であった。

「何の祟りか？　築城の障りになっているものは何か？」

尋ねたところで答えられる者は、誰もいない。

陰陽道《おんみょうどう》に通じた南光坊天海《なんこうぼうてんかい》が進言した。

「霊媒師を普請の現場へ遣わしたらいかがでしょう。もしも怨霊の仕業であれば、いかなる怨霊か、因果をつきとめられます」

「霊媒師は怨霊を鎮めることもできるか」

「無論、できまする」

築城の障りはすべて取り除かねばなるまい。霊を鎮め、怪奇がおこらぬようにすべきであろうと家康は考えた。

「よき霊媒師はおるかのう」

「京に、梅女《うめじょ》という名の霊媒師がおります。霊を自らの身体《からだ》に憑依《ひょうい》させ、生前にその人物が話した言葉を語ります。梅女が抜きん出ているのは、憑依させる人物が一人ではなく、幾人もの人間を同時に乗り移らせる点です」

「陰陽道に通じた天海殿の薦めとあらば、ぜひ梅女なる霊媒師を遣わせよう」

三

名古屋城の普請現場を訪れた梅女は、白い衣を纏い、白髪《しらが》の長髪を垂らしている。喜寿をとうに過ぎていると噂された。肉が落ちて骨と皮だけに近い痩せ型だが、歩く姿は矍鑠《かくしゃく》としている。

城郭の南東、二ノ丸に広げられた敷物に、梅女が座った。かつて那古野城のあった場所で、今は跡形もなく更地になっている。

駿府から山下半三郎が赴いた。

梅女が語る言葉を一言も漏らさず聞き取ってくるようにと家康に命じられたからである。

背の曲がった梅女は瞼《まぶた》を閉じ、うつむいたまま座った。

年老いているせいか、座ると背は丸まって妙に小さい。

他人にはまるで聞き取れぬ小さな声で口の中で何かを唱えており、口を小刻みに動かしている。

待てどもいっこうに霊が乗り移る気配がないので、半三郎はしびれをきらした。

待ち続ける半三郎の忍耐は、次第に憂慮に変わる。このまま霊が降りてこず、梅女が何者かの言葉を発せぬままに終わるのではと案じはじめた。

半刻《はんとき》ほど経《た》ち、急に梅女が激しく身体を震わせるのを見た。

怨霊が降臨する瞬間だと感じた。

胸の前に合わせていた梅女の両手は高く天を突くように真っ直《ます》ぐに上げられ、すとんと膝まで下ろされた。

梅女がはじめて言葉を発した。

「織田様、明日も、わが柳ノ丸に来てくれますね」

半三郎は梅女の声色に驚いた。

梅女の外見とは似ても似つかぬ若い男の声がする。彼女の口や喉から、清々《すがすが》しい青年期の男の声がした。

梅女の後方には半三郎ほか、尾張国奉行の原田右衛門《はらだうえもん》ほか数名が座っていたが、急に場が緊迫した。

織田の名が出た。織田家の誰かと話をしている。

（話者はだれだ。今川那古野殿か）

半三郎は、胸の内で叫ぶ。

梅女が口にした「柳ノ丸」とは、今川氏豊の城の通称だ。だとすれば、梅女に憑依した人物は、氏豊に違いなかった。

梅女が再び激しく身体を揺り動かした。

さきほどと同じく掌を合わせ、天を突くように指先を伸ばしたまま、すとんと腕を下ろす。もう一人の人物が憑依したように見えた。

「無論、参りますよ。那古野殿の上《かみ》の句に、続けて下《しも》の句を詠むのが、それがしの大いなる喜びですから」

あきらかに先の声とは異なった低い声が答えている。

（やはり今川那古野殿だ！）

半三郎は直感し、戦慄した。話の相手は織田信秀だと確信した。

声はさらに続く。

「那古野殿の柳ノ丸は、実に気持ちのいい城じゃ」

「お褒めいただき、ありがとうございます」

年若き氏豊が相手に丁寧に話している。

「ただ柳ノ丸には南の壁に、風の通る道がない。わしが壁をくりぬき、風が通るようにいたしますよ。さすれば、城の中も明るくなります」

「え。壁をくりぬくと？」

「明日、腕のたつ職人を連れてまいりましょう」

しばらく沈黙があった。

梅女が、再び両腕を高く上げ、腰を浮かせる。

がくりとうなだれるように座面に着地する。また一人、憑依した者がいるようだ。

「殿。柳ノ丸は殿の城です。織田様の言うなりになって壁をくりぬくなど、無用に存じまする」

氏豊の家臣の声だと思われた。

「それに殿。織田様は殿に近づき、何か悪い企《たくら》みを持っているようにそれがしには思えます。杞憂《きゆう》だとよろしいのですが。織田様について、あまりよい噂も聞きません」

「織田様のことを悪く言わないでくれ！」

家臣の戒めに、氏豊はやや立腹した様子だ。

「けして織田様の言うなりになっているわけではない。織田様は、この柳ノ丸のことを思って職人を連れてきてくれるのだ。壁をくりぬき、窓を作れば、風流で明るい城になると進言してくださっている」

「殿が、織田様の勧めに従えば従うほど、織田様は、殿を思いどおりにしようといたします」

「窓を作って、何が悪いのだ！　わたしは尾張に来てからずっと寂しい思いをしていた。だが、織田様が連歌の会に来てくれるようになり、日々に張りができた。連歌の会に参加する者も増え、次第に賑やかになってきたではないか。わたしは皆が楽しめる場を作りたい」

氏豊の孤独な心の内を、半三郎は感じた。

しばらく梅女はうつむいたままであった。長い沈黙ののち、再び氏豊の声がした。

「南の窓ができてから、柳ノ丸は柔らかな光が入るようになりました。織田様のおかげです。次はいつお越しいただけますか」

「いつでも馳《は》せ参じまする。次の連歌の会はいつでしょう。年の瀬はなにかと気ぜわしいことでしょうが」

「では年が明けましたら、新春にふさわしい上の句と、ご招待の文《ふみ》をお送りします」

氏豊の嬉《うれ》しそうな声がした。

「天文《てんぶん》七年（一五三八年）は、よい年となりそうです」

信秀の声に、半三郎はどの時代の話かを理解した。

天文七年といえば、およそ七十年前だ。今川氏豊が十代の若い城主であったとは聞いていたが、だとしても七十年を経ているのであれば、氏豊はもう生きてはおらぬだろうと考えられる。

梅女は、ごくりと唾を飲み込んだ。肩は内側に丸まり、頭が次第に地面に近づいていく。

「織田様！」

梅女の発する氏豊の声が、叫び声のごとく響いた。天文七年の連歌の会で異変が起きたようだ。

「いかがされましたか。織田様。ご気分が悪うございますか。誰か、誰か、織田様が倒れた！」

明らかに取り乱した氏豊の声がした。しばらく間があり、少し安堵《あんど》した声に変わった。

「あ、気がつかれましたか」

「すまぬ。また急に心ノ臓が苦しゅうなって、周りがわからぬようになった」

信秀の掠《かす》れた声がする。

「またと仰《おつしや》るからには、以前にも同じことがおありだったのですか」

「何度もある。だが、次第に苦しくなる間隔が短くなり、実は昨日も同じように胸が苦しくなっての」

「薬師《くすし》に診《み》てもらったほうがよろしいです」

「昨日、薬師に会ったばかり。年をとると冬の寒さが身にしみて、心ノ臓が縮こまりやすいとのこと」

「火鉢を増やしまする。火鉢じゃ。城じゅうの火鉢を集めよ」

氏豊が家臣に命令していた。

しばし間があり、信秀の声がした。

「ありがとう存じます。わしの人生、先が短い。こう毎日、胸が痛くなると、ひょっとして明日はもうあの世に行くかもしれぬ。明日ではなく、帰り道に死ぬやもしれん」

「織田様の勝幡《しょばた》城は、遠い。今日は柳ノ丸にお泊まりくださ い。ゆっくり静養なさってください」

「かたじけない。甘えついでに、那古野殿に頼みがある」

「なんでしょう」

「わが家臣たちに、遺言をしたいのです」

「遺言などと縁起でもないことを仰る」

「明日は生きていられるかもわからぬ身ゆえ、この場に家臣を呼び、遺言をさせてもらえぬか」

「遺言はさておき、お体の優れぬときにご家臣が傍《そば》におれば心強いことでしょう。どうぞ何人でもお呼びください。ただ夜具等の支度もございまする。何人のご家臣をお呼びになりますか」

「三十人ほど」

信秀がきっぱりと答えた。

「え。それほど大勢を？」

　驚いた氏豊の声がする。

「家臣は夜通しわが身を見張らせるため夜具はご無用。手弁当につき、なんのお構いもなされませんよう」

「食事くらいは作らせまする」

「一切ご無用でございまする。急なことで、那古野殿にご迷惑をかけたくありません。明日まで動かずに柳ノ丸で静養させてもらえば、きっと回復いたしますから」

「お体がすこしでも楽になれば良いのですが」

　梅女は会話を次々と口から繰り出したあと、沈黙した。

　身体を大きく揺すった。頭を地に着きそうなくらいに下げたあと、急に背中を反らせて重心を後方に置いた。

　数珠を両手で擦《こす》りあわせると、再び別の人物が憑依したのか、急に飛び上がらんばかりに肩が上がって、すぐに下がった。

「殿！　殿！　起きてください。城の外に兵が潜んでおります。一大事です」

　氏豊の家臣の声に違いなかった。

「兵だと？　どこの兵だ」

「織田方の兵に間違いございません」

「織田様の家臣を三十人ほど場内に泊めておるのじゃ」

冷静な氏豊の声がした。

「城の外の話です。百人は下らぬようです。天王社《てんのうしゃ》、若宮八幡社《わかみやはちまんしゃ》にも兵が集結しておる模様です」

また別の声がした。

「火事だ！」

「殿！　離れの屋敷に、火が放たれました」

「何？　離れには、織田様が泊まっておられる。大事ないか」

「殿、目を覚ましてください。柳ノ丸は、織田に乗っ取られようとしておるのです。戦《いくさ》です！　殿は騙《だま》されたのです。裏切られたのです。とにかく柳ノ丸からお逃げください！」

家臣の悲痛な叫びが聞こえた。

「殿、織田の兵力には勝てません。とにかくお逃げください！」

「なんと」

半三郎は梅女が再現する言葉を聞き、氏豊の狼狽《ろうばい》ぶりを容易に想像できた。織田信秀は、連歌の客を装った城の略奪者であった。

「いったい、これはどういうことですか！」

家臣の反対を振り切って、氏豊が信秀に対峙《たいじ》したようである。

問いただすのが精一杯であった。化け物を相手にした一人の上品な若者だ。

「城はわしがいただく。今日から、この地は織田の城となる。那古野殿にはよくしてもらった。命までは奪わん。城から、いや、尾張国の外へ出ていってもらいたい」

「お、織田様を、織田様を心から信用しておりましたのに……」

へたり込んだのか、苦しそうに息をする氏豊の様子が声から伝わってきた。

「早《はよ》う城の外へ。焼け焦げるぞ。早う逃げよ。焼け跡には、わしの新しい城を建てる。はっはっは。者ども、焼き払え！」

梅女の口から発せられる織田信秀の言葉に、半三郎は胸が痛んだ。

なんと酷《むご》い仕打ちか。まだ十代の氏豊に、城を任せた父の今川氏親《うじちか》にも責任がある。家臣の無力さも感じる。

梅女はしばらく沈黙した。

静寂に包まれたあと梅女は目を開けた。憑依しているものが抜けたのか。

だが再び瞼は閉じられた。

やがて梅女はくるりと座る向きを変えた。見物をしている半三郎ら徳川家の家臣らの顔を一瞥した。

「浮游《ふゆう》しております。今川那古野殿の怨霊がこの場に浮游しております。御身は、三十年ほど前に駿府の屋敷で亡くなった。亡くなる前に乱心し、家臣に取り押さえられて幽閉された。幽閉されたまま狭く暗い場所で息を引き取った。誰にも知られず秘密裏に埋葬された。魂は怨霊となり名古屋に舞いもどった。怨霊は今、この近くにいる。かつて城主であった尾張名古屋に固執しておる。城は誰にも渡さぬと言い張っている。時代が移り変わって、徳川殿に、城を乗っ取られたくない思いが強い」

半三郎は、隣にいた原田右衛門と顔を見合わせた。

膝をいざらせて半三郎は梅女に少し寄り、尋ねた。

「今川那古野殿の怨霊を慰め、この地を安らかに保つには、いかようにすればよろしいか」

「怨霊に尋ねてみます」

梅女は再び前方を向いた。

「何を欲するか、欲するところ望むところを伝え給《たま》え～」

梅女は、何度も同じ言葉を繰り返したあと、静かに霊と話をしていたように見えた。

「那古野殿は名古屋から京へ逃げ、寺に匿《かくま》われ、やがて兄である駿府の太守様（今川義元）に庇護《ひご》された」

梅女は、氏豊のその後を話し続ける。

「駿府に落ち着いたとき、那古野殿は猫を飼い、猫に救われた。だが年とともに名古屋で裏切りにあった記憶に苛《さいな》まれ、夜ごとに城を奪われた日の悪夢にうなされるようになった。死後、名古屋の地に怨霊として戻ってきた。織田の家を呪い、この場に近づく者を呪う」

半三郎は、梅女なる霊媒師をどこまで信じるべきか、疑念を抱いた。

天海の薦めで遣わされた霊媒師とはいえ、霊媒なる行為につきまとう胡散《うさん》くささがぬぐいきれない。誰も知らぬはずの七十年前の出来事だ。あらかじめ知り得る事柄をすべて調べ尽くした上で脚色し、創作し、除霊をせねばたいへんな事柄が襲うと依頼者を恐怖に陥れて稼ぐ類いではないか。

だが、梅女の語る言葉に、猫の話が出たとき、半三郎は梅女の言葉を信じたい気持ちに変わった。家康の口からも聞いた話であり、昨年の検分の際に、那古野城の屋根で猫らしき獣の影を見た。あの猫の影こそ、氏豊の化身ではなかろうか。

梅女は話を続けた。

「那古野殿が欲するところは、信頼と安寧である。那古野殿の飼い猫は、飼い主の愛情に応え続けた。猫は気ままであり、ときに、ぷいとどこかへ離れていく。だがまた戻ってきて那古野殿の元に寄り添い続けた。猫から那古野殿が学んだところは大なり。猫のごとく気ままに生き、生前に叶《かな》えることができなかった夢、つまり多くの人に喜びを与えられることを神として成し遂げようとしている。怨霊でい続けることを望んではいない」

梅女が「神」の部分のみ強く言葉を発した。

「怨霊を神にするには、いかようにすればよろしいか」

半三郎が尋ねた。

「神社を創建して、神として祀ればよい。怨霊は神に昇華する」

「すると、怨霊は祟らず、この尾張名古屋の地に安寧をもたらしてくれるでしょうか」

国奉行の原田が問いかけた。

梅女は、原田の顔を見た。

「わかっておらぬようだが、祟りとは、人の心がつくるものじゃ。何かうしろめたい事柄があるから、祟られたと感じる。怨霊は、人に喜びを与える神となったとそなたらが心から信じ、神を崇《あが》め奉れば、祟りとは無縁になるじゃろう。そなたらは、過去の名古屋の地で、過去の人たちのうしろめたい気持ちを、噂話から伝染病さながらに染《うつ》された。ゆえに何かあれば、すぐに祟りだと恐れる。今やるべきは、むかしの人の怨念を鎮め、神として祀り、新しい名古屋を守ってくださる神になっていただくよう、心の底から願うことではないか。怨霊は泰平を守ってくださる神になった、そう信ずれば、この地は確実に変わる」

霊媒師から説教された気分になった。

「いかにも、おっしゃるとおりだ」

半三郎は賛同し、続けた。

「われらは神社を創建し、この先、大御所様のご子息、尾張徳川家代々が未来永劫《えいごう》、領主として国を治めていかれるよう祈願いたそう」

その場にいた者たち全員が同意した。

梅女はゆっくりと立ち上がった。足がもつれて、よろけた。

「大事ござらんか」

原田右衛門が梅女の傍に寄った。

「疲れて死にそうじゃ。霊媒ほど疲れるものはない。ふらふらだ」

茶を持て来たる僧がいた。

梅女は差し出された茶を、一気に飲み干した。

四

半三郎は、駿府に戻り、事の一部始終を家康に報告した。

家康は静かに聞いていた。

「総見院様（信長）の父御（信秀）ならば、やりかねぬ城の奪い方である。総見院様が万松寺での父御の葬儀で抹香を投げつけた気持ちもわからんでもない。親不孝な『うつけ者』の粗暴なる行為と、一言で片付けられるほど単純な心境でもなかったろう」

信長の胸の内の複雑さを、家康は知っている。信長の強さは、胸の内なる恐れの裏返しである。常に恐れや弱さを隠そうとする人であった。心の内をさらけ出さぬから余計に、人に恐怖を植え付けた。家康自身、信長にはずいぶんと苦しめられた。

かつて長男の信康《のぶやす》と正室の瀬名《せな》が、武田《たけだ》に内通していると信長に責められた。結果、子と妻を自害に追い込むことになった苦い過去を一日たりとも忘れたことがない。

「万松寺は、静かな南のよい場所に移して、厚遇するがよい」

家康は半三郎に命じた。

「ちょうど清須から移転します寺を集め、城下町の南に『寺町』を作る予定です。万松寺も寺町におさめます」

半三郎は懐から地図を取り出し、広げた。名古屋城築城にあたり、清須の寺社は名古屋に移転する。民も引っ越しをさせる。

名古屋の城下町の地図はいつも半三郎の手元にある。

「問題の、怨霊から神に昇華させる神社を、どこに造るのがよろしいでしょう」

「神社もまた城の南、静かな場所に建てるのがよいだろう」

家康が即答した。

「ならば、前津《まえづ》あたりがよいと存じます。晴れ渡った日に、かすかに富士の山が拝める場所です」

「尾張から富士の山が見えるか？　遠すぎて、見えぬだろう」

「心の目で見ると、くっきりと見えます」

「それを言うなら、駿府ほど富士が大きく見える地はないぞ」

家康は、たとえ雲がかかっても富士をいつも肌で感じている。

「問題があれこれと片付けば、尾張名古屋もよき泰平の国となりましょう」

「しかしながら、今川那古野殿も気の毒であったな」

家康の脳裏に、今川氏豊の顔がおぼろげに浮かんだ。

「今後は怨霊から神となり、人々に幸せを与える側になるでしょう」

半三郎は、地図をたたんだ。

「わしも死んだら、神になるでな」

家康の言葉に、半三郎は返答に困った。


前津に、小さな神社が建てられた。

木の社が真新しい。鳥居もある。

注連縄《しめなわ》に付けられた紙垂《しで》が光に当たり、真白く清々しい。

新しい城下町ができ、清須から移り住んだ数多くの民が、ようやく新天地での暮らしに馴染《なじ》み始めた頃であった。尾張の中心地は清須から名古屋へ変わった。

「徳川の大御所様（家康）が考えなさることは、わしらぁ庶民とは規模が違うな」

名古屋に住み始めた町人、三郎《さぶろう》が隣人の吉蔵《よしぞう》と話す。

「寺も橋も、ごっそり清須から名古屋に移されるとは思わなんだ」

「城下町の南に、寺ばかり建ち並ぶ『寺町』があると聞いた。城の普請現場近くにあった万松寺も、寺町に移されたと聞いた」

「見に行こか」

「ええよ」

名古屋へ引っ越してきたばかりの三郎と吉蔵は、ようやく少しだけ足を延ばす余裕も生まれていたが、土地勘はない。

「どこらへんかわかるの？」

「南っちゅうから、お天道様の位置と見比べて、まっすぐ行けばいいだろうに」

「そうやね」

当てずっぽうで南に歩き始めた三郎と吉蔵は、結局迷ってしまった。

「ほんとうに南なんか？」

「わしら、道に迷っとるかな」

「はじめっから、どのくらい南に行けばよいのかもわかっとらんし、適当に歩くしか、しゃぁないわな」

三郎も吉蔵も、暢気者《のんきもの》だ。

「この辺は木が多いから、どっちに向かって歩いておるかも、わからんくなってきたぞ」

二人は、神社を見つけた。

できたばかりのせいか、『猫神社』と書かれている木の看板が、無造作に鳥居の柱に立てかけてあるのみだった。

「真新しい神社がある」

「お参りして行こか」

三郎が先に鳥居をくぐった。

「猫がおる」

「どこに？」

「社の屋根の上」

吉蔵が立ち止まった。黒と白の体毛の猫がいた。

「毛並みが上等だ。ふさふさして艶《つや》やかだ」

「ありゃぁ、唐猫じゃあねぇか？　和猫にしては毛が長いし、なんちゅうか品がある」

「どっから来たんやろうかね」

「そんで、猫神社には何を祈願したらええんかのう」

「神社で願ってばかりじゃあ、あかんに。人間は自分が得することばっかり考えとっちゃあかんのさ」

「吉蔵さんは、できた人間だなぁ。わし、吉蔵さんみたいな境地にはまだまだ到達できぬわ」

社の前で立ち止まった三郎は猫と目が合った。

猫が屋根からのぞき込むように二人を見ていた。

「猫神社ってのは、猫がおるから猫神社か」

「誰が建てたんだろうなぁ」

「猫神社で、人間が望むところを祈願してもいいかのう」

「だから、祈願ではなく、日頃の感謝を神様に伝えればよいのさ」

「感謝ねぇ。感謝はしとるけど、今日は猫のために祈ってやろう」

三郎は社の前で掌を合わせた。

「屋根の上の猫に、いいことがありますように。猫が幸せに暮らせますように」

三郎の祈りの言葉を聞いて、吉蔵が笑った。

「結局、祈願だな。うん、それもよし。わしも祈願したる。屋根の上の猫に、ご加護がありますように」

吉蔵の言葉と同時に、三郎がもう一度目を閉じて合掌した。

二人は同時に目を開き、屋根の上を見た。

猫の姿は、なかった。

「消えた」

「足音もしなかったな」

猫神社の鳥居まで来て、もういちど振り返った。

「猫はやはり、立ち去ったようだ」

三郎が足を止め、立てかけてある看板を見た。

「さっきの猫、唐猫だよな」

「唐猫がどんなもんだか、わし、見たこともないで知らんけど」

「唐猫は高貴な猫だ。尊ぶべき猫だ。唐猫のいる神社って書いとこか。次に来る人のために」

「どこに書くの？」

「看板さ」

三郎は鳥居の前に立てかけてあった看板を手にとった。

懐から矢立《やたて》を取り出した。

『猫神社』と書かれた上に、平仮名で「から」の二文字を付け加えた。

「高貴な猫ならば、尊敬を込めて『御』をつけたらどうだい？」

吉蔵が提案した。

「おから猫か」

三郎は、「から」の文字の上に、「お」を書き足した。看板を再び鳥居の前に置いた。

境内を出た三郎と吉蔵は、再び歩き始めた。

「清須を離れるときは寂しいと思ったものの、新しい土地での生活も悪くないねぇ。日々、発見がある」

「早う、寺町を見つけに行くぞ」

「あ、寺の屋根らしき物が、もう見えとるわ」

三郎と吉蔵の顔に安堵があふれ、足取りも軽くなった。

五

「おぬしの薦めで名古屋に遣わした霊媒師の名を何といったか」

家康は天海に尋ねた。

「梅女でございます」

「山下半三郎が申すには、その梅女とやらが怨霊を鎮めたのち、怪奇はぴたりと止まったようである」

「お役に立てまして、よろしゅうございました」

天海も満足そうだ。

猫神社が、名古屋城から一里ほど南に創建されたと山下半三郎に聞いた。猫神社の話が広まったのか、人々がこぞってお参りに行くらしい。

猫神社が建ってから、城下町には事件の一つも起こらず、実に平穏だとも聞いた。

家康は、心の底から安堵していた。

近頃、胸の内では、自らの命がさほど長くないと悟っている。天下泰平を実現するまでに、いったいどれほどの苦労を重ねてきたか。戦のない泰平の世は、何が何でも永く保ってもらわねばならぬ。猫神にも、しっかりと見守ってほしいくらいだ。


元和《げんな》二年（一六一六年）である。

家康は正月に鷹《たか》狩りに出かけ、駿河《するが》の田中《たなか》城で天麩羅《てんぷら》を食べてからにわかに気分が悪くなった。胃ノ腑《ふ》あたりに違和を感じている。

駿府城に戻ってからも床《とこ》に臥《ふ》せる日々だった。

家康は、遺言を伝えるため、天海のほかに、本多正純《ほんだまさずみ》、金地院崇伝《こんちいんすうでん》を呼び寄せた。

呼ばれた者たちは、家康の枕元で遺言を聞いた。

「わしが死んだら、遺体は、久能山《くのうざん》に納め、葬儀は増上寺《ぞうじょうじ》で行い、位牌は三河《みかわ》の大樹寺《たいじゅじ》に立て、一周忌が過ぎたら日光《にっこう》に小さな御堂を建てて勧請《かんじょう》せよ。わしは関八州《かんはっしゅう》の鎮守となる」

あたりはしんと静まっている。

厳かな雰囲気の中で、天海が家康の遺言を紙に書き取っていた。

家康は蒼白《そうはく》な顔をしている。目は天井を向いたまま、口だけ動かす。声に力はない。

「それから、日光に小さな御堂を建てたら、そこには、守り神の猫を……。御堂に眠っている猫の意匠を……」

天海は、はたと聞き書きの手を止めた。

家康はわずかに咳《せ》き込んだ。医師の宗哲《そうてつ》が水を飲ませようとするが、家康が拒んだ。

遺言は続けられた。

「御堂に猫を飾れ……。雀《すずめ》がおるのに、猫が寝ておる」

天海は崇伝と顔を見合わせた。崇伝がやや首を傾《かし》げる。

「……泰平の世とはそのようなものだ」

家康が最後の力を振り絞って話すのを、呼ばれた三人は厳粛に黙って受け止めるのみである。

それから十五日後の元和二年四月十七日。家康は息を引き取った。享年七十五であった。

家康の死後、天海は本多正純に尋ねた。

「大御所様が遺言された折に、御堂に猫を飾れとの話、あれはどういう意味でありましょうか。雀と猫の話をしておられた」

「それがしこそ、天海様にお訊きしようと思うておりました」

「側近中の側近であられる本多様にわからぬ事が、拙僧にわかるはずはございません」

「困り申したな。大御所様が猫好きだというのは、聞いたことがありません。御堂には猫を飾れ、と仰せになった意図はなんでございましょうな」

家康が逝去すると、家康には「東照大権現《とうしょうだいごんげん》」の神号が与えられた。江戸城の鬼門にあたる日光に、将軍秀忠《ひでただ》の命《めい》で東照宮《ぐう》が建てられたが、猫の飾りはなかった。

それから二十年が経ち、三代将軍の徳川家光《いえみつ》の治世となった折に日光東照宮は改築された。猫の彫刻が施されることとなった。

いったい誰が猫の飾りについて、家光の耳に入れたかは不明である。家康が自ら生前に、孫の家光に伝えていたかもしれない。

『雀がおるのに猫が寝ておる。泰平の世とはそのようなものだ。その意を酌んで、猫の飾りを彫って欲しい』

家光から彫刻を命じられたのは、江戸城大工棟梁《とうりょう》の娘婿である左甚五郎《ひだりじんごろう》だ。甚五郎は、「眠り猫」なる作品を彫った。日光東照宮の潜《く》り門の、かえるまたに設《しつら》えられた。

眠り猫の裏側には、二羽の雀が彫られた。竹林にて羽を広げ、語り合っているようにみえる。眠り猫は、白と黒に彩色された。おから猫に風貌が酷似していた。

尾張名古屋では、猫神のおから猫が、今日も神社の屋根で昼寝から覚めた。神社で祈願する者が日に日に増える。

人々の心に安寧を与えるべく、今日もおから猫は人間の願いを叶え、幸せを授けている。

（「小説すばる」二〇二一年十一月号）

Let's sing a song of……

皆川博子

【作者のことば】

一八世紀のロンドンを舞台にした長篇《ちょうへん》ミステリ三部作の、スピンオフとして書いた短篇です。本篇は悲しい終わり方をしているので、メンバーがわいわい楽しくやっていた頃の話も読みたいよ、という読者&担当編集者のお誘いがあり、書きました。このアンソロジーに入れていただけるというので、担当M子ちゃんと、ピョンピョン喜びあいました。

皆川博子（みながわ・ひろこ）　昭和五年　旧朝鮮京城生

「アルカディアの夏」にて第二十回小説現代新人賞受賞
『壁・旅芝居殺人事件』にて第三十八回日本推理作家協会賞長編部門受賞
『恋紅』にて第九十五回直木賞受賞
『薔薇忌《ばらき》』にて第三回柴田錬三郎賞受賞
『死の泉』にて第三十二回吉川英治文学賞受賞
『開かせていただき光栄です』にて第十二回本格ミステリ大賞受賞
第十六回日本ミステリー文学大賞受賞
『インタヴュー・ウィズ・ザ・プリズナー』にて第六十三回毎日芸術賞受賞
近著──『インタヴュー・ウィズ・ザ・プリズナー』（早川書房）

1

膝の後ろ側は、自分の目で正面から見るのは難しい場所だが、握り拳一つ分腫れあがっているのはわかる。痛みは脚ばかりか全身に響く。体中の痛覚が大合奏をしている。火焙《あぶ》りになっている気分だ。日増しに膨れあがる。

ズボンは脱ぎ捨て、シャツ一枚だ。

丸太を渡した仕切りの桟からジンジャーが長い首をのばし、前足で床を叩《たた》く。餌の催促だ。馬車と馬をおいた土間が、ビリー・ピンターとマーサの住まいである。壁で仕切った隣は売春宿を兼ねた居酒屋だ。

一頭立て二人乗りのビリーの馬車は、ひどい代物だ。塗料は剝げ幌《ほろ》は破れ、バネの代わりに皮紐《かわひも》を取り付けてあるが、石ころと穴ぼこから成るロンドンの街路を行くにはまったく役に立たない。

馬を餓死させるわけにはいかない。女房を呼ぶ。声を絞りだすだけでも痛みが増すので、死にかけている病人みたいに弱々しくなる。実際、死にかけている気がする。

返事はない。当然だ。マーサは稼ぎに出ている。

土間に藁《わら》を積み布を被《かぶ》せ、寝床にしている。石炭を買う銭が足りなかった冬、木製のベッドは薪《まき》になった。

馬車の音がして、戸口の前で停《と》まった。辻《つじ》馬車の馭者《ぎょしゃ》仲間スタンが入ってきた。スタンはビリーのよりはましな二頭立て、四人掛けの箱馬車を使っている。もっとも、窓にガラスは無く、雨風のひどいときだけ小さい穴を開けたブリキ板でふさぐ。

やあ、と言うから、うう、と応じた。

「どうだ」

「うう」

「外科医の先生が、お前を診《み》てくれるってよ」

「うう。頼んでねえぞ」

ビリーはスタンの背後の人影に目を向けた。

窓が一つしかないから薄暗いのだが、スタンが入り口の戸を開けっ放しにしたおかげで、外光の帯が土間の明暗をくっきり分けた。

これが医者か？　ただの床屋じゃねえのか。

鬘《かつら》もつけず、もじゃもじゃの赤毛がむきだしで、ジャガイモみたいな風貌だ。その後に若い男が二人、立っている。一人は娘っ子がぼうっとなりそうな容姿、もう一人は雀斑《そばかす》だらけでちょっと愛嬌《あいきょう》がある。が、そんな違いはビリーにはどうでもよい。

「どう診断する？」赤毛が容姿端麗に言う。

屈《かが》んで瘤《こぶ》を触診し、「やはり膝窩動脈瘤《ポプリティアル・アニュリズム》ですね」容姿端麗は答えた。赤毛は大きくうなずいた。

ポプ……なんとかかんとか。呪文か？

「膝の裏の瘤病」と、雀斑が言った。

なんだ、見た目そのまんまじゃねえか。そんなこたぁ医者に言われなくたってわかる。

「その馭者君から聞いたんだよ」雀斑はスタンを指し、馴《な》れ馴《な》れしい口調で続けた。「たまたま乗った辻馬車の馭者君――ええ、名前、何だっけ――そう、スタン・ハーヴェイ君から聞いたんだ。ビリー・ピンター君、きみの膝の裏にでかい瘤ができて、商売もできずに困っているって」

困っているなんて簡単なもんじゃない。このままでは飢え死にだ。近所の床屋が言っていた。その瘤な、ほっとくと、どんどん膨れあがって、破裂して死ぬぞ。じゃあ、どうしたらいいんだ。ばっさり切るんだな。片脚になったら、俺、馭者商売ができなくなる。おっ死《ち》ぬよりゃあいいだろう。よくねえよ。商売ができなくて、どうやっておまんま食うのよ。もっとも、よっぽど腕のいい医者でねえと、脚を切った後、血が止まらなかったり残った部分が腐ったりして死ぬって……死んだ奴《やつ》のほうが多いって、床屋は言ってたな。

雀斑が言う。「聖《セント》ジョージ病院の外科医、私塾も開いているダニエル・バートン先生。俺たちは弟子。エドワード・ターナーとクラレンス・スプナー」

聖ジョージ病院が慈善病院だということは、ビリーも知っている。金持ちたちの寄付で経営され、貧しいものは無料で診療を受けられる。が、入院したら待遇はひでえってよ。ろくなものは食えねえし、医者も看護婦も威張りまくるし、患者はまるで罪人扱いで、医者の実験材料にされることもあるってよ。噂《うわさ》だから、事実かどうかわからない。

「入院をすすめる」赤毛の医者が言った。「手術をしよう」

「嫌だよ」反射的に応じ、あとは呻《うめ》き声になる。

「入院費も手術代も無料だ」雀斑がなだめた。

「片脚ぶった切って……うう」その後の暮らしの面倒も見てくれるのか、と続けたいのだが、声を出すと痛みが響く。

「切断はしない」赤毛の外科医は断言した。

「瘤、抉《えぐ》り出すのか」

「抉り出さない」

じゃあ、何するんだよ……「うう」


家々の裏口に立って料理の残りものを極安の値で買い取り、元締めのもとに運び、ちょっぴり上乗せした値で引き取ってもらう。その〈ちょっぴり上乗せした〉何ペンスかが、マーサの稼ぎになる。元締めは少し細工して救貧院や孤児院に結構な値で売りつける。スープの出汁《だし》取りに使ったあとのすじ肉を、マーサは夕食用に少し取っておいた。これでもう一度出汁を取れば、ただの湯よりはましになる。

「秣《まぐさ》を注文してきてくれ」

籠を提げて帰ってきたマーサがまず聞きとったのが、亭主のこの言葉だ。

「銭、ないよ」

マーサの声は思いっきり不機嫌になる。

「ある」

「どこによ」

目で示され、亭主の頭の下をさぐる。硬貨の感触。摘《つ》まみ出し、戸口から流れこむ陽光にかざす。半クラウン！

歩くこともできない亭主がどうやって半クラウンも。

「手術が終わったら、その何倍もくれる」

「手術……って、あんた、脚ばっかりか、頭までおかしくなった？　手術したら、こっちが金を払うんだよ」

「くれるんだ」

「だれが」

「医者が」

「ああ、神様！」この人、ほんとに狂っちまった。患者に金をくれる医者がいるなら、秣だって天から降ってくる。

誰がくれたにしろ、金は金だ。この人まるっきり動けないんだから、掏摸《すり》や掻《か》っ払《ぱら》いでせしめたんじゃないことは確かだ。悪事に荷担してその分け前ってことも考えられない。いや、まだ仕事をやれていたときに、何か……。客が落としたのをネコババ……ってのも、ない。この人なら律儀に客を探して返すよな。

同時に、マーサは勘定していた。半クラウンで、食べ物何日分になるか。金が入ったからといって、気を緩めるわけにはいかない。亭主野郎がいつまでへたばっているんだか。手術……。したって、しなくたって、膝裏の瘤は助からないって言われている。駅者に多い病だとも。革の長靴で擦れるせいだって。でも、誰もがなるわけじゃないって。この人、よっぽど運が悪い……待って。手術したら、もっと金をもらえる？　もし、ほんとだとしたら。してもしなくても、どのみち、これになったら助からないんだから。夫への愛情なんて贅沢《ぜいたく》なものはマーサの心から消えてしまっている。稼いでくれないなら荷厄介《にやっかい》なだけだよ。

ジンジャーがまた足掻《あが》いて餌を催促する。商売ができなくなったら、馬も不要になる。馬を飼うのは金がかかる。しかし、マーサは亭主に対するほど冷淡な気持ちにはなれない。ちょっと待っていな。用意してやるからさ。ジンジャーの鼻面を軽く撫《な》でる。女でも営業鑑札が下りればねえ、わたしがお前といっしょに稼ぐんだけど。女に許される仕事はちょっぴりしかないからねえ。女ならスカートだから、革の長靴は履かない。瘤はできない。そう思ったとき、不意に、瞼《まぶた》に涙が滲《にじ》んだ。ビリーがどんな苦痛に苛《さいな》まれているか。とっくに擦り切れたと思っていたやさしい感情が、勝手に戻ってきたのだ。洟《はな》をすすり上げて水を鍋に入れ、旨味《うまみ》はほとんど残っていないすじ肉をぶち込み火にかけた。

2

荷馬車の車輪の軋《きし》む音が、ざわめきを伴ってかすかに聞こえる。

饒舌《チヤターボックス》クラレンスと肥満体《ファッティ》ベンは視線を交わした。やるぞ。よし。どじるな。針でつついたらはじけそうなベンの頰は赤みを増し、ますます膨らむ。始まる前から息を切らしている。

絞首台を取り巻く群衆も期待と歓迎の声を上げる。タイバーン刑場での絞首刑見物は、ロンドン市民にとって闘鶏や熊苛《いじ》めにまさる娯楽だ。

罪人を乗せた荷馬車の通り道を開けてその両側に野次馬の群れは向かい合う。クラレンスとベンは最前列に頑張っている。

「あいつらには絶対負けない」小鼻に力を入れ、向かい側の群衆の最前列に陣取る男たちをベンは睨《にら》みつける。外科医組合が雇った連中だ。組合は屍体《したい》を合法的に入手する権利を持つのだが、その〈法〉が認めるのは一年間に六体だけだ。一人あたり一体にもならない。たちまち使い果たし、不足分は処刑屍体で補う。

外科医ダニエル・バートン先生の私的解剖教室には、その割り当てすらない。貴重な屍体は、非合法手段で入手する。すなわち、墓暴きから買い取る。あるいは刑場で待ちかまえ、吊《つる》し終わったらその場で掻っ攫《さら》う。そういう立場の外科医はダニエル先生だけではない。こっち側の前列に頑張っているのは、それらの外科医本人か代理人だ。早い者勝ち。刑場はじきに餓狼《がろう》群がる修羅場となるだろう。

勝ち目がないなあと、クラレンスはいささか怯《ひる》む。向こうは、クラレンスとベンをただの野次馬と思っているようで、目もくれない。

後から割り込んできた奴らがいる。

クラレンスとベンは精一杯凄《すご》んだ声で咎《とが》めたが、すぐに笑顔になった。ダニエル・バートン先生を上得意とする墓暴き、ディックとゴブリンだ。

「二人だけかい?」ディックが訊《き》いた。

ダニエル・バートン先生の直弟子は五人いる。クラレンス、ベンのほかにエドワード・ターナーと骨皮《スキニー》のあだ名を持つ瘦身のアルバート・ウッド、素描の技量を(内輪でだけだが)天才と讃《たた》えられるナイジェル・ハート。

「ダニエル先生が公開手術なんで、三人はそのお供だ」とクラレンスは応じた。

「アルは一足先に患者を迎えに行っている」ベンが言い添えた。

エドとアルは手術の助手を務め、天才画家ナイジェルは切り開かれた肉体をスケッチし、あとで精密な図に仕上げる。銅版画の原画にもなる。

本来なら助手はエドワード・ターナー一人でも十分なのだが、ダニエル先生はがむしゃらで短気で、礼儀作法は無視している。そしてエドワード・ターナーは、頭は誰より切れるし、手術の腕も臓器の標本を作る技術も、実験研究を重ねて新たな発見をする才も、並外れて優秀なのだが、先生をなだめる役にはたたない。先生に対し横柄な相手には、先生より先に辛辣な態度を取る。そこで必要なのが、常識をわきまえ、感情に溺れず事を荒立てず処理すべくつとめるアルバート・ウッドだ。

「手を貸すぜ」ディックはウィンクし、ただし金はもらうぜ、と仕草で示した。

ゴブリンはあだ名にふさわしい陰気な男で無口だ。このときも黙っていた。が、仕事――屍体入手――にかけては信頼できる。

死刑囚を運ぶ荷車の音が、少しずつ明瞭になる。車について動く野次馬も道々増えて、騒ぎが大きくなってくる。

馬車に乗るなんて贅沢なことは、マーサには生まれて初めての経験であった。いつだって馬糞《ばふん》だらけの道を歩いていた。時には走った。

四人乗りの馬車は、同じ二頭立てでもスタンのよりはるかに上等で、窓にちゃんとガラスが入っている。

マーサは隣の席を占めた若い男の体温を腕に感じていた。ビリーとマーサを馬車で迎えにきてくれたその男性は、今日執刀するダニエル・バートン先生の弟子、アルバート・ウッドと自己紹介し、馭者と二人がかりでビリーを担架で運び、馬車の座席に横たわらせてくれたのだった。アルバート・ウッドはその上、金属製のボトルに充《み》たした液体を鎮痛剤だと言ってビリーに少し飲ませた。酒のにおいがした。ビリーの絶え間ない呻きが止《や》み、目を閉じ表情が穏やかになった。不安のおさまらないマーサに、阿片《あへん》チンキを少し混ぜてある、とアルバート・ウッドは説明した。馬車が揺れた途端、ビリーは目を覚まし、ふたたび呻き始めた。

それ、もっともらえませんか。マーサが頼むと、飲み過ぎると命に関わるとウッドは言った。

くれ。ビリーが弱々しくのべる手を、ウッドは静かに撫でた。またも、車体が傾《かし》ぐほど揺れた。阿片チンキの鎮静力より道路の凹凸の暴力のほうが勝る。

そうしてアルは知っている。小さい傷の縫合ぐらいなら阿片チンキでなんとかなるが、大手術となったら、被施術者には鋸《のこぎりび》挽きの拷問と変わらない。肉を切り裂き、太い骨を鋸で挽き切る。手術の間、生命を維持させながら意識だけ消失させる方法があったら……と、ダニエル先生とエドは兎《うさぎ》や犬を使って実験を繰り返し、多くを死なせ、悪魔のように残酷で無慈悲だと世の非難を浴びている。医学界の権威者たちは紀元前五世紀にヒポクラテスが唱えた体液説をいまだに信奉し、治療といえば瀉血《しやけつ》と浣腸《かんちよう》だ。話にならん、とダニエル先生は慨嘆するのであった。

エドワード・ターナーとナイジェル・ハートは家族がおらず、ダニエル先生のもとに住み込んでいる。エドはほとんど徹夜で実験や標本製作に打ち込むこともある。

街路はいつもどおり、雑踏がすさまじい。

華麗な紋章を描いた貴族の自家用馬車、みすぼらしい辻馬車、荷馬車や肥やし車がごったがえし、担ぎ椅子《セダン・チェア》が六頭立ての乗合馬車によって道の端に追いやられ担ぎ手が呪詛《じゅそ》の声をあげる。

イーストエンドの貧民窟から西へ、ナイツブリッジの聖ジョージ病院にむかう。ロンドン中の汚水が流れこみ黄濁し汚穢《おわい》の悪臭を立ちのぼらせるテムズ川に沿って、馬車は進む。道路より低くなった河岸を何気なく見下ろしたアルの目に、貧しい身なりの人々が数人ざわめき、その足元に子供が倒れているのが映った。

子供が纏《まと》った服とはいえない襤褸《ぼろきれ》布は濡《ぬ》れそぼち、髪も手足も泥水を滴らせていた。人々は子供を置き去りに、崩れかけた木の踏み段を上ってくる。

アルは馭者に馬車を停めさせた。

「待っていろ」

「急ぐんじゃなかったかね」

急ぐのだ。道が混むことはわかっているから早めに手配したのだが、予想以上に馬車の進みはのろかった。

道路に上ってきた男たちに、「あれは?」指さしてアルは訊いた。

「泥雲雀《どろひばり》が溺れたんだ」一人が答えた。

「もう、だめだよ。息が止まってる」

「放置するのか」

「親無しの家無しだ。人の顔を見りゃあ銭だの食い物だのをせびっていた餓鬼だ。屍骸《しがい》はそのうち夜警が始末するだろうよ」

アルの表情に非難の色を読み取ったのだろう。「それとも、旦那、あんたが引き取るかね」肌を覆う部分より破れ目のほうが大きいシャツの男は、肩をそびやかして言い、他の者と連れだって去った。「引き上げてやっただけでも、褒められていいんだがな」捨て台詞《ぜりふ》を残した。裾をまくり上げたズボンも剝《む》き出しになった脛《すね》も泥水で黒かった。

壊れた人形みたいな子供の傍《そば》に屈《かが》みこみ、アルは片膝を立て、子供をその上にうつ伏せにし、背を押した。泥水が子供の口から溢《あふ》れた。

胸に耳を押し当てた。ぐしょ濡れの襤褸を脱がせ、自分の上衣でくるみ、馬車に運び上げた。

ビリーは相変わらず弱々しく呻いている。

席の端に寄るようマーサに頼み子供を横たえ、馭者に乾いた布はないかと訊いた。その間も、子供の肌をアルは擦《さす》っていた。ねえよ。アルはシャツを脱ぎ、それで子供を摩擦した。マーサが肩にかけていたぼろぼろのショール——彼女の一張羅《いっちょうら》——をはずし、それを使って摩擦を手伝った。

振り向いて様子を見た馭者が、尻に敷いていた古毛布をよこした。

「先生」マーサは自分より年下に見えるアルに言った。

「うちのも、助けてやってくださいね。必ず」

「必ず」擦る手を休めずアルは応えた。

だいぶ時間を取られた。待ちくたびれたダニエル先生が癇癪《かんしやく》を起こさないといいが。

エドと役目を代わるべきだった。溺れかけた子供の救助なら、エドも、見かけたら必ず俺と同じようにやる。エドとナイジェルはすでに一人助けている。いつだったか、二人連れ立って河岸を歩いているとき、幼い泥雲雀が溺れかかっているのを偶々《たまたま》見かけ、助け上げたという。墓暴きゴブリンの娘だった。肺炎になったが、それも無料で治療してやったそうだ。

テムズの川底には雑多なものが落ちている。古靴だの釘《くぎ》だの鉄屑《てつくず》だの襤褸着だの。水に浸《つ》かって拾い集めるのが泥雲雀だ。いくらかでも銭になる。犬や猫の死骸だの、素晴らしい幸運に恵まれれば数ペンス入った財布だの。テムズの下流は潮の満ち干の影響を受ける。上げ潮で水かさが増しつつあるのに気づかず溺れる子供や老婆は後を絶たない。

溺れた子を助けるのはベンでもクラレンスでもできる。しかし癇癪を起こしたダニエル先生をなだめるのは、俺が最適だ、とアルも自認している。

「男の子だね」マーサが言った。

階段状の観客席が手術台を取り巻く。

手錠と患者固定用ベルトを備えたベッドはまだ空《から》である。

外科医であると同時に内科医の資格も持つロバート・バートンが手術台に立ち、演説の最中である。ジャガイモの風貌を持つ弟ダニエルとは、何一つ似たところがない、風采のよいロバートは、能弁でもある。耳に快い朗々たる声で、席を埋めた外科医たちや医学生たちを惹《ひ》きつける。

「膝窩動脈瘤の手術は、従来ことごとく不成功であった」

「ノー」傍らの椅子に腰掛けたまま、ジャガイモが怒鳴った。「二度、成功している」

ロバートは軽く手を上げて子供をなだめるような仕草をし、「順々に、そのことも話す」と小声で弟をたしなめた。

ダニエル・バートンの両側に、エドワード・ターナーとナイジェル・ハートが控える。

「膝窩動脈瘤は、諸氏も熟知されるように、動脈の傷ついたり弱ったりした箇所がひろがり、血液が溜まって袋状になったものである。膝上から切断せざるを得ないのだが、多くの場合これは患者の死を招く。術後無事であったとしても、隻脚《せっきゃく》は生活の不便をきたすことに貧しい者にあっては餓死に繋《つな》がる状態である。私の解剖教室では、パリの外科医に倣い、膝の裏側にメスを入れ、動脈瘤の上下の動脈を結紮《けっさつ》し、動脈瘤内に溜まった血液を掻き出す方法を試した。だが」

「失敗ばかりだったようだな」

聴衆の間から嘲りの声が飛んだ。

「弱くなっている血管が破裂して、出血多量で死亡。そう聞いているが」

そこここで嘲笑が湧いた。

ロバート・バートンは落ち着いた笑顔で応じた。

「確かに」

「貴君らは」ジャガイモが立ち上がった。医師たちと悶着《もんちゃく》を起こしたくはないロバートが制止しようとしたが間に合わず、ダニエルは続けた。「動脈瘤の患者も瀉血と浣腸で対処する。まったく無意味だ。余計な苦痛を増やすだけだ。結果においては死亡以外にない」

訥弁《とつべん》な上に昂奮《こうふん》しているから、どもり、つっかえる。

「人体は本来、実に強靭《きょうじん》な治癒力を持っているのだ」

「ダニエル」兄が静かに諭す。「私が説明する。おまえは後で、実技によって我々の理論の正しさを披露しなさい。諸氏よ、どうも失礼した。弟の粗野な言葉と振る舞いを、私が代わって諸氏に詫《わ》びよう。さて、我々は」

アルがこの場にいたら、エドの表情に、危険水域が高まっているのを見て取っただろう。

エドの内心の言葉にも気づいただろう。

〈我々〉それは誰と誰なのか。

ロバートは含まれていない。

まず、実験。解剖。人体に関する新たな発見と新知識の獲得。治療への応用。すべてダニエル先生と優秀な助手エドワード・ターナーの功績である。失敗すれば非難の矢はダニエルに向けられ、成功の賞賛を受けるのはロバート・バートンである。弟の業績を自分の手柄として吹聴《ふいちょう》するロバートのやり方が巧妙なのだ。弟子たちには歯がゆいことだが、ダニエルは誰の名において賞賛されるかということにほとんど興味がない。私的解剖教室を開設したのはロバートであり、所有者もロバートである。兄の資金力が無くては、ダニエルの研究は立ち行かない。

ロバートは、「さて、我々は」の先を続けた。「動脈結紮の方法がなぜうまくいかないのか、考えた。動脈瘤の上下で血管を結紮すると、下部は血流が遮断される。しかし、周囲の細い血管が血流を確保する。これは我々の実験によって立証されている」

医師の一人が遮って質問を投げた。「具体的に示してもらいたい。どのような実験をしたのか」

「ダニエル、君が説明したまえ」

ロバートが譲ったのは、彼が知るのは結果のみで、詳細は承知していないからだ。

「患者の到着が遅いな」

さっきから何度も懐中時計を出し、ダニエル先生は時間を確認している。

「ロバート・バートン先生、貴君の口から説明を聞きたいものだ」質問者は、やや意地悪く追及した。

「先生」エドがダニエルにささやいた。「ぼくが話しましょうか」

ダニエル先生はビリーを待ちかねて気もそぞろなのだ。もう一つ待っているのは、絞首刑の屍体だ。獲得したらここに運ぶようにクラレンスとベンに言ってある。誰の屍体でもいいわけではない。今日の死刑囚はダニエル・バートン先生にとって特別な存在だ。刑の執行日が当初の予定より延期されたため、公開手術と重なってしまった。

死刑囚トバイアス・ブラウンの罪状と素性は公布されていた。罪状は強盗である。深夜、さる富豪宅に忍び入った。召使いたちに気づかれ、逃走した。トバイアスはかつてその富豪のお抱え馭者であったが、不都合があって解雇された。邸内の様子がわかっているから侵入しやすいと思ったのだろう。見咎めた召使いたちの証言で似顔絵が描かれ辻々に貼り出され、隠れているのを密告され、逮捕された。解雇された怨恨もあってのことだろう、主人一家に害意を持っていたに違いない、ということで強盗として死刑の宣告を受けた。

タイバーン・ツリーの三本柱に渡された三本の横木に、それぞれ二つずつの輪が取り付けられ、この日の死刑囚が六名であることを示している。一人二人だと強奪者が殺到して大変だが、六人なら分散されていくらか楽になる。そうクラレンスは期待する。

幌のない荷車があらわれた。ニューゲイト監獄からタイバーン刑場までの道々、居酒屋で手に入れたビールを飲ませるから、死刑囚はぐでんぐでんだ。これも酔っ払った野次馬たちが騒ぎながら荷車と一緒に行進してくる。

見物も飲んだくれている。物売りが飲み物や食べ物を売ってまわる。持参した者もいる。

ツリーの下に荷車が入る。刑吏が一人一人立たせ、輪に首を入れさせる。

足場が取り払われる。自らの体の重みで、輪が締まる。

と見るや、略奪者たちは殺到した。

刑吏たちは防衛をあきらめている。吊《つ》り下げるのが重要な任務である。殴られたり蹴られたりを甘受してまで屍骸を護《まも》る気はない。

宙でもがく足にしがみつき引っぱっているのは、死刑囚の身内だ。綱の輪が締まっても即死はしない。死期を早め窒息の苦しみをなくそうとする。遺体を確保してきちんと埋葬するためもある。死刑囚は凶悪狡知《こうち》な犯罪者ばかりではないのだ。

トバイアス・ブラウンの足元を、ディックとゴブリン、ベンが固める。三人の体を足掛かりに、クラレンスがよじ登り、持参のナイフで綱を切った。崩れ落ちる体を三人がうけとめる。クラレンスも飛び降り、待たせてある馬車に四人がかりで運ぶ。

馬車の前に、数人の男が待ち構えていた。殴りかかる。外科医組合が雇った腕っ節の強い連中か。ディックの腹に、一人が拳をめり込ませた。ボクシングの心得があるらしい。ディックはうずくまる。やばい。賭け試合のボクサーは凶暴だ。リングでは、目玉に指を突っ込んだり嚙《か》みついたりすることが公認されている。ゴブリンは鼻っ柱に一発かまされ、顔面は流血淋漓《りゅうけつりんり》だ。くずおれる。

二大戦力がたちまち破壊され、クラレンスとベンは地に投げ出されたトバイアス・ブラウンの上に覆い被さった。身を挺《てい》した楯《たて》は、あっさり押しのけられた。

奪い取ろうとする奴らに、クラレンスは哀願した。「脚だけでいい。左脚だけ、くれ。そのほかは全部持っていってもいい」

「そうか。左脚に値打ちがあるのか。それでは、ぜひとも持っていかなくてはな」

男たちはうなずきあい、運びあげようとした。

奇妙な音を屍体が発した。男たちは死刑囚を放り出した。

その衝撃によるのか、トバイアス・ブラウンの瞼が開いた。

「生きている肉体は、君たちは要らないな」

クラレンスの言葉にうなずく余裕もなく、男たちは逃げ去った。

持ち合わせの金をクラレンスとベンは出し合い、まだへたばっている二人の墓暴きに「具合がよくならなかったら、あとで手当てしてやる」と渡し、ぼんやりしているトバイアスを馬車に引きずり乗せ、「聖ジョージ病院に急いでくれ」馭者に命じた。

絞首刑になった者が蘇生《そせい》することがある、という話は、知られている。窒息して気絶したものの、まだ絶命にいたっていなかったのだ。解剖台に乗せられ、メスが触れたとたんに生き返ったという例もある。

揺れる馬車の中で、状況がわからないらしいトバイアスに「久しぶりだな、トビー」クラレンスは声をかけた。

生気を取り戻した子供は、古毛布にくるまれたまま、馬車の中で、マーサとアルバート・ウッドに挟まれている。

「若い先生」子供の頭越しに、マーサは呼びかけた。「手術もその後の治療も全部無料だし、暮らしが立ち直るまでのお金もくれるって、あの大先生が言ったけど、そして、あの……その代わり、いつの日かビリーが召されたら、解剖用に体を寄付してくれって……わたし、断ったけど……体がばらばらになったら、天国に入れないから……でも、大先生が一番欲しいのは、手術の後の脚なんですよね。わたしね、若い先生、この子をうちの子にしてやりますよ。そうしたら、神様に褒められて、片脚でもビリーは天国に入れると思うんですよ」

「ありがとう」アルは微笑を返した。「ずっとずっと先の話だけれどね。ビリーは手術がすんだら元気になって仕事を続けるから。何十年か先に召されるのは、誰でも同じだ。そのときは、手術した脚をもう一度調べさせてもらう」

「あんた、それでいいね」

返事はない。再度飲んだ阿片チンキ入りの酒で、ビリーはうとうとしている。子供がマーサをみつめた。自分にとっていい話なのか、何か罠《わな》なのか。飯を食わせてくれるのか。それともどこかに売り飛ばすつもりか。他人をあっさり信じるには、子供は苦労し過ぎていた。

去年。ダニエル先生はエドを連れて富豪の邸宅に往診に出向いた。貧しい者は只《ただ》でも診るが、金持ちからは思い切りふんだくる。患者が満足するようにたっぷり瀉血してやり、帰途につこうとしたとき、厩舎《きゅうしゃ》の藁の山に男が横になって呻いているのを見た。使い物にならないからと馘首《かくしゅ》されたのだが、身動きもできない。給料は出ないので、俺たち仲間が残り物で養っていると、馭者たちが言った。旦那様には内緒なんだ。ご主人は医者に診せる気はないのか。膝裏の瘤はどうせ治らないから、見せても無駄だと旦那様は言ったよ。ダニエルとエドは馭者トバイアス・ブラウンを馬車に乗せ、私的解剖教室を兼ねる自宅に連れ帰った。

膝窩動脈瘤の手術について、ダニエルは仮説をたてていた。犬を使って実験を重ねてきた。生きているままの犬の脚を切開し、動脈をあらわにし、エドに命じて動脈壁を一枚一枚慎重に剝がさせた。心臓が鼓動する度に押し出される血液が透けて見えるまで薄くし、縫合した。六週間後、傷を開いた。動脈壁は正常な厚みを取り戻していた。

「つまり、健康な状態の動脈は、復元力を持っている。手術において失敗を重ねたのは、動脈瘤付近の弱っている動脈を結紮したためだ。そう、ダニエル先生は」とエドワード・ターナーはことさら主語を強調した。

ロバートは傍らの椅子に腰を下ろし、憮然《ぶぜん》として腕組みする。

「推察されました。また、大動脈の血流が断たれた場合、血液は自ら迂回《うかい》して周辺の側副血行路をみつけて流れる、ということも別の実験で立証されました」

ダニエルが立ち上がり、「そうだ」と言葉を添えた。

「私の指示に従って、このエドワード・ターナーがメスを使い、我々は実験を重ねた。彼の技術は私にまさる。我々はベストのペアだ。いや、ナイジェルを加え、ベストのトリオだ。さらに言おう。私の弟子たち五人はすべて優秀だ。我々はベストのチームだ」

さあ、続けてくれ、とエドに言い、ダニエル先生は椅子に戻った。自分の言葉がロバートを排することになるとは自覚していない。

「トバイアス・ブラウンの手術に際し、ダニエル先生は推測に基づく新たな方法を試みられました」

隣に立った〈天才素描家〉ナイジェル・ハートが、自作の掛け図を掲げる。細密に描かれた患部の図である。

切開した切り口が左右に広げられ、露出した大動脈から毛細血管にいたるまで、微細にわたり描かれ、最も太い動脈の中央部が膨れあがっている。あらさがしに熱心な医師たちの間からも嘆声がもれた。

「従来の手術では、この箇所が結紮されました」細い笞《むち》の先端でエドワード・ターナーは動脈瘤のすぐ上の部分を示した。「そうしてダニエル先生は」と嫌みなほど主語を強調し、「ここを」と、かなり上の部分を指す。「結紮するよう指示されました。動脈瘤のすぐ上の血管は弱っているが、このあたりは健常です。まず、この動脈の下に溝つきのゾンデをいれ、それに沿って太い糸を通した針を差し込み、糸で固く結紮します。堰《せ》き止められた血流は縛り目を強打しますが、やがて落ち着きます。それを見計らって、二インチほど上をやや弱めに縛り、さらに少しずつ間隔を置いて、強度を緩めつつ二箇所を結紮します。縛った糸の端を切開部から外に垂らし、縫合はせず粘着剤で」

エドが言葉を切ったのは、担架が運び入れられたからだ。

アルが付き添っていた。

阿片チンキと酒でぐにゃぐにゃになっていたビリー・ピンターは、手術台の手錠と固定用ベルトに気づくや、唇から血の色がひいた。

遅くなった理由をアルが簡略に告げる。「夫人は、入院の諸手続をしてから、子供といっしょにいったん帰宅させました」

病院付属の助手たちがビリーの胴にベルトをまわそうとすると、弱々しく首を振った。うちに帰る。切らないでくれ。

体力があれば、制止を振り切ってベッドを飛びおり、逃走をはかったのだろう。

「切断はしない」メスを手に、ダニエル・バートンは言った。「動脈が露出するまで切開するだけだ」

家に……。

「君は、必ず元どおりになる」

クラレンスが声を投げながら入ってきた。笑顔がはちきれそうなベンと、そうして死刑囚が一緒だ。沈黙。ついでざわめき。

「無罪になったのか」ようやくエドが訊いた。

「天国の入り口で、追い返されたみたいだ」クラレンスは応じた。

「先生、その節はありがとうごぜえました」恭しく、トバイアス・ブラウンはダニエル先生に頭をさげ、「そっちの若い先生も」エドに目を向けた。

エドが握手をすませるや、「ズボンを脱いでくれ」ダニエルは急《せ》きたてた。

「へ？」

「ズボンを脱いでくれ、ブラウン君。ピンター君、見ろ。彼は君と同じ症状だった。我々が手術した。見ろ。瘤はない。君もこうなる。傷痕は残るが、脚力は元どおりになる」

トバイアス・ブラウンの太腿《ふともも》の裏から膝裏をとおってふくらはぎに至る直線の傷痕をダニエル先生は——右手は鋭いメスをかざしているので——左の指先でなぞった。

3

二週間後、ビリーの脚の傷口から垂れた糸を、ダニエル先生と同行したエドワード・ターナーが抜き取った。ナイジェル・ハートがスケッチした。

トバイアス・ブラウンは再逮捕されたが、いったん死刑になっているということで、先例に倣い、鞭《むち》打ちだけで釈放された。強盗はしていない、するつもりもなかった、とトビーはダニエル先生の弟子たちに言った。手術が成功して瘤も痛みも消え、もとの体を取り戻したが、思わしい仕事にありつけず、酒量が増えた。再度雇ってもらおうと、酔っ払った頭で思いつき、元の主人の邸宅に行き、頼み込んだ。追い払われたのだが、そのとき、恨みがましい言葉を吐いたり、器物を壊したりしてしまった。泥酔から醒《さ》めて後悔したが、主人の訴えで逮捕された。罪状が強盗になっていた。弁護士を雇う金など無い。有罪判決。死刑。

「神様が見ていてくださった。あんたたちは天使だ」トバイアス・ブラウンはクラレンスとベンに言ったのだった。

さらに四週間後、ダニエル・バートン先生が予言した状態で、ビリーは退院した。聖ジョージ病院の前に、馬車が待っていた。ぼろ車を曳《ひ》いているのはジンジャーで、駆者台にトビー――トバイアス・ブラウンがいた。ビリーは初めて自分の馬車の客になった。「そっちの仕事を奪《と》りゃあしねえよ」トビーは言った。「俺はほかに仕事口をみつけた。今日は特別だ」

馬車はイーストエンドではなく、レスター・スクエアに向かい、ダニエル・バートンの解剖教室を兼ねた住まいの前に、停まった。

裏口の扉を開けたのは料理女だ。

陽気な合唱が、厨房《ちゆうぼう》からあふれ出した。

Ａはａｒｔｅｒｙ（動脈）、ワックスを充たせり
ＢはＢｅｌｄａｍ（醜い老婆）、開くのはうんざり

大きい食卓を囲んで、ダニエル先生と五人の弟子、および女と子供が酔っ払っていた。

…………

GはGaieties（お祭り騒ぎ）、飲もうぜ陽気に

HはHeadache（頭痛）、先生飲み過ぎ

女の声ときれいなボーイソプラノも混じる。

「泥雲雀が、さえずる雲雀になったんだよ」

マーサが言った。二人でときどき病院に見舞いにきていたが、泥雲雀トムがこんな美声であることは初めて知った。

IはIleus（腸閉塞）、俺たちに任せろ

JはJuicehead（アル中）、酒樽《さかだる》で溺死

そしてトムを救った若い先生がひどい音痴であることも、ビリーはこのとき知った。

「弟子たちが合作中の解剖ソングだ」ダニエル先生がビリーに教えた。

…………

ＯはＯｐｉｕｍ（阿片）、馬鹿が手を出す

「まだ、そこまでしかできておらんのだ」

先生の足元にうずくまっていた犬が、わいの出番は？　というように見上げた。

「チャーリー」トムが呼びかけた。

犬はトムの膝に顎を乗せた。

エドワード・ターナーが、ビリーが初めて見るやさしい笑顔をトムに向けて言った。

「おれがダニエル先生に救われて初めてこの家にきたとき、チャーリーがそういうふうに、おれの膝に顎を乗せて迎え入れてくれた」

エドの隣の席についている〈天才素描家〉ナイジェルが、エドの膝にそっと手を触れ、微笑した。

最重要参考資料
ウェンディ・ムーア『解剖医ジョン・ハンターの数奇な生涯』
矢野真千子訳（河出書房新社）

（「ミステリマガジン」二〇二一年十一月号）

光の在処《ありか》

永井紗耶子

【作者のことば】

明治初期、「廃仏毀釈《はいぶつきしやく》」の後に、人々はいかにして仏教芸術を守ったのか。その歴史を紐解《ひもと》く中で出会ったのが、小川一真の撮った写真でした。その写真はただの記録ではない。仏像の内面に宿る魂や歴史をも感じさせる「芸術」だと感じました。

当時の最先端技術「写真」で、古《いにしえ》の仏を記録した小川一真という写真家に迫りたいと思い綴《つづ》った小説です。一緒にファインダーを覗《のぞ》くように楽しんでいただければ幸いです。

永井紗耶子（ながい・さやこ）　昭和五十二年　神奈川県出身
『部屋住み遠山金四郎　絡繰り心中』にて第十一回小学館文庫小説賞受賞
『商う狼《おおかみ》　江戸商人 杉本茂十郎《もじゅうろう》』にて第四十回新田次郎文学賞、第十回本屋が選ぶ時代小説大賞、第三回細谷正充賞受賞
近著——『女人入眼《にょにんじゅげん》』（中央公論新社）

○

薄暗い堂内に置かれたそれは、辺りの闇を集めたように黒い。目を凝らせば金の金具などで装飾された扉を持つ厨子《ずし》だということが分かる。しかし、堂の外から覗《のぞ》き見る限り、それが尊いものか否か、小川一真《おがわいっしん》には分からなかった。

「さてと……」

今はただ、己の仕事を粛々とするだけだ。

一真はそう思いながらふと空を見上げる。

明治二十一年、六月。

奈良の法隆寺《ほうりゅうじ》夢殿《ゆめどの》の上には、やや雲がかかっているが、ほどよく薄日は射《さ》している。

「悪くない」

一真は持ってきた木製の蛇腹折り畳み式の乾板《かんばん》カメラを手にした。愈々《いよいよ》、夢殿の中へと足を踏み入れようとしたその時である。

「写真……とおっしゃいましたか」

境内に響く声で一人の僧侶が声を上げた。

「ええ、記録のために」

そう答えているのは、口ひげを蓄えた和装の男、岡倉覚三《おかくらかくぞう》……または天心《てんしん》という。東京美術学校の幹事であり、今回の宝物《ほうもつ》調査の責任者の一人である。対する僧侶は、顔を青くして良いのか赤くして良いのか分からぬといった様子で、わなわなと震えているように見えた。

「貴方《あなた》がたは、先にもこの厨子を無遠慮に開け、そして今また、写真などと」

前時代の人というのはこれだから困る。未《いま》だに写真を撮ったら魂を抜かれるとでも思っているのだろうか。

まあ、無理もない。

つい先だってまで、この厨子に納められた秘仏は、衆目に晒《さら》されたことはなかった。千年以上も昔、聖徳太子《しょうとくたいし》の頃に扉が閉じられてから後、ほとんど開けられたことはない。「ほとんど」と言うのは、これまでに内々で開いたことがあり、その時に落雷があって人が死んだとか、建物が燃えた……と実《まこと》しやかにささやかれているからだとか。

しかし二年前、ここにいる岡倉天心と、御雇《おやとい》外国人のフェノロサが説得の末にこじ開けた。その時も法隆寺とはひと悶着《もんちゃく》あったらしい。この様子を見ると、その時も決して歓迎されたものではなかったことが分かる。次いで今回の宝物調査だ。宮内省の図書頭《ずしょのかみ》であり、この調査隊を率いる九鬼隆一《くきりゅういち》に岡倉天心、御雇外国人のフェノロサの他、画家や彫刻家、東京や畿内《きない》の新聞記者たちもこぞって参加しており、一行はざっと二十人余り。

その面々が固唾《かたず》を呑《の》んでこのやり取りを見つめている。

「やれやれ……」

一真は揉《も》めている只中《ただなか》に、さらなる火種を放り込まねばならない。僧侶と天心の傍らに歩み寄る。

「すみませんが、厨子を夢殿の外に出せませんか」

その時の僧侶の顔は、正に筆舌に尽くしがたい。呆気《あっけ》にとられ、次いで怒り、しまいには嘆きの顔へと瞬く間に変化した。

「何を言うてますのや」

それは既に、叫びに近かった。

「いや……堂内ではいい写真が撮れるかどうか……。何せ、光がないので」

ただの真っ暗な闇だけを写して帰ることになる。

「あり得ない。厨子を開けるだけでも大事だというのに、それを運び出すなぞ」

その様子を見ていた天心は、流石《さすが》に僧侶に同情をしたのか、申し訳なさそうに眉を寄せた。

「小川さん、堂内で何とかなりませんかな」

開明派であると思っていた天心までも、そちらに転ぶのか、と、思いもしたが、ここで意地を張っても仕方ない。今回の仕事は、お上《かみ》からの依頼ということもあって引き受けたのだが、これで多少写りが悪くとも、文句を言われる筋合いはない。

「まあ……やってみますけどね」

そう言いながら、夢殿の外にいる連中を置き去り、一足先に写真機を設置しに中へと足を踏み入れた。

堂の中には、そこだけしんと静まり返ったような張りつめた空気がある。そして、そのなかほどに辺りの闇を集めたような黒い厨子がある。祟《たた》る……などということを信じているわけではない。文明開化の時代に、下らぬ迷信に振り回されては写真師の名折れというもの。

この中に安置されている仏像を撮影する。ただそれだけの容易《たやす》いことなのだ。

「光は……何処《どこ》から来るだろう」

一真はそう呟《つぶや》きながら、堂内をぐるりと見回す。

光は……

幾度か口の中で唱えてから、ふと、一真はその問を、幾度、己の人生で問いかけて来ただろうかと思い至った。

この夢殿に至るよりずっと前、幼い日、明けやらぬ朝にぽっかりと目が覚めた時のこと。うっすらと外が白んでいるのが見えたのだが、朝が来た実感はなかった。鳥の鳴く声が聞こえるのに耳を欹《そばだ》てながら、日が何処から射してくるのかを待ちわびていた。次の瞬間、畳の上に一条の光が差し込むのを見つけ、一真はそれに手を伸ばす。

摑《つか》んだ。

そのことだけで心は高揚し、駆けだしたい気持ちに駆られたものだ。

何故《なぜ》、そんなことを今、ここで思ったのかは知れない。

真っ黒な闇を見つめ、一真はそれでもこの堂内に光を探しながら、ふと一年前のことを思い出していた。

○

写真館の名は「玉潤館《ぎょくじゅんかん》」と言った。

明治二十年の夏、東京は麴町《こうじまち》区飯田町《いいだまち》。二階建てのそれは、さながら蔵のような外見で、法被《はっぴ》姿の従業員が忙《せわ》しなく立ち働いている。

その喧騒《けんそう》から逃れるように、一真は厚手のカーテンを閉め切った薄暗い二階の部屋で、長椅子に横たわり転寝《うたたね》をしていた。薄《う》っすらと目を開けると、カーテンの隙間からこぼれた一条の光は部屋を横切り、置いてあるカメラに当たっていた。一真が空を割く光に手を伸ばすと、その光は手のひらに円を描いた。

摑んだ……

という高揚はない。光がすり抜けていくような気がしていた。

「何かが足りない……」

一真はこのところ、そんな想《おも》いに囚《とら》われていた。

「先生、またぼんやりして。昨夜、遅くまで現像液の実験をしていらしたでしょう」

無遠慮な声に顔を上げると、弟子の中西應策《なかにしおうさく》がドア口に立っていた。大股で部屋を横切ると、分厚いカーテンを開ける。昼近くの眩《まぶ》しい日光が差し込んで、一真は思わず目を細めた。

「ん……まあ、うん」

一真は気怠《けだる》く起き上がりながら、自らの手元を見る。

「余り、薬液を無駄遣いしないで下さいよ。お客さんの写真を現像できなくなったら元も子もないんですから」

中西の言い分も尤《もっと》もだ。薬液も安くない。もっと良いものを……と思ったところで、客にしてみれば「ほどよく写っていればいい」のだ。こだわりは一真自身のものでしかない。

「いいですか、うちの売りは米国帰りの写真師、小川一真先生なんです。先生がしゃっきりカメラの横に立ってシャッターを切れば、お客さんは喜んで下さるんですからね」

中西は、ささ、と一真を急《せ》かして立ち上がらせる。

「髪を整えて、シャツの襟も直して下さいよ。お客さんがいらしたらどうするんです」

部屋を出ていく中西の背を見送って、一真は、部屋の隅に立てかけられた姿見に歩み寄り覗き込む。我ながら、大分、疲れた顔をしている。

「米国帰りの写真師……ねえ」

看板に偽りはない。

一真が写真と出会ったのは、十四歳の時。元藩主であった松平忠敬《まつだいらただのり》の給費を受けて東京の学校、報国学舎《ほうこく》に進学をした時であった。

万延《まんえん》元年に旧忍《おし》藩行田《ぎょうだ》で生まれた一真が物心ついたころには、既に元号は「明治」となり、藩は県に、藩主は知藩事となり、新時代を迎えていた。故郷の古老たちが、

「何もかもが変わってしまった」

と嘆くのを横目に見ながら、新しいものが流れ込んでくる胎動の中にいるのが面白くて仕方なかった。

中でも写真は一真にとって衝撃であった。

「これがフォトグラフィーだ」

英国人教師が見せてくれたのは、目で見た景色《けしき》をそのままに写し取ることが出来る四角い箱である。人の姿かたちも絵で描くよりも正確に捉えている。

「これはすごい」

工学を学び始めた一真にとって、それは正に文明というに相応《ふさわ》しい技術であった。これまで手で描いていた記録も測量もこれがあれば遥《はる》かに簡単になる。

「写真はこれからの時代の最先端になる。俺は写真師になる」

学校を卒業するころにはそう決めていた。

しかし生来の性格のためか、徒弟制度が性《しょう》に合わない。師匠の顔色を窺《うかが》いながら、下働

きをする間があったら、早くに技術を身に着けて実践したい性質《たち》なのだ。そのため、一年余り写真師の元で学ぶと、わずか十八歳で群馬の富岡《とみおか》に自らの写真館を立ち上げた。しかし、実際にやってみると、色々と足りない技術や知識があることに気づいた。

「ならば、もっと学ぼう」

富岡の写真館を畳み、次は異人も来航する横浜《よこはま》へ向かった。

当時、横浜は写真館の隆盛期。開港間もない極東の国に関心を抱いた異人たちは、こぞって横浜に降り立つ。そして故国への手土産《みやげ》として、日本の風景や人を写した写真を買っていく。そのため写真は、外貨を稼ぐ格好の手段となっていた。いわゆる「横浜写真」と呼ばれるものは、写真師が写真を撮り、彩色師が顔彩で色を塗り、経師《きょうじ》が掛け軸の如《ごと》く表装をし、蒔絵《まきえ》や螺鈿《らでん》の細工がされた表紙をつける。写真そのもの以上に、外側が華麗に作られた工芸品として人気が高かった。そのための工房が港近くに軒を連ねていた。

「俺がやりたいのはこれじゃない」

一真が求めているのは、最先端の技術としての写真で、工芸品としての商品ではないのだ。しかも、その工芸品の中に収まっている写真を見ても、

「ひょっとして俺の方が上手《うま》いんじゃないか」

という傲慢が顔を覗かせる。やはり徒弟になっている場合ではないと、実力を試すために内国勧業博覧会に風景写真を出品したところ、入賞を果たした。

「大したもんだ」

親族や知人らは褒めてくれたのだが、一真としては納得がいかない。

「入賞だ。金賞じゃないんだ」

一位を獲《と》れないのは、何故なのか。技術が足りないのではないか。

「やはり、異国に行くしかない」

横浜の居留地で通訳をしながら金を稼ぐと共に、米軍の関係者とも親しくなった。そして、横浜に停泊した軍艦に、水兵として乗り込むことに成功し、遂《つい》に米国に渡ったのだ。

米国では二年近くにわたって写真館や現像所で働きながら、その技術を具《つぶさ》に見て来た。そうして堂々の凱旋《がいせん》を果たし、この玉潤館を立ち上げたのだ。

腕に確かな自信もある。だからこそ、

「米国帰りの写真師、小川一真先生」

という看板に偽りはない。事実、そのうたい文句に惹《ひ》かれて訪れる客は引きも切らない。

しかし今、一真は目の前に座る人物の肖像を撮るだけの毎日に退屈していた。

鏡の前で、ぼんやりとした顔をしている己の頬を手のひらでパンと叩《たた》く。髪を櫛《くし》で撫《な》でつけて、襟元を整えると、えもん掛けに掛かる背広のベストを羽織りながら欠伸《あくび》をした。

すると再びドアが開いて中西が顔を見せた。

「先生、お客さんです」

一真は壁にかかる時計を見た。

「まだ早かろう」

今日の撮影は午後の一時に予約が入っている。今はまだ十一時を回ったところだ。

「ええ……ご予約ではなく、初めて来られた方なのですが……」

そう言ってからそっと歩み寄る。

「なかなかの貫禄《かんろく》ある紳士ですから、先生がご挨拶なさった方が」

この仕事は客商売である。大口の顧客を抱え込んだ方が都合がいいのは間違いない。その辺りの算段は、一真よりも中西の方がきちんと出来る気がする。その点、一真は客あしらいより技術に寄りすぎる。しかし、一写真館の主《あるじ》としてはそんなことは言っていられない。

応接室へと向かうと、ソファに浅く腰かけている背広姿の恰幅《かっぷく》の良い男がいた。年の頃は一真よりも幾らか年上の三十代半ばといったところか。丸顔に丸眼鏡《めがね》の愛嬌《あいきょう》のある雰囲気の人である。

「お待たせしました。小川でございます」

一真が丁寧にあいさつをすると、男はああ、と顔を上げた。

「いやはや、突然ですみませんね。少しお話をうかがいたくて」

写真を撮りたいというのではなく、話を聞きたいという。妙な男だと思いながら、一真は男の向かいに座った。

「私は、菊池《きくち》と申します。小川先生の御高名はかねがねうかがっております。ほら、いつぞやの銀座《ぎんざ》の大広告の一件で」

菊池の言葉に、一真は軽く顔を歪《ゆが》め、ああ、と頷《うなず》く。

米国から帰って、初めて一真が手掛けたのは、新事業「写真燈照《とうしょう》広告」であった。巨大な写真を張り合わせて大燈籠《おおとうろう》にして、銀座二丁目の上空に浮かべるという新事業である。米国ではよくある広告技法であるが、日本ではまだ誰も成し遂げていない。

出資者は銀座で「薩摩屋《さつまや》」を営む実業家、岩谷松平《いわやまつへい》である。店の看板商品「天狗煙草《てんぐたばこ》」の写真広告が、レンガ造りのモダンな街並みを見下ろすようにふわりと浮かび上がった瞬間、道行く人々が空を見上げて感嘆の声を上げた。

「いやあ……こいつはすごい」

派手な物が好きな岩谷は大喜びし、新聞などにもこぞって取り上げられ、大注目を集めることとなった。一真もまた、日本の中心である銀座の繁華街に、巨大な光を浮かべたことに、言い知れぬ高揚を覚えていた。

燃費もかからず、新聞や街角に広告を載せるよりも遥かに話題性も高い。

「これでいける」

帰国後の仕事も軌道に乗ると、息巻いていた。

しかし、事業は思ったよりも伸びなかった。その理由はあまりにも派手な広告のため、同業者からの妬みや客からの非難もあると、躊躇《ちゅうちょ》する商店が多かったことにあった。

この一件で一真の名は広く知られることにもなったが、同時に色物の写真師と偏見を持たれることにもなった。一真にとってあまり嬉《うれ》しくない業績の一つでもある。

一真が苦い顔をしているにもかかわらず、菊池は茶を啜《すす》りながら切り出した。

「そうそう……乾板開発の事業もなさっていた」

一真は、それにもまた、ああ、はい、と曖昧に相槌《あいづち》を打つ。

乾板とは、写真に使うガラス板のことである。

写真を撮る上で一番の厄介は撮影のための湿板《しっぱん》を創る手間の煩雑さであり、機材、薬剤の多さである。まずガラスの板を磨いて、感光剤を定着させるコロジオンを塗布。それから光を断った暗室に入れて感光剤である硝酸銀浴《しょうさんぎん》をしてようやく湿板が完成。これをカメラに設置して撮影する。中でも硝酸銀浴の過程で暗室に入れねばならないため、屋外で撮影する時にも暗室や、それに代わるものがないといけない。さらに、薬剤が乾いては撮影ができないので、撮影の直前に塗らねばならず、手早く撮影することはできない。

しかしこの湿板に代わる技術として、十六年ほど前に英国で乾板写真の技術が開発された。これは感光材を塗って乾かしたもので、撮影の直前での手間は省ける。海外では既に湿板から乾板へと主流が変わりつつあった。しかし現在、国内では生産されておらず、海外からの輸入品に頼るしかない。

「国産の乾板第一号を創りたい」

それが一真の望みだった。それが成功すれば、国内のみならず、海外への輸出も視野に入れた大きな事業へと成長する可能性があった。

「ぜひ、力になりたい」

という外国の貿易商とも出会い、一真は事業を立ち上げた。米国でも乾板の制作現場に立ち会ってきたのだ。必ず出来るという自信があった。

「必ず成功させますよ」

大言壮語というほどではないが、事業を成功させたい思いが先走り、方々《ほうぼう》で口にした。新聞にも取り上げられ、注目の新事業となっていた。

しかし、乾板を作る上で重要なゼラチンや硝酸銀の成分が均一なものが国内では手に入らず、思ったようには上手くいかない。輸入品を仕入れるうちに、実験の段階でどんどん出費はかさんでいった。やがて貿易商は次第に腰が引け、最後には資金を出さなくなり、一真の乾板製造事業は完全に頓挫した。

帰国したばかりの一真に残されたのは、銀座の街中に燈籠を浮かべて誇大広告をし、乾板製造の事業には失敗した山師……という不名誉な評価であった。

「……いやはや、よくご存知で。お蔭様《かげさま》で今はこうして立ち直り、写真館を構えております」

一真は額に浮かぶ汗を手巾《ハンカチ》で拭いながら、改めて菊池を見やる。温和そうな雰囲気ではあるが、広告事業のことや乾板の話を持ち出すとは、或《あ》るいは対立する同業者だろうか……と、訝《いぶか》しむ。すると菊池はその視線に気づいたのか、ははは、と軽妙に笑った。

「いや、単なる好奇心ですよ。私は写真とは無縁の門外漢なのです」

そこで菊池はふと人懐こい笑みを見せた。そして、テーブルの上に置かれているアルバムを見た。

「それで、現在の玉潤館では、永久不変色写真という技法が売りの一つであるとか。どういったものなのか、少し話を聞きたいのです」

一真はやや警戒しながら菊池を見る。菊池はしみじみとアルバムの写真に目を凝らし、その表面をなぞる。その仕草に好奇心を見て取った一真は、ふと胸が躍るのを覚えた。永久不変色写真は、一真にとって会心の技法であったのだ。

「これまでの鶏卵紙を使った写真ですと、時間と共に変色し、色あせてしまいます。しかしこの永久不変色写真は、重クロム酸塩とゼラチン混合物によるカーボン印画法で、色が変わることはないのです。その要点はですね……」

度重なる実験の末に開発したこの技法は、正に玉潤館の看板であったのだ。話し出すと止まらないから、詳細を説明する必要はないと、中西からは再三言われているのだが、聞かれた以上は語りたいのが一真の性分である。

菊池は意気揚々と話す一真の様子をじっと見つめてから、うむ、と深く頷いた。

「やはり、貴方だ」

何のことか分からず、一真は首を傾《かし》げる。すると菊池はようやっと懐から名刺入れを取り出して一真に差し出した。

「ああ、申し遅れました。私はこういう者です」

名刺には帝国大学教授、理学博士菊池大麓《だいろく》と記されていた。

「博士……でいらっしゃる」

「ええ。実は、貴方のことを岡部《おかべ》子爵からご紹介頂いたんですよ」

「岡部さんから」

一真は思わず声を上げ、目を見開いた。

岡部長職《ながもと》子爵は、外務省の役人で、旧岸和田《きしわだ》藩主の長男である。そして、一真にとっては恩人でもあった。

ビザすら持たずに渡米した一真が路頭に迷いそうな時、支援してくれたのだ。世が世ならば、お殿様と、他藩の一藩士として出会うはずであったのだが、どういうわけか三十歳の岡部は、写真を学ぼうと一途《いちず》に努める二十四歳の一真のことを気に入ったらしい。

「君は面白いから、色々と学んでみるといい」

自らの伝手《つて》で米国の写真館や印刷工場、研究所などを紹介してくれた。帰国してからもその交流は続いており、この「玉潤館」の名付け親でもあり、出資者でもあった。

「岡部さんの御友人とは存じ上げず……」

一真はこれまでの態度を反芻《はんすう》し、失礼がなかったかと不安に思った。

「いや、こちらこそ最初に名乗らず、御無礼を。岡部さんとはケンブリッジで学んだ縁で親しくなってね。偶々《たまたま》、私が写真師を探していると言ったら、君のことをいたく推す。あの岡部さんが推してくれるならばと思ったのだが、一方で貴方には山師との噂《うわさ》もあった。

しまったが……」

岡部さんは人がいいから騙《だま》されていやしないかと不安に思い、少し試すようなことをして

　ははは、と菊池は笑いながら一真を見る。

「カーボン印画法など、私が聞いてもすぐには分からない。それなのに嬉々《きき》として話す様は、どちらかと言うと商売人というより、我ら研究者に近い。貴方に頼みたいと思いました」

　そう言って笑う菊池の顔は柔和で、見ているこちらもほっとする。

「御顔写真を撮りましょうか」

「いえ、仕事をご一緒したいのです」

　菊池は傍らに置いた鞄《かばん》から分厚い書類を取り出した。そこには英文で「solar eclipse」と記されている。相応に英語については知識はあるつもりの一真であったが、咄嗟《とっさ》に何を書いてあるのか分からなかった。

「太陽の……何です」

「蝕《しょく》です。日蝕。今年、この国で百一年ぶりに皆既日蝕が見られるんですよ」

「百一年……」

　ざっと脳裏で計算をしてみるが、凡《およ》そ百年ほど前にどんな世界であったかはすぐには思い浮かばない。ただそれが歴史的な事件であることは分かった。

「それを、撮るんですか」

「ええ。何せ米国からも観測隊が来るんです。こちらも負けてはいられないので、私を中心とした観測隊を組織したんですがね。記録となる写真を撮らなければならない。しかも、共同で調査をすることになるので、英語が出来る人がいいし、写真技術も長《た》けていなければ困る。そこで貴方に頼みたいと思ったわけです」

一真は思わず腰を浮かせて身を乗り出した。

「ぜひ、よろしくお願いします」

手を握らんばかりに迫られて、菊池の方がやや身を引きながらも、ああ、こちらこそと頷いた。

菊池が写真館を去ってからも、一真は高揚した気分が冷めやらなかった。

光は何処から来るのだろう……

そう思い続けて来たけれど、光源たる太陽を撮る日が来ようとは思ってもいなかった。

天体の撮影は、世界中の写真師たちが次々に挑戦している課題の一つでもある。一真がアメリカに滞在していた頃に聞いた話によれば、アフリカの喜望峰《きぼうほう》にいたイギリス人天文学者が彗星《すいせい》の撮影に成功したという。それを聞いた米国の写真師たちも、こぞって天体撮影に挑戦しようと躍起になっていた。

一真もいつかは天体撮影に臨んでみたいと思っていたが、何せ成功するか否か分からず、機材を整えるだけでも金がかかる。そうそう簡単に挑戦できるものではない。ましてや今、写真館がようやく立ち行くようになったばかりであり、最近になって二人目の子が産まれたばかりの身の上である。

そこへ帝国大学の観測隊から依頼が持ち込まれたのだ。これ以上の好機はない。

「太陽が、光の塊が、欠けていく様を撮るんだ」

幼子をあやす妻、市子《いちこ》に語り掛けるが、今一つ分かってもらえない様子である。歩き始めたばかりの長男を叱るついでに、

「それはようございますねえ」

と、優しくいなされた。

それでも一真は楽しみで仕方ない。

「天体を撮るにはどんな方法がいいだろう」

日蝕は、刻一刻と変化をしていく現象である。その推移を記録するためには、素早い作業が必須となる。

「いちいち湿板を作っていたのでは間に合わない。乾板があればいいのに……」

あの時、開発に成功していればと思わずにはいられない。しかしその時ふと、

「あの方法ならいけるかもしれない」

と、思い至るものがあった。


そして意気揚々と日蝕の日、八月十九日を迎えた。

日蝕の観測地となったのは、福島の白河小峰城址《しらかわこみねじょうし》である。幕末の頃には、官軍と幕軍

の激戦地であったが、明治も二十年ともなると、そこは緑の生い茂る丘となっていた。その時代に戦った武士たちは、まさかこの地に米国人と日本人がこぞって空を見上げる日が来ようとは思いもしなかったであろう。

そこには、さながら蛇が這《は》うような奇妙な形の小屋がある。

「あれが、水平望遠鏡ですよ」

菊池が言う。長さ四十尺（一二・一二メートル）ほどの水平望遠鏡は、上部は杉皮葺《ぶ》きになっていた。その奥には、写真室が設けられている。先月から来日していた米国人の観測隊と、菊池率いる日本人の観測隊が知恵を出し合って出来たこの実験設備は、観測と共に撮影をするために造られていた。

そこには、帝国大学の招聘《しょうへい》教授であるウィリアム・バルトンがいた。彼は工学の専門家であったが、同時に写真についても造詣が深く、写真の乾板についての研究論文も発表していた。一真は今回の日蝕撮影に際して、菊池からバルトンについて聞いており、会えることも楽しみにしていた。

「今回は、どういう方法で撮影を行うのですか」

バルトンの問いに、一真は待ってましたとばかりに解説をする。

「ともかく、湿板の乾燥を防ぎ、素早く撮影をしなければなりません」

一真は一年ほど前、陸軍参謀本部の委嘱で湿板膜の乾燥を防ぐ実験を行った。蜂蜜や茶、果汁やアラビアゴムなどを試し、独自の調合を成立させていた。

一真の解説を、バルトンは好奇心に目を輝かせて聞き、

「素晴らしい」

と、感嘆の声を上げた。

自信はあったのだが、バルトンの言葉によってその思いを強めた一真は、腹に力を込めて刻一刻と迫りくる日蝕を待っていた。

「いざ日蝕が始まれば、失敗は許されない」

米国の観測隊を率いるトッド教授の一言に、緊張が高まる。そこに参加していた海軍の少将は、

「我が国の沽券《こけん》にかかわる」

と、口にした。

確かに百一年ぶりに我が国で起きる出来事である。成功すれば世界にも発信できるが、失敗すればこの国の技術発展はまだまだ……と言われかねない。

一真も知らぬうちに手に汗を握っていた。

想定外のことを避けるために、この観測地の周囲には二重の柵が張り巡らされ、誰一人入ることが出来ぬよう、厳重に警備をされていた。

「さあ、いよいよです」

菊池が声を上げ、トッド教授は、夫人と手を取り水平望遠鏡へと歩み寄る。一真は緊張で目を何度も瞬《しばたた》いてから大きく一つ息をついて、カメラを覗き込んだ。

ゆっくりと太陽が欠けていく。

音など何もしていない。それなのに何故か、地鳴りにも似た音を聞いたような気がした。巨大な光の塊が欠けていく様は、ただそれだけでこちらを圧倒する。

一真は一瞬も逃すまいと、少しずつ変化していく太陽の様を撮るべく、シャッターを切り、湿板を入れ替える作業を繰り返す。

そして遂に太陽は完全に月の陰に隠れ、黒い塊に、光背《こうはい》の如き光を与える。

「コロナだ」

トッド教授はその様子を見て声を上げた。

コロナ……これがコロナか。

光の源を覆い隠し、その向こう側から閃光《せんこう》が覗く。辺りが夜のような暗さなのに、奇妙な塊が中空に浮いている様は、何とも歪《いびつ》に思えるほどだ。

「これを、天の怒りと考えた昔の人の気持ちも分かる」

空を睨《にら》む菊池が言う。

幾度となく同じ作業を繰り返し、大いなる天体の大芝居は幕を下ろした。

「どうです、撮れましたか」

緊張と共に暗室に駆け寄る菊池に、一真はゆっくりと振り返る。

「はい」

しっかりと光に縁どられた黒い真円がそこに写し出されていた。

天体の撮影を成功させた。あらゆる光の源である太陽が欠ける瞬間を、この目で見て、それを写真に収めたのだ。菊池をはじめ、トッド教授夫妻ら米国の観測隊も、日本の観測隊も、歓喜の声を上げた。

その声を聞きながら、一真は再び暗室へ足を運ぶ。暗がりで更に写真を焼きながら、ふと、妙な思いに捕らわれた。

「これは……光か、影か」

ここに写っているのは欠けていく太陽の姿というべきか、動いていく月の姿というべきか。表裏を為《な》す二つの姿がそこに凝縮されているようだ。

そしてそれを美しいと感じてもいた。

○

日蝕の撮影から半年ほど経《た》った明治二十一年の春のこと。威風堂々といった雰囲気を持つ一人の男が玉潤館を訪ねて来た。男は、宮内省の図書頭で、九鬼隆一と名乗った。

九鬼は応接間のソファに腰を下ろすと、先の菊池とは異なり、笑みを見せることもなく淡々と話を切り出した。

「先の日蝕撮影では、米国の観測隊と共に快挙であったそうですね。また先日は、東京府工芸品共進会で二等銀牌《ぎんぱい》となり、東宮《とうぐう》御所の御用掛《ごようがかり》にもなられたと聞いています」

誉《ほ》め言葉として言われたのであろうが、一真としては苦笑するしかない。

一真はこの年、東京府工芸品共進会の写真部審査委員を任されていた。同会において自らも「カーボン永世不変色写真」を出品したのだ。そして二等であった。

「おめでとうございます」

賛辞を受けたものの、

「一等ではないのだ」

という思いもあった。

無論、自ら審査委員を務める会で、審査員が一等ともなれば、傍《はた》から見て甚だ噴飯ものであろう。しかしそれでも、有無を言わさぬほどの写真であり技術であれば、恐らく一等になりえた。むしろ二等であることにさえ、多少の忖度《そんたく》があったと思える。

かつて、米国に旅立つ前の内国勧業博覧会に出品した時にも、金賞を獲ることはできなかった。

「俺の写真には何かが足りない」

向上心が行き過ぎて、却《かえ》って自らの不足にばかり目がいってしまう。

あの時は、技術の最先端を求めて米国へと旅立った。しかし今、ここからどうしたら良いのだろう。

先へ先へ、上へ上へと急いて来た思いがあった。米国へ渡り、写真館を建て、天体を写し、東宮御所の御用掛になった。無論、ここが至上と思っているわけではない。だが、これまでと同じように勢いと熱に任せて走り続けることには限界を感じていた。

何より、今、目の前には目指すべき光が見えていないのだ。

「太陽まで撮ったんですから、光は撮りつくしたということじゃないですか」

門下の中西應策には笑われる。一真も、そうだな、と相槌を打ちながらも、何か空《むな》しさを覚えてもいた。

そこへこの無愛想に見える威厳ある九鬼男爵の来訪であった。

「それで、肖像をお撮りしますか」

九鬼はいや、と首を横に振った。

「実は、古物の調査を行うので、記録のために同行していただきたい」

「古物……」

これまで、時代の先へ、更に上へと走って来た一真の前に、昔の古いものを写してくれと言うのだ。正直なところ、これっぽっちも魅力を感じていない。

「一体どうして、今……古い寺の宝物を」

九鬼は、ふむ、と頷いてから口を開いた。

「神仏分離をご存知ですか」

神仏分離とは、慶応四年に政府が発した神仏判然令に基く政策である。天皇陛下を現人《あらひと》神《がみ》として国を統《す》べる上で、神仏習合は相応しくない。神社から仏教寺院の影響を排除するという意図で発せられた。しかしそれはいつしか一人歩きを始め、仏閣や仏像、宝物の破壊活動へと発展。いわゆる「廃仏毀釈《はいぶつきしやく》」の嵐が吹き荒れた。

一真はまだ幼かったので余り記憶にはないのだが、母が涙ながらに、

「仏様が可哀想《かわいそう》」

と、言いながら手を合わせていたのを覚えている。信心というものが芽生えるより先のことであり、泣いている母を可哀想とは思えども、仏様には何ら感慨はなかった。

「このところ、そうして破壊された寺の遺物や、仏像などが、海外に売られているのです。中には我が国の歴史に関わる貴重な品々もある。まずはそれらを把握して、流出を防ぐことが急務なのです」

淡々とした口調ではあるが、九鬼の心底には青々とした炎が燃えているように感じられた。ただでさえ彫りの深い顔立ちは、その熱と共にさながら異国の彫刻のようにさえ感じられる。これを撮ったら、さぞやいい絵になるだろうと思わずそんなことを思うほどであった。

行き詰まっている今だからこそ、これまでにないことをしてみようと、一真は自然に思えた。

「分かりました。参ります」

旅程は和歌山や京都、奈良と畿内を巡る長旅である。

その出立《しゆつたつ》の前には色々と気がかりもあった。

「写真館の方はお気になさらず」

中西をはじめとした写真師たちが引き受けてくれた。残るは、妻、市子のことであった。二人目の子である長女、はなが、幼くして命を落としたばかりだ。以来、市子は寝付くことが増えていた。元より体が丈夫ではないこともあり、心が弱ったことで益々《ますます》、儚《はかな》げな様子なのである。

「お前がそんな調子なのに、出かけて良いものだろうか」

一真は痩せた市子の背を撫でながら問う。しかし市子は首を横に振る。

「いっそ、お出ましになって、はなの供養をお願いして下さいまし」

確かに寺を巡るのだから、それも良いのかもしれない。市子の側《そば》にいたところで役に立つわけでもない以上、むしろ仕事をして稼いでくる方が良いだろう。

「旅先の写真を送ろう」

市子は笑顔で頷いてくれたので、やや後ろ髪を引かれる思いで出立した。

一真は今回、乾板写真に取り組むことにしていた。自ら開発できなかったことに悔しさもあるが、今や世界の写真の潮流は乾板へと移りつつあった。国内でも、浅沼《あさぬま》商店などが開発に努めており、以前よりも価格は下がって来た。しかも今回はお上からも金が出る。

「ここで少しは手ごたえのある結果を残したい」

無論、既に一写真館の主としては十分な評価を得ているのだが、一真の心中ではまだ「何か」が足りていない気がした。

船で和歌山に入った一真は、五月の十八日には高野山《こうやさん》の山中で宝物調査の一行に合流を果たした。九鬼隆一と、その元部下であり美術学校の岡倉天心、東洋美術に詳しい御雇外国人のフェノロサ。その他にも、画家や彫刻家、近隣の役人や、東京、大阪、京都の新聞記者などが連れ立っていた。

一真にとってこの仕事は、それこそ日蝕の撮影や、東宮御所の御用での御尊影の撮影に比べて遥かに気楽なものである。時間の制限もさほどあるわけではない。相手は口を利かず、動くこともない像である。光さえ取って、それ以上の何を考えずとも、いつものように機械の扱いさえ過《あやま》たなければ、記録ができるのだ。手際よく正確に。流れるような自分の撮影に納得してもいた。

お蔭で肩の力が抜けて、改めてこれまで見たことのなかった古寺をしみじみと見るゆとりもあった。元からさほどの信心があったわけではないが、幼い時分から祖父母らが仏壇に手を合わせているのは見て来た。自然、荘厳な仏閣を見れば手を合わせる心地にもなる。

「はなの供養を」

市子の言葉を思い出し、早々に逝った我が子のことを想い、その風景を写真に収めた。妻への文《ふみ》を認《したた》めるゆとりもあり、時がひどく緩慢に流れているようにも思えた。

これまでの多忙な日々や、新しい挑戦に明け暮れたことからすると、退屈にさえ思えるほどである。しかし、この旅で会う記者たちとの交友もなかなかに面白い。

この調査隊を率いる九鬼隆一は、元は三田藩の家老の家柄ということもあり、気品と共に威厳を纏《まと》っている。目鼻の整った男ぶりで、何でも当世きっての漁色家であるとも聞いていた。飽くまでも当人と話したことではなく、記者連中から聞こえて来た話である。

一方の天心はというと、九鬼のような男ぶりではないが何とも愛嬌のある男で、目が離せない雰囲気を持っている。話しかければ応えてくれるのだが、独特の感性を持っているので、その言葉の半分は理解することができない。同じ言語を使っているはずなのだが、奇妙な男である。

そして、フェノロサである。

この男は、一真がカメラを構えると、そのすぐ後ろにひょろりと立っている。

「何ですか」

一真が問うと、フェノロサは、

「お気になさらず」

と、笑う。

米国人の帝国大学教授アーネスト・フェノロサは、日本の美術研究の第一人者である。天心と共に調査隊に参加しており、法隆寺の秘仏の扉をこじ開けたのも、フェノロサと天心であると聞いていた。

どうにも一真はこの男が苦手であった。

一真は英語も堪能であり、米国に渡った経験もあることから、異人に対して他の日本人よりも慣れているという自負がある。差別をするつもりなどないと思っていた。しかしその一方で、我が国の宝物の調査において、異人の手を借りなければならない理由が、一真にはどうにも腑《ふ》に落ちていない。

「何だって、貴方のような異国から来た人が、我が国の宝物を調べているのでしょう」

一真はふと直《じか》に本人に尋ねてみた。するとフェノロサは軽く肩を竦《すく》めた。

「それは私がこの国の美術を愛しているからですよ」

衒《てら》いもなく言う。

「愛ですか……」

異人はよくその言葉を使う。米国にいた時にも「LOVE」の使い方について一真は凡そ理解に苦しむことも多かった。明け透けに、外側から降り注いでくる熱のようなその言葉の意味が、今一つ分からないのだ。

高野山での調査は五日間に及んだ。終わりに近づいた時のこと。一真は一体の不動尊像を前にカメラを構えた。暫《しば》くじっと見ていたのだが、像に向き合った時にぐっと睨まれているような力を感じる。ファインダーの向こうに焔《ほむら》が立つような感覚だ。生きているものを撮っているわけではない。動くわけもない「物」に対峙《たいじ》しているはずなのに、シャッターを切るタイミングが摑めない。

「どう撮りますか」

いつものように一真の背後に立ったフェノロサが不意にそう問いかけた。

一真は、この異人はカメラを知らないのかと思った。これまで散々、人の仕事を覗き込むように見ていたのはそのせいであったかと得心もした。

「ガラス乾板を取枠に仕込んだら、暗箱に入れ、像を結んだところでシャッターを切るんです」

一真は手際よく取枠を仕込みながら、仕組みを解説しようとする。すると「NO」と一真の説明を遮った。

「そうではないのです。貴方はこれをどのように写真に収めるつもりなのか、聞きたいのです」

一真は怪訝《けげん》な顔でフェノロサを見た。フェノロサは一真に己の意図が通じていないと分かったのか、ううん、と唸《うな》りながら言葉を探す。

「貴方のIDEAが知りたい」

「IDEA」

一般には「考え」「着想」といった意味であろうと思っていたのだが、どうもフェノロサの語り口はその意味ではない。岡倉天心に尋ねると、ああ、と得心したように頷く。

「彼が言うIDEAはもう少し違う。私は妙想《みょうそう》と訳すのがよかろうと思っている」

天心は字を記して見せた。天心の訳によって、より一層分からなくなった。どうにも一真にとっては言語化して捉えるには難しい概念らしく、フェノロサが一真の「妙想」とやらを知りたいと言ったとて、写真は写真としか言いようがない。

「貴方は美術は好きですか」

フェノロサに問われ、一真は、

「無論」

と答えた。ボストンにいる時には、友人たちに誘われてボストン美術館に度々足を運んだ。古今東西の絵画や彫刻に触れ、大いに識見を広めたと思っている。

「写真も美術なのです」

フェノロサは言う。

いや、それは違うだろう……と、一真は思う。

写真は技術の集積であり、実験の賜物《たまもの》であった。正確に記録をし、はっきりとした色で現像する。そのために試行錯誤を繰り返してきた。

確かに名勝を写真に収めることもあるが、それもありのままを写し出すことに意味がある。肖像とても、その姿を描くよりも正確に、真影を写すことが大切なのだと思う。それには写真師の技術が大切であるが、主観は要らないし、ましてや「IDEA」は要らない。

一真はフェノロサの言葉を軽くいなして、改めて不動尊像に向かってカメラを構える。

しかしフェノロサは、一真の後ろに立ち、尚《なお》も言葉を紡いだ。

「この宝物調査において大切なのは、目の前の絵や建物や仏像が、この国の宝であると知らしめることです。私たちも言葉を尽くします。また、記者の方々も画家の方々もこれらが美しく貴重であることを伝えます。同じように貴方も、これらに対する思いを写して欲しい。大きさは測りますから問題ありません。勿論《もちろん》、記録も大切です。しかしそれ以上に貴方にとっての宝物を伝えるために撮って欲しい」

一真は苛立《いらだ》ちを覚えて眉を寄せる。

「私は一流の技術者であるが、画家でもなければ彫刻家でもない。何をもって美術と呼ぶんだ」

するとフェノロサは首を傾げた。

「ならば何故、境内の片隅に打ち捨てられた仏像まで、写真に収めていたのですか。それも、とりわけ丁寧に」

寺を巡っていると、あちこちに壊れた仏像があった。手が捥《も》がれ、時には頭が落ち、砕かれた木片になっているものもある。同行していた彫刻家の加納鉄哉《かのうてつさい》は、その有様を見てさめざめと泣いていた。新政府が立つ御一新以前には仏師をしていたという加納にしてみれば、身を捥がれる思いであろう。一真も素通りできずに、カメラを構えていたのをフェノロサに見られていたのだ。

「貴方は撮ることで、何かを伝えたいと思ったのではありませんか」

伝えたいというほどのものではない。

これまでの一真であれば、打ち捨てられた仏像は、新時代にそぐわないものであったからだと無視してきただろう。しかしふと、これらの仏像の残骸は、新しい時代の中で光を追い求め続けて来た一真にとって、振り返ることのなかった「影」なのかもしれない。そんな思いに駆られただけなのだ。

フェノロサは口を噤《つぐ》む一真に向かって言い募る。

「貴方は、胸の内にあるものを、写真という形で表すことができる。それが、これらの価値を今の政府のみならず、海外にまで伝えることに繫《つな》がり、ひいてはこれらの宝物を守ることに繫がるのです。貴方の心にあるIDEAを見せて下さい」

高野山での調査を終え、一行は次の調査地へと向かう。その道中、一真はフェノロサの言葉に苛立ちと反発を覚えていた。しかし、旅を続けて二月が経ち、奈良へ入る頃になると、少しずつ意識が変わり始めていた。

「或いは、あの男の言うIDEAが、俺の写真に欠けていた何かなのだろうか」

自信のあった作品が銀牌に終わった理由。そして今、行き詰まりを感じている理由。

「どうせなら、やってみよう」

一真は意を決して、一行と共に訪れた興福寺《こうふくじ》でカメラを構えた。

そこにあったのは「無著《むじゃく》像」である。いかなる物語を持つ像なのか知らないが、物として「在る」のではなく、静かに佇《たたず》んでいるように見えたのだ。

「どう撮るか」

一真は自らそう問いかけた。

無著というのが、法相《ほっそう》宗の源であるインドの祖師であり、これを彫ったのが鎌倉時代の仏師、運慶《うんけい》であるという話を聞いたが、一真にとってはその解説よりも目の前の佇まいがあまりにも雄弁に思われた。

時代を越えてきているのだ。素直にそう思えた。

そしてその越える力は何なのかを考えた時、或いは作り手である仏師の「IDEA」なのかもしれないと思えた。ただ人型をなぞったのではない。そこに込められたものに、一真は心を動かされたのだ。

一真は無著像に肉薄した。像全体ではなく、ぐっとカメラを近づけて斜めから撮る。すると像に当たる光の角度は変わり、表情を象《かたど》る陰影が変わる。静かな眼差《まなざ》しの先に何があるのかを語り掛けるような顔立ちに見えるのだ。

珍しく黙って見ていたフェノロサは、写真の出来上がりも見ていないのに、

「良いものが撮れましたね」

と言う。一真は素直に頷けず、

「さあ、どうでしょうな」

と答えた。現像してみなければ、写真の良し悪《あ》しなど分かるはずもない。そう言いたかったのは、フェノロサへの対抗心に似た思いからであったろう。

しかし、それからというもの、旅の道中で出会う像の一つ一つに向き合うことが面白くなってきた。

米国に渡り、新しい技術を学んだ時、日蝕の撮影をした時、光を目指して走って来た。しかし今回は少し違う。分かりやすく煌々《こうこう》とした光が見えているわけではない。辺りの光を吸い込んでいく煤《すす》けた木像の中に潜む、小さな光を覗き込む作業だ。しかし、影を深く刻む像を象る光を見出《みいだ》し、それを写した瞬間に、言い知れぬ高揚を覚え始めていた。

そうして一行は、法隆寺の夢殿に辿《たど》り着いたのだ。

一真の目の前には今、黒い厨子がある。

長年、秘仏として厨子の中に閉ざされてきたそれを今再び開け放ち、更にはカメラで写真に収めようとしている。

堂の外でひと悶着していた面々も、ようやく落としどころを見つけたのか、そろそろと中へ入って来た。同時に随行の記者たちも堂の中へと足を踏み入れる。

「やはり外には出せませんが、まずは厨子を開きましょう」

天心は一真に告げる。一真もはい、と返事をして厨子の前で身構えた。

「では」

僧侶が扉に手を掛けた。ギギギと音がして今、正に開かれた。

光は、厨子の内側から射した……。

ほんの一瞬である。

暗がりに慣れた目で、黒い厨子を見つめ続けていたせいか、わずかに内側の像にあたった日の光がひどく眩しく感じられたのかもしれない。

厨子の内にいたのは、細身の救世《ぐぜ》観音である。薄っすらと微笑《ほほえ》みを浮かべているその表情は、何と表現するべきだろうか。全ての者を救う慈悲深さ……とは、一真には見えなかった。

温かさとは違う。もっと異質な何か。

「どう感じますか」

フェノロサが一真の傍らで問いかける。そう言えばこの異人は、既にこの秘仏を一昨年に見ているのだと思い出した。

「貴方の感想はどうなのですか」

一真が逆に問いかけると、フェノロサは首を横に振る。

「私は既にこの姿を見て、散々に頭を悩ませてきました。だから、最初の衝撃を忘れてしまった。今の貴方が一目見たその思いを知りたい」

いちいち面倒なことを言う。

だが、正直なところ、一真は何と表現して良いのか分からない。ただ一言を口にする。

「……もっと、違うものを想像していた……」

何が、と問われても難しい。

慈悲深い救世観音の秘仏と言われれば、開けた瞬間に包まれるような温かさがあるのではないかと勝手に思っていた。

しかしこの観音像はそんな甘く優しい風情はない。

「人ならざる者に見えます」

形が歪であるとか、彫りがおかしいとか、そういうことではない。ただ、この笑みを浮かべて佇んでいる者が目の前にいたら、それは人ではあるまい。かといって醜いのではない。

　尊き何かの持つ残酷さと畏れ。

　興福寺で運慶が造ったという無著像の持つ言い知れぬ熱とは違う。もっとひんやりとした酷薄さも兼ね備えたものに見えた。

「怖いですな……畏怖とでもいうのでしょうか」

　その言葉が一番しっくりと来る気がした。

「なるほど。それで……」

「どう撮りますかと訊《き》くんでしょう」

　フェノロサは言葉を先に言われて苦笑する。

　一真は、やれやれとカメラを構え、ファインダーを覗き込む。しかし、やはり厨子の中にいたままでは、ただの黒い塊になってしまう。

「厨子から出してもらえませんか」

　一真の声に、僧侶たちは再び眉を寄せた。しかし、先ほど夢殿から出せと言ったのに比べれば、こちらも譲歩しているのが分かったのだろう。渋々といった様子でゆっくりと厨子からほんの少し前に出した。

　しなやかな体に、不可解な笑み。細部に至る繊細な装飾。これが千年以上も前に創られていたということに嘆息する。

「光は……」

この仏を美しく収めるためには、光が要る。

一真は夢殿の中をぐるぐると歩き回り、戸口から射す僅かな光を測っては、像の位置を何度も確かめる。そうして納得したように頷くと、夢殿の戸口に障子の衝立《ついたて》を立てた。白い障子を反射板にして、マグネシウムリボンを手に、再びファインダーを覗き込む。

「これでいきます」

一真はそう言うと、マッチを構えた。

「まさか、火をつけるんと違いますやろな」

僧侶が慌てた様子で、詰め寄る。一真は、ああ、と軽く頷いた。

「大丈夫ですよ。一瞬ですから」

さすがの天心もやや顔色を失う。

「ここは木造の建物だから、火の気は厳禁なんだが……どうだろう」

「しかし、外には出せないのでしょう」

一真が問いかけると、僧侶たちは顔を見合わせる。そしてやはり、外には出せないと決まったらしい。

「一瞬ですな」

「ええ」

気が変わらぬうちにと、一真はファインダーを確かめ、マグネシウムリボンに火を点《とも》す。

すると鋭い閃光が辺りを照らし、同時に目の前にいる救世観音を照らした。

閃光の中に浮かび上がったそれは、この世のものではない何かに見えた。そして一真はやはり「畏れ」を抱いた。

閃光に目をやられ、一真以外の皆が目を閉じている間、光の残像の中で一真は真正面から一人、救世観音に対峙した。

「さあ、どうする」

それは無言で問いかけてくる。

伏し目がちにこちらを見下ろし、口元にだけ笑みをたたえたそれを見返しながら、シャッターを切った。

そしてふと、辺りを見回す。

救世観音が強い光に照らされたと同時にそれ以外の全てが濃い影に包まれていたのだ。

「光か、影か……」

これまで、一条の光を摑もうと、上へ上へ、先へ先へ急くように走って来た。最先端の技術を求め、より高い評価を求め、走り続けて来た。しかし今、この救世観音の前で一真が見つけたのは、一条の光ではない。

光と、影の織り成す陰影だ。その陰影を写し出すことで、不可解な表情の仏像の内に潜んでいる真の光を、己の手で取り出す。

それが写真に出来るのだという手ごたえがあり、胸の奥が躍るのを覚えた。

「面白いじゃないか……」

これは、終わることのない面白さだ。

じんわりと閃光の残像が消え、目の前の救世観音は、先ほどと同じように不可解な笑みを浮かべて立っている。一真は、ふふふ、と声を潜めて笑う。

「どうしました」

フェノロサが問いかける。一真は救世観音を見つめたままで答えた。

「この扉を開いたら、落雷があると言うのは、本当かもしれません」

フェノロサは、肩を竦めた。

「おや、先ほどの光は貴方のマグネシウムリボンかと思いましたが、落雷でしたか」

「ええ……脳天を貫いて行きました」

一真は救世観音と対峙する。そして周りをぐるりと見回す。

仏像だけではない。ここにいる人々の中にも、潜んでいる光があり、その後ろに影がある。光も影も引き出す力をこの手に宿してみたい。

「貴方の言うIDEAとやらは、はっきりとは分からないけれど……或いはこの感覚なのかもしれない。だとしたらそいつは、一生、飽きることがなさそうだ」

一真は己の手のひらをじっと見つめ、再び力が漲《みなぎ》ってくるのを感じていた。

○

一真は窓の外に広がる銀座の街を眺める。

明治三十三年、秋。あの宝物調査から十一年の歳月が過ぎ、一真は四十一歳になっていた。

現在、一真の写真館「玉潤館」は、銀座の日吉町《ひよしちょう》に在った。写真の製版所を併設しており、壁面にレリーフをあしらった洋風の造りである。今や長者番付に名を連ねる写真師となっている一真であったが、一真自身、豊かさにはさほどの執着はなかった。稼いだ金をすぐさま独自の乾板開発のためにつぎ込んでしまうので、写真館の従業員たちには、

「そろそろ落ち着いて下さい」

と呆《あき》れられる始末である。

一真は窓から離れ、大きなマホガニーの机に歩み寄る。その上には『真美大観《しんびたいかん》』という分厚い本が置かれていた。それを手にして、部屋の中央に設《しつら》えられたソファに腰を下ろし、ゆっくりとページをめくる。そこには、宝物調査で一真が撮影した仏像が掲載されていた。

宝物調査を終えた後、写真を印刷するにあたり、分厚いガラスにゼラチンを使って版を創るコロタイプ印刷を用いた。繊細な陰影を刻むこの技術において、一真は第一人者とされていた。

「俺だからこそ、表現できる写真がある」

肉薄してシャッターを切り、精緻《せいち》な技術で現像する。その二つが相まって出来上がった写真を見たフェノロサは、

「貴方の心が動いたことが分かる。貴方がこの像を愛しているのが伝わる」

大仰な身振りと共に熱弁を振るって褒めていた。しかし一真にしてみれば、愛と言うには違うのだ。ただ、それが尊きものだと心底で理解したということなのだろう。

「それが、貴方の言うIDEAだろうか」

漠とした「妙想」とやらを探るように問いかける。するとフェノロサは、

「はい。貴方は見つけたのです」

見つけたと言われると、果たしてそうだろうかと思う。しかし、

「どう撮りますか」

と、詰め寄られながら撮ったものは、写真を見た瞬間に、お、と心を動かされるものがあった。自ら撮っておいてこんなことを言うのは、正に自画自賛としか言いようがないのだが、明らかにこれまでの写真とは違っていた。

もちろん、写真の全てがそういう出来であるわけではない。とりわけ一真自身が心惹かれた仏像については、写真という無味乾燥であると思っていたはずのものが、雄弁にこちらに向かって語り掛けるものになっている。

「写真は美術」

その時、フェノロサが言おうとしていたことが、一真の中でしっくり来たのだ。

岡倉天心もまた、この写真の出来栄えを大いに喜んだ。

「我らが新たに創刊する雑誌『国華《こっか》』に掲載したい」

『国華』は岡倉天心らが立ち上げた東洋美術の専門雑誌である。一真が快諾すると、天心が写真の選定を行った。掲載されることになった写真は、一真が敢《あ》えてカメラを肉薄させて撮ったものや、光の角度にこだわって撮影したものばかりである。

「やはり、これらが雄弁なので」

天心が言った。フェノロサの言うIDEAがそこに在ると、天心は分かっていたのだろう。

更に、九鬼隆一と天心が寺院関係者たちと共に編集した美術全集『真美大観』にも掲載されることとなった。

「廃仏毀釈を経て、消えかけた仏教の火を再び点そうという動きがある。それには、貴方の写真が必要だ」

九鬼が静かな口ぶりで熱く語る。一真も喜んだ。

「九鬼さんが声を掛けて下さらなければ、成し遂げられなかった仕事ですから」

そして今年、パリで開催される万国博覧会には、この『真美大観』と共にフランス語版の『Histoire de l'Art du Japon』が海を渡り、出品されている最中だ。

改めて思い返すと、宝物調査の旅は、一真にとって大きな転換点となっていた。

以前は、人の肖像を撮ることに面白さを感じていなかった。焦点が合うところに椅子を置き、動かずにいてくれれば、シャッターを切るだけの仕事だと思っていたからだ。

しかし、旅を終えてからというもの、人を、風景を、物を撮る時、ただカメラの機能や現像の技術だけを考えるのではない。シャッターを切る瞬間の己の心の内と向き合うようになった。

その一つが『東京百美人帖《ちょう》』である。

バルトンが設計を手がけた凌雲閣《りょううんかく》、通称「浅草《あさくさ》十二階」で行われた『東京百美人』は、東京で名うての美女百人の写真を展示し、それに投票をするというもので、美女百人を一真が撮影することとなった。

「百人も美女に会えるとは羨ましい」

揶揄《からか》い半分に言われたのだが、一真は「美女に会える」ということよりも、「百人を撮れる」ということに大いに心が沸き立った。一人ひとりと向き合いながら、己の内を見つめる。

「どう撮りますか」

いないはずのフェノロサが、ひょろりと後ろに立っているような錯覚を覚えるのだ。

一真にとって、目の前の美女は救世観音であり、無著であり、不動明王である。この人の中に潜む光をどう写し、抱《いだ》く影をどう見せるのか。それを考えて臨むと、どんどん人を撮影するのが面白くなっていった。そして、面白がって撮った写真は、やはり見る者にも響いたようで、大盛況となった。

また、身近な人々を撮影することの楽しみも見つけた。

ある日、両親の元を訪ねた一真は、二人が向かい合って穏やかに語らいながら、茶を飲

んでいる様を眺めていた。そう言えばこの二人を写真に撮ったことがなかった、と思い至った。そこで写真館に連れ出すと、

「二人、並んでくれないか」

と促した。二人は戸惑いながらも少し離れて座った。一真は二人にカメラを向ける。しかし緊張する二人からは、先の長閑《のどか》な空気が消えている。

「いや……もっと近く」

もっと近く、もっと近くと言われ、両親は戸惑いながらも近づいた。

「お前、これ以上は無理だよ」

互いの頭がぶつかるほど近づいて、夫婦は思わず笑っていた。これだ、と思って、一真はシャッターを切った。

年輪を重ね、皺《しわ》だらけの老親二人の姿は、美女たちとはまた違う、趣ある肖像となっていた。ちょうどその頃、妻の市子を亡くしていた一真にとって、共に連れ添うことができなかった惜別の想いもあった。

『老夫婦』と題したその写真を、長年の友であるバルトンは激賞し、米国の雑誌『フォトグラフィック・ビュレテン』に、「日本の写真家」と題して小川一真についてこう寄稿していた。

「小川は自らの行う仕事に誇りを持っている。勇気と不屈の精神を持った男だ。芸術に対してひたむきな態度であるし、成功が難しい事態に立ち至っても初心を変えることがな

い」

　これまでも、技術の面において共に切磋琢磨《せっさたくま》してきたバルトンが、芸術という点においても一真を高く評価してくれたことは、嬉しかった。

　そして昨年の八月、長年の友であったバルトンも世を去った。

「寂しくなったなあ……」

　独り言《ご》ちていると、ドアの外でノックの音がした。

「はい」

「先生、電報です」

　従業員に差し出された電報を受け取った一真は、それに目を落とす。

「シンビタイカン　キンショウ」

　と、書かれていた。

　キンショウ……とは何だろうか。そう思った次の瞬間、机の上に置かれた電話が鳴った。

「小川さん、九鬼です」

　落ち着いた声は、九鬼のものであった。

「『真美大観』が、パリ万博で金賞を受賞しましたよ。今回、出品した一巻、二巻は貴方の撮った写真ばかりで構成されています。まさに貴方の功績と言っても過言ではない。ありがとうございました」

　そこからどう返答をしたのか、一真はよく覚えていない。

電話を切ってから、暫くの間、ソファに腰かけたままぼんやりと空を見つめていた。

かつて、横浜にいた時、内国勧業博覧会で「入賞」したものの、金賞を獲れず、さらなる技術を目指して海を渡った。帰国してから意気揚々と挑戦した東京府工芸品共進会では、二等銀牌に終わった。

そして答えを求めて向かった宝物調査の旅であった。

旅で得たものは、既に一真の中に揺らがずにあり、それ故にこそ他からの評価をとりわけ追い求めていたわけではない。しかし、自らが撮った写真が、遠く異国の地において人々の心を動かしたのだということが、じんわりと胸に広がっていく。

一真はふと、窓を見た。

そこには外の風景ではなく、何とも晴れやかな顔をした己が映っていた。

ここまでの人生、全てが順調だったわけではない。国産の乾板開発は未だその途上にあり、度々、事業を失敗したこともある。妻に先立たれ、友を亡くし、時に「山師」と誹謗《ひぼう》されたこともあった。

それでも光を求めて歩んできた道の後ろには、影も射す。その影を表すように、己の顔には皺もあるが、それもまた良い陰影を象っているように見えた。

一真は己の顔に向かって指でフレームを作ってみる。改めて己を外から見つめたことはなかったが、なるほど画家が自画像を描きたくなる気持ちが分かる。

「いいじゃないか」

迷う時、立ち止まる時、いつもあの秘仏の扉の前の己を思い出す。

「どう撮りますか」

問いかけたフェノロサを思い出す。

光を探すと共に、そこにある影も見つめ、己のIDEAを探した。そしてその旅はこれから先も続いていくであろう。

「一生、飽きることはなさそうだ……」

一真はあの旅の終わりと同じ言葉を呟いた。

（「オール讀物」二〇二一年十二月号）

巻末エッセイ　過去の物語が投げ掛ける現代へのメッセージ

末國善己

新型コロナウイルスの世界的なパンデミックが終息しないまま、二〇二一年が幕を閉じました。危機的状況になると様々な社会の矛盾が浮き彫りになりますが、二〇二一年は民主主義の根幹が問われる出来事が多かったように感じています。

まず一月には、二〇二〇年のアメリカ大統領選でのドナルド・トランプの敗北を認めない支持者が、勝利したジョー・バイデンを大統領に指名しようとした連邦議会議事堂を占拠し、死者を出す争乱に発展しました。トランプがSNSで連邦議会議事堂に侵入した支持者に暴力を扇動するかのような書き込みをしたとされ、Twitter、Facebook、YouTubeなどが相次いでトランプのアカウントを凍結したため、民間企業が公人の発言を封じる措置の是非が議論されました。この事件は、民主主義とその根幹を支える言論の自由とは何かを突き付ける結果になりました。

七月には、日本国内で新型コロナの感染が広がり、反対の声が大きくなる中で「二〇二〇年東京オリンピック・パラリンピック」が開催されました。二〇二〇年開催予定から一年延期されたのも、無観客での開催も近代オリンピック史上初でした。開会式が近付く二月には、東京オリンピック大会組織委員会の森喜朗《もりよしろう》会長が性差別発言で内外の批判を浴びて辞任しました。もしかしたら東京オリンピック関連の性差別は、イラク出身の女性建築家ザハ・ハディッドのデザイン案が、新国立競技場のコンペで採用されながら撤回された二〇一五年に始まっていたのかもしれません。それはさておき、東京オリンピックは、反対の声があっても政府が決めれば最終的に国民が従う根強いお上意識や、ジェンダー平等が達成されていない日本の前近代性を浮き彫りにしたといえます。

ただ、こうした状況は現代に特有の問題ではありません。インターネットには怪しい情報が飛び交い、それが時に重大な事件を引き起こすこともありますが、新聞と口コミが最大のメディアだった関東大震災の直後の流言飛語で朝鮮人の虐殺が起こり、スペイン風邪《かぜ》のパンデミックでは根拠が不明な予防法、治療法が広がったことを思えば、テクノロジーの発達で情報が伝播《でんぱ》する速度と範囲が広まっただけで、人間の心理や行動原理にそれほどの違いはないといえます。本書『時代小説　ザ・ベスト２０２２』は、二〇二一年に文芸誌に掲載された時代小説の中から、傑作十三篇《ぺん》をセレクトしました。過去を生きた主人公たちの人生を切り取り現代人にメッセージを投げかける時代小説は、混迷の現代日本とどのように向き合うべきかを考えるヒントに満ちているのです。

ここから、収録作を順に紹介していきます。

唐代《とうだい》を舞台に武術の達人の美少女が活躍する『震雷《しんらい》の人』で第二十七回松本清張《まつもとせいちょう》賞を受賞した千葉ともこの受賞後第一作「一角の涙」も、中国史を題材にしています。長く地方官をしていたがようやく中央に戻り、役人を監察する御史《ぎょし》になった孟琢《もうたく》は、夫の死の責任は玄宗《げんそう》皇帝の側近・李林甫《りりんぽ》にあるとの訴えを受けます。孟琢は実力者の李林甫のため無実の男を陥れますが、家を飛び出した長男が李林甫の暗殺を企てている事実が発覚し窮地に立たされます。タイトルにある「一角」は公正さを象徴する神獣・獬豸《かいち》のことで、保身のため謀略をめぐらすものの事態を悪化させる孟琢を通して、公正とは何か、法による支配とは何かという現代でも重要なテーマが問い掛けられていきます。

新選組《しんせんぐみ》ものの『夜汐《よしお》』など歴史時代小説にも取り組んでいる東山彰良の「絶滅の誕生」は、天地創造から始まる神話的な物語です。水のなかから現れた尾が二本ある妖猫「蒙《もう》猫《びょう》」が「孤独」を知ったことで昼と夜、さらに生命が誕生しますが、魚を食べ過ぎ満足できなくなってしまいます。それは「欲」と名付けられ、さらに「愛」「嫉妬」「後悔」など様々な感情も生まれていきます。本作を読むと、負の感情が連鎖すると「絶滅」に至るということが実感できるのではないでしょうか。

二〇二一年、五回目の候補作『星落ちて、なお』で第百六十五回直木賞を受賞した澤田瞳子の「紅牡丹」は、大和《やまと》の国人《こくじん》と戦っていた時期の松永霜台《まつながそうだい》（弾正《だんじょう》）を描いています。東大寺《とうだいじ》が焼けた合戦も描かれる本作は、平重衡《たいらのしげひら》の南都焼討から始まる『龍華記《りゅうかき》』と対をなす作品といえるかもしれません。本作は、三好《みよし》家の家臣から大和一国を支配するまでになった霜台を、人質として霜台の元へ送られ女性であるが故に立身出世の夢がないと考える苗《なえ》の視点で描いています。実家から移植したものの花をつけない緋《ひ》牡丹が苗の閉塞感を象徴していましたが、ラストにはどんでん返しが用意されています。この謎解きを読むと、幸福は身近な場所に隠されていることがよく分かります。

〈建築探偵 桜井京介《さくらいきょうすけ》の事件簿〉シリーズなどミステリーの世界で活躍している篠田真由美は、西欧のオカルティズムをベースにした伝奇小説〈龍の黙示録〉シリーズや十九世紀のロンドンを舞台にした〈レディ・ヴィクトリア〉シリーズなども発表しています。「脆《もろ》き者、汝《なんじ》の名は」も、伝奇的な手法でヴィクトリア朝のイギリスを切り取っています。一族が北インドの紅茶製造販売で繁栄しているため売れない詩人をしている「私」は、当時の男性らしく平然と女性蔑視を口にする義父に愛人だというインド人の女性を紹介されます。義父の勧めでインド人女性と関係を持った「私」は、悪夢とも、麻薬による幻覚ともつかない不思議な体験をします。その先に待ち受ける驚愕《きょうがく》の結末は、女性蔑視の愚かさに改めて気付かせてくれるはずです。

アイドルグループの中のお気に入りのメンバーを意味する「推し」という表現が定着して久しく、「推し」を題材にした宇佐見りんの小説『推し、燃ゆ』も話題になりました。化政《かせい》期の歌舞伎界を舞台にしたミステリー『化け者心中』が、第十回日本歴史時代作家協会賞の新人賞、第二十七回中山義秀《なかやまぎしゅう》文学賞を受賞する鮮烈なデビューを飾った蝉谷めぐ実の「役者女房の紅」は、女房がいる歌舞伎役者・今村扇五郎《いまむらせんごろう》の熱烈なファンで略奪婚を目論《もくろ》む大店《おおだな》の娘お春《はる》を主人公にしており、江戸時代版推し活小説となっています。略奪婚を狙って扇五郎の女房と張り合うお春を見ていると、「推し」にかける情熱は江戸時代も現代も変わっていないことが実感できます。芸に打ち込む役者の執念やそれを支える女房の覚悟などを、さりげなく活写したところも鮮やかでした。

人気脚本家・三谷幸喜《みたにこうき》が手掛ける二〇二二年の大河ドラマ『鎌倉殿の13人』が、人気を集めています。岩井三四二「蓮華寺《れんげじ》にて」も鎌倉ものですが、源平《げんぺい》合戦から北条《ほうじょう》家による権力掌握を描く大河ドラマに対し、鎌倉幕府の滅亡に焦点を当てています。北条家の出で、京における幕府の出先機関・六波羅探題《ろくはらたんだい》北方の長になるなど順調に出世していた仲時《なかとき》ですが、地の利を活《い》かしたゲリラ戦を繰り広げる楠木正成《くすのきまさしげ》ら反幕府勢力の出没に手を焼いていました。やがて隠岐《おき》に流されていた倒幕の旗頭・後醍醐《ごだいご》天皇が島を抜け出し、仲時たちは追い詰められていきます。栄華を誇った北条家の終焉《しゅうえん》には無常観がありますが、最期まで上に立つ者としての責務を果たそうとした仲時の気概は、現代の政治家には感じられないものだけに深い感動があります。

二〇一九年に『鬼憑《おにつ》き十兵衛』で日本ファンタジーノベル大賞二〇一八を、『ネガレアリテの悪魔　贋者《にせもの》たちの輪舞曲《ロンド》』で第四回角川文庫キャラクター小説大賞を受賞してデビューした大塚已愛の「ひとでなし」は、江戸初期を舞台にした伝奇小説です。甲斐国《かいのくに》の林奉行・小野寺甚五郎《おのでらじんごろう》は、駿河《するが》にある本門寺《ほんもんじ》の貫主に頼まれ、冬なのにまるまると太った怪しい蚕を調べることになります。貫主の弟子・日了《にちりょう》は、蚕は『日本書紀』に出てくる神「常世神《とこよのかみ》」だといいます。『日本書紀』は、富士川《ふじかわ》周辺に住む大生部多《おおうべのおお》が蚕に似た緑色の虫を「常世神」だとし、この虫を祀《まつ》れば長寿と富が与えられると説いたので、民衆が「常世神」を求め殺到したとしています。このエピソードを踏まえ、人間が「常世神」に憑かれ人でないモノになる展開は、信仰のはらむ危険性の暗喩のように思えました。

佐藤究「邪説巖流島《がんりゅうじま》」は、「小説すばる」の企画「フラッシュフィクション　千字一話」の一編として発表されたショートショートで、宮本武蔵《みやもとむさし》と佐々木小次郎《ささきこじろう》が戦った舟島《ふなしま》（通称・巖流島）の決闘を題材にしています。著者は、武蔵と小次郎が戦った理由やどちらが勝利したのかなどに諸説あることを利用し、巖流島で戦ったのは武蔵と小次郎の偽者であり、二人が実際に対決したのは別の島だったとの奇想を描いていきます。本作は、同じように巖流島の決闘を独自の解釈で描いた高井忍「漂流巖流島」、木下昌輝『敵の名は、宮本武蔵』と併せて読むと、より楽しめると思います。

砂原浩太朗は、桶狭間《おけはざま》の戦いを題材にした短編「いのちがけ」でデビューし、架空の藩・神山《かみやま》藩を舞台にした『高瀬庄左衛門御留書《おとどめがき》』で第十五回舟橋聖一《ふなはしせいいち》賞と第十一回本屋が選ぶ時代小説大賞を受賞するなど武家ものを書き継いでいますが、「帰ってきた」は市《し》井《せい》人情ものです。腕のいい錺《かざり》職人だったが賭場で因縁をつけた相手に大けがをさせ島送りになった弥吉《やきち》が赦免され、江戸に帰ってきたようです。弥吉の女房おみのは弟弟子の善《ぜん》十《じゅう》と夫婦同然の生活を送っており、二人は意趣返しに怯《おび》えることになります。善十を善、弥吉を悪として進んでいた物語は、次第にこうした類型を破壊し、善悪では割り切れない人間の心の奥底を活写していくだけに、圧倒的なリアリティがあります。

三國青葉「おっかさんの秘密」は、損料屋（レンタルショップ）の惣領《そうりよう》息子で幽霊が見える又十郎《またじゅうろう》と、物に宿った人の思いが聞こえる義妹の天音《あまね》が、幽霊の心残りを晴らし成仏させる〈損料屋見鬼控え《けんきひかえ》〉シリーズの一編です。天音の友達お初《はつ》の風采の上がらない父親が、器量よしのお道《みち》と再婚しました。お初の長屋を訪ねた又十郎は男の幽霊を目にし、天音もお道の胸のあたりから「お道、お道」と呼ぶ男の声を聞きます。二人は、お道が殺した男が幽霊になったのかを調べていくのですが、陰惨な結末になるかと思えた物語が思わぬ着地を見せるだけに、読後感は悪くありません。

日光東照宮《にっこうとうしょうぐう》の有名な彫刻「眠り猫」の誕生秘話になっている西山ガラシャ「天下人の遺言」は、連作集「おから猫」の一編です。徳川家康《とくがわいえやす》は、大坂《おおさか》城の豊臣秀頼《とよとみひでより》を牽制《けんせい》するため名古屋に城を築こうとしていました。その地には障りがあるためか今川《いまがわ》、織田《おだ》が手にしたものの人が居着かず廃墟《はいきょ》になった那古屋《なごや》城があり、家康は今川の人質になった少年時代、信長《のぶなが》の同盟者として奔走した青年時代を回想していきます。家康が自分を祀る東照宮に「眠り猫」を彫らせた理由は、世界中がきな臭さを増しているだけに心に刻む必要があります。

二〇二一年に刊行した『インタヴュー・ウィズ・ザ・プリズナー』で、十八世紀のイギリスの外科医ダニエル・バートンの弟子エドワード・ターナーを主人公にした三部作を完結させた皆川博子の「Let's sing a song of……」は、第一作『開かせていただき光栄です』の前日譚《たん》です。当時は屍体《したい》の解剖がタブー視されていて、医学の研究や教育の支障になっていました。新たな治療法を確立するため、ダニエルと弟子たちがあの手、この手で屍体を集めようとする展開は時にコミカルですが、その背後には、持てる者と持たざる者に格差が広がり、病気になり治療が遅れれば生活が立ち行かなくなる人たちがいるという現代と変わらない社会問題が置かれているので、考えさせられます。

実在の商人・杉本《すぎもと》茂十郎《もじゆうろう》を主人公にした『商う狼《おおかみ》』で第四十回新田次郎《にったじろう》文学賞を受賞した永井紗耶子の「光の在処《ありか》」は、写真館を経営するビジネスマン、写真乾板《かんばん》の国産化に挑んだ研究者、文化財などの写真撮影を行った芸術家でもあった小川一真《おがわいっしん》に着目していま す。皆既日蝕《かいきにっしょく》のコロナの撮影が評判になり東宮《とうぐう》御所の御用掛《ごようがかり》になった一真ですが、自分の写真に自信が持てないでいました。排仏毀釈《はいぶつきしゃく》で破壊されたり、海外へ流出したりしている関西の仏像などを撮影することになった一真が、工芸に過ぎないと考えていた写真が芸術になり得る可能性を発見する後半は、テクノロジーの進歩が新たな芸術を生み出すと同時に、伝統的な芸術に新たな光を当てることも教えてくれるのです。

本書は、集英社文庫のために編まれたオリジナル文庫です。

集英社文庫

時代小説　ザ・ベスト2016

日本文藝家協会　編

歴史・時代小説ファンなら読まずにはいられない。
市井小説から剣豪小説まで、
気鋭やベテランがその力量を見せつける珠玉の10編。

◆収録作品

「梅香餅」藤原緋沙子
「直隆の武辺」天野純希
「泣き娘」小島　環
「山の端の月」中嶋　隆
「呑龍」木内　昇
「青もみじ」宇江佐真理
「クサリ鎌のシシド」木下昌輝
「名残の花」澤田瞳子
「紛者」朝井まかて
「家康謀殺」伊東　潤

集英社文庫

時代小説 ザ・ベスト2017

日本文藝家協会 編

実力派作家たちが、その力量を余すところなく発揮。
誰もが知る武将から名もなき市井の人々まで、
ひたむきに生きる姿と繰り広げられるドラマを描く12編。

◆収録作品

「役替え」青山文平
「歳神」折口真喜子
「生仏」花房観音
「流人富士」植松三十里
「鈴の恋文」奥山景布子
「越後の女傑」武内　涼
「鯰のひげ」西山ガラシャ
「伊賀越え」村木　嵐
「嘘とまこと」小松エメル
「へうげの茶」仁志耕一郎
「雲州下屋敷の幽霊」谷津矢車
「不屈なれ」吉川永青

集英社文庫

時代小説　ザ・ベスト2018

日本文藝家協会　編

さまざまな時代や舞台で生きる人々の営みや思いを鮮烈に描き出す傑作10編を収録。読書の楽しさを再確認できる絢爛たるアンソロジー。

◆収録作品

「子捨て乳母」中嶋　隆
「清経の妻」澤田瞳子
「つはものの女」永井紗耶子
「怪僧恵瓊」木下昌輝
「鬼の血統」天野純希
「夢想腹」上田秀人
「雲のあわい」村木　嵐
「初陣・海ノ口」髙橋直樹
「川中島を、もう一度」簑輪　諒
「筋目の関ヶ原」東郷　隆

◆

集英社文庫

時代小説　ザ・ベスト2019

日本文藝家協会　編

これぞ歴史・時代小説最強の布陣。
名手たちが濃やかにつづる情や志が胸を打つ11編。
豪華執筆陣による年度版アンソロジー。

◆収録作品

「一生の食」吉川永青
「春天」朝井まかて
「津軽の信長」安部龍太郎
「安寿と厨子王ファーストツアー」米澤穂信
「扇の要」佐藤巖太郎
「夫婦千両」中島　要
「黄泉路の村」矢野　隆
「沃沮の谷」荒山　徹
「大忠の男」伊東　潤
「海神の子」川越宗一
「太鼓橋雪景色」諸田玲子

集英社文庫

時代小説 ザ・ベスト2020

日本文藝家協会 編

歴史・時代小説の名手たちが紡ぐ多種多様な物語。
浮世を忘れ、読書の愉しみに浸れる11編。
自信の作品を収めた年度版アンソロジー。

◆収録作品

「太郎庵より」奥山景布子
「仮装舞踏会」林真理子
「あかるの保元」村木 嵐
「宇都宮の尼将軍」簑輪 諒
「沈黙」佐々木功
「鴨」矢野 隆
「雪山越え」植松三十里
「脱兎」大塚卓嗣
「ゴスペル・トレイン」川越宗一
「剣士」青山文平
「貸し女房始末」浮穴みみ

集英社文庫

時代小説 ザ・ベスト2021

日本文藝家協会 編

儚さも、切なさも、喜びもこの一冊に。
旬の作家たちによる歴史・時代小説の傑作12編。
充実の年度版アンソロジー。

◆収録作品

「りんの玉」河治和香
「媚珠」夢枕 獏
「龍軸経」米澤穂信
「小栗上野介の選択」佐藤巖太郎
「ふたたびの道」宮本紀子
「ヤマトフ」植松三十里
「千年の松」武川 佑
「ウタ・ヌプリ」浮穴みみ
「忘れ亡者」矢野 隆
「完璧なり」今村翔吾
「紘の便り」奥山景布子
「わらわ鬼」澤田瞳子

集英社文庫

時代小説《じだいしょうせつ》 ザ・ベスト2022

2022年6月25日　第1刷　　定価はカバーに表示してあります。

編　者　日本文藝家協会《にほんぶんげいかきょうかい》

発行者　徳永　真

発行所　株式会社 集英社
東京都千代田区一ツ橋2-5-10　〒101-8050
電話　【編集部】03-3230-6095
　　　【読者係】03-3230-6080
　　　【販売部】03-3230-6393（書店専用）

印　刷　中央精版印刷株式会社　株式会社美松堂

製　本　中央精版印刷株式会社

フォーマットデザイン　アリヤマデザインストア　　マークデザイン　居山浩二

ISBN978-4-08-744406-3 C0193